Rupert van Gerven
Die Zeit ohne uns

GRÖSSEN
WAHN
VERLAG

Rupert van Gerven

Die Zeit ohne uns

Roman

van Gerven, Rupert: Die Zeit ohne uns. Frankfurt am Main, Größenwahn Verlag 2020

Erste Auflage 2020
ISBN: 978-3-95771-276-9

Dieses Buch ist auch als eBook erhältlich und kann über den Handel oder den Verlag bezogen werden.
ePub-eBook: 978-3-95771-277-6

Lektorat: Lena Riebl; August-Paul Sonnemann
Korrektorat: Lilly Pia Seidel
Satz: 3w+p GmbH, Rimpar
Umschlaggestaltung: @Annelie Lamers, Hamburg
Umschlagmotiv: Marti O'Sigma

Bibliografische Information der Deutschen Nationalbibliothek: Die Deutsche Nationalbibliothek verzeichnet diese Publikation in der Deutschen Nationalbibliografie; detaillierte bibliografische Daten sind im Internet über https://dnb.d-nb.de abrufbar.

Der Größenwahn Verlag ist ein Imprint der Bedey Media GmbH, Hermannstal 119k, 22119 Hamburg und Mitglied der Verlags-WG: https://www.verlags-wg.de

Inhalt

Zitat:
»Welch triste Epoche, in der es leichter ist ein Atom zu
zertrümmern als ein Vorurteil!«
Albert Einstein

PROLOG

WÖRTER VERBIETEN DIE LIEBE – ES WAR EINMAL 1961

»Die Liebe hält viel aus«, sagt man. »Ein Paar wird zu oft auf die Probe gestellt« und »Trennungen sind immer schmerzhaft«. Sprüche, die sich in ihrer Brutalität erst zeigen, sobald man selbst davon betroffen ist. Wie viele Amouren können so anfangen? Und wie viele davon finden ein Happy End? Wer könnte so eine Liebesgeschichte erzählen? Und macht er sich strafbar dabei?

Weder Aaron, der von der Schauspielerei träumte, noch Herbert, der sich vom kommunistischen System eine bessere Zukunft erhoffte, hatten je gelernt, einander von ihren tiefen Verletzungen zu erzählen. Von der Angst des herankommenden Morgens ganz zu schweigen. Exekutionen in einer pechschwarzen Nacht mitten im Nirgendwo. Getarntes Duschen in einem Ort, der Sachsenhausen hieß. Für solche Bilder hatte niemand Sprüche parat. Das Vergessen sollten sie lernen, auch das Abgestempelt-Sein. Der eine als Jude, »wir wussten nichts davon ... und nun ist Ruhe!«, ruft ein Mann, der andere als Kollaborateur: »So, so! Sie haben also gekämpft! Und wie war es denn so an der Front?«, eine Vertriebene kann es nicht fassen. Vergessen wollen und Dankbarkeit für die Zeit, die den beiden das Weiterleben ermöglichte.

Sie stürzten sich in die Arbeit, jeder in seinem Aufgabenbereich. Aaron hatte akzeptiert, keine zweite Chance in seinem Beruf zu bekommen, also hielt er Herbert den Rücken frei. Sie arrangierten sich. Sie sprachen über ihren Alltag im Leben: Verkaufszahlen von Herberts Büchern, über das neu erstandene Haus in Berlin-Dahlem, über den chromglänzenden Wagen vor der Tür. Nur über »die Zeit ohne uns« zu sprechen, das wagten sie nicht.

»Die Zeit ohne uns«, so hatte einmal Herbert ihre Liebe bezeichnet, in einem Anflug poetischer Schöpfung – und seitdem klebte dieser Satz in Aarons Kopf, der ähnlich dem Fallobst brutal auf den Boden der Gegenwart zerschellt, doch hoffte auch er gleichzeitig, dass »die Zeit alle Wunden heilt«, so sagt man doch. Ein Gedanke wurde in die neue Zeit gepresst, um die Vergangenheit erträglicher zu machen – bloß nicht darüber reden, keine Wunden aufreißen, »Herberts Körper hatte genug davon«, Aarons ebenfalls, Wunden brauchen Zeit, um zu verheilen, Narben verhindern das eigene Vergessen, welches sich in mancher Nacht Bahn bricht. Besonders, wenn man älter wird und die Angst doch außen vor bleiben sollte und nie mehr Eintritt finden im Leben dieser beiden Männer, deren Liebe über alles steht.

Doch während alle Menschen in der Bundesrepublik Deutschland – so hieß nun das Land, welches oft Namen, Fahnen, Staatsformen und Grenzen wechselte –, während die meisten ihr eigenes Glück in der Demokratie erleben wollen – in der neuen Wirtschaftswunder-Zeit –, droht Unheil über die große Liebe, über das Traumpaar herzufallen. Der böse Grund ist verankert in einem Paragraphen, denn Wörter verbieten die Liebe! In der BRD also, in der diese Geschichte ein Ende nehmen wird … gab es einmal ein Liebespaar – Aaron und Herbert.

BERLIN-DAHLEM – HERBST 1957

Herberts kalte Füße stecken in dicken Socken. Schwarzer Tee, inzwischen kalt geworden, in der geöffneten Isolierkanne neben der Schreibmaschine. Der Aschenbecher ist am Überquellen, die Luft zum Zerschneiden dick. Das eingespannte Blatt Papier beinahe leer.

Auf dem Gang nähert sich ein federnder Schritt, die Tür öffnet sich, und Herberts Züge über der Schreibmaschine werden weicher, ohne dass er sich zu Aaron umwenden muss.

»Der Verlag wartet auf das Manuskript, mein Herz. Bist du denn noch nicht fertig?« Aaron tritt näher, schaut seinem Liebsten über die Schulter.

»Oh ja … doch«, erwidert Herbert.

»Frau Schreiber lässt nicht locker, sie glaubt, dass deine Autobiografie reißenden Absatz finden würde … aber was solltest du schon schreiben …?«

Blicke treffen sich. Ein Blatt wird aus der Maschine gezogen. Der Autor seufzt. »Wochenlang habe ich dieses Manuskript nicht angefasst. Jede Zeile, die auf der alten Maschine gehämmert wurde, ist von mir.« Fäuste liegen angespannt neben der Schreibmaschine, Aarons Hände ruhen auf Herberts Schultern, wollen Herbert zur Ruhe bringen, doch dieser steigert sich in eine verzweifelte Wut hinein. »Es ist, als hätte jemand anderes diesen Scheiß geschrieben. Es erscheint mir fremd und gelogen, ohne jede Substanz. Warum bezahlen sie mich für diesen Mist so fürstlich?« Er schreit fast. »Sahnepudding, gestärkte Hausmädchenschürze im aufgewirbelten Mehlstaub eines Salzburger Vorstadtgartens. Damit der Kitsch nicht zu kurz kommt, werden auch noch Rosensträucher durch ein Tränenmeer gezogen … Quatsch eben! Alle Welt will, dass ich meine Autobiografie schreibe! Ja natürlich, es füllt die Haushaltskasse noch ein bisschen mehr … Sollte ich mich für dieses Projekt entscheiden, wird mir schon etwas einfallen …«, lässt Herbert resignierend verlauten, seine Hände bedecken das Gesicht, Tränen werden zurückgehalten. Die Vergangenheit will sich wieder einmal seines Kopfes bemächtigen, er muss so viel Kraft aufwenden, um diese Vergangenheit nicht in sich aufsteigen zu lassen.

Aarons Hände verweilen wieder auf Herberts Schultern, sie wandern zum Nacken, Fingerspitzen versuchen aufzuweichen, was schon so lange verhärtet. Herbert legt seinen Kopf zurück.

»Ich brauche dich …«, sagt er leise, er sagt nicht, dass er wieder mal zu seinen Beruhigungstabletten greifen musste, »… wie kann ich sein … arbeiten, leben ohne dich?«

Der Regen hämmert unablässig.

»Wir haben so viel erreicht, das Haus, einen stattlichen Wagen, Personal. Finanziell geht es uns gut. Was brauchen wir mehr?« Herberts Stimme ist jetzt ganz sanft, ein Streicheln.

Aaron stellt sich an das Fenster, sein Blick wandert über den Rasen, hängt in den Tannenspitzen. Das kleine Häuschen am Ende des Grundstücks, kaum größer als eine Gartenlaube, offiziell Aarons Zuhause. Nur keinen Gerüchten Nahrung geben. Niemand, außer Eingeweihte, darf um ihre Beziehung wissen.

Abrupt dreht sich Aaron zu Herbert um. Sein leicht gebräuntes Gesicht verliert an Farbe. »Wir haben viel erreicht?« Spott liegt in seinen Worten, Wut raut seine Stimme auf. Wut, die nicht zugelassen wird, weil sie, wenn erst einmal losgetreten, aus Meißner Geschirr einen Polterabendhaufen machen würde.

»Du hast viel erreicht, sag nicht ›wir‹. Ich habe nur wenig Anteil, eben so viel, wie ein Angestellter imstande ist zu leisten. Was ist das schon?« Tränen liegen auf der Zunge.

Herbert hebt sich aus seinem Schreibtischstuhl, will den Mann, den er seit so vielen Jahren kennt und liebt, umarmen, will abwinken, schlichten, wie so oft schon. Seine Hände wollen Bauch streicheln, Oberarm umfassen, wollen Kopf auf seine Schulter legen.

»Nicht! Fass mich nicht an … du machst es dir zu einfach!«

»Aaron! Was kann ich schon tun? Wir haben uns zu beugen, wir dürfen nicht so sein, wie wir sind.«

Schweigen ist laut, übertönt den Regen. Unfähigkeit umschließt zwei Menschen, lässt sie allein in ihren Gedanken, macht sie einsam. Herbert nimmt Aarons Hand, zieht ihn hinter sich her. Sie schleppen sich die Treppe zum ersten Stockwerk hinauf.

Aaron ziert sich. Ein alter, sich immer wiederholender Film spielt sich vor ihm ab. Klebstoff, der die beiden noch zusammenhält: Sex. Problemlöser für alle Fälle.

Aaron sieht den ein wenig kräftigeren Herbert aus lang vergangener Zeit vor sich, er vergleicht ihn mit dem heute über 50-Jährigen, schwenkt zu dem jungen Kerl zurück. Sein Kopf sorgt für Begehren.

Herbert öffnet die Schlafzimmertür, schiebt seinen Liebsten in den Raum. Haben sie nur noch Sex, um zu vertuschen, nicht reden zu müssen, sodass alles bleibt, wie es ist? Er kickt die Tür ins Schloss, zieht die Vorhänge zu. Aaron ist immer noch ein attraktiver Mann.

Er nimmt die weiche Decke zurück und legt sich auf das Bett, öffnet sein leinengestärktes Oberhemd. Reißverschlüsse werden geöffnet, an Unterhosen genestelt. Dunkelheit behält Gedanken für sich, übergeht Oberflächlichkeit, braucht keine Lügen zu heucheln. Hände graben sich in Körper, auf der Suche nach Erotik. Kein Radio spielt, kein Aftershave, das verwirrt. Zwei alternde Männer bemühen sich. Ihr Tun gleicht immer mehr einem Ringkampf. Machtkämpfe hinter Scheiben, die mehr als nur den Regen aushalten müssen.

Der frühe Abend wird zur verzweifelten Nacht.

Vor dreißig Jahren, im Berlin der Zwanzigerjahre, war ihre Liebe noch selbstverständlich.

DER BEGINN EINER LIEBE IM KAWEDE –
FRÜHLING 1927

>>A aron, die neue Kollektion muss ins Schaufenster gestellt werden. Geh ins Lager, Frau Hebel weiß Bescheid und hat die entsprechenden Kleider rausgesucht.«

»Gut, Chef.« Aaron läuft gut gelaunt durchs KaDeWe, vorbei an Vitrinen aus Nussbaum, gold umrandeten Spiegeln und großen Kugellampen. Vorbei an Wänden mit goldenen Tapeten und zartgliedrigen Mustern. Eleganz in seiner wunderschönen, verschwenderischen Fülle, gezeigt ohne jede Scham, weil der Schönheit der Platz eingeräumt wurde. Hier fühlt er sich wohl, er läuft und seine Gedanken verlieren sich an Victor, der Kunde für das Extra-Verdienen-und-Spaß-Haben-Dabei, eine Tätigkeit, die er »Liebesdienste« nennt, nach der regulären Arbeit, eine Arbeit für die Nacht, er läuft und lächelt und träumt vor sich hin und plötzlich stößt er auf einen Körper.

Er stößt mit einem Kunden des KaWeDe zusammen, will »Verzeihung« sagen, will seine Unachtsamkeit in Ausdruck bringen, doch sein Mund bleibt geschlossen. Nur für Sekunden treffen sich ihre Blicke. Aaron nimmt blaue Augen wahr, blondes, nach hinten gekämmtes, gewelltes Haar, wohlgeformte Kusslippen, schöne, dunkle Augenbrauen. Der Fremde hält eine Schiebermütze in den Händen, einen dunkelroten Schal hat er lässig um den Hals gewickelt, der Kragen seiner schweren Jacke ist aufgestellt. Er ist fast schon an ihm vorbeigegangen, eine ältere Dame redet auf den Blonden ein. Aaron muss sich etwas überlegen, um ihn nicht aus den Augen zu verlieren. Er sieht, wie sich der Hüne beim Weitergehen noch mal zu ihm umdreht. Nie ist Aaron verwirrt oder schüchtern, oft sogar zu unvorsichtig, doch jetzt versagt alles in ihm. Der gewellte Hinterkopf entfernt sich, Aaron muss ins Lager, die

Fenster müssen noch fertig dekoriert werden, die Zeit drängt. Schweißperlen bilden sich auf seiner Stirn.

»Sag mal, träumste wieder mal von der Ufa ...?« Hilde aus der Spielzeugabteilung haut ihm auf die Schulter, »... oder biste schon wieder auf Wolke sieben verschwunden ... he?«

Aaron zuckt zusammen.

»Was willst du? Keine Zeit.«

Er läuft und holt den Fremden ein, ist natürlich außer Atem, versucht, diesen zu kontrollieren.

»Tschuldigung, kann ich Ihnen helfen? Ich arbeite nämlich hier.« Noch immer pustet Aaron wie verrückt.

»Nun, da müssen Sie schon meine Tante fragen, ich bin hier nur unter Protest mitgekommen.«

»Nein, junger Mann, wir haben schon alles gefunden. Schauen Sie mal, das sind doch ganz hübsche Hemden. Die soll er nämlich an der Universität tragen. Wenn ich seine alten Klamotten sehe, könnte ich richtig böse werden! Na ja, noch resigniere ich nicht. Und einige Trümpfe hab ich ja noch im Ärmel, also nichts für ungut. Herbert, ich schau mir noch die Krawatten an, wartest du hier auf mich?«

»Aber natürlich, Tantchen!«

Aaron lächelt verlegen. *Wir sind jetzt ganz unter uns,* denkt er und vergisst alles um sich herum. Zwei junge Männer auf Augenhöhe, der eine weiß unausgesprochen über den anderen Bescheid. Babelsberg. Was hätte Lubitsch aus diesem Moment gemacht? Natürlich muss man sich ein normales Paar vorstellen, zum Beispiel Lilian Harvey und Conrad Veidt. Minutenlanges Schweigen, prüfende Blicke. Aaron sucht nach Worten, denn er will diesen Moment nicht ungenutzt verstreichen lassen. Sie schauen sich immer wieder schüchtern an.

»Sind Sie das erste Mal hier?« Aaron breitet seine Arme aus, und empfindet sich dabei als zu dramatisch. Verlegen schaut er über die Kunden hinweg, um dann doch wieder den jungen Mann vor sich zu betrachten. Ihre Blicke treffen sich und niemand von den beiden möchte sich mehr abwenden. Aaron fährt sich mit den Fingern durchs Haar, gerne würde er mit dem Unbekannten durchs KaDeWe schlendern, um ihm sein

Reich zu zeigen. Auf der Stirn seines Gegenübers bilden sich Schweißperlen, die er nicht wagt, wegzuwischen. Aaron hört seinen eigenen Atem, er fühlt sich durch den Blick des fremden jungen Mannes gestreichelt, spürt ihn geradezu körperlich. Die beiden Männer scheinen sich in einem Kokon zu befinden, unmerklich bewegen sie sich aufeinander zu, nehmen nur einander wahr.

»Aaron, sag mal, wo treibst du dich denn herum?« Unangekündigt werden sie zurück in die Realität geworfen. »Glaubst du, die Arbeit macht sich von allein?« Aaron erschrickt, der Hüne hustet ein wenig zu laut.

»Nee, Chef, ich wurde aufgehalten, der Kunde hatte eine Frage an mich, und wir sollen doch unsere Kunden immer zufriedenstellen ... nicht wahr?«

Ein Lächeln setzt sich auf die Lippen des Hünen und schon ist er verschwunden.

Die Schaufensterpuppen werden mit der neuen Frühlingskollektion bekleidet. Aaron ist weit weg, in seinen Träumen versunken, niemand außer ihm hat dort Zutritt. Er braucht diese Traumwelt. Sie lässt ihn fliegen, eintauchen in Schönheit, Abenteuer, wilde Romanzen ohne bitteren Beigeschmack. Die Schaufensterpuppen werden zu Tänzerinnen mit zartgliedrigen Körpern. Lange Beine wirbeln durch die Luft. Er begutachtet jede Einzelne genau, verlangt sehr viel von den Mädchen, er, der Choreograph, peitscht, schreit, feuert an, tröstet, nimmt in den Arm. Sie vertrauen ihm. Aaron leitet die Tanzgruppe des Friedrichstadtpalasts. Die Kostüme müssen noch mal überarbeitet werden, sie sollen viel Haut zeigen, dürfen jedoch niemals ordinär wirken. Natürlich hat er immer das letzte Wort.

»Ihr müsst mehr auf eure Figur achten, wie sollen euch die Boys denn hochheben? So, jetzt möchte ich noch die berühmteste Girls-Line der Welt betrachten, um die uns sogar der Broadway beneidet, also los, Mädels!«

»Aaron, wie lange brauchst du denn noch? «

»Bin gleich fertig, Chef.«

»Na, sieht ja ganz gut aus, stell sie noch in die Fenster, danach kannst du Feierabend machen.«

Aaron setzt sich seine Mütze auf. Der Ku'damm schaltet schon seine Leuchtreklamen an. Autos knattern an ihm vorbei, Pferdedroschken poltern laut über die Straßen. Studenten in Kniebundhosen klingeln sich auf ihren Rädern den Weg frei. Menschen, die noch schnell eine Besorgung machen wollen. Elegante Damen tragen wagenradgroße Hüte. Herren in gutem Zwirn freuen sich auf eine Nacht im Separee. Der Ku'damm ist voll wie eh und je. Kriegsinvaliden betteln, hungrig, Gliedmaßen amputiert, Gesichtern fehlt ein Auge, andere sind blind. Manchem Helden wurde die Haut verätzt. Sie verkaufen Streichholzpäckchen, Kartenspiele, Nähnadeln und sonstigen Schnickschnack. Hier sind die Vorbeigehenden rastlos und beachten die Bettelnden, auf den Steinplatten Sitzenden, kaum.

Der Dekorateur blendet aus, der zweite Beruf muss heute noch ausgeübt werden. Er fühlt sich gut, die Welt will er umarmen. Pfeifend macht er sich auf den Weg. *Victor wartet, will mal wieder verwöhnt werden.* Aaron spürt ein Tippen auf seiner Schulter, dreht sich um, schaut in ein schüchternes, aber dennoch strahlendes Gesicht.

»Tschuldigung, ich dachte …«

»Sie hätte ich nicht erwartet«, lächelt Aaron aufgeregt, schaut auf seine Uhr und flucht innerlich darüber, keine Zeit für diesen blonden Hünen zu haben.

»Sie wollen mich doch jetzt nicht wegschicken, oder?«

»Aber nein«, stottert Aaron und erklärt, dass er noch einen wichtigen Termin hat, den er unter keinen Umständen verpassen darf. Die beiden jungen Männer gehen wie selbstverständlich nebeneinander her. Die laue Frühlingsluft streichelt sie.

An der Bushaltestelle bleibt Aaron stehen. »Mein Bus kommt gleich.«

Augen verlieren sich, wollen dem Blick des anderen standhalten, unmöglich.

»Sonntag um drei vor dem ›DéDé‹, okay?«

»Wo ist das?«

»Na, in der Bülowstraße … werden Sie schon finden! Und ich bin übrigens Aaron.«

»Herbert.«

Sie wollen sich berühren, tun es doch nicht. Der Bus stoppt nur kurz vor ihnen, Aaron springt auf, winkt dem Unbekannten zu, dreht sich weg, die Nacht ruft und schon konzentriert er sich auf seine zweite Tätigkeit.

* * *

Berlin-Dahlem. Ein eisernes Tor öffnet sich wie von Geisterhand, die lange Auffahrt wird zum Laufsteg. Aaron ist nicht aufgeregt. Er schlendert, ist beinahe gelangweilt und genießt den sternenklaren Abend. Kleine Windstöße versuchen, sein geordnetes Haar zu durchwühlen. Seine Motivation ist Geld, es ist das Einzige, was zählt, um das Leben zu führen, von dem er träumt. Die große Haustür wird geöffnet. Ohne die Hausdame im schwarzen Kleid zu beachten, betritt Aaron den italienischen Marmor. Auf der Freitreppe liegt ein roter Läufer. Zum Obergeschoss geht er zögernd und doch eilenden Schrittes hinauf. Er hat in unzähligen Filmen gesehen, wie es aussehen muss, als verzehre man sich, und doch nicht wirkt, als könne man es gar nicht mehr erwarten. Victor trägt einen blauen Pyjama mit schwarzen Punkten, darüber eine Hausjacke aus zarter Seide, seine Haare sind gefärbt, auf 180 Zentimeter verteilen sich auf circa 60 Kilogramm. Die Arbeit beginnt.

»Mein Liebster, da bist du endlich, ich vergehe vor Lust. Wo bist du nur so lange geblieben?«

Victor zieht Aaron in seine Arme, seine Lippen sind gierig, können nicht länger warten.

»Victor, bitte, wieso glaube ich eigentlich immer wieder, dass du kultiviert bist und lasse mich dann so grob von dir behandeln? Also bitte!«

Es ist ein Spiel. Aaron hält Victor auf Abstand, es ist, als würde er ein kleines Kind mit Schokolade locken, bereit, sie ihm als Ganzes zu geben, doch dann bekommt es von dem Nougat immer nur ein kleines Stück nach dem anderen.

»Entschuldige, Liebster, lass uns in den Salon gehen, du wirst überrascht sein, was ich für uns alles anrichten ließ. Schau: Langusten, Hummer, Muscheln, feinste Pastete, Kaviar, französischer Käse aus Burgund, englisches Chutney, selbstgebackenes Bauernbrot. Und das Täubchen habe ich heute Morgen aus dem Delikatessengeschäft Förster in der Fasanenstraße bringen lassen. Aber natürlich zuerst einen Aperitif.«

Die beiden oberen Knöpfe von Victors Pyjamajacke sind inzwischen geöffnet. Aarons Gesicht legt eine für diese Gelegenheit geeignete Mimik aus interessierter Zurückhaltung mit einem kleinen Schuss Erotik auf. Victor reicht seinem Gast ein Glas, Aaron macht einen Schritt auf Victor zu, dieser drückt seinen erregten Körper an ihn. Die beiden Männer schauen einander schweigend an. Die Gläser ergeben beim Anstoßen einen zarten Klang. Hand in Hand schlendern sie zum Tisch. Victor zieht den Stuhl vom Tisch, Aaron lässt sich darauf fallen und betrachtet zufrieden die üppig gedeckte Tafel. Das Mahl wird zum Fest.

Geraume Zeit später liegen die beiden auf einem breiten Bett. Zartrosa Kissen umrahmen die beiden unterschiedlichen Körper, der eine ist als schön zu bezeichnen, der andere muss mit allerlei Stoff drapiert werden, um dann doch nur als fehlgeschlagener Versuch der Natur wahrgenommen zu werden. Ein schwerer Duft, den sich der Ältere auf seinen Körper gesprüht hat, liegt in der Luft. Victor liegt entspannt auf der Matratze. Aaron holt die Champagnerflasche aus dem Kübel und führt den Flaschenhals zum Mund seines Gastgebers, die Lippen umschließen die runde Öffnung. Jetzt folgt der zweite Akt seiner Arbeit. Willig nimmt Victor den Champagner auf. Ein sanftes Schaudern durchflutet seinen Körper, er reckt sich Aaron gierig entgegen. Aaron hebt Victors dünne Beine an. Ein erstickter Schrei. Aaron füllt Victor aus, stößt leicht in ihn hinein, bringt seinen schmächtigen Körper zum Schwingen. Victor ist keine Schönheit, recht groß von Gestalt, aber ein leichter Buckel im rechten Schulterbereich lässt ihn unförmig aussehen, seine Nase ist ein dicker Kolben, die Stirn zu hoch. Aarons Aufgabe ist es, Victor seine Makel vergessen zu lassen, ihm in seinen Armen das Gefühl zu geben, schön und geliebt zu sein. Natürlich hat alles seinen Preis und Aaron lässt sich sehr gut bezahlen. Er ist aber auch jede Mark wert. Aaron hält die Augen geschlossen, lässt seine Gedanken schweifen zu der Begegnung des Nachmittags, weckt so eine echte Leidenschaft in sich. Stöhnend genießt Victor unter ihm jeden wilden Stoß. Aaron wünscht sich Herbert herbei und fickt seinen Kunden fast brutal. Vor Augen hat er den blonden Jungen, seinen kräftigen Körper, die blauen Augen, das volle Haar, die wunderschönen Lippen. Aaron ist genervt von Victors rhythmischen Bewegungen, doch er macht seine Arbeit gut, stöhnt lauter als je zuvor, will sich zurücknehmen, um nicht unglaubwürdig zu erscheinen, doch ein Blick auf Victors seligen Augenaufschlag lässt ihn im selben Ton weiter stöhnen. Aarons Fantasie geht spazieren, wird hinausgeführt aus diesem Raum. In einer kleinen Pension, in einem Zimmer, auf einem alten Bett, liegt sein Kopf auf der Brust eines Mannes, den er noch gar nicht kennt. Ein Schrei holt Aaron in das Schlafzimmer zurück.

»Liebster, du bist so wunderbar, nie zuvor hast du mir so viel von dir gegeben, es war unglaublich!«

Aaron schenkt Victor ein Lächeln, stellt sein Stöhnen ein, erhebt sich aus dem Bett, greift nach der Champagnerflasche und trinkt fast die halbe Flasche auf einmal aus. Durch den Alkohol wird das Ganze weniger anstrengend. Er geht in das angrenzende Badezimmer, setzt sich auf den Badewannenrand und lässt Wasser einlaufen. Immer ist der Badeofen für ihn vorgeheizt. Sein Kunde lehnt nackt am Türrahmen, kleine Speichelbläschen ruhen zufrieden in seinen Mundwinkeln.

»Darf ich heute ausnahmsweise mal zuschauen?« Eine geflüsterte Bitte, in eine zitternde Stimme eingebettet, die keinem Betteln gleichkommen will und es dennoch tut. Glasige Augen nehmen befriedigt ein Nicken aus der Badewanne wahr. Ein unschönes Glied versteift sich, wird von beiden Männern ignoriert.

»Ich möchte Auto fahren lernen! Kannst du mir eine gute Fahrschule empfehlen?«

Aaron hat sich nie im Voraus von Victor bezahlen lassen. Heute weiß er, dass es sich rechnen wird. Der Hausherr verlässt das Bad, um Geldscheine in Aarons Hosentasche zu stecken, die Summe hat er verdoppelt. Vielleicht ist es übertrieben, aber wie viel Spaß steht einem Mann in seinem Alter und mit seinem Aussehen schon zu? Sein Wunsch ist es, ausschließlich zu genießen, nur für den Moment zu glauben, dass er tatsächlich geliebt wird und nicht nur gefickt.

»Gisbert wird dir eine Fahrschule empfehlen, die Rechnung lässt du dann einfach an meine Adresse schicken.«

»Victor, du bist so großzügig, dafür liebe ich dich.«

Aaron springt aus der Badewanne, umarmt seinen Gastgeber mit triefend nassem Körper, spürt Knochen, die aus der Haut hervorzustechen drohen. Victor hat sich in einen weichen Bademantel gewickelt. Aaron schnappt sich ein Badelaken, drückt es seinem Gegenüber in die Hände und lässt sich abtrocknen. Ihm bleibt nicht verborgen, dass der Mann, dessen Hände auf seinem Rücken das Handtuch kreisen lassen, wieder vor Erregung vibriert.

»Ach, Liebster«, säuselt Aaron, »wenn ich die ganze Nacht Zeit hätte, würden wir uns noch einmal vergnügen, aber es geht nicht. Ich habe leider noch Termine.«

»Dir steht mein Wagen zur Verfügung, und alle wichtigen Fragen zum Führerschein wird dir Gisbert beantworten.«

Victor lässt den Wagen vorfahren. Er steht auf der oberen Stufe der Treppe und schaut dem jungen Mann hinterher. Wie ein Vogel fliegt Aaron davon und sieht Victor unbewegt am Treppengeländer stehen. Noch im Wegfahren meint er, in der Dunkelheit seinen sehnsüchtigen Blick zu erkennen.

Aaron hat die hintere Autotür, welche Gisbert ihm geöffnet hatte, zugeschlagen, um zur Beifahrertür einzusteigen. Erschöpft lehnt sich ein Nachtarbeiter in weichem, hellem Nappaleder zurück und beobachtet Gisbert beim Fahren. Gewaltig schnurrt der Horch über die Straßen, lässt Jugendstilvillen hinter sich.

Aaron fragt den Fahrer aus, er will alles wissen: Wo er am besten den Führerschein machen kann, welche Voraussetzungen er beachten muss, wie viel Fahrstunden wohl nötig sein werden. Aaron spürt die Abneigung des Fahrers, bemerkt in dessen Mundwinkeln ein süffisantes Lächeln, als er nur für Sekunden seinen Blick von der Straße weg- und ihm zuwendet, um dann wieder auf die Straße zu schauen. Die weiß behandschuhten Hände halten konzentriert das Lenkrad fest. Mit kaum spürbarem Übergang zwischen den Gängen wird der Wagen souverän geschaltet, um dann die Geschwindigkeit zu erhöhen. Aaron kann sich vorstellen, was der Chauffeur über Menschen denkt, die ihren Wagen selbst durch Berlin lenken möchten. Einer männlichen Hure Rede und Antwort zu stehen, widerspricht ihm sicherlich ganz und gar. Aaron versucht, sich in die Gedankenwelt des Fahrers hinein zu versetzen, dieser hat sicherlich viele kommen und gehen sehen. Gisbert hat probiert, seinen Dienstherren gegen Schmarotzer und Diebe zu schützen, aber Victor war eben hungrig nach menschlichen Kontakten. Aaron schmunzelt über Gisberts herablassenden Blick. Die Moralvorstellungen anderer interessieren ihn längst nicht mehr – zumal er mit seinen Besuchen bei Victor wahrscheinlich so viel verdient wie der Chauffeur in einem ganzen Monat.

»Bitte lassen Sie mich an der nächsten Ecke raus … ja, genau hier. Sie müssen Victor nicht auf die Nase binden, dass Sie vor dem Hotel gehalten haben, nicht wahr?«

Aaron überquert die Straße. Zwei Portiers sind eigens dafür da, immerfort Gäste durch die hohen Eingangstüren hinein- und hinauszulassen. Er findet sich in der riesigen Eingangshalle des »Excelsior« wieder. Der Fußboden ist aus weißem Marmor, darüber liegen wertvolle persische Teppiche, die Wände sind mit rotem Samt bespannt, ein großer Kronleuchter hängt von der Decke. Eine Gruppe Japaner hat sich am munter plätschernden Springbrunnen niedergelassen. Blumenarrangements in großen Töpfen, Palmen, wie selbstverständlich, in riesigen Terrakottagefäßen.

Aaron durchschreitet die Lobby. Der Champagner hat ihn ein wenig beschwipst. Manchmal wundert es ihn, wie selbstverständlich er sich hier bewegt. Der Raum ist wie elektrisiert. Zigarettenrauch vermischt sich mit sehnsuchtsvollem Atem und verstohlenen Blicken. Männer in teuren Anzügen und mit kostbaren Accessoires ausgestattet suchen mit halb geöffneten Augen nach jungen Frauen oder noch jüngeren Knaben, welche ihre Begierden stillen könnten. Manch einer wird fündig. Hier muss niemand um den Preis feilschen. Die Herren wissen, was sich gehört, dennoch verhalten sie sich vorsichtig, denn Denunziation ist immer möglich, obwohl in diesem Haus so gut wie ausgeschlossen. Das Hotel ist berühmt für seine Diskretion.

Die schwere, in Bronze gefasste Milchglastür führt zur Bar. Aaron zieht seinen Mantel aus und ein Junge mit manikürten Nägeln ist zur Stelle, um ihn ihm abzunehmen. Mit einem angedeuteten Nicken setzt er sich auf einen mit braunem Leder bezogenen Barhocker. Der Barkeeper ist dezent geschminkt, seine atemberaubend schwarzen, dichten Wimpern bewegen sich im Zeitlupentempo, das weiße Oberhemd wirkt wie leicht über einen gut gebauten Körper geworfen, die graugestreifte Weste und die ausgezeichnet sitzende schwarze Hose bilden einen schönen Abschluss. Er serviert Aaron einen Dom Pérignon mit einem lächelnden Zwinkern. Kerzen brennen in Lüstern, Salzgebäck liegt in silbernen Schalen auf dem Tresen. Luxus in seiner schönsten Form umgibt den Gast.

Aaron gleitet neben Edgar, einem etwas behäbigen Mann in seinen Vierzigern. Die Anzugweste spannt leicht über seinem Bauch, aber für den neuesten Klatsch setzt sich Aaron trotzdem immer gerne zu ihm.

»Stell dir vor, Marlene war in Begleitung hier, sie wird leider immer dicker, irgendwann hört es auf, schön zu sein, aber auf mich hört ja keiner. Das Kleid, das sie trug, hättest du sehen sollen.« Edgar tupft sich mit einem lindgrünen Einstecktuch den Schweiß von der Stirn.

»Wie hieß er?« Aaron nippt an seinem langstieligen Glas.

»Oh, du verstehst nicht, es war kein Er.«

»Du meinst, sie ist doch ein Biest? Was Rudi wohl dazu sagt?«

»Wie immer nichts, soweit ich weiß, tröstet er sich natürlich mit einer Schauspielerin. Sie stammt aus Russland. Tamara so heißt sie kümmert sich offiziell um das Kind. Du siehst, alles ist ganz normal. Möchtest du noch einen Dom? Wann wollen wir uns eigentlich mal wieder näherkommen?«

Edgar hat so viel Erotik, wie es ihm möglich war, in seine Stimme gelegt und hofft auf ein Aufwärmen der vergangenen Affäre.

»Ja, setz es auf die 27, und bitte, wir sollten die Vergangenheit ruhen lassen. Ich muss gleich hoch, mein Kunde wartet.«

Aaron schlendert zum Empfang.

»Guten Abend!«

»Generaldirektor Köhler erwartet mich. Würden Sie mich bitte anmelden?«

»Sehr gerne, wen darf ich melden?«

»Einfach nur Aaron, dann weiß der Herr schon Bescheid.«

Die Aufzugtüren öffnen sich wie von Geisterhand. Ein neuer Liftboy mit linkischem Lächeln begrüßt den Gast. Die beiden schauen sich stumm an. Schnell sind sie in der zweiten Etage angekommen, geräuschlos wird die Tür vom Aufzug geöffnet. Suite 27. Die Tür ist nur angelehnt, auf einem zierlichen Stuhl sitzt ein übergewichtiger Mann, der nur Unterwäsche trägt. Die beiden verlieren keine Worte. Die Einzelheiten sind vor Urzeiten besprochen worden, es ist immer der gleiche Ablauf. Die Reituniform liegt im Bad auf einem Hocker, darauf wiederum liegt die Gerte. Die schwarzen, blank geputzten Lederstiefel stehen neben dem Hocker. Das Geld steckt im Zahnputzbecher. Geräusche aus dem Schlafzimmer deuten darauf hin, dass der Kunde sich eine Zigarette anzündet. Mit einem Peitschenhieb in die Luft betritt Aaron das Schlafzimmer der geräumigen, im englischen Stil gehaltenen Suite. Der Kunde zuckt zusammen.

»Habe ich dir erlaubt zu rauchen?«

Dem Nackten wird die Zigarette aus dem Mund geschlagen. Hastig wird die angebrannte Kippe vom Kunden entsorgt.

»Nicht nur, dass der große Junge ungehorsam war, er hat wohl auch seine Hausaufgaben nicht ordentlich gemacht!«

Aaron blättert in einem Schulheft, zählt Fehler auf, kritisiert das Gekritzel. Mit einem roten Stift werden die falsch geschriebenen Worte unterstrichen.

»Ich wollte es ja, aber ich bin doch ein dummer Junge, außerdem hatte ich noch andere Aufgaben zu erledigen …«

»Halt den Mund!«

Der Kunde kniet vor dem Bett, sein Oberkörper liegt bewegungslos auf den weichen Daunen. Die Reitgerte wird durch die Luft gezogen. Ein Schrei wird noch in den Kissen erstickt, aber je öfter die Gerte trifft, umso verzweifelter sucht der Schmerz, sich lautstark zu äußern.

Nach getaner Arbeit liegt der Kunde regungslos auf dem Bett, er jammert, doch Aaron hat sich schon wieder umgezogen. Die beiden vereinbaren einen neuen Termin, der in den jeweiligen Kalender eingetragen wird. Ein letzter ungnädiger Blick. Sein Kunde lässt sich auf den Fußboden gleiten, kauert in Embryohaltung auf dem Teppich, rappelt sich auf und kniet demütig mit gesenktem Kopf zu Aarons Füßen. Erst wenn der Herr das Zimmer verlassen hat, darf das devote Objekt aufstehen.

Aaron stößt die Kneipentür auf, lässt sich zwei mit Bier gefüllte Krüge geben. Vorsichtig balanciert er damit die vier Treppen des Hinterhauses herauf.

»Mutti, bist du noch wach? Schau mal, ich hab was Leckeres mitgebracht.«

Seine Mutter sitzt auf dem alten Sofa und stopft die Socken seiner Geschwister. Alt ist sie und grauhaarig, kaum mehr als einen Meter sechzig groß. Ihre Augen muss sie anstrengen, um den Faden durch das Nadelöhr zu bekommen. Sieben Kindern hat sie das Leben geschenkt, eine Totgeburt war dabei, zwei sind im Kindbett gestorben. Ihr Mann ist bei Bauarbeiten vom Gerüst gefallen. Die Frage, ob seine Mutter je schön war, kann

Aaron gar nicht beantworten, ihre Haare sind dünn, zu einem kleinen Knoten im Nacken zusammengezwirbelt und sie trägt alte, abgewetzte Kleider. Die Nägel ihrer Finger sind vom vielen Putzen schmutzig und brüchig. Zärtlichkeit empfindet er für sie selten.

»Hier, nimm einen Schluck, wir haben zu feiern. Die besten Dekorateure haben eine Prämie bekommen und ich gehöre natürlich dazu. Wir mussten ein Schaufenster zu einem bestimmten Thema dekorieren. Meine Aufgabe war ›Sonnenuntergang am Meer‹.«

»Ach Junge, wo treibst du dich nur immer herum, erzählst Geschichten, machst die Nacht zum Tag. Du streunst herum und lässt mich im Ungewissen. Nie weiß ich, ob ich mir Sorgen machen muss oder ob ich mich beruhigt zurücklehnen kann.«

»Aber Muttchen, es ist alles in Ordnung. Schau mich an! Sieht so ein Herumstreuner aus?«

»Die Annerose fragt immer nach dir, du weißt schon, die Tochter von der Lehmann aus dem Vorderhaus. Also, die arbeitet bei der Post an der Kasse. Nicht schlecht, oder? Kannst du nicht mal mit ihr zum Tanzen gehen? Die ist doch was Reelles.«

Aaron zieht seine Mutter vom Sofa, tanzt mit ihr über den Holzdielenboden und singt:

»Am Abend möcht' ich mit meinem Liebsten segeln gehen, sofern die Winde weh'n.«

Er schmettert laut, will nichts von Annerose hören, will nur eines, kann nichts sagen.

»Mutti, lass uns trinken, so jung wie heute kommen wir nicht mehr zusammen.«

»Der Krause hat wieder geklingelt, wegen der Miete, erhöht hat er sie auch noch. Was soll ich dem nur sagen? Es reicht doch vorn und hinten nicht. Scheißsystem, wenn die Kommunisten dran wären, dann sähe vieles anders aus, das kannst du mir glauben. Demokratie! Wenn ich das schon höre!«

»Mutti, hör auf, ich hab keine Lust, über Politik zu quatschen. Ist doch alles in Ordnung. Hier …«, Aaron drückt ein Bündel Geldscheine in ihre Hände, »damit kannst du die Miete bezahlen.«

»Junge, du sollst doch nicht immer ... Hast du genug gegessen oder es wieder mal vergessen? Du fällst noch mal vom Fleisch ... komm, ich mach dir eine Stulle, Schmalz magst du doch gerne.« Frau Rosenbaum holt ein Brot aus dem Brotkasten, schneidet eine dicke Scheibe vom Laib.

»Mutti, ich werde aus dir nicht schlau. Jüdische Kommunistin, wie passt das zusammen?« Aaron hat sich an den Küchentisch gesetzt, schaut seiner Mutter zu, wie sie die Stulle mit Schmalz bestreicht.

»Und du, Junge, was bist du eigentlich? Arbeitest im KaDeWe. Dein Vater hätte das verurteilt.«

Aaron bekommt die Stulle auf den Tisch geknallt. »Maurermeister war er, wie schön das klingt.«

Frau Rosenberg setzt sich zu Aaron, sie schauen sich an. Aaron weiß, wie sehr seine Mutter den Vater vermisst. Sie wirkt zart, zerbrechlich, wenn sie in Gedanken bei ihm ist, so wie jetzt.

Abrupt ändert sich ihr Gesichtsausdruck, die harten Züge treten wieder hervor. »Aber nein, mein Sohn ist ja was Besseres, will sich nicht die Hände schmutzig machen, ist ja auch peinlich, wenn ich gefragt werde: Was macht eigentlich dein Ältester? Nee, wirklich, Aaron, schön ist das nicht.«

Sie macht eine Handbewegung, als wolle sie eine Fliege vor ihrem Gesicht vertreiben. Aaron beißt herzhaft in seine Schmalzstulle, beide wissen, dass er sich nicht zum Kommunisten eignet.

»Mutti, jetzt hat es endlich geklappt, ich wurde als Statist bei der Ufa aufgenommen. Ich habe aber auch nicht lockergelassen, also haben die von mir eine Karteikarte angelegt. Die wollen, dass ich den südländischen Typ verkörpere.« Aaron lächelt, zeigt seine weißen Zähne, als würde er für eine Zahnpasta Reklame machen. »Irgendwann ziehen wir in eine große Wohnung mit eigenem Bad, und lassen das Hinterhaus und Außenklo hinter uns. Gib zu, das würde dir auch gefallen.«

»Du kommst mit den immer gleichen Flausen im Kopf an, wie oft soll ich mir diese Litanei noch anhören? Geh jetzt schlafen. Morgen gibt es Bouletten mit Kartoffelsalat, außerdem müssen noch Kohlen hochgeholt werden.«

Der Sonntag zeigt sich von seiner schönsten Seite. Und auch Aaron selbst fühlt sich schön in seiner neuen Garderobe, die ihn weltmännisch aussehen lässt. Er trägt den angesagten American-Street-Style. Ein weißes Hemd mit einer braun-gelb diagonal gestreiften Krawatte, darüber eine graue Weste, das passende Sakko ist selbstverständlich. Eine weiße Kniebund-hose, lange weiße Strümpfe, und dazu hochwertige Leder-schuhe mit einer dunkel abgesetzten Kappe vollenden das Bild. Die Sonne wärmt, ohne zu brennen, der Ku'damm ist belebt wie immer, doch weder das Knattern der Autos noch das Ge-trappel der Pferdedroschken stören. All dies wird zur grotesken Hintergrundmusik in einem neuen Stück von Aaron Rosen-baum. Oh nein, diesmal ist es keine Fantasie. Er ist viel zu früh dran, schiebt sein Rad über den Bürgersteig. Wie werden sie den Tag verbringen? Was er wohl beruflich macht, werden sie sich unterhalten können? Man kann sich ja nicht gleich auf das Wesentliche stürzen. Seine Jacke ist ein bisschen zu groß, leicht abgewetzt, die Haare etwas lang. Aaron weiß, dass Herbert für den Massengeschmack zu kräftig ist, doch genau das zieht ihn an. Er will sich geborgen fühlen in starken Armen. Sein Herz schlägt schneller. Endlich mal von einem gehalten werden und nicht immer nur bedienen müssen. Noch eine Wurst und ein Bier. Vor der Wurstbude stellt er sein Rad ab.

»Bitte eine im Darm und ein Pils.«

Die Wurst knackt beim Reinbeißen, heiße Wassertropfen entweichen dem Darm. Das Bier löscht den Durst.

Er hat die Wohnung gar nicht schnell genug verlassen können. Der Dreikäsehoch stellte sich ihm in den Weg. »Ari, nimm mich mit, bitte!« Mit einem »Ich bring dir etwas Süßes mit« bahnte er sich den Weg aus der Wohnung. Der Kleine hatte den Vati nie kennengelernt. Aaron versucht, ein bisschen Vorbild für die Geschwister zu sein, merkt aber, dass er dazu kaum taugt. Kleine Wünsche kann er erfüllen. Mutti fragt schon lange nicht mehr nach, woher das Geld wohl kommen mag. Halb drei, nein, er will auf keinen Fall vor der verabre-deten Zeit da sein, wie sähe das denn aus? An eine Litfaßsäule gelehnt auf sein Rendezvous warten? Unmöglich. Vor dem

KaDeWe Schaufensterpuppen in grellen Farben. Spiegel reflektieren, Menschen flanieren, die Zeit steht still. Die Uhr der Gedächtniskirche lacht ihn aus. Die Zeitungsjungen glauben, Wichtiges vermelden zu müssen. Einsamkeit in ihm, und das hier, auf dem Ku'damm. Nie hatte er einen festen Freund, kaum einer hielt es bei ihm für längere Zeit aus, zu verrückt, auch zu sprunghaft war er, forderte Toleranz. Viele waren überfordert mit seiner Art, sich selbstbewusst zu präsentieren. Sein Leben ist ein Abenteuer, und er genießt es in vollen Zügen. Einer wie er kann nie genug bekommen. Ihm wird viel geboten, doch er will immer mehr und noch mehr, pickt sich die Rosinen aus. Liebhaber, Kunden, Anzüge, teure Seidenhemden, elegante Handschuhe, Manschettenknöpfe, Fahrrad, Budapester Schuhe, einen Siegelring, goldene Armbanduhr, Firlefanz und was es sonst noch so gibt. Seine Liste ist lang, ein Auto steht auch noch drauf. Die Zeiger der Uhren um ihn herum schieben ihn in Seitenstraßen, lassen ihn schleichen, im Kreis gehen, rückwärts trippeln, Fratzen ziehen, auf die Straße spucken.

Endlich Viertel vier. Er sollte ihn noch länger warten lassen, kann es aber selbst kaum mehr aushalten. Da steht er, an eine Hauswand gelehnt. Aarons Herz rast, seine rechte Hand in der Hosentasche ist schweißnass. Hinlaufen möchte er, sich in seine Arme werfen, von ihm hochgehoben werden. Nichts dergleichen geschieht. Angewurzelt bleibt er vor ihm stehen. Schüchternheit durchzieht jede Faser seines Körpers. Hoffen, dass er sie ihm nimmt. Nach Worten suchen, den trockenen Hals verfluchen. Seine schöne, tiefe Stimme hören: »Ich dachte, Sie kommen gar nicht mehr.« Ein unsicheres Lächeln sehen, fühlen, dass er sich auf ihn freut.

Die beiden betreten das Café, es ist mäßig besucht. Pärchen und einzelne Herren sitzen auf grün gepolsterten Stühlen. Das gedimmte Licht schmeichelt, lässt niemanden lächerlich erscheinen. Ein Mann am Klavier spielt amerikanische Schlager. Kellner sind bemüht, die Gäste zufriedenzustellen. Aaron ist bekannt hier. »Hallo, junger Mann«, begrüßt der Kellner ihn und schenkt seinem Begleiter ein Lächeln. Die Bestellung wird aufgenommen. Zwei Kännchen Kaffee, ein Weinbrand und ein Eierlikör, zwei Erdbeerkuchen mit Sahne werden serviert. Sie unterhalten sich ohne peinliches Schweigen. Herbert erzählt von seinem Studium, davon, dass er mit viel Eifer Russisch lernt, von der Agitproptruppe »Rotes Sprachrohr«.

»Du musst dir das so vorstellen: Wir sind keine der üblichen Theatergruppen, unsere Maxime heißt: ›Theater für Arbeiter‹, bei uns steht die politische Überzeugung im Vordergrund. Außerdem versuchen wir uns auch in anderen Formen, zum Beispiel Pantomime, Gedichte, Lieder und Sprechchöre. So kann man nämlich Menschen besser erreichen, auch jene, die zu den Zurückhaltenden gehören. Wir müssen alle Arbeiter mobilisieren, damit sich etwas ändert, weißt du?«

Herberts Augen funkeln vor Begeisterung und Aaron ist ganz gefesselt von seinen Ausführungen, hängt an seinen Lippen. Der Kaffee wird kalt. Likör und Weinbrand werden nachbestellt, unter dem Tisch streifen sich ihre Knie. Erste Küsse werden ausgetauscht. Die beiden schauen sich tief in die Augen. Ihre Hände greifen ineinander. Hier müssen Männer, die sich begehren, nichts befürchten. Aaron löst sich aus Herberts Händen und greift in sein Zigarettenetui, Herbert zaubert in Windeseile Streichhölzer aus seiner Hosentasche und entzündet eines davon. Aaron zieht an seiner Zigarette und bläst mit dem blauen Dunst das Zündholz aus. Die beiden Gesichter nähern sich an, sie sind sich so nah, dass sie einander riechen können. Herbert nimmt Aaron die Zigarette aus der Hand, drückt sie aus, will küssen, ohne zu denken. Aaron schaut der Zigarette hinterher, schaut hoch, betrachtet das Gesicht von einem wunderschönen Mann, wie gerne würde er denken: *von meinem Mann*, es sagen, fühlen bis in alle Ewigkeit. Und wieder treffen sich weiche, zarte, fordernde Lippen. Es ist, als müsste Aaron Luft holen, um einen klaren Kopf zu bekommen und erzählt Herbert einen Traum von ihm.

»Ich bin bei der Ufa Statist, man könnte sagen, wir sind Kollegen.«

Herbert runzelt die Stirn, »Na, ich glaub', das kann man nicht unbedingt vergleichen …«, lacht dann, holt tief Luft, als würde er im nächsten Moment die Kerzen einer Geburtstagstorte ausblasen wollen. Er ist aufgeregt, reibt sich die Hände unter dem Tisch an den Hosenbeinen trocken.

Aaron ist ganz hingerissen von dem schönen Hünen, und legt seine Hände auf den Tisch, sodass Herbert seine hineinlegen kann, dabei rollt Aaron verschmitzt die Augen und lächelt sein Gegenüber an: »Also gut ... Ich wohne im Wedding, habe drei jüngere Geschwister, rauche amerikanische Zigaretten, interessiere mich für Automobile, und für einen großen blonden jungen Mann ...«, lächelt Aaron, »so ... das reicht für den Anfang. Natürlich möchte ich auch von dir alles wissen.« Die beiden strecken ihre Köpfe, küssen sich lange und zärtlich dabei.

»Ich bin Rucksack-Berliner ...«, Herbert in Aufregung, »und komme aus Hohenfinow, das Kaff liegt etwa 60 Kilometer nordöstlich von Berlin entfernt ... dass ich in Berlin besser aufgehoben bin, kannst du dir sicher denken.« Er lächelt, schaut Aaron tief in die Augen, »und ich denke dabei nicht nur an mein Studium ...« Der Satz wird mit einem zärtlichen Kuss beendet.

Der Kellner wird herbeigewunken, die Rechnung beglichen. Der Alkohol ist den beiden zu Kopf gestiegen. Albernheit macht sich breit, sie kichern, schauen sich unentwegt an.

Draußen steht das Fahrrad zwischen zwei sich begehrenden Körpern.

»Wohin?«

»Wannsee?«

Aaron drückt Herbert das Rad in die Hände, dieser übernimmt, setzt sich auf den Sattel und fährt eiernd los. Aaron springt auf den Gepäckträger, beinahe wären sie mit dem Rad umgekippt.

Der See liegt ruhig. Familien verbringen ihren freien Sonntag hier, denken dabei nicht an das Morgen. Der Alltag ist weit weg, nur der Moment zählt. Zwei junge Männer in einem Ruderboot, Herbert hält die Ruder. Aaron sitzt ihm gegenüber. Solange die beiden sich in Sichtweite der Ausflügler befinden, halten sie sich zurück.

Die Zeit vergeht, ohne dass sie das Boot verlassen wollen. Sie liegen unbequem in einer Nussschale. Hemden sind längst ausgezogen, Haut berührt sich. Lippen, Zunge, Hände sind neugierig, erregt. Stöhnen wird unterdrückt. Leidenschaft überflutet die beiden. Schweißperlen rinnen von der Stirn, Rücken, Brust und Hände sind schweißnass. Hosen kleben am Hintern, an den Beinen.

»Noch nicht alles am ersten Tag«, bittet Herbert. Wie soll er sagen, dass er erst zweimal so weit gegangen ist? Wird Aaron verstehen, dass er Zeit braucht, weil es dieses Mal so ganz anders ist als mit den anderen beiden? Da war nichts mit pochendem Herzen. Aaron scheint so erfahren, weiß sicherlich alles über die große Liebe zwischen zwei Männern.

»Was ist los, mein Herz? Wo bist du in Gedanken? Ich merke doch, dass dich etwas beschäftigt.«

»Ich will das nicht hier in aller Öffentlichkeit. Das sollte doch nur uns beiden gehören.«

Ein Lächeln breitet sich auf Aarons Gesicht aus, er nimmt Herbert in die Arme, weiche, volle Lippen küssen sich.

»Lass uns zurückrudern.«

Die zwei machen sich auf den Weg, Aarons Hand liegt auf Herberts Schulter. Unentwegt schauen sie sich an, bleiben zwischendurch stehen, um sich hinter einem Baum zu küssen.

»Wo musst du hin, mit welcher Linie fährst du?«, fragt Aaron.

»Mit dem 77er, nach Charlottenburg. Ich wohne bei meiner Tante Klara.«

»In Ordnung, dann fahren wir zur nächsten Haltestelle. Der Bus kommt in zwanzig Minuten. Es bleibt noch ein wenig Zeit.«

»Wann sehen wir uns wieder, Aaron?«

»Tja, leider bin ich immer so beschäftigt mit meinen Berufen. Lass mal überlegen, Donnerstag kannst du mich abholen, ja?«

»Was meinst du mit Berufen? Statist kann man ja nur mehr als Hobby bezeichnen«, neckt Herbert.

»Liebesdienste und so … also nichts Besonderes, bringt aber gutes Geld.«

Herbert glaubt, nicht richtig zu hören. Sein Magen verknotet sich. *Einfach mal einen verführen, der nicht mit viel Erfahrung protzen kann, weil die Gefühle an erster Stelle stehen? Hat er Syphilis? Was für eine Rolle spiele ich?* Fragen durchbohren seinem Kopf. »Los, verschwinde, du hattest deinen Spaß, nun geh schon und lach dich kaputt. Scheißstricher!«

Aaron reibt sich die Wange, hat nicht erwartet, eine gescheuert zu bekommen. Die schallende Backpfeife hat gesessen, hinterlässt deutliche Spuren. Herbert steigen Tränen in die Augen. Vorsichtig tritt Aaron auf ihn zu, möchte ihn ungeschickt in die Arme nehmen, doch Herbert stößt ihn weg.

»Bitte, du musst das akzeptieren … Außerdem bin ich kein Stricher, ich steh nicht auf dem Alexanderplatz, wo sich Jungs für ein paar Mark fünfzig anbieten oder in einschlägigen Lokalen auf Freier warten. Ich habe Stammkunden, die wissen, was sich gehört, und sich nicht lumpen lassen. Ich brauche Geld, sehr viel Geld. Oder glaubst du, ich will als Trine enden, die im KaDeWe die Fenster dekoriert? Nein, bestimmt nicht. Ich habe großartige Wünsche, möchte das Schauspielern lernen, vielleicht irgendwann mal eine eigene schöne Wohnung, ein kleines, spritziges Auto besitzen. Von mir aus verachte mich, aber in einem musst du mir recht geben: Als Malocher oder kleiner Angestellter kann man in Deutschland nichts werden. Und glaube mir«, Aarons Stimme wird ganz leise, »mit dir, das ist etwas ganz Besonderes, das kann man gar nicht vergleichen. Ich möchte dich wirklich kennen lernen, alles von dir erfahren. Du hast doch auch Träume, oder?« Aarons Stimme zittert. Er macht einen Schritt auf Herbert zu, will seine Hand nehmen, sie halten, greift ins Leere.

»Ich weiß nicht, ob ich das möchte.«

Der Bus kommt, die Zeit drängt, Herbert steigt ein. Aaron steht regungslos auf dem Bürgersteig, schaut dem Bus hinterher.

Haltestelle Lietzenburger. Herbert steigt aus. Die Luft ist warm, für Verliebte geeignet, um sich an einem schönen Platz auf einer Parkbank aneinander zu kuscheln und von einer aufregenden Zukunft zu träumen, das Drumherum zu vergessen.

Seit Stunden läuft er ziellos durch die dunklen Straßen. Gaslampen säumen die Gehsteige, schenken gelbes Licht, werden zu Scheinwerfern, doch er spielt in keinem Film eine Rolle. Das Geschehene spukt in seinem Kopf, sodass er keinen klaren Gedanken fassen kann. So viel er auch hin und her überlegt, er kommt zu keinem Entschluss. Wie denn auch, er hat ja seinen Kopf verloren, an einen liebenswert-verrückten Kerl, den er vor einigen Tagen noch gar nicht kannte. Und jetzt springt er ihm in seinem blöden Hirn herum. *Ich muss ihn einfach aus meinem bedepperten Kopf verstoßen*, denkt er. *Was ist schon groß passiert?* Er ist dabei, sich zu verlieben, so heftig wie nie zuvor. Ein Gefühl wächst in ihm, das er nur vom Hörensagen kennt. Er hat in Romanen davon gelesen, doch war dort alles viel romantischer und von Prostitution war in den Büchern keine Rede. Auf dem Boot vibrierte sein verschwitzter Körper von der Fußsohle bis zur Haarspitze, sein Puls raste. Der schöne Mann reagierte auf sein Verlangen. Herbert ist sich sicher, früher oder später hätte er sich ihm hingegeben, mit Haut und Haaren. Tränen laufen über seine Wangen, er fühlt sich betrogen. Die von der Partei sprechen davon, dass Frauen gezwungen werden, sich zu prostituieren, um protzende Kapitalisten zu befriedigen, außerdem wird ihnen das wenige Geld auch noch von gewalttätigen Zuhältern abgenommen. Und Aaron macht das sogar freiwillig, ist vielleicht mit Spaß bei der Sache, ihm ist alles zuzutrauen, und das aus niederen Bewegungsgründen heraus.

Es ist drei Uhr nachts, als Herbert endlich in seinem Bett liegt. *Bin ich eigentlich viel besser?*, fragt er sich. *Ich bin Kommunist und wohne bei meiner Tante, einer höheren Beamtenwitwe, die mich finanziell unterstützt und einkleidet, zusätzlich kommt auch noch monatlich Vatis Scheck dazu. Ein toller Kommunist bin ich.* Er findet keinen Schlaf, wälzt sich hin und her. In seinem dunklen Zimmer springen ihm alte, dicke Männer ins Gesicht, machen sich über Aaron her, dieser lässt so manches über sich ergehen. Weder das Schließen der Augen noch das Anknipsen seiner Nachttischlampe können die Bilder verdrängen, er fühlt sich ausgeliefert. Der Morgen graut, die Vorstellungen der Nacht sind noch immer in Herberts Kopf, er will sie loswerden, sie weigern sich, zu verschwinden, schlimmer noch, sie scheinen ihn auszulachen, seine Augenlider erschweren sich … Bohnenkaffeeduft weckt ihn.

Tante Klara pfeift in der Küche nach einer Melodie, die aus einem knarzenden Radio erklingt, der Dackel kläfft, gewöhnliche Töne um Herbert, der heute im Bett bleiben möchte, sich am liebsten besaufen würde. Sie ruft ihn aus seinem warmen Bett. Natürlich hat sie schon frische Schrippen gekauft, den Hund an seinem Stammbaum das große oder auch kleine Geschäft verrichten lassen. Herbert hält sich die Ohren zu. Sie kann ohne Punkt und Komma reden. Er schiebt endlich die Bettdecke beiseite, quält sich aus dem Bett, er will die Träume der Nacht vergessen. Und obgleich ihn seine Tante mit ihrer guten Laune verrückt macht, hilft sie ihm, für einen Moment nicht denken zu müssen.

»Guten Morgen, Tantchen«, grunzt er misslaunig. Schrippen sind mit Butter bestrichen und mit Marmelade bekleckst, Kaffee wird eingeschenkt, Sahne dazugetan. »Tantchen, du sollst das doch nicht machen, außerdem muss ich gleich zur Vorlesung, bin eh schon spät dran.«

Beine gehen Wege, die bekannt sind, das Herz schlägt bis zum Hals.

Seit zwei Jahren lebt er nun schon in dieser verrückten Stadt, wie lange hat er davon geträumt, jemandem so nah zu sein wie gestern, um dann alle Ängste über den Haufen werfen zu können? *Blumen? Nein, das ist nun wirklich zu kitschig.* Wittenbergplatz. Die Vorlesung läuft auch ohne ihn. *Ich vergesse einfach, dass er sich verkauft, tue so, als hätte ich es nie gehört. Komme angelaufen wie ein räudiger kleiner Köter mit heraushängender Zunge, laufe ihm hinterher.* Gedanken springen, bringen Unordnung in seinen ansonsten so geordneten Kopf, aber was macht es schon? Es ist sowieso alles durcheinander, Mitglied der DKP, er, der Sohn eines Dorfschullehrers. Landei, nie weiter als bis zum Horizont geschaut, keine Fragen gestellt. In Berlin angefangen, sich

umzuschauen, staunend diese pulsierende Stadt in sich aufgenommen. Von Thälmann gehört, seinen Berlinbesuch herbei-
sehnend, vom Roten Sprachrohr gelesen. Kommunist mit Leib
und Seele geworden. Parolen geschrien, sich nicht zu schade
gewesen, in Armenküchen Suppe auszuteilen. Bei einem kommunistischen Blatt ein Volontariat gemacht.

Herbert steht vor dem KaDeWe. Hier und jetzt kann er
entscheiden, wie es weitergehen soll, denn er weiß nur zu genau, dass er Aaron nicht mit seinen Moralvorstellungen ändern
kann. Hin und her gezogen fühlt er sich, er hat den Kopf verloren, kann, will ohne diesen verrückten, zärtlichen, schönen
Mann nicht mehr sein, auch wenn es bedeutet, dass er sich
verkauft. Er betritt den Luxusladen zum zweiten Mal und will
es den Kunden gleichtun, versucht, das Flanieren zu kopieren,
möchte unauffällig wirken, einfach zur Masse gehören, nimmt
Rolltreppen hoch und runter. Er sehnt sich Aaron so sehr
herbei, er wird sich erklären. Was soll er erklären? Aaron ist
nicht im Warenhaus. Jede Abteilung hat er detektivisch
durchforstet, in Umkleidekabinen gelugt, noch nicht aus der
Kabine geräumte Hosen gesehen, Hemden auf Bügeln. Wo
kann er sein? Hat er frei, ist er kurz rausgegangen, um etwas zu
besorgen? *Quatsch, hier gibt es doch alles,* aber zu welchem
Preis? Herbert öffnet eine Tür. »Nur für Personal« steht in
großen Lettern auf einer grauen Feuerschutztür. Das Treppenhaus offenbart sich, weiße Pfeile auf grünem Hintergrund
zeigen sowohl nach unten als auch nach oben. Lagerräume
sind immer im Keller. Es ist kaum auszuhalten. *Ich werde Aaron finden.* Verraucht ist die Wut, Verzweiflung gewichen.
Hochmut kommt vor dem Fall. Nicht enden wollende Gänge,
einem Labyrinth ähnlichen Geflecht fühlt er sich ausgeliefert.
»Dekoration« steht über einer breiten Tür. Herbert legt seine
Hand auf die Klinke, die Tür lässt sich schwer öffnen, er muss
sich dagegenstemmen. Der Schlager »In einer kleinen Konditorei, da saßen wir zwei bei Kuchen und Tee« ertönt vom
Grammophon, dringt durch den Türspalt, kitzelt im Ohr.

Ein riesiger Tisch mitten im Raum, Regale bis zur Decke,
gefüllt mit Stoffballen, Preistafeln lehnen an grober Wand. Die

Schaufensterpuppen nackt, hinten links Schneemänner, Osterhasen, Weihnachtsmänner, Rehkitze hinten rechts. *Ist hier also sein Reich?* Ein großer, bunter Raum, gerade richtig für einen verrückten Jungen.

Schöner Po, Hände stützen auf diesem Tisch den Oberkörper ab, Kopf geneigt mit Blick auf Zeichnungen. Zigarette hinter das rechte Ohr geklemmt, hinter dem anderen Ohr steckt ein Bleistift.

»Aaron!«

Schweigen. Der Hals ist zu porös, um klare Töne wohlklingend auszusprechen. Der schlanke Körper richtet sich auf und wendet sich um. Schönheit macht das Lager zum Salon.

»Mein Herz, du? Ich dachte nicht …«

Sie laufen aufeinander zu, Herbert hebt Aaron hoch, wirbelt mit ihm durch das Lager, lässt ihn hinunter. Küsse, so viele, dass sie nicht zu zählen sind. Aaron dreht sich aus Herberts Umarmung, um die schwere Tür abzuschließen.

»Ich hab die ganze Zeit an dich denken müssen. Vor noch nicht allzu langer Zeit konnte ich mir nicht einmal eingestehen, dass ich je einen Mann wirklich mit allen Konsequenzen lieben könnte.«

Schweigen erfüllt den Raum. Aaron lässt das Gesagte auf sich wirken, er nimmt Herberts Hände, schaut ihm in die Augen.

Herbert senkt den Kopf. »Ich meine – schau mich an – so sieht Herr Unterdurchschnitt aus.« Er zeigt mit herunterfallenden Armen auf sich. Er trägt ein Hemd, darüber einen leichten Pullunder, eine Kniebundhose, grobe Schnürschuhe. Ausstaffiert von seiner Tante, und im Vergleich zu Aaron fühlt er sich doch nur als der Junge, der vom Land in der aufregenden Metropole gelandet ist. »Exklusivität sieht anders aus.«

Aaron umarmt Herbert.

»Du bist ein Dummkopf! Glaube mir, ich habe einen Blick für beste Qualität und du brauchst dich wirklich nicht zu verstecken.«

Sie ziehen sich einander schnell aus, schauen sich dabei verliebt und neugierig an. Ihre Blicke gehen hinunter, pure

Erregung zeichnet sich für beide. Herbert fühlt Beklemmung in sich aufsteigen. Nackt zu sein erfordert seinen ganzen Mut, jedoch ist ein Zurück keine Option. Er will den Mann hautnah erleben. Aaron genießt den Blick auf den schüchternen Herbert, der versucht seine Erregung zu verdecken. Aaron nimmt Herberts Hände in seine, zieht ihn an sich heran. Sie küssen sich. Herbert lehnt sich an seinen schlanken Körper, die Hände lösen sich voneinander. Herbert umfasst Aarons Hüften. Dieser windet sich hinaus, kniet sich auf den zu harten Boden, um Herberts Glied mit dem Mund zu umschließen. Das Stöhnen wird lauter. Aaron erhebt sich. Der Tisch dient als Liebeslager. Stecknadeln, Zeichnungen, Zirkel, Maßbänder, Stoffstreifen, Pappkartons, Skizzen fliegen auf den Betonboden. Die beiden jungen Männer verschmelzen auf der Tischplatte, sie streicheln sich, schauen einander immer wieder verliebt an. Lippen sind auf Wanderschaft, die Zunge spürt der salzigen Haut nach. Herberts Atem stockt, er kann nicht genug bekommen. Seine Erregung füllt den Raum aus, längst ist die Unsicherheit verflogen, er will nur noch lieben. Aaron genießt Herberts Zärtlichkeiten. Seine Fingernägel hinterlassen leichte Kratzspuren auf dem Rücken seines Liebsten. Beide umschließen jeweils mit einer Hand das erigierte Glied des anderen. Aus einem sanften Umfassen wird ein kräftiges Auf- und Abbewegen der Hände. Und immer wieder küssen sie sich. Herbert will an diesem Tag Aaron besitzen, er will in ihn eindringen, will seine Männlichkeit entladen, pulsierend, laut stöhnend will er kommen. Er hebt Aarons Beine an, zärtlich wird der erregte, angefeuchtete Penis eingeführt. Die beiden schauen sich an, wissen, dass sie das Schönste auf der Welt miteinander teilen. Aaron stöhnt leicht auf, ist ausgefüllt, kein Schmerz, nur Lust und Verlangen, sie lassen sich aufeinander ein, finden ihren Rhythmus. Kurz darauf entladendes Schreien, Stöhnen, Aaron und Herbert kommen beinahe zeitgleich. Ihre Liebesgeräusche bleiben im dicken Gemäuer hängen. Nackt betrachten sich die beiden, ihre Hände streicheln zärtlich die noch immer erregte Haut des anderen. Lachen befreit, wird unterbrochen von Küssen, die kein Ende nehmen wollen.

Die Zeit rückt voran, sie sollten vernünftig sein, sich anziehen, sich verabschieden, sie zögern die Trennung hinaus. Herbert ist auf seinem Ellenbogen gestützt, zärtlich streichelt er Aarons behaarte Brust, die Finger wandern über einen ermatteten Körper, die Augen folgen der Hand, diese berührt flüchtig den beschnittenen Penis. Herbert schaut Aaron fragend an, dieser schließt seine Augen. »Jude eben«, flüstert er unbekümmert.

»Wenn das mein alter Herr wüsste … oh-oh!«, erwidert Herbert, »aber natürlich darf er gar nichts wissen von dem, was wir hier tun«. Er legt sich auf Aaron, verweilt und küsst ihn, dann krabbelt er vom Tisch und seufzt beglückt. Aaron folgt ihm, schaut auf den breiten Rücken, betrachtet die etwas schmalere Taille, den prachtvollen Po, er ist hingerissen von dem, was er sieht. »Ich muss zur Universität, eine Klausur schreiben. Wann sehe ich dich wieder? Ich brauche dich jeden Tag!« Sanft löst Herbert sich aus Aarons Armen.

»Mein Herz, Freitagabend können wir uns sehen, du holst mich nach meinem Feierabend ab, ja?«

»Aaron, erzähle mir niemals mehr von deinen Kunden und nimm auch nicht mehr das Wort ›Liebesdienst‹ in den Mund, es schmerzt zu sehr. Ich will glauben, dass ich der Einzige bin, den du liebst.«

»Aber das bist du doch, glaube mir.«

Sie ziehen sich schweigend an, Herbert ist in Gedanken schon an der Universität. Wird er seine Eifersucht bezwingen können, wird er ihn anschauen können, ohne an die Freier denken zu müssen, die sich Aaron bemächtigen? Aaron steht hinter Herbert, legt seine Hände auf dessen Hüften, küsst den Nacken. Herbert lehnt sich zurück, will nicht denken, nur diesen einen Moment genießen, hört leise an seinem Ohr: »Ich liebe dich jetzt schon.«

BERLIN-DAHLEM – HERBST 1957

Herbert und Aaron verlassen das Schlafzimmer. Warum verdrängen sie immer wieder, dass der Sex ihnen nicht hilft, ihre Probleme zu lösen? Immer öfter verletzen sie sich. Worte werden zu Handgranaten. Was ist ihre Liebe noch wert, besteht sie überhaupt noch? So oft machten sie Klimmzüge, schlugen sie Bögen, verschwanden in Hauseingängen, hielten den Atem an. Längst vergangene Zeiten.

»Möchtest du einen Kaffee?«

Aaron füllt den Kessel mit Wasser, entzündet den Gasherd. Sie schauen sich an.

»Der Bundespresseball, du hast eine Einladung, wirst du hingehen? Soweit ich weiß, wird Hildegard Knef dort sein, Schmeling und seine Frau Anny Ondra auch, Magda Schneider und Tochter werden erwartet.«

»Aaron, wenn wir nichts tun, verlieren wir uns!« Herbert ist verzweifelt, seine ruhige Art verliert sich. »Hilf mir, lass mich nicht allein.« Er hoffte, wie alle anderen auch, dass es nach dem Krieg wieder werden würde wie damals. Die Menschen spuckten in die Hände, glaubten an eine Zukunft. Das Schlagwort hieß »Wiederaufbau«, alle waren voller Hoffnung. Alte Freunde kamen nach und nach wieder aus den Zuchthäusern, den KZs in die so sehr vermisste Stadt zurück. Unvergessen die, die von den Nazis ermordet wurden. Endlich konnten aufregende Pläne geschmiedet werden. Nur ein Wermutstropfen hing in der Luft: Aaron und er konnten sich in der zerstörten Kraterstadt nicht finden. Wie viel Leid kann ein Mann ertragen?

Die Flöte vom Wasserkessel pfeift. »Wie lange kämpfen wir schon? Wann hat unsere Liebe aufgehört, selbstverständlich zu sein?« Aaron bereitet den Kaffee. »Herbert, ich weiß oft nicht weiter. Sobald ich dir die Wagentür öffne, damit du in den

Wagen steigen kannst, möchte ich einen Fussel von deiner Anzugjacke zupfen, lasse es aber, es könnte ja jemand sehen und Andeutungen machen ... Wir sind Gefangene, unsere Gehege haben Höhlen, dort können wir ungestört sein. Unser Gefühl von Sicherheit haben sie uns ausgeschlagen. Schau dir mein Gebiss an, der beste Beweis dafür! Jedes Mal, wenn wir unsere Burg verlassen, schauen wir uns in sämtliche Richtungen um. Bloß nicht auffallen und dadurch verdächtig wirken, nie kann man sich sicher sein. Die Denunzianten haben ihre Arbeit wieder aufgenommen. Sie sollen sehr erfolgreich sein, obwohl es für ihre Arbeit keine Prämien gibt, Ehrensache eben.«

Herbert holt das Kaffeegeschirr aus dem Schrank, sie setzen sich an den Tisch. Müde sind sie. Die beiden fühlen sich um so vieles betrogen. Hände liegen auf der Tischplatte, bewegen sich aufeinander zu. Augen suchen im anderen Halt, doch die Kräfte sind ausgezehrt.

»Wäre die DDR keine gute Idee gewesen? Du bist Kommunist, mit offenen Armen hätten sie dich aufgenommen. Der Schriftstellerverband, hat dich das nie gereizt? Deine Themen wären tiefgreifender, reflektierter, gesellschaftspolitisch von Relevanz. Produktivität auf der ganzen Linie, du hättest wieder Spaß am Schreiben bekommen.«

»Ich war Kommunist? Das ist lange vorbei.«

»Bundespresseball, ja oder nein?«

»Gib mir noch Zeit.«

CHAMPAGNER UND WODKA – FRÜHLING 1927

Feierabend vom KaWeDe. Aaron läuft, was das Zeug hält, er biegt in die Nürnberger, klingelt bei »von Lugenhold«, wirft sich gegen die schwere Haustür, welche sogleich aufspringt. Vier Treppen zu überwinden kann eine Ewigkeit dauern, wenn man es eilig hat. Seine Freundin Anton steht in der Wohnungstür und schaut einem Wirbelwind entgegen. Aaron versucht, Luft zu holen, immer wieder setzt er zum Sprechen an, stolpert über die lästigen Endsilben.

»In Ordnung, wie heißt er? Was will die berühmteste Berliner Edelhure trinken? Ist Champagner gut genug?« Anton hängt Aarons Mantel an die Garderobe und führt ihren zwanzig Jahre jüngeren Freund, der voller Energie Funken zu sprühen scheint, in den Salon. Dort sitzt bereits eine elegant gekleidete, dickliche Frau auf einer Chaiselongue, die nackten Füße auf einem antiken Beistelltischchen abgelegt.

Aaron berichtet, dass er sich verliebt habe, in den süßesten Mann Berlins.

»Aber natürlich. Was denn sonst?«

»Du glaubst es nicht, aber ich schwöre dir, er hatte erst zwei Männer vor mir, natürlich war ich sehr zärtlich, ist ja klar, stell dir vor: im Lager des KaDeWe. Es war so unbeschreiblich romantisch«, Aaron lässt sich in einen Sessel fallen, »na, du weißt ja nicht, wie es sein kann, wenn man den Kopf verliert?« Er seufzt und stellt fest, dass sein Glas leer ist.

»Nein, nein, natürlich nicht, wie auch? Darf ich vorstellen: Claire, die kennst du sicher? Wir haben es uns ein wenig gemütlich gemacht und genießen ein Glas Champagner.«

»Nö, woher denn? Ich brauche noch einen Schluck, kann ich zum Essen bleiben, ich muss mich stärken, na, bei meinen Berufen, da soll man nicht verrückt werden. Diese ganze Anstrengung, und allem muss man gerecht werden … Claire, was machen Sie beruflich? Oder sind Sie vielleicht einfach nur reich? Ach, das muss so wunderbar sein, man genießt jeden Tag, der alltägliche Kram wird vom Personal erledigt. Ich bräuchte meinen Luxuskörper nicht zu verkaufen, an nie zufriedenzustellende Kunden, deren Wünsche ja auch immer ausgefallener werden. Wenn Sie wüssten … na ja, ich will mich nicht beschweren, immerhin lohnt es sich finanziell. Na ja, was kann ein unbedarfter Junge wie ich schon tun?«

Anton schenkt Champagner nach. Aaron fläzt sich in einen Ohrensessel, sein linkes Bein hängt über der Armlehne. Seine Stirn legt er in Falten, schaut in die Gesichter der beiden dicklichen Frauen.

»Anton, ich kann auf Dauer so nicht weitermachen, die Lage ist kompliziert, Herbert hat so seine eigenen Moralvorstellungen, und ist somit gegen Prostitution. Aus seiner Sicht verständlich.«

»Du willst aufhören?«

»Aber nein, ich muss das Geld nur gewinnbringend anlegen, verstehst du?«

»Nein.«

»In einer Ausbildung, ich meine, für mich kommt nur Schauspielerei oder Tanz in Betracht, bei meinem Talent, das versteht ihr doch?«

»Aber natürlich. Woher weißt du das, mit dem Talent, meine ich?« Anton schmunzelt.

»Na, darüber müssen wir wohl nicht diskutieren. Aber wie funktioniert das? Die von der Ufa oder der TOBIS und wie sie alle heißen warten doch nicht auf einen wie mich.«

»Wenn ich mich einmischen darf …«, Claire lässt ihr zartes Champagnerglas in der Hand kreisen, »das Beste ist, wenn Sie Rollen einstudieren, dann sprechen Sie bei einschlägigen Schauspielschulen vor. Reinhardt würde ich empfehlen, mit viel Glück können Sie dort als Eleve eine Ausbildung beginnen.«

»Kann man mit ihm auch über die Art der Bezahlung reden?«

»Ich verstehe nicht.«

»Doch, Claire, du verstehst! Außerdem kannst du den Jungen duzen, sonst glaubt er noch, etwas Besonderes zu sein«, wirft Anton ein, »und nein, mein Lieber, Reinhardt bevorzugt Bares.«

»Der Vorteil ist, dass Reinhardt eigene Theater in Berlin betreibt, in denen er seine Schüler auftreten lässt«, gibt Claire noch zu bedenken.

Aber Aarons Kopf ist schon wieder ganz woanders. »Was gibt es zu essen, Anton?«

»Kalten Braten, Salat, ein schönes Bier dazu.«

Der Abend nimmt kein Ende, der Alkohol macht langsam besoffen, albernes Lachen erfüllt den Raum, die drei sind aufgekratzt. Wohin kann man noch gehen? Eine Frage, beinahe lallend in den Salon geworfen, wartet auf Beantwortung. Das »Cosy-Corner« wird nach heftiger Diskussion endlich als Möglichkeit akzeptiert. Anton weiß zu berichten, dass Klaus Mann hin und wieder mit seiner Schwester dort auftaucht. »Klaus soll dort immer viel Spaß haben, wird erzählt, leider hat er Probleme und konsumiert einfach zu viel, wovon, brauche ich wohl nicht zu erzählen«, endet sie.

Ein Knopf neben dem Lichtschalter wird gedrückt und nur wenige Augenblicke später steht Charlotta in der Tür.

»Gnädige Frau haben gerufen?«

»Ich brauche den Brennabor. Wir möchten noch das Haus verlassen, bitte fahren Sie den Wagen vor.«

Claire und Anton haken sich unter, verschwinden ins Schlafzimmer, um sich in Hosen und Jackett zu werfen. Aaron hat wieder auf Champagner umgestellt, er füllt sein Glas erneut auf.

Endlich sind die Damen wieder zurück, haben sich zu stark geschminkten Männern herausgeputzt. Rote Stola, um den Hals gelegt, sie spielen mit den Geschlechtern, lieben es, Menschen zu verwirren.

»Nun, meine Lieben, dann nichts wie los! Das ›Cosy‹ ruft.«

Die Damen setzen sich ihre Männerhüte auf. Der brummende Wagen steht bereit. Charlotta wirft die Wagentür zu, klemmt ihren dicken Körper hinter das Lenkrad, stöhnt leise:

»Das kann ja wieder eine lange Nacht werden.«

Aus dem »Cosy« erklingt Musik, noch spielt die Kapelle. Die Stimmung ist heiß im Lokal, es wird getanzt, Zigarettenrauch brennt in den Augen. Aaron hat sich entschlossen, die Nacht zum Tag zu machen, das heißt für ihn: mit allen Konsequenzen. Am Morgen wird er mit Kaffee wieder in Gang kommen.

»He, Aaron, lange nicht gesehen. Wo treibst du dich denn in letzter Zeit so rum?«

»Ach Eckbert-Dieter, das Leben fordert mich, aber davon hast du eh keine Ahnung.«

»Aaron, du wirst auch immer eingebildeter!«

»Nimmst du deine Hand von meinem Arsch, ich bin nämlich neuerdings glücklich vergeben, große Liebe und so ... aber das kennst du ja nur vom Hörensagen, nun, jeder muss sein Schicksal annehmen, wie es kommt.«

Aaron bekommt ein Glas mit Champagner in die Hand gedrückt, lässt Eckbert-Dieter stehen, verhindert so, dass seine vergangene Affäre ihn auf die Tanzfläche zieht und zudringlich wird. Die beiden üppigen Frauen tanzen eng umschlungen.

Die Kapelle räumt lange nach Mitternacht die Instrumente zusammen. Die drei ziehen weiter, in ein anderes Tanzlokal, die Nacht ist noch jung, die Stimmung ausgelassen. Alkohol und Drogen fließen in großen Mengen.

Zwei Stunden noch, dann muss Aaron im KaDeWe seinen Dienst antreten. Sein Kopf ist schwer. Die Küche in Antons Wohnung ist hell erleuchtet, seine Augen wollen sich nicht gewöhnen, verweigern dem beginnenden Tag den Zutritt. Aspirin liegt vor ihm auf dem Tisch. Der Kessel pfeift, terrorisiert Aarons Ohren. Kaffeeduft verteilt sich im Raum. Zwei Tassen werden gefüllt. Übermüdet verbrennt sich ein champagnerumnebelter, großer Junge seine Lippen am dampfenden Getränk, unterdrücktes Fluchen bricht sich Bahn.

»Oh Gott, wie soll ich diesen Tag nur hinter mich bringen?«

Aspirin landet im Mund und wird runtergewürgt. Seine Tasse wird immer wieder mit Kaffee aufgefüllt. Der Badeofen ist schon angeheizt.

»Willst du ein Bad nehmen? Mit irgendetwas muss ich dich doch auf Vordermann bringen«, sagt Anton.

Wasser ist eingelassen, Aaron entkleidet sich, rutscht vorsichtig ins heiße Schaumbad, Anton sitzt in einem eleganten Pyjama auf der Toilette.

Die Tablette beginnt zu wirken, Aaron ist schon wieder voller Tatendrang. »Was hältst du davon, am Wochenende an die Ostsee zu fahren? Wir könnten Herbert fragen, ob er Lust hat, mitzukommen.«

»Ich glaube, du hast gar nichts mehr mitbekommen …« Anton erzählt über die letzte Nacht, wie Aaron kaum noch auf die Beine stehen konnte, »… und wolltest unbedingt mit Claire noch vor dem Chicago tanzen … die Straßenreiniger waren schon unterwegs, wir mussten dich immer wieder überreden, in den Wagen zu steigen«, wie ihre Chauffeurin Charlotta mithelfen wollte, Aaron ins Auto zu bugsieren, sie dabei ausrutschte, ihren Fuß verstauchte und ein Taxi gerufen werden musste, und dass sie zurzeit niemanden habe, der ihren Wagen fahren könnte. »Ich will mich jetzt nicht als Großtante Hildegard aufspielen, aber solltest du dir nicht mal über deinen außergewöhnlichen Champagnerkonsum Gedanken machen?«

»Nun übertreibe mal nicht … hin und wieder kann man doch das Leben genießen und über die Stränge schlagen.«

»Aaron, du redest Quatsch. Willst du nicht Karriere machen? Berühmt sein? Von Kunst machen will ich gar nicht reden. ›Star‹ sein, was immer das auch ist, aber es bedeutet auf jeden Fall, hart zu arbeiten, und wenn ich jetzt ins Detail gehe, ohne Namen nennen zu wollen, weiß ich von Claire, dass Alkohol oder Kokain viele Schauspieler kaputtgemacht haben, die dann in der Gosse gelandet sind.«

»Jaja, Anton, bist du mit der Gardinenpredigt endlich fertig? Wenn du so weiter meckerst, rufe ich dich bei nächster Gelegenheit mit deinem richtigen Namen auf dem Ku'damm: ›Mechtild!‹«.

Anton will sich entrüsteten, fängt jedoch herzlich an zu lachen. »Kein Mensch hier in Berlin weiß, dass ich nach dem zweiten Vornamen meiner Patentante heiße … und das soll auch so bleiben!« Sie steht auf, öffnet das Fenster, damit der Dampf abziehen kann, »du weißt doch …«, sie dreht sich wieder zu Aaron, »dass sich viele meiner Freundinnen einen Männernamen gewählt haben.«

Aaron lässt heißes Wasser nachlaufen. »Na wunderbar, da hast du Personal, und wir müssen uns über deren Eskapaden beziehungsweise deren Beinbrüche und was weiß ich noch Gedanken machen.« Er rutscht bis zum Hals in die Wanne. »Unabhängig von Lohnempfängern sollte man sein.« Zwei spitze Knie schauen aus den Schaumbergen heraus. »Na klar, wir machen den Führerschein, das wird super. Abgemacht?«

»Aaron, du spinnst. Nur weil Charlotta einmal ausgefallen ist. Vielleicht hast du schon mal davon gehört: Von Berlin aus fährt auch die Reichsbahn an die See, oder wir mieten eben eine Fahrerin.«

»Nein wirklich, Anton, mit der Bahn, das ist zu gewöhnlich. Unabhängig von deiner zweiten Idee können wir das Autofahren lernen, dann lasse ich mich ausnahmsweise auch darauf ein, mit der Bahn an die See zu fahren. Victors Fahrer hat mir eine Fahrschule empfohlen.«

Anton reicht Aaron ein Badelaken.

»Ich überlege es mir, und werde Fahrkarten reservieren lassen.«

Aaron kleidet sich an, bürstet sein feuchtes Haar.

»Dann treffen wir uns am Samstag in der Früh bei mir, die genaue Uhrzeit lasse ich dir noch zukommen. Übrigens bin ich neugierig auf deinen neuen Liebhaber«, spöttelt Anton.

ALLE AUF DIE BÜHNE! – FRÜHLING 1927

Herbert sitzt im Vorlesungssaal, versucht, seinem Professor zu folgen. Nur Fetzen kommen bei ihm an. Es ergibt keinen Sinn: Pressefreiheit, Unabhängigkeit. Als aufklärender Reporter hat man eine besondere Verantwortung. Herbert hängt seinem großen Traum nach: Einmal nur möchte er in die Sowjetunion reisen. Als Reporter über die Erfolge des Kommunismus berichten, wie sich die Menschen vom Feudalsystem befreit haben, nicht zuletzt auch durch Waffengewalt. Jeder war bereit, alles zu riskieren, auch das eigene Leben. Kolchosen würde er besuchen und ergründen, sehen, wie die Landwirte zusammenarbeiten auf den großen, weiten Feldern und sich von der großartigen Alphabetisierung berichten lassen. Neugierig zuhören, im Einzelnen erfahren, dass die Frauen die gleichen Rechte wie die Männer haben. Und dann, zurück in Deutschland, würde er niemanden in Unkenntnis darüber lassen. Die gerechte Verteilung der Nahrung. Hunger ist zum Fremdwort geworden. Und zu guter Letzt noch Genosse Stalin interviewen. Er könnte in Zeitungen eine Serie über dieses wunderbare Land und seine Erfolge schreiben. Herbert versucht wieder, seinem Professor bei dessen Ausführungen zu folgen. Doch die Gedanken schweifen zu seinem Freund. Er schaltet im Kopf einen Schalter um. Andere Bilder drängen an die Oberfläche. Sein Vater wird nach Berlin kommen. Text muss er auch noch lernen. Heute treffen sie sich im Proberaum, um weiter am Stück »Hallo, Kollege Jungarbeiter« zu proben. Hoffentlich hat Valentin ihn nicht wieder so im Blick, der ist immer besonders kritisch, nur weil Herbert, im Gegensatz zu den Arbeitern aus der Truppe, ein Studium absolviert.

Wodka fließt in Gläser, da ist er dann wie alle anderen auch. Na dann, viel Spaß und Arbeiter an die Macht! Herbert fühlt sich aufgehoben, er weiß, dass er den richtigen Weg eingeschlagen hat. Ja, er ist mit Leib und Seele Kommunist und denen gehört die Zukunft.

»Leute, alle auf die Bühne! Manchmal denke ich, ihr seid nur ein Haufen Hummeln … nicht nur, dass ihr euren Text nicht gelernt habt, ihr fühlt auch eure Rollen nicht.« Valentin bewegt sich hin und her. »Herbert, glaubst du wirklich, dass ein Arbeiter nach einem Zwölf-Stunden-Tag so die ungeheizte Küche betritt? Seine Frau versucht, aus Mehl, einigen Kohlrüben und verfaulten Kartoffeln ein Abendessen zu bereiten. Die Kinder sind hungrig, die Betten sind feucht, eines wurde vermietet. Sobald der älteste Sohn auf Nachtschicht ist, wird das Bett vom Produktionsarbeiter Michael in Beschlag genommen.« Die Stimme des Regisseurs ist eifrig. »Ich sage: Nein, du verstehst es nicht, hier geht es um mehr, die grenzenlose Armut, die Verzweiflung, das Geld reicht nie, die Menschen träumen von einer gerechten Welt. Sie haben von der Sowjetunion gehört, wissen, dass sie einen hoffnungsvolleren Weg vor sich haben. Die Weltrevolution. Doch bis dahin bohrt der Hunger jeden Tag tief in die Magengruben.« Der Macher ist außer sich. »Verdammt noch mal, gib dir endlich Mühe! Hier geht es nicht nur um Schauspielerei, wir müssen immer die neue Zeit im Kopf und vor allem in unseren Herzen tragen, verstehst du?«

Herbert erschrickt, die Lautstärke, in der man ihm Vorwürfe macht, verunsichert ihn und lässt ihn zu einem beschränkten Nichtsnutz werden. Röte schießt ihm ins Gesicht. Er hört genau zu, was Valentin zu sagen hat, wie er ihm begreiflich macht, dass er darauf zu achten hat, sich wie ein ehrlicher Arbeiter zu fühlen.

»Wir machen eine Pause.« Valentin hat wieder rumgepoltert, Floskeln werden zwischen den Schauspielern hin und her geworfen, bevor der Regisseur seine Truppe wieder zusammenpfeift. »Seid vernünftig … alles auf Anfang!« Nun treibt er die jungen Leute wieder in ihre Rollen, peitscht Befehle von seinem Regiestuhl aus, hilft bei Texthängern. Er ist Perfektionist und auch stolz darauf, dennoch bereit, das eine oder andere durchgehen zu lassen, doch bei der Arbeit hier verlangt er höchste Konzentration. Eine russische Delegation wird in zwei Monaten erwartet, vor denen wollen sie ihr Stück aufführen. Nach zwei Stunden ruft er: »Feierabend! Nächste Woche habt ihr den Text gelernt, ist das klar, Genossen?«

»Genossen« kommt einem Ritterschlag gleich. Herbert inhaliert jede Silbe. Er gehört zu ihnen.

KaDeWe. Die letzten Kunden haben das Warenhaus verlassen. Aus dem Personalausgang strömen Sekretärinnen und Kassiererinnen, Verkäuferinnen, Schneiderinnen, Dekorateure, Buchhalter und Kantinenarbeiterinnen.

Auf dem Bürgersteig ein blonder Kopf, überragt viele, wird von Aaron erfreut wahrgenommen.

»Wie verabredet: Hier bin ich.« Herberts Augen strahlen Unsicherheit aus.

Sie stehen sich nah gegenüber.

»Gehen wir essen?« Aaron lächelt. »Nicht weit von hier gibt es eine kleine, gemütliche Kaschemme mit alten, groben Holztischen.«

Sie spüren den Atem des anderen.

»Wohin willst du mich entführen? In die Unterwelt?«, witzelt Herbert.

Sie verweilen, schauen sich zärtlich an.

»Na, wer weiß, was der Abend noch mit sich bringt.«

Die Decke hängt tief, in kleinen Nischen auf den Fensterbänken stehen wappenverzierte Bierkrüge. Rauchschwaden von russischen Zigaretten hängen in der Luft. Der Kellner bringt Eintopf. Die beiden trinken Bier, essen mit großem Appetit. Küsse sind in dieser Umgebung ausgeschlossen, jedoch finden sich unter dem groben Holztisch ihre freien Hände, wollen sich nicht voneinander lösen. Sie verschlingen sich mit den Augen, der Wunsch, sich ungestört zu küssen, ist spürbar. Seufzer werden unterdrückt.

»Du willst sicher nach Hause!« Herbert hat Aarons Gähnen hinter vorgehaltener Hand längst wahrgenommen. »Ich sehe doch, dass du kaum noch die Augen aufhalten kannst …«

Sie lächeln, legen die Löffel beiseite, schauen sich an, um dann vom Tisch aufzustehen, die Rechnung wird im Stehen beglichen.

Im Freien, die Luft ist warm, streichelt die beiden Verliebten. Sie gehen nebeneinander, Aaron gibt die Richtung vor. In einer engen Gasse bleibt er unerwartet stehen, hält Herbert an seinem Hemdsärmel fest.

»Ich möchte noch nicht nach Hause«, flüstert Aaron, abrupt muss Herbert stehen bleiben, ihm zugewendet, »ich will die Nacht mit dir verbringen.« Fragend schaut Aaron Herbert tief in die Augen. »Einige Straßen weiter kenne ich eine kleine Pension, dort werden wir heute übernachten ... außer du ziehst es vor, die Nacht allein zu verbringen?«

»Nein, ganz und gar nicht«, erwidert Herbert und spürt, wie ihm die Hitze ins Gesicht steigt.

Aaron bittet Herbert, einen Moment vor der Pension zu warten. Nun steht er im Eingangsbereich am Tresen, erklärt der alten Greta, dass er diesmal nicht mit einem Kunden erscheint, sondern mit seinem süßen neuen Freund, bittet darum, keine Bemerkung fallen zu lassen, die darauf hindeuten könnte, dass er sich hier immer wieder mal mit Kunden blicken lässt. Aaron holt seinen Herbert in die Pension, sie nehmen die Treppe in die erste Etage, nichts, was an seinen Beruf erinnert, zeigt sich heute, keine Sektflasche, keine speziellen Spielzeuge, die rote Birne muss nicht in die Fassung gedreht werden, die Beleuchtung der Nachttischlampe reicht für zwei Verliebte aus.

Die Männer stehen mitten im Raum. Für einen Moment ganz still. Sich ganz tief in die Augen schauend. Und dann fallen sie übereinander her.

Das alte Bett macht bei jeder Bewegung Geräusche, es ist nur neunzig Zentimeter breit, viel mehr Platz brauchen sie nicht. Die Vorhänge sind zugezogen, die Hinterhöfe noch hellwach. Aaron und Herbert küssen sich. Immer wieder. Immer in Leidenschaft versunken. Aus dem halbgeöffneten Fenster ein Kindergeschrei, eine Frau verlangt nach Ruhe. Teppiche werden geklopft. Ein Ball knallt immer wieder gegen die Mauer.

Eine Frauenstimme schreit »Essen fertich!«. Die Geräusche streifen zwei liebende, junge, nackte Körper, die Dunkelheit umarmt beide Männer und segnet sie sanft ab. Der Mond schenkt ihnen zärtliches Nichtstun, die Nachttischlampe ist ausgeknipst, zufriedenes Schnarchen weiß noch nichts vom Morgen danach.

Die Sonne kitzelt Nasen. Arme liegen übereinander, Augen blinzeln. Lippen berühren sich zärtlich.

»Guten Morgen«, flüstern sich die beiden zu, obgleich es keinen Grund gibt, leise zu sein. Herbert streckt sich, Aaron steht auf, um nach den Zigaretten zu kramen, legt sich mit diesen wieder zu Herbert. Er steckt sich zwei in den Mund und zündet sie an, Herbert nimmt sich eine davon und atmet den Rauch tief ein.

»Von einem Leben wie diesem träume ich schon sehr lange, nur dachte ich nie daran, dass es eines Tages wahr werden könnte. Meine Familie ist katholisch, alles, was nicht der heiligen Ehe entspricht, ist Sünde. Mein Vater liebt mich sehr, aber er würde mir dieses hier nie verzeihen.« Herbert ascht seine Zigarette im Aschenbecher ab, er setzt sich auf die Bettkante.

»Meine Mutter ist Kommunistin …«, Aaron drückt seine Zigarette in dem ihm gereichten Aschenbecher aus. Er küsst Herbert oberhalb des Pos. »Kommunisten kämpfen für die Gerechtigkeit, aber uns so leben zu lassen, wie wir es wollen, ist mit ihrem Denken auch nicht vereinbar … Und deine Mutter …? Ist sie Hausfrau?«

»Sie ist verstorben, ich erinnere mich nur sehr dunkel an sie. Ich glaube, meine Eltern waren glücklich.« Herbert erhebt sich aus dem Bett, drückt seine Zigarette aus, greift nach seiner Unterhose.

In dem kleinen Frühstücksraum steht der Kaffee schon dampfend auf dem Tisch.

»Meine Freundin Anton und ich wollen an die Ostsee fahren, hättest du Lust, mitzukommen?«

»Das wird leider nichts, mein Vater ist am Wochenende in Berlin.«

»Ist da wirklich nichts zu machen?« Aaron rollt die Augen, wirft die Stirn in Falten, spitzt seine Lippen. »Mein Herz, bitte, das wird wunderbar, wir werden auf weißem Sand liegen, Burgen bauen, Fisch essen und uns verliebt anschauen.«

»Ich schau, was sich machen lässt, aber ich kann dir nichts versprechen.«

BERLIN-DAHLEM – HERBST 1957

Herbert sitzt wieder vor seiner Schreibmaschine, starrt auf die Worte auf dem Papier:

»War es wirklich so einfach? Dachte Heiner nur zu viel nach und standen seine neuerlichen Ängste aus der Vergangenheit seiner unbeschwerten Zukunft mit einer wunderbaren Frau im Weg?«

Nicht einmal die Stricksocken können Herberts Füße wärmen, der Tee ist ohnehin auch schon kalt geworden. Der Aschenbecher schon wieder voll, der Rauch dutzender Zigaretten hängt im Arbeitszimmer. Aarons federnde Schritte, die einen leicht schleppenden Eindruck hinterlassen, beleben das Haus. *Wie bekomme ich ein erträgliches Ende hin?* Die Schultern werden nach unten fallen gelassen. Herbert lässt den Kopf kreisen. Wieder zündet er sich eine Zigarette an, er wollte das Rauchen reduzieren, doch die Einsamkeit frisst ihn auf. Heiners Unterbewusstsein schien die Antwort auf diese Fragen zu kennen, denn plötzlich breitete sich ein wohlig warmes Gefühl in seiner Brust aus und eine Last schien von seinen Schultern zu fallen. Herbert quält sich, er muss nach Worten suchen, findet sie dann belanglos und tippt sie dennoch in seine alte Schreibmaschine, liest das gerade Entworfene, kratzt sich den Kopf, verzieht sein Gesicht, zieht ein fertig beschriebenes Blatt aus der Maschine, legt ein neues ein.

Da war dieses Interview in der Provinz gewesen, ein Reporter, der ihn in die Mangel nehmen wollte – »Sie verstehen sich also als Schriftsteller, ja?« – ihn vorführen – »Na ja, Ihre Leserschaft ist wohl auch liebreizend ...« – um seine Arbeit bloßzustellen – »und wenig gebildet?« – Das war nicht schwer, keiner wusste besser als Herbert, dass seine Bücher nicht zum Pulitzer-Preis taugten. Jedes Wort glich einer Ohrfeige, das Gefühl, zum Schafott geführt zu werden, tauchte vor seinem inneren Auge auf. Die Beleidigungen nahmen kein Ende: »Nun, mir kommen die heutigen Schriftsteller alle sehr weich gespült vor, wissen Sie. Es gibt einige Ausnahmen, zum Beispiel Böll, Grass, Max Frisch. Haben Sie je etwas von Thomas, Heinrich, Klaus oder gar von Golo Mann gelesen?« Sprachlosigkeit lähmte ihn, seine Kehle war wie zugeschnürt. Eine Faust machte sich sekundenschnell in seinem Gesicht breit, hinterließ keine Spuren. Er schrieb für Frauen im mittleren Alter, seichte Geschichten, ohne besondere Tiefe, aber wer verlangte im Moment danach? Seine Bücher ähnelten den buntkitschigen Heimatfilmen, welche landab und landauf über die Leinwände flimmerten. Kulissen mit schönsten Farbaufnahmen von den Bergen Deutschlands und Österreichs. Auch Seeblick wurde alternativ gezeigt, selbst die Lüneburger Heide kam nicht zu kurz. Es war so einfach, die Republik zu beglücken. Eine der wenigen Ausnahmen war »Die Sünderin« mit Hildegard Knef. Der Film behandelte Prostitution und Selbstmord und Hildegard Knef wurde nach der Premiere zum Freiwild. Kirchen, Verbände und Moralapostel glaubten, sich ereifern zu dürfen. Menschen demonstrierten vor den Lichtspiel-Theatern, wollten die Aufführung verhindern. Hildegard Knef gab Interviews, bei einem wurde es ihr zu bunt, die Moral waberte, machte sich breit, alle sollten ein biederes Leben führen, über Sexualität wurde seit der Weimarer Republik nicht mehr geredet. Da saß sie also, aufrecht, gerade, zog an ihrer amerikanischen Zigarette, inhalierte tief, blies aggressiv den Rauch heraus. – »Gibt es tatsächlich, sechs Jahre nach dem Zusammenbruch des Dritten Reichs, keine wichtigeren moralischen Themen zu diskutieren als die vermeintliche Sittenlosigkeit der ›Sünderin‹?«– In diesem Moment, so wurde danach berichtet, hätte man eine Stecknadel fallen hören können. Also ist es zur Mode geworden, Reales außen vor zu lassen. Die Menschen wollen essen, wenn möglich reisen, sie sparen auf Möbel oder einen Fernseher, der Volkswagen steht natürlich auch auf der Wunschliste. Nur nicht erinnert werden an vergangene Zeiten. Schwamm drüber. Und so schlimm war das Ganze doch auch wieder nicht. Herbert suchte eine Antwort auf die Fragen des Reporters. Dieser saß lauernd in einem Sessel, an seiner Pfeife ziehend, tief einatmend, verströmte er einen wohligen Vanillegeruch. Genüsslich umschlossen breite, blaurote Lippen, auf der oberen befand sich eine dunkelbraune Warze, das Mundstück. Einen alten Rollkragenpullover, der, zu eng, seine dicke Brust betonte, trug der Wichtigtuer. Herbert überlegte, das Interview auf die Spitze zu treiben. Eine filterlose Zigarette wurde in die schwarze Spitze gesteckt, ein süffisantes Lächeln aus dem Hosenbund in das Gesicht gezaubert. Unmerklich drückte Herbert seinen Rücken durch: »Wissen Sie, das Wichtigste beim Schreiben ist der Rotwein, gleich neben meinem Schreibtisch stehen immer mehrere Flaschen, diese werden von meiner Geliebten entkorkt und sobald mir nichts mehr einfällt, mache ich es mir mit meiner Brünetten gemütlich, na, Sie wissen ja, wie wir Künstler so sind, wenn ich mich so bezeichnen darf?« Der Reporter wurde mit Klischees mundtot gemacht. Niemand in Berlin würde sich je für das Interview hier im Kaff interessieren. Der Fragesteller fühlte sich nicht ernst genommen und wiederholte immer wieder: »So können Sie doch nicht auf meine Fragen antworten!«– »Oh doch, es ist nun mal die Wahrheit.« Herbert verließ die Redaktion. Aaron wartete vor dem Wagen. Er öffnete den hinteren Wagenschlag. Belustigt ließ sich ein Kitschromanautor in den Fond fallen.

Ablenkung suchte er, um nicht ein Wort weiter schreiben zu müssen. Sollte er die Ideen anderer Schriftsteller kopieren oder einfach eine neue Geschichte aus seinen alten Büchern zusammenschustern?

»Lauf niemals wieder vor mir fort!«, warnte er sie eindringlich. »Die letzte Nacht war die schlimmste meines Lebens.«
»Nie wieder mache ich so etwas Dummes.«
Sie lehnte sich an seine starke Brust und wusste sich von nun an in Sicherheit.

Der letzte Satz seines neuen Romans ist geschrieben, um das Lektorat und alles andere kümmert sich der Verlag. Wie konnte er nur so ein unbedeutender Schriftsteller von Liebesromanen werden? Nun, er wollte Geld verdienen, viel Geld, das war als Reporter nicht möglich. Die Menschen sehnten sich nach dem Krieg nach seichten Liebesgeschichten, die nur ein Happy End zuließen. Er las jeden der neuen Liebesromane, auch die des neunzehnten Jahrhunderts interessierten ihn, dabei schaute er sich die Struktur der Geschichten an. Er entwarf Biographien für seine Protagonisten, dann kreierte er die passende Umgebung, letztendlich wurde eine junge Frau immer von ihrem Traummann befreit, und das in den unterschiedlichsten Konstellationen.

Aaron machte sich mit dem ersten Manuskript auf der Suche nach einem Verlag, er ließ sich von Zurückweisungen nicht entmutigen und letztendlich wurde er fündig.

FAMILIENLÜGEN AN EINEM SONNTAG –
FRÜHLING 1927

Der Sonntag verspricht, ein Familientag zu werden. *Aaron wird sich an der Ostsee in der Sonne aalen*, denkt Herbert in Berlin, während er den Tag mit der Familie verbringen wird. Er schlendert in der Pyjamahose über den Flur mit seinen abgezogenen Dielen und den Teppichen darauf. Der Schlüssel wird ins Schloss gesteckt und noch ehe die Wohnungstür geöffnet wird, ist das Gekläffe des Hundes schon im ganzen Haus zu hören. *Komisch, dass sich bisher noch nie einer der Nachbarn beschwert hat* – Tante Klara ist wie immer zu warm angezogen, hängt ihren gefütterten Sommermantel auf, streift die Schnürschuhe von den Füßen. Sie hat Schrippen gekauft, wie jeden Sonntag, und setzt schon den Wasserkessel auf den Herd.

Zehn Minuten später sitzen die beiden am reichlich gedeckten Frühstückstisch, Herbert halbnackt. Noch immer kläfft der Hund. Tante Klara redet ununterbrochen. Sie steht auf, öffnet das Fenster, um Luft herein zu lassen, setzt sich, kleckst Marmelade auf ihre Schrippe, steht auf, dreht den Gasherd auf, stellt eine Pfanne darauf. Herbert braucht gar nicht zu erwähnen, dass sie dieses Mal kein Rührei für ihn bereiten muss. Sie kommt zurück zum Tisch, nimmt einen Schluck vom Kaffee, wendet sich gut gelaunt wieder dem Ei zu. Herbert rührt mit dem Löffel in seinem Kaffee, der Hund nervt ihn. Das Rührei wird auf seinen Teller gekippt. Zwei Eier, geschätzte 100 Gramm Butter, kein Wunder, dass ihm jeden Sonntagmorgen der Appetit vergeht. Sein Vater wird heute erscheinen, dieser Tag verspricht nichts Gutes. Tötungsarten für den Köter gehen ihm durch den Kopf, er würde human vorgehen, so ein Hund ist auch ein Lebewesen. *Man könnte ihn sich überfressen lassen, bis er platzt* – Herbert grinst.

»Nichts geht über einen gemütlichen Sonntagmorgen ...«, Klara, wieder am Tisch sitzend, »nicht wahr, mein Lieber?«. Herzhaft beißt sie ein weiteres Mal in ihre Schrippe. »Und, freust du dich, deinen Vater heute zu sehen?« Tante Klaras Gesicht strahlt, im Moment kann ihr keiner den Tag madigmachen. »Wie wollen wir den Tag verbringen? Hast du dir etwas überlegt? Natürlich gibt es am Abend Spargel, ausgelassene Butter ... oder lieber Sauce Hollandaise? Das wird ein Fest, nee wirklich, ich freu mich so!«

»Tantchen ... vielleicht können wir in den Botanischen Garten gehen. Mir reicht Butter auf dem Spargel, aber Vati will auch gefragt werden, wir werden nicht einfach über seinen Kopf hinweg entscheiden können. Du weißt ja, wie er am liebsten bequem auf dem Sofa sitzt und nichts weiter tut, als seine Bibel zu studieren.«

»Ach ja, der Eddy war schon immer ein bisschen sonderbar, immer saß er auf der Ofenbank, mit der Nase in der Bibel vertieft hat er die Welt um sich herum vergessen, während wir über die Felder liefen, die Äpfel von dem Bäumen pflückten, im See schwimmen gelernt haben. Und das Unterrichten an der Dorfschule, das kann doch einen Mann nicht ausfüllen, aus seinen Schülern kann sowieso nichts Vernünftiges werden ... Ich frage mich, warum er nicht zu uns nach Berlin gekommen ist? Ich habe das doch auch getan, und sieh, was aus mir geworden ist.«

Herbert enthält sich eines Kommentars, beißt in seine dick mit Butter und Marmelade bestrichene Schrippe. Tante Klara holt groß aus und niemand hält sie auf.

»Als deine Mutter gestorben war, boten wir ihm an, mit dir hier in Berlin zu leben, vorerst hätte ich mich um dich gekümmert, arbeiten brauchte ich ja nie, so wie es die Arbeiterfrauen müssen oder die jungen Frauen es auf einmal wollen. Frau Martern hat mir erzählt, dass ihre Nichte sogar Architektur studiert. Zeiten sind das heutzutage! Gott sei Dank hat der Gustav immer gut verdient.« Sie schaut sich im Esszimmer um, es scheint, als wolle sie den soeben ausgesprochenen Satz noch nachklingen hören. »Dein Vater hätte die Chance ergreifen sollen, hier ein neues Leben mit dir zu beginnen. Dein verstorbener Onkel kannte einflussreiche, wichtige Leute, er wäre als Fürsprecher aufgetreten, was meinst du, was alles möglich ist, wenn man Menschen kennt, aber der Eddy wollte ja unbedingt in diesem Nest bleiben. Ich glaube, für dich wäre es erst recht gut gewesen, bei einer liebenden Mutter aufzuwachsen. Wir hätten es uns gut gehen lassen, nicht wahr?«

»Du bist meine Tante.«

»Ach, du weißt doch, was ich meine. Ich denke oft daran zurück, wir besuchten euch, natürlich gab es nur trockenen Kuchen, von einer alten, kurzsichtigen, dicken Landfrau gebacken, der ständig die Nase lief. Wer weiß, was die alles in den Teig getan hat. Ich hab dich immer in meine Arme schließen müssen, du wolltest gar nicht, dass ich dich wieder loslasse.«

»Tatsächlich? Daran kann ich mich nicht erinnern.«

»Wirklich nicht? Und dann dieser Kirchenkram! Nein, mein Junge. Heiligabend, Ostern, Pfingsten, na gut, aber doch nicht jeden Sonntag in die Kirche latschen. In meinen Augen kann so etwas nur schädlich sein.«

»Ich hatte auch meine guten Zeiten in der Kirchengemeinde. Ich habe noch immer den Weihrauchgeruch in der Nase. Und du musst zugeben, die Katholiken halten einen ehrfürchtigen Gottesdienst. Nur glauben konnte ich ihnen irgendwann nicht mehr.« Herberts Gesicht scheint Erinnerungen wahrzunehmen.

»Dein Vater hat ein Recht, zu erfahren, wie es um dein Studium steht. Also, wirst du ihm reinen Wein einschenken?« Klara mustert ihn streng über den Rand ihrer Kaffeetasse hinweg.

»Tantchen, das geht nicht, es ist zu früh. Vati wird mich enterben!«

»Wenn das alles ist, dann hast du ja nichts zu befürchten.« Es hat geläutet.

Klara und Herbert sind überrascht, erheben sich. Der Hund hört endlich auf, nach der Wurst vom Tisch zu betteln. Die Beamtenwitwe schaut noch mal schnell in den

Garderobenspiegel, bevor sie die Wohnungstür öffnet. Klaras Bruder betritt den Flur.

»War das eine Bahnfahrt, du glaubst gar nicht, wer sich alles auf den Weg in die Hauptstadt macht. Nun ja, wo ist mein Sohn?«

Klara hält ihrem Bruder die Wange hin.

»Vielleicht begrüßt du mich erst einmal, bevor du die Wohnung stürmst … bist früh dran … immerhin verpasst du doch sonst nie deinen Gottesdienst …?« Sie flüstert ihm ans Ohr: »Er ist im Esszimmer … beim Frühstück«, und dann wieder lauter, »zieh erst mal den Mantel aus …«

»Nun…«, Eddy kommt Klaras Wunsch nach, hängt sein Mantel auf, dreht sich zu ihr um, »gestern war ich noch in der Dorfschule, heute Morgen im Gebet zu meinem Gott versunken … du siehst, es ist alles im Lot«, dennoch straft er seine Schwester mit dem üblichen herablassenden Blick, sobald er sich auf den Arm genommen fühlt. Welten prallen aufeinander, wie sie unterschiedlicher nicht sein könnten. Die resolute, praktisch denkende und handelnde Klara und Eddy, der schnell überforderte Dorfschullehrer, der an seinen unumstößlichen christlichen Werten festhält.

Die beiden laufen in die Küche, wo Herbert und sein Vater sich mit einer Umarmung begrüßen.

»Eddy, setz dich. Wir haben noch gar keine richtigen Pläne für den heutigen Tag geschmiedet, dein Sohn hat den Botanischen Garten vorgeschlagen, aber jetzt gibt es erst mal frischen Kaffee.«

»Junge, erzähl doch mal, wie es dir so ergangen ist. Ich weiß so wenig von dir.«

»Ach Vati, da gibt es nicht viel zu erzählen, immer das Gleiche.«

»Dass ich nicht lache: ›immer das Gleiche‹. Und warum kommst du dann mitten in der Nacht nach Hause?«, fällt Klara in das Gespräch ein.

»Tantchen, du übertreibst … ich konnte nicht schlafen und da bin ich halt noch mal runter.« Herbert ertappt sich dabei, dass er zu laut und zu aufgeregt reagiert. »Wie geht's denn so in

Hohenfinow?« Er muss das Thema wechseln: »Ist die Trude vom Hagener Hof immer noch scharf auf dich?«

»Herbert, mäßige dich, oder habe ich dich so erzogen?« Ein Vater-Satz, den Herbert immer wieder vor die Füße geworfen bekommt. »Also wirklich … nach dem Tod deiner Mutter war jede Frau für mich tabu. Deine Wortwahl gibt mir eh zu denken.«

»Soso, und bevor sie das Zeitliche segnete, da warst du wohl kein Kind von Traurigkeit?« Die Schwester grinst.

»Klara, wie kannst du nur? Manchmal frage ich mich, ob Berlin für euch der richtige Ort ist. Nicht mal gedacht habe ich an andere Frauen.«

Klara schenkt Kaffee ein und setzt sich zu den Männern.

»Herbert, also?« Der Vater lässt nicht nach.

Herbert weiß, dass er früher oder später Farbe bekennen muss: »Die Arbeit im Antiquariat macht viel Spaß, ich komme mit vielen Menschen in Kontakt, so etwas kann man ja immer gebrauchen. Natürlich berate ich jeden Kunden individuell, es gibt oft anregende Gespräche, unsere Kundschaft ist sehr gebildet. Und weit fahren muss ich da auch nicht, ich kann dir den Laden ja mal zeigen, ist gleich um die Ecke. Herr Salomon ist sehr zufrieden mit mir.«

»Und das Studium, kommst du gut voran? In deinen Briefen berichtest du mir nie, wie es an der Universität so vor sich geht. Ein Vater will doch wissen, wie sich sein einziger Sohn macht. Theologie ist nicht irgendetwas, du wirst einmal sehr viel Verantwortung übernehmen müssen. Wie sind denn deine Professoren? Sind sie mit dir zufrieden? Vor allem, wenn du Predigten halten wirst, musst du vor den Kommunisten warnen. Kann ja politisch jeder denken, wie er will, aber ohne Gott und seine Herrlichkeit, da sehe ich schwarz.«

Herbert fühlt sich unwohl, nicht nur, weil er noch immer vorgibt, Theologie zu studieren, sondern auch, weil die Bewunderung für seinen verschrobenen Vater längst der Realität gewichen ist. Wie wird sein Vater reagieren, wenn er von seinen politischen Träumen erfährt? Natürlich muss er es ihm irgendwann erzählen, doch bitte noch nicht heute. Der Vater reißt ihn aus seinen Gedanken.

»Sag mal, was hältst du denn so von den Kommunisten? Haben die schon mal versucht, dich von ihren abstrusen Vorstellungen zu überzeugen?«

Herbert verschluckt sich an seinem heißen Kaffee.

»Jetzt reicht es aber mit den Diskussionen!« Zum Glück schaltet Klara sich ein. »Wie werden wir den Tag denn nun verbringen? Was haltet ihr davon, in den Zoo zu gehen, da kann man sich so schön entspannen und bekommt noch jede Menge zu sehen.«

Herbert lächelt seiner Tante dankbar zu.

»Sag mal, Herbert, wie verbringst du eigentlich deine Freizeit?« Eddy holt seine Bonbondose aus der Hosentasche und bietet seinem Sohn ein Lutschbonbon an. »Ich hoffe, du bleibst standhaft. Wer zu etwas Höherem auserkoren ist, so wie du es bist, und daran lasse ich keinen Zweifel aufkommen, der hat ein großartiges, gottgefälliges Leben vor sich und sollte voller Dankbarkeit niederknien und dem Herrn jederzeit zuhören und ihm folgen.« Sein Vater ist in seinem Redeschwall oft nicht zu stoppen, genau wie seine Schwester, was er natürlich weit von sich weisen würde. »Was ich sagen will, ist: Es gibt genug junge Frauen, die einem gestandenen Mann den Kopf verdrehen wollen. Heutzutage haben die ja schon merkwürdige Ideen. Die neueste Mode scheint auf einmal die Selbstbestimmung zu sein. Berufstätig sind sie, einige studieren sogar.« Er glaubt, ihn vor Protestanten, Nudisten, Juden, Frauen, sollten diese nicht als Nonnen ihr Leben verbringen wollen, Alkoholikern, Freidenkern, Gewerkschaftlern, Spiritisten, aber auch Bruderschaften warnen zu müssen. »Auf einer Litfaßsäule habe ich eine Plakatwerbung gesehen und dort rauchte ein blonder ›Vamp‹, so sagt man doch wohl.« Klara beginnt, den Frühstückstisch abzuräumen. »Damit nicht genug, ich will gerade die Straße überqueren, da hupt eine Frau mit ganz kurzen Haaren im Automobil, sodass ich zur Seite springen musste. Ganz ehrlich, so etwas Verrücktes hat die Welt noch nicht gesehen.« Der Vater ist empört und schaut Herbert tief in die Augen: »Also, was sagst du dazu?«

»Ach Vati! Worüber du dir Gedanken machst?« Herbert sucht nach Auswegen, sucht nach Wörtern. »Neben meinem Studium und der Arbeit im Antiquariat bleibt mir doch gar keine Zeit für Frauen …« Er muss noch mehr auf die Frauen eingehen. »Die Damen hier in Berlin sind halt so … Bei der holden Weiblichkeit bleibe ich standhaft … bisher hat mich noch keine rumkriegen können und das wird auch so bleiben.«

»Gehst du denn auch regelmäßig in die Kirche? Du weißt, wie wichtig das ist, um ein ehrfürchtiges christliches Leben zu führen. Ich will doch nur das Beste für dich.«

Herbert fühlt sich wie in einer Klosterzelle, deren Wände bedrohlich auf ihn zu kommen. Der Vater mit seinen gestrigen Ansichten lässt ihn wütend werden.

»Vati, ich bin nicht so … so, wie du mich haben willst!« Bevor Herbert sich versieht, ist der Satz schon aus ihm heraus, er könnte sich auf die Zunge beißen. Dieses Mal hat er sich aus der Reserve locken lassen. Herbert atmet tief durch, sieht Klara an, sieht in ihrem besorgten Gesicht ihre Befürchtungen, dass er und sein Vater heute aneinandergeraten werden. Herbert hört sie sagen: »Also, seid ihr so weit? Die Sonne scheint, wir werden uns einen schönen Tag machen.«

»Was willst du mir sagen, Herbert? Raus mit der Sprache! Du weißt, ich bin tolerant.«

Das Wort »tolerant« hat Herberts Vater mit ekelverzerrtem Gesicht ausgespuckt. Tausend Speichelbläschen haben dieses Wort begleitet, treffen Herberts Gesicht. Er friert, eisig ist die Stimmung in dem behaglich eingerichteten Esszimmer. Aber dann steigt eine unglaubliche Hitze in ihm auf und löst den Gefrierzustand ab. Er fühlt sich in die Ecke gedrängt. Was kann er tun, wie seinen Vater beruhigen und ihn auf andere Gedanken bringen, wissend, dass er nicht über sich und Aaron sprechen kann und dass für ihn nur das Studium der Zeitungswissenschaft infrage kommt? Wie soll er mit seinem Vater über seine politischen Überzeugungen reden?

Herberts Vater steht auf, sein Gesicht ist puterrot. Er presst die Hände zusammen, es scheint, als kämpfe er mit sich selbst. Explodieren oder implodieren steht zur Wahl, ist es zu verhindern? Herberts Vater bleibt unbewegt, seine Arme hängen inzwischen an ihm hinab, alles, was er sich für seinen Sohn erträumt hat, ist in wenigen Minuten weggebrochen. Herbert schaut seinem Vater ins schmerzverzerrte Gesicht. Dieses Gesicht wandelt sich zu einem glatten Antlitz, auf welchem man auszurutschen droht, sobald man sich dieser Fläche ausliefert. Vorsicht ist geboten.

»Herbert, ich glaube, wir müssen uns mal aussprechen, und zwar in aller Ruhe. Du weißt, dass du mir alles erzählen kannst.«

Geflüstertes Heucheln zwingt zum genauen Hinhören. Nicht einmal der Hund wagt mehr zu bellen.

»Vati, nein, es ist alles in Ordnung, das … das ist mir nur so rausgerutscht, ehrlich.«

»Herbert, bitte mach mich nicht wütend. Dein Studium ist nicht so selbstverständlich, wie du glaubst. Nur weil ich weit weg auf dem Dorf lebe, kannst du mich nicht hinters Licht führen. Ich bin kein Dorftrottel.«

Herbert ist sich seiner Abhängigkeit mehr als bewusst. Der monatliche Scheck erlaubt es ihm, nur ein paar Stunden in der Woche zu arbeiten, sodass genug Zeit für das Studium, für die Schauspielgruppe, und seit Neuestem, für Aaron und dessen verrückte Eskapaden bleibt. Herbert wird von verzerrten Bildern umnebelt, Aaron, der schönste Mann, der ihm je begegnet ist und der sich ausgerechnet für ihn interessiert, sein Lachen, sein Selbstbewusstsein. Valentin, Regisseur der Theatergruppe, Kommunist ohne Wenn und Aber, ein Vorbild, streng und doch gerecht. Seine Professoren, die Vorlesungen, das Wissen, dass jede Staatsform unbestechliche Reporter braucht, die sich nicht beirren lassen und sich nur der Wahrheit verpflichtet fühlen. Herbert fühlt sich umarmt, wie viel Liebe, Zuneigung, Interesse wird ihm entgegengebracht. Eine innere Ruhe erwächst auf einmal aus ihm heraus.

»Vati.« Er sucht nach den richtigen Worten, ist sich darüber im Klaren, dass er viel verliert, wenn er sich für die Wahrheit entscheidet. Wie wäre es mit ein bisschen Wahrheit? Seine

Augen finden sich in denen von Tante Klara wieder, die ihm sagen, dass er hierbleiben kann, was auch geschieht.

»Ich studiere Zeitungswissenschaften. Es tut mir leid, aber ich habe gespürt, dass mein Interesse für etwas ganz Neues gewachsen ist. Als Reporter kann ich die neue Sache mit vorantreiben. Kommunisten kämpfen für eine große Veränderung in der Gesellschaft. Menschen hungern, sind arbeitslos, werden von Vermietern auf die Straße gesetzt. Glaubst du, da kann ich mein Leben demütig Gott widmen, meine Augen verschließen vor all der Not?« *Bleib ruhig*, ruft sich Herbert zur Ordnung, seine Stimme zittert, sein scheinbares Selbstbewusstsein ist ihm kurzzeitig abhandengekommen, muss noch mal hervorgekramt werden. »Wenn es losgeht, bin ich ganz vorne mit dabei!« Herbert hat sein Ideal herausgeschrien, mit kräftiger Stimme. Sein Herz rast, aber sein Kopf ist wie befreit. Jedes Wort, das seinem Mund entsprungen ist, ist wahr. Es sollte reichen, mehr will er nicht erzählen, nichts von seiner großen Liebe.

Eddy hört und will es nicht glauben, sieht dabei in das entschlossene Gesicht seines Sohnes, beinahe zwanzig Jahre laufen vor seinen inneren Augen ab. Er allein hat ihn aufgezogen, gegen alle Widrigkeiten. Er will es nicht und dennoch rutscht ihm die Hand aus. »Herbert verzeih«, will er sagen, doch die Worte bleiben im Hals stecken. Erschrocken zieht er die Hand zurück, die auf der Wange seines Jungen einen Abdruck hinterlässt hat.

Herbert hat nicht mit der Ohrfeige gerechnet. Sein Vater hatte ihn doch nie zuvor geschlagen. »Vati, es war dein Traum, den ich dir erfüllen sollte … ich kann das nicht, es tut mir leid.«

Sie sehen sich an, fremd sind sie sich in diesem Moment, und wissen es, unausgesprochen. Liebe ist manchmal nicht genug.

»Du mit deiner Kirche …!«, Herbert schlägt verbal um sich. »Ich scheiße auf das ganze Getue, ich will nichts mehr damit zu tun haben, nur dass du es weißt!«

»Junge, so kannst du nicht mit mir reden!« Eddy stürmt aus dem Esszimmer, nimmt seinen Mantel vom Garderobenhaken, schreit: »Deine Beleidigungen treffen mich nicht so sehr wie die Lügen, die du mir seit Langem in deinen Briefen an mich schreibst.«

Noch bevor die Wohnungstür zuschlägt, ruft Herbert ihm hinterher: »Frag doch den Thälmann, der könnte dir schon sagen, wie es um unsere Sache steht!«

Eddy hört den Satz an der Wohnungstür zerschellen. Er steht auf dem Hausflur, ist durchzogen von Traurigkeit. Er dreht sich um, will die Klingel betätigen, lässt es, weiß, dass jetzt kein Gespräch möglich ist.

Das Zuknallen der Tür lässt Klara zusammenzucken, sie seufzt, schaut auf den Hund in seinem Korb, welcher schon eine Weile nicht mehr gebellt hat, und die Ohren hängen lässt.

»Nun«, seufzt sie, »warum muss ich es so nebenbei erfahren, dass du nicht mehr Theologie studierst? Du kannst doch mit mir reden, ich habe dir doch noch nie den Kopf abgerissen.« Klara wirkt nachdenklich. »Natürlich kannst du so lange hier wohnen bleiben, wie du möchtest. Ist doch sowieso nur eine vorübergehende Phase bei dir mit den Kommunisten. Alle, die nach Berlin kommen, spielen erst einmal verrückt. Das ist das Tempo dieser Stadt, jeder Neue will da mithalten. Ich nenne es immer das ›Berlin-Delirium‹, irgendwann geht das von ganz allein vorbei.«

BERLIN-DAHLEM – HERBST 1957

»Möchtest du noch einen Schluck Kaffee? Gebäck müsste auch noch da sein, ich schau mal nach.«

»Nein, Aaron, ich hab genug, danke …« Herberts Augen versinken in grauen Bildern. »Weißt du … damals … als ich vor Vater meine Träume hinausschrie? Da fühlte ich mich frei, es war unbeschreiblich.« Die Lippen zittern nach einem verlorenen Gefühl. »Wir waren so naiv, glaubten wirklich, dass für uns eine neue Zeit angebrochen sei … wie fatal.« Zwei Hände suchen nach Halt. »45 wurde ich entlassen, ich wusste nicht, wohin, alle anderen waren noch verschwunden …«, sein Kopf versucht hochzuschauen, sucht Aarons Augen, »… deine Anton, die dich schützte, bis auch sie das Land verließ.« Ein kühler Spalt am Mund. Ein Zeichen. »Die ganze Clique aus dem ›Rumänien‹ war wie vom Erdboden verschluckt. Die KZs wurden von den Nazis geräumt …«, die rechte Hand wandert plötzlich zum Hals, »der Russe, der mich befreite, erzählte mir von den Gräueltaten.« Ein neuer Versuch, in Aarons Gesicht zu blicken. »Dass auch du interniert wurdest und bei einem Marsch dabei warst …«, Verzweiflung überflutet Herberts Wagenknochen, »… ich … ich konnte das doch nicht wissen.« Herberts Augen füllen sich mit Tränen. Gestauchte Seenlandschaften in sich.

»Mein Herz, nicht doch!«

»Ich muss darüber reden, Aaron, ich kann all diese Bilder und Erinnerungen nicht immer nur in meinem Kopf ansammeln, sonst wird der irgendwann platzen …« Herberts Stimme hört sich entschlossener an. »Ich dachte, Hohenfinow wäre gut, auf dem Land könnte man besser wieder auf die Beine kommen. Vater, der seinen verlorenen Sohn in die Arme schließen durfte, nach all der Zeit. Er mästete mich, frag nicht, woher er all die Lebensmittel hatte und was er dafür gab, keine

Ahnung, aber natürlich war es auf dem Land leichter, sich wieder aufzurappeln.« Ein tiefes Säufzen erfüllt den Raum. »Und auch, wenn mein Vater lammfromm geworden war … musste ich zurück …«, die Fluten in seinen Augen brechen auf, »dich suchen und finden.« Wie ein kleines Kind fühlt er sich wieder. Unbeholfen. Enttäuscht. »Anton war die Erste, die ich wiedertraf, beinahe schlank war sie geworden. Wie uns allen sah man auch ihr an, dass sie durch die Hölle gegangen war. Bis zur Schweizer Grenze war sie immerhin noch gekommen, aber dann …nichts war ihr geblieben von dem, was sie einmal besessen hatte. Die Wohnung, in die sie immer ihre Gäste geladen hatte … der Champagner … alles zerbombt«, der Atem stockt, »so zerbombt wie unsere Seelen.« Die Handfläche wischt eine Tränenflut weg. »Ständig habe ich das vor Augen … die Stadt, als alles in Trümmern lag.« Und dann ein zwanghaftes Lächeln. »Zumindest Claire hat es rechtzeitig geschafft, zu emigrieren.«

Nähe stellt sich zwischen ihnen ein, während sie in Erinnerungen schwelgen, sie sitzen Stirn an Stirn. Der Regen hat aufgehört. Erst die Türglocke holt die beiden aus ihrer Versunkenheit zurück. Aaron steht auf, beim Verlassen des Wohnzimmers ein Satz: »Ich ziehe offiziell zu dir ins Haupthaus«, deutlich hervorgebracht, ein Satz, der nicht ohne Folgen bleiben wird.

»Guten Tag!« Hannelore lässt sich von Aaron aus dem Mantel helfen. Sie wartet erst gar nicht darauf, in den Wohnbereich gebeten zu werden. Herbert erhebt sich aus dem Sessel, seine Augen wandern unruhig, bleiben für Sekunden in Aarons braunen Augen hängen.

»Also, Herbert, wir müssen reden.« Nur kurz unterbricht sie sich selbst, um Herbert mit drei Küsschen auf die Wangen zu begrüßen.

»Bitte setz dich. Ich hol uns einen Weinbrand.«

Herbert sieht, dass Hannelore etwas auf den Lippen liegt, war doch bisher immer Aaron für die Bewirtung der Gäste zuständig. Sie setzen sich gegenüber, Hannelore schlägt die langen, schlanken Beine übereinander, wippt mit dem Fuß, der in einem schicken, hochhackigen Schuh steckt. Nur der zierliche Tisch trennt die beiden. Der Weinbrand nimmt Herbert jede Anspannung, er schenkt sich nach.

»Herbert, ich will nicht lang drum herum reden. Du hast durch den Verlag gut verdient.« Hannelore nippt an ihrem Weinbrand. »Ist der Fernseher neu?«, ein süffisantes Lächeln legt sich auf ihre Lippen.

Aaron stellt sich hinter Herbert, seine rechte Hand ruht auf dessen Schulter.

»Wir sollten deine Biografie schreiben, ich meine: verlegen.«

Die beiden Männer werfen sich einen Blick zu.

»Hannelore, es gibt da einiges zu bedenken.« Herbert greift nach Aarons Hand. Wie lange waren sie sich nicht mehr so nah? »Ich könnte mit Viertellügen, Halbwahrheiten um mich werfen, nett dekorieren, zartrosa ausmalen, eben Märchen in die Welt setzen. Das mit dem Zartrosa ist mir nur so rausgerutscht, das geht auf keinen Fall. Alle wären glücklich, meine Leserinnen hätten endlich meine private Seite kennen gelernt ...«

»Na, dann ist doch alles klar, bediene deine Leserinnen, sie werden dir alles glauben, mit denen hast du ein leichtes Spiel. Wann beginnst du? Ich nehme schon mal dein neuestes Manuskript mit. Das wird für uns eine ertragreiche Zeit.«

»Hannelore, nein, so geht das nicht! Ich sagte ›ich könnte‹, aber weißt du, alle meine Freunde zu verleugnen, meine Erlebnisse im Dritten Reich, und auch jetzt ist die Situation für Menschen unserer Art nicht einfach, meine politische Vergangenheit, und nicht zuletzt Aaron ... nein, tut mir leid.«

Hannelore wippt ungeduldig mit dem Fuß. »Herbert, bitte, stell dich nicht so an und übertreib nicht immer so dermaßen. Alle, na ja, fast alle belügen sich, was macht es schon aus, wenn auch du in diesem Fahrwasser mitschwimmst? Mach dich zum Helden deiner außergewöhnlichen Biografie, deine Anhängerinnen warten doch nur darauf, sie werden dir auf ewig dankbar sein.«

»Du verstehst es nicht. Die Jahre deiner Emigration haben dich blind gemacht für das, was war. Aaron und ich mussten seit den Dreißigern lügen, uns verleugnen und verbiegen. Wir mussten täglich den Druck im Nacken aushalten, sobald wir uns nach draußen wagten.«

»Nein, blind war ich nicht, doch man muss vergessen können. Wie will man sonst weiterleben?« Beinahe schwappt der Weinbrand über, so heftig gestikuliert Hannelore. »Glaube mir, ich habe sie gehasst, die Nazis, zuerst in Amsterdam und dann später in London, als Emigrantin war das Leben auch kein Spaziergang, das kannst du mir glauben. Wie oft ich in meine Kissen geweint habe, muss ich wohl nicht erst erwähnen. Weiß Gott, es war nicht einfach für mich!«

Verachtung setzt sich in Herberts Gesicht, die Mundwinkel sind nach unten gezogen, die Lippen vibrieren beim Sprechen. »Hassen! Mein Gott, die Kraft hatten wir irgendwann gar nicht mehr. Angst, nackte Angst ums Überleben hatten wir!«

Schweigen, Aaron als Beobachter der beiden Geschäftspartner, die noch nicht wissen, wie sie in Zukunft weiter miteinander arbeiten werden.

»Ich könnte ein Buch schreiben über die Verführung der Nazis, aber auch der Kommunisten. Was meinst du? Politische Bildung sollte uns ein Anliegen sein, gerade jetzt, das Verdrängen wird derzeit zur neuesten Mode. Sie ist als Konfektionsware für jedermann erschwinglich.«

»Nein, das wird nichts, Politik läuft im Moment nicht so gut, und von dir wird eh etwas anderes erwartet. Deine Leserinnen wollen, dass deine Bücher leben. Mit sogenannten politischen Büchern ist das wohl nicht zu machen, nee, lass mal die Hände davon.«

Die Schreiber verlässt das Haus mit dem Manuskript unter dem Arm. Herbert wirkt, als hätte man ihn auf offener Straße geohrfeigt.

»Wie viel Geld haben wir, wie lange können wir leben, ohne dass neues Geld vom Verlag kommt?« Herbert kennt sich mit den buchhalterischen Dingen nicht aus.

Aaron setzt sich zu Herbert auf die Armlehne und streichelt dessen Wange, er hat den Eindruck, Herbert wolle sich dort hineinlegen, um endlich mal wieder auszuruhen. Ausruhen, auch von den durchwachten Nächten. Nächte, in denen er keinen Schlaf findet, weil die Vergangenheit ihn erbarmungslos einholt, bis er endlich aufsteht, um nicht nur eine Beruhigungstablette zu nehmen. Aaron hat es unzählige Male heimlich beobachtet. Wer nur hat entschieden, nicht über die Vergangenheit zu sprechen? Der unaussprechliche Schmerz verbietet es ihnen. »Ich werde morgen mit der Bank, dem Steuerberater und dem Mann von der Versicherung telefonieren.« Aaron versucht, seiner Stimme einen beruhigenden Klang zu geben. »Noch müssen wir keinen Bettelstock herumreichen. Das neue Buch wird sicher auch noch Geld in die Kasse bringen.«

Aber es wird das letzte dieser Art sein, das wissen die beiden genau.

EIN ABEND IN DEM »RUMÄNIEN«– SOMMER 1927

*W*o kann man sich besser auf ein rauschendes Wochenende vorbereiten als bei Anton? Ihre Wohnung ist gespickt mit den interessantesten Lesben der Stadt, die belesen sind, feministisch und bei hitzigen Diskussionen nicht zu stoppen sind. Männer im Fummel, Kommunisten geben sich neuerdings auch ein Stelldichein in Antons Burg. Das Grammophon spielt ununterbrochen, oder es setzt sich einer ans Klavier und klimpert amerikanische Schlager, die in jedermanns Ohr sind.

Endlich sind auch Aaron und Herbert mal wieder dabei, Aaron musste seinen Liebsten, der sonst nur noch Thälmann und die Revolution im Kopf hat, überreden. Die beiden naschen vom Wackelpudding.

»Mein Herz, ich freu mich richtig, dass wir uns wieder mal bei unseren Freunden blicken lassen. Alle glaubten schon, wir hätten uns aufs Land zurückgezogen.«

»Du übertreibst, Liebster, wir haben es doch auch so sehr schön, oder?«

»Ja, aber wir könnten noch viel mehr Spaß haben, deshalb müssen wir uns mal wieder im ›Rumänien‹ blicken lassen. Keine Widerrede.«

Langsam leert sich Antons Wohnung, nur die Hartgesottenen sind noch anwesend und lassen sich volllaufen. Irgendwann ruft Anton zum Abmarsch, Charlotta hat den Wagen schon vorgefahren. Niemand, der noch nüchtern das Haus verlässt, ist unter ihnen. Aaron gibt die Richtung vor, Charlotta legt den Gang ein.

Nach wenigen Augenblicken hält der Brennabor vor dem »Rumänien«.

»Es wird eine heiße Nacht werden«, flüstert Aaron Herbert ins Ohr.

Unter der großen Markise stehen die Tische auf dem breiten Gehweg, von dem durch Häuserfluchten gerade noch der Anhalter Bahnhof zu sehen ist. Im Inneren gibt es zwei Ebenen, die untere vorbehalten für Touristen und jene, die sich zufällig hierher verirren, die obere Etage ein Kessel für die unterschiedlichsten Menschen: Hier treffen sich Journalisten, Literaten, Schwätzer, Schnorrer, Unterweltler, Liebesdamen. Auch Boys haben sich hierher verirrt, warten auf die große Chance: Vielleicht werden sie von einem Millionär zum Tanzen aufgefordert. Auch ein alter General, im Krieg ausgezeichnet, könnte den einen oder anderen Champagner spendieren und vielleicht sogar noch ein bisschen mehr. Auf den angrenzenden Balkonen sitzen sich Schachspieler gegenüber, konzentriert in ihrem Spiel, den Turm zwischen Zeigefinger und Daumen, das Drumherum ignorierend. Dann gibt es noch eine kleine Ecke, gleich neben der Treppe, wo sich vor einem Stehtisch junge Frauen im neuesten Chic langweilen. Sie erblicken als Erste, wer sich zu später Stunde noch die steile Treppe hochschleppt, nichts entgeht ihren Augen und sie lästern über die Umstehenden, nur wenige bestehen vor ihnen. Über einen schlecht sitzenden Cut wird sich ebenso ausgelassen wie über ein zu stark gerüschtes Abendkleid. Wenn die Kinos und Theater schließen, wird es proppenvoll im »Rumänien«.

Marga ist eine der Bösesten. Sie sitzt hier wie die anderen auch, um sich zu verdingen. Einige der sogenannten »Damen« sind sogar schön. Junge Männer in extravaganten Kreationen wollen ebenfalls ihr Einkommen aufbessern und verdienen sich ein paar Mark, die sie in Kokain umsetzen. Nicht jeder von ihnen mag Männer auf diese besondere Art. Für Aaron kam es nie infrage, hier sein Geld zu verdienen, der Nachtclub bietet keine Exklusivität. Außerdem trennte er stets Beruf und Privatleben.

»Hallo Aaron, bist du schon Pensionist, oder warum sieht man dich nicht mehr? Hab gehört, dass du inzwischen glücklich verheiratet bist.«

»Oh Marga, ich glaube, dich frisst gerade der Neid.«

Aaron nimmt Herberts Hand und küsst sie demonstrativ.

Aaron ist hier oben immer total aufgekratzt. Die Atmosphäre lässt sich nur schwer in Worte fassen: rötlich schimmernde Beleuchtung, Sexualität ist nicht nur unterschwellig fühlbar, Stimmen in verschiedenen Sprachen, kehliges Lachen. Rauchschwaden, die einem den Blick vernebeln. Eine Kapelle spielt Charleston. Die Tanzfläche ist eng. Paare tummeln sich dort. Hände scheinen überall zu sein, ganz ungeniert greifen sie nach den Brüsten der Tanzpartnerin, mancher Männerschritt wird erst einmal getestet, bevor man überlegt, weiterzugehen. Niemand will auf eine Mogelpackung hereinfallen. Zahlungskräftige Herren wollen keine Katze im Sack kaufen. Hände sind fordernd, ringen miteinander, wollen alles haben, sich nicht mit Kleinigkeiten zufriedengeben. Ein Kampf, nicht nur zwischen den Geschlechtern. Die stürmischsten Eifersuchtsszenen kann man hier oben erleben. Marga schiebt ihren Hintern auf die Tanzfläche, sie hat jemanden an der Angel, der zum Gefolge eines Texaners gehört, der in der Baumwollindustrie tätig ist. Noch immer träumt sie von einem Millionär, der ihr alle Wünsche erfüllt. Immer wieder stellt sie fest, dass sie sich unter Wert verkauft hat, und schimpft dann wie ein Rohrspatz. Vielleicht hat sie ja diesmal Glück. Ihr letzter Graf war dann doch nur ein Schneider aus einem Kostümverleih. Was hat er ihr nicht alles versprochen, von einer Wohnung auf der Belletage geschwärmt, die dann doch nur ein Hinterhaus war, mit Klo auf halber Treppe.

Aaron hat für einen guten Platz gesorgt. Die Gruppe hat sich verändert: Bevor Herbert in Aarons Leben eine Rolle spielte, waren neben Anton und ihm ausschließlich vergnügungssüchtige, verrückte Leute dabei, einige Intellektuelle, hin und wieder auch verarmter Adel. Herbert aber hat Freunde unter den Kommunisten, sie sind grundsätzlich in Vorbereitung der Revolution und berichten mit glänzenden Augen davon. Erzählen von einer neuen Zeit, die anbrechen wird, sobald die Proletarier an der Macht sind. Man kann sie nur schwer stoppen. Die Girls machen um diese »Idioten«, wie sie sie nennen, bei denen außer ein bisschen Romantik nichts zu holen ist, immer einen großen Bogen. Der eine oder andere Boy, der einen Kontaktversuch wagt, erntet einen misslaunigen Blick. Die Mitternachtssuppe hat die Truppe verpasst, aber Hunger hat eh keiner. Sie entledigen sich ihrer Garderobe. Kellner in weißen Jacketts sind, silberne Tabletts schwingend, unterwegs, immer bereit, den Gästen ausgefallene Drinks zu servieren. Tomasch, der Besitzer des »Rumänien«, kommt an Aarons Tisch. Er hat seine Lieblingsgäste, die von ihm persönlich begrüßt werden. Jeder von ihnen bekommt erst einmal ungefragt einen Wodka, es wird ein wenig geplaudert und plötzlich, oft mitten im Satz und für niemanden nachvollziehbar, lässt er einen sitzen, als wäre man sich nie zuvor begegnet und störe ihn bei Wichtigerem. Schon setzt er sich an einen anderen Tisch. Aaron bestellt bei einem der Kellner Champagner. Die Kapelle spielt immer noch ihr Repertoire.

Marga, die für eine halbe Stunde verschwunden war, um ihre Kasse aufzubessern, schnappt sich nun Aaron. Sie bewegen sich zur Musik.

»Wo ist denn dein Galan?«, spottet Aaron.

»Frag nicht, die Männer können einer Dame doch nur das Herz brechen.«

»Damen? Sind hier welche anzutreffen?«

Margas Blicke schießen Pfeile, sie drückt ihren Busen an Aarons Brust, ihre Körper verschmelzen, werden zu einem. Aaron sieht Herberts entsetztes Gesicht aus den Augenwinkeln. Er will dem Ganzen noch eins draufsetzen und küsst Marga leidenschaftlich, schiebt ihr seine Zunge in den Mund, nimmt vom angrenzenden Tisch eine Zigarette und lässt sie sich von einer üppigen Frau anzünden. Die beiden Tanzenden teilen sich die Fluppe und Aaron umfasst Margas Hüften. Sie lässt sich auf die Knie fallen, drückt ihren Kopf unter seine Gürtelschnalle und verharrt dort für Sekunden. Aaron nimmt wahr, wie verletzt Herbert ist. Er hat den Kopf gesenkt, scheint flüchten zu wollen, bleibt aber wie angeklebt auf seinem Stuhl sitzen.

Aaron setzt sich auf den Schoß seines Liebsten.

»Warum tust du so etwas?«

»Ich will Spaß.«

Aaron lässt sich Margas Lippenstift geben, zieht seine Lippen dunkelrot nach, drückt Herbert einen Kuss auf die Wange.

»Ich gebe eine Runde aus!« Ein englischer Autohändler, niemals ohne Begleitung, kippt weißes Pulver auf den Tisch. Er zieht einige Lines: »Wer will noch mal, wer hat noch nicht?«

Seine Jungs stecken ihre Nasen ins weiße Pulver, küssen kichernd den Hals des vornehmen Spenders, Hände wandern, Knöpfe vom Frack werden geöffnet, sie ziehen ihn hinter sich her, wollen sich auf andere Weise vergnügen. Die Zurückgebliebenen aus der Truppe führen zusammengerollte Geldscheine über die Lines, ziehen es in ihre Nasen hinauf, bis auf Herbert und die Kommunisten, denen es zu bunt wird und die sich augenblicklich verziehen. Sie halten viel aus, doch nun wird es ihnen zu dekadent. Sie sind jedes Mal hin und her gerissen vom Treiben im »Rumänien«, angeekelt und fasziniert zugleich. Die Girls machen sich nun über die Proletarier lustig, lästern laut, legen ihre Arme um die groben Jungs, der eine oder andere lässt sich hin und wieder erweichen. Nackt kann man eh keine Standesunterschiede erkennen und das Stöhnen kennt wohl auch keinen Dialekt. Aaron nimmt ein wenig zwischen Daumen und Zeigefinger, drückt es seinem Freund in die Nase, dieser will den Kopf wegziehen, doch es ist zu spät, lautes Niesen beweist, dass er ungewollt etwas vom Weißen hochgezogen hat. Alle saufen Champagner, Bier, süße Liköre. Die Nacht endet erst in den frühen Morgenstunden, als die Letzten auf wackeligen Beinen das Lokal verlassen.

Der nächste Morgen. Die Sonne versucht, sich durch den geschlossenen Vorhang zu schieben. Aaron schläft tief und fest. Herbert sitzt auf der Bettkante, sein Kopf brummt. Langsam beginnt die Kopfschmerztablette zu wirken. Er schaut sich das schöne Gesicht seines Liebsten an und greift nach den Zigaretten, entzündet eine, inhaliert tief. *Warum behandelt er mich so und sagt dennoch, dass er mich liebt? Irgendwie passt das doch nicht zusammen.* Leises gleichmäßiges Atmen unterbricht seine Gedanken. Aaron reibt sich die verklebten Augen. Sie schauen sich an. Herbert fühlt, dass er reden muss. Er räuspert sich, will zum Sprechen ansetzen, beginnt mit: »Du weißt, dass ich dich liebe …« Aaron, noch schlaftrunken, murmelt: »Fick mich … sei mein Mann.« Er schlägt die Decke zurück und zeigt Herbert seine pochende Erregung.

FÜR FRIEDEN UND TOLERANZ UND BROT – HERBST 1928

Es gibt Demonstrationen vor dem Karl-Liebknecht-Haus gegen den Bau vom Panzerkreuzer. Sie sind in Scharen gekommen, um ihren Friedenswillen zu bekunden. Sprechchöre: »Stoppt die Kriegsmaschinerie!« Was kann alles passieren? Herbert hört sich die Reden an. Sie warnen vor Aufrüstung. Viele erinnern sich an den vergangenen Krieg. »Gebt den Kindern Brot!«, ruft eine Frau in die Ansprache hinein. Die Umherstehenden applaudieren, ein anderer ruft: »Arbeit für alle!« Die Stimmung ist gereizt. Niemand weiß, was die Regierung vorhat, sie ist immer weniger Herr der Lage. Die Armut ist allgegenwärtig. »Wir müssen den proletarischen Klassenkampf mit jeder Faser unseres Körpers verteidigen. Brot für unsere Freunde, die Faust für unsere Feinde.« Herbert erkennt die Stimme, weiß, von wem Worte gesprochen wurden, die nah an seinem Nacken zu spüren waren. Sein Kopf dreht sich nach links: Valentin. Sie begrüßen sich herzlich. Nur langsam löst sich die Versammlung auf. *Wie macht der das? Hier stehen Tausende Menschen, und er entdeckt mich hier?*

»Auf ein Bier?«

Herbert nickt und folgt Valentin. In einer dunklen Kellerkneipe reden sie sich die Köpfe heiß. Biergestank vermengt sich mit Zigarettenqualm. Quälender Raucherhusten, von Luftschnappen unterbrochen, lässt die Gespräche der Arbeiter, Werkstudenten, Handwerker und Arbeitslosen verstummen.

»Hey Pfitze, mach uns noch mal zwei«, ruft Herbert dem Wirt zu.

»Mann, nicht so schnell«, erwidert er, und zündet sich eine Russische an.

»Alle Wunden verheilt?«, will Valentin wissen. »Hatten dich ja ganz schön zugerichtet. Wer hat dich denn gesund gepflegt?«

Herbert hat gerade einen Schluck von dem Bier genommen, welches der Wirt auf den klebrigen Tisch gestellt hatte.

»Was meinst du? Ich war beim Arzt, der hat die Wunden gereinigt, mir eine Salbe mitgegeben und das war's.«

»Du kannst ganz offen reden, ich bin diskret, jeder kann doch, wie er will.«

Umständlich zündet Herbert eine Zigarette an. Porträts von Lenin, Marx und Liebknecht hängen an schiefen Wänden, er betrachtet sie, als hätte er sie noch nie zuvor gesehen. Eine alte Frau im langen, blaugrau gestreiften Kleid betritt die Kneipe, singt Kinderverse und hält den Männern einen kupfernen Becher hin, man hört nur zwei Münzen fallen. »Geiziges Volk, eure elenden Mütter hätten euch allesamt abtreiben sollen, so was von geizig habe ich noch nie erlebt, von was soll eine alte, arme Frau denn leben? Die Kinder kümmern sich ja auch nicht, und der Alte ist beim Saufen krepiert, schöner Tod kann man da sagen, und ich muss hier rumkrauchen. Das soll man nun Leben nennen, ich kann euch sagen!« Letzte Worte der Alten, bevor sie sich aus dem Staub macht.

»Du lenkst ab, wer war es?« Die Stimme wird beißender.

Was geht es dich an, wer sich um mich kümmert? Ist doch meine Privatsache, ich frage dich ja auch nichts Persönliches.

»Nun?«

»Ist das ein Verhör oder was? Ich meine, es war nur ein Kumpel, der sich liebevoll …« *Oh Scheiße*, durchfährt es Herbert, *wie konnte ich das sagen? Wieso bringt er mich zu dieser Äußerung?*

»Liebevoll, so, so, ich hab mir das schon gedacht. Findest du dein Verhalten in Ordnung? Ich meine, eine Frau kann doch einen Mann viel besser gesund pflegen. Weißt du, wie die Vertreter der Arbeiterbewegung so ein Verhalten beurteilen?«

Herbert ist sprachlos, fühlt sich wie auf einer Verhörbank, fehlt nur noch die blendende, auf das Gesicht gerichtete Schreibtischlampe.

»Sie sagen, dass Homosexualität als Laster Bourgeoisie apostrophiert, welches in kapitalistischen Ausbeutungsverhältnissen verwurzelt sei. In der neuen sozialistischen Gesellschaft fehle ihr die materielle Grundlage, der Arbeiterklasse sei sie überhaupt wesensfremd.«

Schweigen.

Herbert hört nichts um sich herum, hat Watte in den Ohren, er verliert sein Augenlicht, eine dicke Brille mit Milchgläsern trägt er auf der Nase. Warum öffnet sich nicht der Boden und lässt ihn auf Nimmerwiedersehen verschwinden? »Und was ist mit dir?« Er berappelt sich, legt die Flinte an. »Ich hab dich noch nie mit einer Frau gesehen, und gesprochen hast du auch nie davon.« Angriff ist die beste Verteidigung.

»Was soll das? Du bist doch derjenige … und außerdem ist es mir sowieso egal, die Partei sieht es nun mal nicht gern! Also pass auf dich auf. Jeder ist, wie er ist, ich meine, wie lange soll man sich verstellen? Wer will schon geächtet sein? Keiner kann auf Dauer seine Gefühle verleugnen, sie werden einen immer wieder einholen, so sehr man sich auch wehrt.«

War das ein Wink mit dem Zaunpfahl? Erklärt sich für Herbert jetzt Valentins Verhalten, war er nicht besonders zart im Umgang mit ihm, als er zusammengeprügelt bei ihm in der Wohnung auf dem Feldbett lag?

Die beiden räuspern sich, sehen sich bei der Verabschiedung kaum an. Scham, weil zu viel nicht gesagt werden darf.

Der Abend ist mild, Herbert läuft den Ku'damm entlang und lässt sich das Gespräch mit Valentin noch einmal durch den Kopf gehen. Hier strahlt der Reichtum, noch sieht man wenig davon, dass es den Menschen zunehmend schlechter geht. In Taxen lassen sich Frauen zum nächsten Juwelier fahren. Graumelierte Herren in Maßanzügen sind elegant anzusehen, die passenden Manschettenknöpfe dazu, noch gibt es Menschen, die sich Hummer bestellen können, ihn mit Zitrone beträufeln. Aber auch hier sind die Gegensätze groß. Ein Kriegsblinder hält seine Hand auf. Eine Gruppe stark geschminkter Frauen unterhält sich angeregt. Jungen preisen die neuesten Nachrichten in den Abendzeitungen an. »Zyankali«

hat Premiere, bei eben dieser gab es Tumulte, Feministinnen, Kommunisten, Künstler, Frauenärzte, Sexualtherapeuten riefen: »Weg mit dem Paragraphen 218«. Theater, Bars, Restaurants überbieten sich mit Leuchtreklamen. Herbert ist angeekelt und zugleich angezogen ob der Zurschaustellung. Er überquert den Ku'damm, Autos hupen, Fahrradklingeln schrillen, lassen ihn auf den Bürgersteig springen. Einziger Zufluchtsort ist die Pension. Wie lange wollen sie noch ihre Zeit dort verbringen? Es muss eine Lösung her und nicht nur dafür, er muss so schnell wie möglich sein Studium fertig bekommen. Allerdings gehört er doch auch auf die Straße, der Kampf ist noch lange nicht beendet.

»Na, wieder für die große Sache auf der Straße gewesen?« Aaron liegt auf dem Bett, schaut von seinem Magazin auf, als die Tür geöffnet wird. »Gib acht, dass dir nicht wieder etwas passiert. Ist es wirklich so wichtig für dich, dabei zu sein?«

»Mehr als das! Es ist Teil meines Lebens, so wie du es auch bist. Ich liebe dich. Der Gedanke, du könntest mal nicht mehr mit mir zusammen sein wollen, tut manchmal so unglaublich weh, ich glaube, dann würde mich umbringen.«

»Ich bin hier, genieße es und denke nicht so verquer.«

Herbert legt sich zu Aaron, seinen Oberkörper stützt er mit dem Unterarm ab. Ihre Gesichter sind sich nah. Kleine Küsse überfliegen Aarons Antlitz.

LIEBE GENOSSEN! LIEBE GENOSSINNEN! – FRÜHLING 1930

Berliner Lustgarten. Tausende, Zigtausende, und dazwischen Herbert. Ein unbeschreibliches Gefühl. Valentin steht neben ihm, hat ihn aufgefordert, endlich Farbe zu bekennen. Kommunismus bedeutet, Mut zu zeigen, sich ohne Wenn und Aber zu stellen, zurückzuschlagen, wenn es drauf ankommt, wenn nötig, muss geschossen werden. Das bisschen Theater Spielen ist doch nur ein Klacks. Auf einer Tribüne stehen sie, halten Reden, die Menge ist gebannt, doch alle warten nur auf den Einen. Zigarettenqualm vor, neben, hinter Herbert. Er wird eingenebelt. Einer wickelt seine Stulle aus dem Pergamentpapier. Männer in Lederjacken mit hochgestellten Kragen, Schirmmützen auf den Köpfen. Sie haben Kinder auf ihren Schultern, Frauen daneben, mit Kindern an den Händen. Lautes Stimmengewirr umgibt Herbert. Er erkennt Englisch, Französisch, Niederländisch, Tschechisch, natürlich auch Russisch, und sogar Schweizerdeutsch. Sie alle sind gekommen, um den einen reden zu hören. Wie lange noch? Bisher hat Herbert ihn noch nicht leibhaftig gesehen. Valentin meinte, dass es wohl Zeit sei, dem Thälmann einmal zuzuhören, damit er wirklich verstehe, um was es den Arbeitern gehe. Die Stimmung ist aufgeladen, ein unbeschreibliches Flirren liegt in der Luft. *Aaron*, denkt er, um im nächsten Moment eine unsagbare Stille zu erfahren. Niemand spricht, eine weihevolle Ruhe hat sich eingestellt. *Was ist los?* Einem Orkan gleich applaudieren sie nun, trampeln mit den Füßen. Herbert schaut zu Valentin hinüber und begreift. Er ist da, ein Arbeiter wie sie alle. Eine Aura umrahmt ihn. Er wirkt konzentriert, will zum Sprechen ansetzen und scheint dann den Beifall noch ein wenig auskosten zu wollen. Herbert wird neidisch, ist nicht wie die anderen. Wie hypnotisiert schauen sie zur Tribüne. Nur wenige Meter trennen die beiden von Thälmann, dank Valentin, der darauf bestand, sehr früh in den Lustgarten zu gehen. Herbert kann tatsächlich seine Augen erkennen, klare Augen, aufrichtiger Blick. Rundes Gesicht, viel Fläche. Seine vollen Lippen scheinen ein kaum wahrnehmbares, spöttelndes Lächeln zu zeigen. Und nun wird auch Herbert erfasst. Fanatisch jubeln die Menschen. Kinder hauen mit kleinen Fäustchen auf die Köpfe ihrer Väter ein. Glasige Augen, auf den einen gerichtet, sehnen sich nach Befreiung. Thälmann hebt seine Hände, Stille kehrt ein, nur noch vereinzeltes Räuspern. Ein Zündholz wird über die Reibefläche gezogen. Kronkorken werden von Bierflaschen geploppt, Isolierkannen aufgeschraubt. Herbert lauscht gebannt.

»Liebe Genossen! Liebe Genossinnen! Im Namen der Bundesführung überbringe ich allen hier anwesenden Rotfrontkämpfern, Arbeiterdelegationen, den Sportorganisationen, der Reichsbahner-Opposition und der Berliner Arbeiterschaft die revolutionärsten Grüße.«

Applaus brandet auf. Thälmann strahlt.

»Nicht nur aus allen Gauen Deutschlands, aus der ganzen Welt sind Begrüßungstelegramme bei uns eingelaufen. Der internationale Charakter unserer Reichskundgebung kommt mehr denn je zum Ausdruck, durch die Anwesenheit von Delegationen aus Russland, Frankreich, der Tschechoslowakei, Österreich, der Schweiz, Dänemark und den Niederlanden. Auch ihnen gelten unsere revolutionären Grüße.«

Thälmanns Stimme ist unaufgeregt, es ist zu hören, dass seine Wurzeln im Norden verhaftet sind, er spricht flüssig, keine Endsilbe verschluckt er. Er nimmt jeden mit und begeistert die Massen. Die Menschen sind nicht mehr zu halten, sie sind berauscht, erneut brandet Applaus auf. Herbert tut es ihnen gleich und fühlt sich von einem nie gekannten Gefühl erfasst, einem Rausch, der ihn aber umso klarer sehen lässt. Weiß nicht, wohin mit seinem Glück. Valentin und Herbert strahlen sich an.

Stunden später löst sich die Kundgebung langsam auf. Valentin, der sonst immer ein wenig auf Herbert herabschaut, schlägt ihm auf die Schulter.

»Lass uns noch ein Bier trinken gehen. Hunger habe ich auch.«

Die beiden sitzen im »Nikitas«. Soljanka mit Brot steht vor Herbert, Bier im Krug. Er ist trunken vor Seligkeit, weiß, dass er alles Erdenkliche für die Revolution in Deutschland tun wird. Valentin stellt seinen Bierkrug ab, wischt sich Schaum aus dem Bart.

»Lass uns offen sprechen. Die Revolution wird kommen, das ist klar. Wir müssen kämpfen. Es wird Straßenkämpfe geben. Die Bonzen im Kapitalismus werden nicht freiwillig ihre Macht und den Besitz abgeben, und solange die sich nicht verpissen, wird auch keine andere Staatsform möglich sein und somit keine sich erneuernde Gesellschaft, glaube mir, es werden Menschen sterben. Wir wollen nicht töten, aber die Zeit, in der man uns verarschen durfte, ist vorbei, verstehst du? Arbeiter zu sein ist etwas Besonderes, es bedeutet auch Soldat zu sein, und das ohne Wenn und Aber, mit dem Gewehr in der Hand.«

»Aber kein Staat kann ohne Intelligenz, Philosophie, Künstler, Dichter leben. Wir brauchen Menschen mit Köpfchen, Kreativität und Esprit«, gibt Herbert zu bedenken.

Valentin schweigt, er löffelt seine lauwarme Suppe aus. Bier und Wodka werden nachbestellt. Menschen kommen und gehen.

»Wo siehst du dich, wenn wir die Macht übernommen haben?«

Herbert hat sich diese Frage nie gestellt. »Ich werde als Reporter arbeiten und in der ganzen Welt über die Erfolge der Revolution schreiben, über die Kämpfe der Arbeiter in den kapitalistischen Staaten.«

»Ich denke, das reicht nicht.« Valentin schaut ihn kritisch an. »Jeder von uns sollte mal in der Produktion oder auf einer Baustelle oder beim Straßenbau geschuftet haben, auch du. Ich habe das Ullsteinhaus mit hochgezogen, Steine geschleppt, abends war ich todmüde, mein Rücken schmerzte. Am nächsten Morgen war ich wieder auf der Baustelle und das sechs Tage in der Woche. Verdient haben natürlich die Bonzenschweine, wir Arbeiter wurden mit ein paar Kröten abgespeist.«

»Du hast recht, auch ich muss mich beteiligen. Ich könnte Flugblätter drucken, oder vielleicht können die Genossen mich ja auch bei der Propaganda brauchen. Außerdem kann ich auch regelmäßig beim Austeilen der Suppen mithelfen.«

Wieder werden Getränke geordert. Valentin schaut Herbert über seinen Wodka hinweg ins Gesicht.

»Tja, jeder tut, was er kann. Malochen gehört wohl nicht zu deinen Talenten?«

Am frühen Morgen verlassen die beiden, sich gegenseitig stützend, die Kellerkneipe.

»Weißt du, Herbert, ich habe eine russische Seele, meine Gefühle sind zu groß für diese ungerechte Welt, ich kann sie nur nicht so zeigen, verstehst du? Die Russen sind niemals langweilig, entweder sind sie lustig, saufen, aber fallen dabei niemals um, oder sie sind todtraurig und singen melancholische Lieder, die einem das Herz erweichen, in ihren gemütlichen Küchen. Irgendwann werden wir in die Sowjetunion fahren, Brüderchen, du und ich, lass uns darauf ein letztes Glas Wodka trinken, ich kenne eine Kneipe gar nicht weit von hier.«

»Ich denke, für heute ist Schluss.«

Theatralisch lässt sich Valentin auf die Knie fallen, richtet seine gefalteten Hände hinauf, »Bitte, Brüderchen!«, ruft er laut.

Herbert zieht Valentin hinauf, dieser drückt ihm einen Kuss auf die Wange.

»Du verstehst nicht, ein Kommunist muss viel mehr saufen können.«

»Ja, aber heute nicht mehr.«

Herbert ist verwirrt – *Besoffene Männer. Ich hoffe mal, dass er sich morgen nicht mehr daran erinnert.*

BERLIN-DAHLEM – HERBST 1957

Die Tür fällt laut hinter Hannelore ins Schloss.
»Sie wird dein ›Nein‹ nicht akzeptieren … du bist das beste Pferd im Verlag.« Aarons Stimme verbreitet Zärtlichkeit.
»Hast du mich oft betrogen?« Herberts Augen glühen.
»Nein, du musst mir nicht antworten. Ich war so jung, gerade erst zwanzig Jahre alt, und noch ziemlich neu in Berlin. Dann lernte ich dich kennen, verliebte mich in dich und musste aushalten, dass du dich prostituierst … es hat mich so sehr verletzt.«
»Wirst du es mir niemals verzeihen können?« Natürlich hatte er Sex mit anderen, mit solventen Kunden eben, es war eine Einkommensquelle für ihn. *Ist es Masochismus oder warum will Herbert von diesen Dingen hören?* »Bitte lass die alten Geschichten ruhen, und auch ich war jung, gerade achtzehn Jahre alt … aber weißt du, wir waren bitterarm, es war meine Möglichkeit, mich satt zu essen, später unterstützte ich meine Mutter so gut ich konnte … natürlich wollte ich ihr nicht sagen, dass ich mich verkaufe …« Aaron legt seinen Kopf in den Nacken, er wird von Müdigkeit übermannt.
Herbert sitzt zusammengesunken im Sessel, kann die Vergangenheit nicht loslassen. »Liebster, ich wusste nicht, wohin … Berlin war ausgebombt und ich irrte umher, die Stadt war mir fremd, niemand war mehr da, alle noch unterwegs in den Nachwirren des Krieges. Kein Zuhause, Ausruhen war unmöglich. Ich ging in den russischen Sektor. Auch Valentin war nicht zu finden. Die Kommunisten waren nach dem Zusammenbruch sehr gut organisiert, sie gaben mir und allen anderen zu essen. Charlottenburg … Vielleicht würde ich Tante Klara finden, das Haus war, wie so viele andere, dem Erdboden gleichgemacht. Mein Vater hatte mir einen Koffer mitgegeben: ein Anzug, Unterhemden, Seife, Rasierklingen,

Brot, geräucherter Speck und selbstgebrannter Schnaps, er war schwer, eigentlich ein Klotz am Bein. Ich stand auf dem Savignyplatz. Wo sollte ich suchen? Ich konnte keinen klaren Gedanken fassen.« Seine Hände schwitzen plötzlich. »Ich suchte auch Greta in ihrer Pension auf, jedoch traf ich sie nicht an, man sagte mir, sie sei verreist. Es war ja nicht so, dass ich ausschließlich ein Bett zum Übernachten suchte, sondern dich … dich wollte ich wiederfinden.«

Aaron steht auf. Herbert folgt ihm mit von Traurigkeit durchtränkten Augen zur Bar. Das Wort »Schnaps« hat Aaron als Stichwort verstanden. Einen Obstler können sie jetzt beide gut gebrauchen, der Blick in die Vergangenheit ist anstrengend, auch körperlich nicht zu unterschätzen.

»Dann hatte ich eine irrwitzige Idee …«, der Obstler fliest in Herberts Kehle wie Wasser, »… das Antiquariat! Vielleicht wurde es noch betrieben vom alten Wischnewski. Ich lief mit dem Koffer in der Hand, das Haus stand noch. Die Tür ließ sich nach kräftigem Rütteln öffnen. Die Glocke läutete. Unzählige eingestaubte Bücher warteten auf Käufer, die es zu dieser Zeit nur selten gab, weil ausschließlich Fressalien das Überleben sicherten. Die ehemals verbotenen Autoren standen demonstrativ auf dem Verkaufstresen. Ein alter Mann blickte hinter einem Stapel Bücher hervor. Hinter einer verbogenen Brille schauten kleine müde Augen, das dünne Haar kräuselte sich über große abstehende Ohren, aus denen Haare wuchsen. ›Herbert, du lebst! Wie ist es dir ergangen?‹« Noch ein Obstler in die Kehle. »Er stellte mir Tausend Fragen. Wir setzten uns in den angrenzenden Raum. Ich packte Brot und Speck aus und wir aßen schweigend, tranken ein paar Schnäpse.« Herbert hebt das Schnapsglas hoch. »›Wissen Sie, ob meine Tante noch lebt? Ich stand vor der Ruine ihres Haues‹, sagte ich. ›Deine Tante hatte Glück, sie war bei einer Freundin, als das Haus von englischen Bombern getroffen wurde. Zurzeit wohnt sie, soweit ich weiß, in einer Gartenlaube in Spandau, bei eben besagter Freundin.‹ Ein Stein fiel mir vom Herzen. Der alte Mann saß ganz in sich zusammengesunken da. Geboren, als das Auto noch nicht erfunden war, schreiben gelernt mit einer Feder, abends bei Kerzenlicht gesessen. Manchmal mit der Droschke in die Oper gefahren, nie im Kino gewesen, allem Elektrischen misstrauend, dieser unfreiwillig komisch wirkende Herr. Er stammte aus Mähren, ein langes Leben lag hinter ihm. Was hatte dieser kluge Mann noch zu erwarten? In seiner linken Hand hielt er ein Staubtuch. ›Es kommen nur noch sehr wenige Kunden. Mancher hofft, einen Schriftsteller zu finden, der während des sogenannten ›Tausendjährigen Reiches‹ verboten war‹, erzählte er mir.«

Herbert schaut zum Fenster hinaus, wendet sich dann wieder Aaron zu, der Liebe seines Lebens, schaut ihm in die schönen dunklen Augen, einen Augenblich lang, so als ob die Zeit hängen bleibt, um dann fortzufahren.

»Die Glocke läutete, der Alte stand auf, schlurfte in den Laden, Pantoffeln an den Füßen, wischte dabei mit dem Tuch über einzelne Bücher, sprach leise, zwang zum Zuhören. Nach einigen Minuten kam er zurück. ›Weißt du noch, wie sie hier rein stürmten, Bücher aus den Regalen nahmen und sie auf den Boden warfen? Es war so erbärmlich.‹ Die Erinnerungen lasteten so schwer auf seinen Schultern, beugten seinen Rücken. ›Bis morgen sind diese Bücher verschwunden, ist das klar!‹, hatten sie uns angeschrien. Dann packten sie eine Holzkiste auf den Lesetisch und offenbarten, was von nun an zur Pflichtlektüre der Deutschen auserkoren wurde: ›Mein Kampf‹. Sie ließen uns staunend zurück, und wenn man bedenkt, hatten wir noch Glück. Ungläubig schüttelten wir den Kopf, blätterten in diesem Buch. Warum mussten wir eigentlich nicht kotzen …?« Ein letzter Obstler, um die Vergangenheit runter zu spülen. Die Stimmung ist erdrückend. Aarons Gesicht ist erstarrt. Herbert will ablenken. »Dein Wagen muss zur Inspektion.«

»Mein Wagen!« Spott liegt in Aarons Stimme, doch er will nicht streiten, gerade jetzt nicht, und vergreift sich doch im Ton. »Sie hatten uns von Oranienburg auf einen Marsch geschickt …« Er schüttelt seinen Kopf hin und her. Dann dreht er sich Herbert zu: ‹Ich hatte mit so vielen Kerlen Sex, dass dir wahrscheinlich allein bei dem Gedanken ganz übel wird. Soll ich mich dafür entschuldigen? Ich denke nicht daran.« Der Ton ist lauter. »Es war nur Sex und es war meine Möglichkeit, Geld zu verdienen ... sehr viel Geld, wie du weißt. Wir lebten ausgezeichnet davon, erinnerst du dich?« Eine farblose Schicht aus Rechtfertigung schmiert sich auf seine Zunge. »Ich ... ich habe dich so unglaublich geliebt, Herbert ...«

Momente wie diese, sie schauen sich sprachlos an. Entgleiten einander.

FAHR MÄXCHEN, FAHR – HERBST 1930

Das Paradies besteht aus sechzehn Quadratmetern. Eine kleine Pension, in der sich jene einrichten, denen das Geld für eine eigene Wohnung fehlt. Greta beherbergt die unterschiedlichsten Menschen, zum einen gibt es die Dauermieter, darüber hinaus sind noch Zimmer stundenweise zur Vermietung vorgesehen. Um Greta tummelt sich immer ein buntes Völkchen. Wohnungen gibt es vornehmlich für verheiratete Paare. Natürlich können Junggesellen auch eine Wohnung mieten, doch sollten sie niemals zu lange männlichen Besuch beherbergen, auch sollte der Geräuschpegel nicht zu hoch sein. Gefahren lauern hinter den Wohnungstüren der Nachbarn. Schwule zu denunzieren ist für viele kein Problem, sondern nur konsequent. Alleinstehende Frauen haben kaum Probleme, niemand würde ihnen unterstellen, dass sie sich für unzüchtige Handlungen mit Frauen treffen. Männer stehen unter Generalverdacht. Warum will ein junger Mann ohne Frau leben, warum will er keine Kinder haben, weshalb ist dort noch so spät männlicher Besuch? Da muss man doch nachhaken. Niemand will etwas unterstellen, aber wie soll man seinen eigenen heranwachsenden Kindern unter die Augen treten, wenn man in der Nachbarschaft nicht für Ordnung sorgt? Jeder hat die Pflicht, Vorbild für andere zu sein. Menschen mit Geld kaufen sich ein Haus. Hat jemand genug Geld, fragt eh keiner nach. Herbert und Aaron haben sich eingerichtet. Wann immer sie Zeit miteinander verbringen wollen, treffen sie sich in der kleinen Pension. Sie buchen immer das gleiche kleine Zimmer, ihr Zuhause auf Zeit.

Aaron liegt auf dem Bett, blättert in Magazinen. Herbert sitzt auf einem alten, zerschlissenen, roten Sessel und liest einen Krimi. Hin und wieder betrachtet er seinen Liebsten, manchmal, wenn er über das Gelesene nachdenkt, starrt er minutenlang auf das kleine Brandloch im abgetretenen Teppich. Ein regennasser Sonntag lässt Gemütlichkeit aufkommen. Sie haben sich zärtlich geliebt, haben nur kurz das Zimmer verlassen, um sich an der nächsten Wurstbude die Bäuche voll zu schlagen, das Unwetter ließ die beiden schleunigst in ihr Zimmer zurücklaufen. Sie begnügen sich mit dem Nichtstun, warten, dass der Tag vorankriecht, rauchen, lesen, liegen, umarmen sich, kuscheln im Bett. Die Decke anstarren, Gesprächsthemen entdecken, den Körper des anderen ergründen.

»Es wird aufregend, was meinst du?« Aaron beschäftigt noch seine inzwischen endlich bestandene Führerscheinprüfung. »Du kommst doch mit, wir fahren dann aus Berlin raus, ja? Er wird dunkelrot sein, mit braunem Leder ist der Innenraum ausgeschlagen und Vollgummiweißwandreifen werden ihn tragen. Ich könnte die Welt umarmen, Herbert, verstehst du das? Komm zu mir, nimm mich in deine Arme!«

Herbert legt den Krimi beiseite, Aaron fliegt in seine Arme hinein.

Sie sind nun schon seit geraumer Zeit zusammen, lieben sich, manchmal streiten sie auch, mit manchen Worten verletzen sich, »Du und deine Kommunisten!« Türen knallen. »Schon wieder ein Kunde?« Sie schreien: »Es ist aus!«, um dann reumütig zueinander zurückzukehren. Die Herzen versöhnen sich schnell, »Schneller, als die Polizei erlaubt«, flüstert Herbert ins Aarons Ohr, wenn sie nackt ineinander schmusen, und er tuschelt zurück: »Mein Poet!« In der »Rumänien«-Clique sind sie fester Bestandteil. Ihr Umfeld nimmt sie nur noch als »das« Paar wahr.

Die Verkaufsfläche ist groß, mannshohe Spiegel lassen den Raum noch gewaltiger wirken. Die wenigen ausgestellten Autos werden zu vielen. Überall glänzt Chrom, polierter Lack, der Geruch von neuem Leder, wertvollen Hölzern und Gummi steigt in die Nase. Sie betrachten sich in glänzenden Limousinen, staunen über so viel Luxus. Aaron folgt dem Autoverkäufer in das gläserne Büro am Ende der kleinen Halle. Herbert sitzt in einem Ledersofa, ist Zuschauer, bewegt sich zwischen mehreren Welten und weiß nicht, wie er das alles unter einen Hut bekommen soll: das mondäne Leben, das Anton führt, wie sie mit großer Selbstverständlichkeit ihr Personal befehligt, weit gereist ist, Anekdoten um sich streut, für die Rechte der Frauen kämpft, Aarons Welt, wie er sich frech nimmt, was ihm gefällt, sein sinnloses Saufen, Feiern, Fressen, bis man kotzen möchte. Hin und wieder wird gekokst und Aarons Maxime heißt: »Gib niemals Geld für etwas aus, an dem du krepieren kannst, doch einem geschenkten Gaul schaut man sowieso nicht ins Maul.« Sie tanzen Nächte durch, manchmal trägt Aaron eine Federboa.

Ein französischer Modezar im »Rumänien«, ein weitläufiger Freund von Anton, der wiederum Coco Chanel seine Freundin nannte, öffnete ein silbernes Döschen, rief laut: »Bedient euch. Seht die Welt in bunten Kristallen, experimentiert, es braucht keinen Mut, glücklich zu sein, nehmt euch vom Leben, so viel ihr auszuhalten bereit seid, habt explosiven Sex, schert euch einen Dreck um Konventionen.« Alle griffen zu. Herbert hatte sich zurückgehalten, wollte nicht noch mal überrumpelt werden. Die Erinnerung an seine letzte Erfahrung mit dem weißen Pulver war noch zu frisch, und auch die an den Tag danach. Aaron hatte einen Geldschein aufgerollt, mit sanfter Gewalt schob er Herberts Kopf auf den Tisch, der es wehrlos, einem dressierten Affen gleich, geschehen ließ.

»Trau dich, du wirst fliegen, schweben, dich frei fühlen wie nie zuvor, tu es einfach, mein Liebster.«

Reflexartig zog er das weiße Pulver hoch und brauchte nicht lange auf die Wirkung zu warten. Die beiden verzogen sich aufs Männerklo, hatten Sex, waren willenlos. Grenzen lösten sich auf. Sie ließen sich nicht stören von jenen, die, ihrem menschlichen Bedürfnis folgend, die Räumlichkeiten mit dem sich in wilden Bewegungen verschlungenen Paar teilen mussten.

»Ich wünsche Ihnen eine gute Zeit mit Ihrem Automobil. Fahren Sie vorsichtig.«

Ein Mechaniker fährt den Wagen hinaus, da steht der kleine Hanomag auf dem Parkplatz vor der Ausstellungshalle und wartet auf seinen neuen Besitzer. Aaron hatte Glück, noch einen der letzten Wagen zu ergattern, die Produktion des »süßen Knuddelchens« auf vier Rädern wurde eingestellt. Zwei junge Männer besteigen den Wagen. Vorsichtig lenkt ein strahlender Aaron das Goldstück durch den rasenden Berliner Verkehr.

»Du musst auch Autofahren lernen, wir können dann weite Reisen machen, zum Beispiel nach Italien.«

»Oh Aaron, das ist der absolute Wahnsinn. Ich weiß nicht, ob ich das alles gut finden soll.«

Ein belustigter Blick vom Fahrersitz beendet Herberts Bedenken.

»Fahr bitte in die Nürnberger und halte vor dem AGA, wir kaufen ein paar Leckereien, ja?«

Aaron bringt seinen Hanomag vor dem russischen Delikatessengeschäft zum Stehen, die jungen Männer springen aus dem »Mäxchen«, wie er im Volksmund genannt wird. Aaron streichelt dem Kleinen über das Faltdach. Herbert beobachtet seinen Liebsten, ein Lächeln kräuselt seine Lippen. Die beiden schauen sich verliebt in die Augen, Zärtlichkeit strömt durch sie hindurch. Im Geschäft werden sie mit »Dobre Djen« begrüßt und sie lassen sich einige Kleinigkeiten geben: Blinis, Kaviar, eingelegte Eier und mit Sauerkraut gefüllte Piroggen, süße Schokolade, außerdem kommen noch russische Zigaretten dazu. Was kostet die Welt? Beladen mit Köstlichkeiten verlassen sie den Laden – und schon geht es los. Ein letztes Mal in diesem Jahr wollen sie entlang der See laufen. Der Wagen wird über Landstraßen gelenkt, Herbert füttert sich und Aaron mit Süßem. Sie quatschen, lachen, singen, sind glücklich.

»Weißt du, dass ich schon sämtliche Filmgesellschaften in Berlin abgeklappert habe? Bisher ohne jeden Erfolg. Wenn du willst, kann ich sie aufzählen. Und sag jetzt nicht, dass du es nicht hören willst.«

»Aber nein!« Herbert würde sich lieber auf die Zunge beißen, als seinem Freund zu widersprechen.

»Also, ich sprach bei der AAFA-Film und der Film A.G., der Ufa, der Greenbaum-Film vor. Auch die Henny Porten-Froelich Filmproduktion habe ich nicht ausgelassen, bei Lloyd-Film und Lothar Stark-Film angeklopft. Resigniert, aber mit noch ein wenig Hoffnung in mir versuchte ich es bei der Maxim-Film Gesellschaft und zu guter Letzt bei der Phoebus-Film AG. Wahrscheinlich habe ich noch einige vergessen, macht nichts. Ausschließlich Absagen, sie sagten, ich solle es später noch mal probieren, wiesen mich außerdem darauf hin, dass es ohne Schauspielausbildung sehr schwer werden würde. Alles Spießer, du glaubst es nicht, aber bei der Lloyd, oder war es die AAFA, nein, die auf gar keinen Fall, es könnte aber auch bei der, na du weißt schon, gewesen sein, ach, ist ja auch egal. Also, ich werde in das Besetzungsbüro hineingebeten. Hinter dem Schreibtisch sitzt ein älterer Mann mit schlecht sitzendem Toupet und klapperndem Gebiss, das Hemd ist nass von seinem Körperschweiß. Dieser dicke Kerl bietet mir den Platz vor seinem Schreibtisch an. ›Was darf es denn sein?‹, fragte er. ›Sekt, Wein, Whisky, Weinbrand?‹ – ›Dürfte ich einen Kaffee haben?‹, bat ich. Martens hieß er. Die Sekretärin kam herein, stellte den Kaffee vor mich hin. Der Dicke erhob sich aus seinem Schreibtischstuhl, latschte schwerfällig hinter mich, lehnte seinen fetten Körper gegen die Stuhllehne und legte seine wachsweiche Hand schwer und nassschmierig auf meine Schulter. Ich hielt die Kaffeetasse in meiner zitternden Hand, mit der anderen versuchte ich, den Löffel in der schwarzen dampfenden Flüssigkeit zu rühren.«

Herbert hört nur zu, unterbricht Aaron nicht, schaut ihn mitfühlend von der Seite an, legt seine Hand auf dessen leicht zitterndes Bein. Aaron konzentriert sich weiterhin auf das Lenken des Wagens, nur einen schnellen Blick zu Herbert erlaubt er sich. Das Motorengeräusch kann den Monolog nicht abwürgen.

»Schweißperlen setzten sich auf meine Stirn. Gedanken sprangen in meinem Kopf herum, in der Art: Stell dich nicht so an, Aaron, du bist eine Nutte, du kennst die Spielregeln, und hier könntest du richtig absahnen, berühmt werden, genau das, was du immer wolltest. Seine Hand streichelte meinen Nacken, er öffnete die drei oberen Knöpfe meines Hemdes, schob die Hand ins Hemd hinein, berührte meine Brust, streifte meine Brustwarze, hinterließ dabei eine Fettspur, griff nach meinen Brusthaaren und zog daran. Er sprach von einem Film, den er gerade vorbereite, mein Typ werde genau in dieser Zeit gebraucht und er hätte mich entdeckt, säuselte er mir ins Ohr. Ich nahm einen Schluck von meinem Kaffee. ›Du wirst einen Franzosen spielen, der sich in eine Berliner Ärztin verliebt. Ihr geht in die Armenviertel, um den Menschen dort zu helfen. Die Geschichte ist von mir, ich habe einen exzellenten Regisseur an der Hand, die Finanzierung ist so gut wie gesichert.‹ Mein Hals war trocken. Was machte es schon aus, ein bisschen gefällig zu sein? Er nahm mir die Kaffeetasse aus der Hand, seine Sekretärin betrat das Büro, sie hatte zwar geklopft, doch es war kaum zu hören gewesen, Martens stöhnte laut auf, als er sie registrierte, schrie sie an, sie solle verschwinden, worauf sie verschreckt die Tür hinter sich schloss. In meinem Kopf lief ein Film ab: Was wäre, wenn ich seine Erwartungen erfüllte, würde er mir wirklich diese Rolle geben, oder war alles nur ein mieses Spiel? Ich fühlte mich benutzt. Er drehte den Stuhl mit einem Ruck, sodass ich ihn anschauen musste. Unter seiner Hose zeichnete sich eine Beule ab. ›Nein!‹, schrie alles in mir, ich sprang auf und rannte aus dem Büro. Die Sekretärin schaute hinter mir her. ›Nicht mit mir, Fettqualle‹, schrie ich, ›wenn schon Sex, dann aber gegen Bezahlung, und mit einem wie dir sowieso nicht.‹ Dann sah ich dich vor meinem inneren Auge. Ich fühlte mich so gedemütigt.«

Aaron hat den Wagen längst am Straßenrand zum Stehen gebracht. Herbert nimmt seinen Freund in die Arme.

»Mein Herz, du bist zu talentiert, um Karriere über eine schmuddelige Besetzungscouch zu machen. Wie geht es nun weiter?«

»Da … du musst auf die Straßenkarte schauen.«

»Ich meine, was willst du tun, um Schauspieler zu werden?«

»Bei Reinhardt vorsprechen, wie mir Claire schon längst geraten hat. Er ist zurzeit der beste Schauspiellehrer. Wie du weißt, ist das Beste gerade gut genug.«

Herbert weiß, dass auch er seinen Weg finden muss. Das Theaterspielen fordert ihn nicht wirklich, es langweilt ihn sogar, er hat sich der Gruppe angeschlossen, weil er etwas tun wollte, auf eine für ihn ungewöhnliche Art. Die Revolution vorbereiten, aufklären. Er sieht sich auf der Straße, dort will er kämpfen, wenn es sein muss an vorderster Front. Gedanken, die sich seiner bemächtigen, Erinnerungen an die Aufregungen der letzten Wochen.

Klara war enttäuscht, als Herbert ihr seinen Entschluss mitteilte, das Studium zu schmeißen, er schaffte es finanziell nicht. Hatte versucht, ein Stipendium zu bekommen, doch es war nichts zu machen gewesen.

»Wie, du willst dein Studium schmeißen, nur weil dein Vater seine Zahlungen eingestellt hat? Ich glaube, es geht dir zu gut, oder wie soll ich mir das erklären? Was ist nur los mit dir? Fang dich wieder, die Welt dreht sich nicht nur um dich!«

»Ich brauche das Studium nicht. In Zukunft kommt es auf andere Dinge an, aber davon verstehst du eh nichts!«

Der Ton in der Küche war barsch. Herbert wollte endlich sein eigenes Leben führen, ohne irgendwelche Gängelungen durch die Familie. Er erklärte ihr, dass sich hier in Deutschland einiges ändern werde. »Es kann ja wohl nicht sein, dass Menschen, vor allem Kinder, hungern, während einige wenige Kapitalistenschweine sich auf Kosten der Proletarier bereichern!«

Klara konterte, dass er ja wohl mit zweierlei Maß an die Sache herangehe, denn er genoss ja durch sie ein angenehmes Leben. Sie zählte auf, was sie alles für ihn tat, und tatsächlich schnitt Herbert nicht gut dabei ab. Sie bügelte seine Wäsche, kochte, sorgte für heißes Badewasser. »Und außerdem kaufe ich dir noch deine Hemden, damit du hier ordentlich rumläufst. Nein, du bist der Letzte, der sich beschweren darf. Übernimm endlich für dein Leben die Verantwortung.« Klara will auf den Jungen zugehen, natürlich haben Menschen in diesem Alter ihre Träume, aber Herbert war im Moment zu verblendet, sodass er sich in der Märtyrer-Rolle gefiel.

»Ich glaube, du spinnst, einfach das Studium zu schmeißen«, schrie auch Anton ihn an. Auch Aaron hielt nicht hinterm Berg, er solle seine Zukunft nicht einfach wegwerfen. Kommunistische Freunde hielten ihm ebenfalls vor, zu leichtsinnig mit seiner Zukunft umzugehen.

»Von was bitte?«, warf er seinen Freunden immer wieder an den Kopf. Anton und Aaron warfen zusammen, sodass Herbert, wenn auch beschämt, sein Studium wieder aufnehmen konnte.

Seit der Auseinandersetzung war Herbert nur noch selten bei seiner Tante gewesen, und schließlich suchte er die Wohnung auf, um persönliche Sachen abzuholen. Er packte seine Taschen, Aaron half ihm, knapp hatte Herbert seinen Liebsten vorgestellt.

»Wir müssen mehrmals fahren, allein deine Bücher sind nicht mit einer Fahrt zu transportieren.«

»Lass uns reden ... ich verstehe, dass du dir deine Träume erfüllen willst, aber doch nicht so, Herbert!« Hilflos schaute sich Klara das Treiben der beiden jungen Männer an.

Das Pensionszimmer wurde vollgestellt.

»Wir brauchen einen zweiten Raum, immerhin müssen wir uns auch bewegen können. Ich werde mit Greta sprechen, sie soll uns als Dauermieter anmelden, jeder hat offiziell sein eigenes Zimmer, aber wir können es so handhaben, wie wir es möchten. Was hältst du von der Idee?«

Ein letzter Koffer war noch abzuholen.

»Ich warte hier unten.«

»Nein, komm mit hinauf.«

Drei Personen stehen in der Diele. Herbert will den Koffer hochheben, dreht sich zuvor noch mal um, schaut seine Tante mit herausforderndem Blick an.

»Er ist mein Freund!« Er zieht Aaron zu sich heran, küsst ihn auf den Mund, nimmt den Koffer.

Ein offener Mund schnappt nach Luft. Klara bleibt allein zurück.

»Was weiß die schon von dem richtigen Leben?«, überlegt er laut, sodass Aaron es hören kann.

»Sei nicht zu streng, sie meint es doch eigentlich gut mit dir ... Sturkopf.«

»Und jetzt lass uns den Tag genießen.« Herbert ist längst entschlossen, Ideen in Taten zu formen.

Warnemünde. Nur wenige Menschen sind auf den Straßen. Ein kühler Wind lässt die beiden ihre Mantelkragen nach oben schlagen. Sie betreten die alte Pension »Seeblick«: »Wir sind Studenten und können uns nur ein Zimmer leisten, verstehen Sie?«, zeigen ihre Ausweise vor.

Die Ostsee ist träge, kein Mensch ist in der Nähe, am Strand finden sich ihre Hände, verhaken sich ineinander, tief einatmend schlendern sie zum Leuchtturm. Auf halber Strecke hält Aaron an, legt seinen Mantel, von Sträuchern und Dünen geschützt, auf den kalten Sand, legt sich darauf und zieht Herbert zu sich herunter. Der schaut sich um. Es ist wirklich niemand in der Nähe. Herbert legt seinen Mantel über sich und seinen Liebsten, deckt ihre Köpfe mit seinem Schal zu.

»Bin ich auch nicht zu schwer?«, fragt er Aaron. Dieser öffnet die Reißverschlüsse der Hosen, ihre Glieder reiben aneinander und erwecken ihre Lust, das Rauschen der Ostsee sorgt für eine Prise von Romantik. Sie sind sich nah, küssen sich zärtlich, vergessen Zeit und Raum. Verlieren sich in den Augen des andern, Aaron wird von grenzenloser Zärtlichkeit übermannt. Wie oft hatte er von dem einen geträumt, wie oft hatte er resigniert, um dann auf seinen Herbert zu stoßen, manchmal fühlt er, dass Herbert ihn zu einem besseren Menschen gemacht hat, allein durch seine unerschütterliche Liebe.

»Wenn jetzt jemand vorbeikommt, sich an uns stört und überlegt, ob man solch ein Verhalten durchgehen lassen kann, wird er sich dagegen entscheiden und sich mehrere Möglichkeiten überlegen, uns zu schaden. Die erste und naheliegendste ist, die Polizei zu informieren und sich als ein Mann feiern zu lassen, der sich für Recht und Ordnung einsetzt. Eine weitere Möglichkeit besteht darin, sich in moralischer Gerechtigkeit zu üben, eben Selbstjustiz, einen dicken Knüppel findet man hier sicher ohne große Probleme. Egal, wie derjenige sich entscheidet, wär's das mit uns. Einen kleinen Vorteil hätte die zweite Möglichkeit aber schon: Wir würden es erst mitbekommen, wenn wir uns schon nicht mehr wehren könnten und uns bliebe zu hoffen, dass es schnell vorbei ginge.«

»Hier ist nicht Berlin …«, Herbert ist erschrocken über Aarons Ausführungen, »und selbst dort ist nicht überall das Paradies.«

Aaron zuckt nur mit den Schultern. Seine Hand gleitet provokant an Herberts Glied. Der Wind, die Nähe, das Glühen. Zwei Männer in Liebe. Bis der Atem Feuchtigkeit sprüht.

Sie erheben sich, suchen – durchgefroren aber glücklich – ein Restaurant auf. Nachdem sie Fisch, Brot und Wein bestellt haben, kramt Aaron aus seiner Hosentasche ein Reclam-Heft hervor.

»In einigen Wochen muss ich die Rolle des Alceste auswendig können. ›Der Menschenfeind‹ von Molière. Ich habe Claire gebeten, mich zu unterstützen, sie hat Erfahrung und kann mir sicherlich gute Tipps geben. Mit irgendetwas muss ich nun mal vorsprechen. Du weißt ja, ich wäre lieber zum Film gegangen. Texte lernen entfällt dort nun mal. Es muss ein Genuss sein, du kommst ins Atelier und der Regisseur sagt einfach nur, wie du dich zu bewegen hast, welchen Ausdruck du aufs Gesicht setzen sollst und schon ist der Dreh im Kasten und der Arbeitstag vorbei. Eine Limousine fährt dich zurück in deine Villa, die Köchin wartet mit einem aufwendigen Mahl, natürlich ist hier Zurückhaltung geboten, denn meine Anhänger wollen ihren Star schlank und sportlich.« Aaron seufzt. »Glaube mir, es gibt einen Himmel, aber ich muss erst mal durchs Fegefeuer. Ist das gerecht, frage ich dich?«

»Na, ich glaube deine Fantasie geht gerade mit dir durch«, schmunzelt Herbert.

Die Kellnerin bringt das Essen, sie träufeln Zitrone über ihren Fisch, bestreichen das Brot mit Butter. Herbert nimmt Gabel und Messer in die Hände, er freut sich auf den frischen Seelachs, mit großem Appetit lässt er sich den Fisch schmecken, kauend schaut er Aaron an, wie auch dieser sich den Fisch einverleibt.

Mit noch vollem Mund flüstert Herbert: »Ich bin so stolz auf dich, pass auf, sie werden sich um dich reißen, wenn du deine Schauspielausbildung erst mal erfolgreich hinter dich gebracht hast.«

Aaron lächelt verlegen. »Gut, hör zu: Du musst mich ab-hören. Nimm das Buch und gib mir ein Stichwort.«

Herbert blättert im Reclam-Heft, schlägt eine Seite auf und beginnt: »›Zu sehen, dass niemand sich für Sie verwendet‹.«

Aaron verliert an Farbe, bisher hat er den Text noch nie vor jemand anderem gesprochen, er räuspert sich, sucht nach der vorgetragenen Stelle, blättert das Reclam-Heft in seinem Kopf durch. Verzweiflung macht sich in ihm breit. »Es ist alles weg. Claire will, dass ich ihr sobald als möglich den gelernten Text vortrage. So bleibt noch Zeit, um am Text zu feilschen, mein-te sie.«

»Ganz ruhig, hier kann dir nichts passieren, du brauchst überhaupt nicht nervös zu sein.«

Herbert macht es möglich, dass er durchatmen kann, sich konzentrieren, in Momenten wie diesen an sich glauben kann. Liebe, Zärtlichkeit und auch Respekt begegnen ihm. »›Für mich Madame? Worauf hätte ich wohl Anspruch?‹« Der Text sprudelt nur so aus Aaron heraus, doch von Modulation kann überhaupt keine Rede sein.

»Wir müssen wirklich noch einiges tun. Ich stehe dir für die nächste Zeit zur Verfügung.« Herbert ist bewusst, dass Aaron noch viel an dem Text arbeiten muss, um Reinhardt und seine Leute zu überzeugen. »Wenn du willst, nehme ich im Anti-quariat Urlaub. Jetzt, wo wir zusammenwohnen, können wir viele Stunden am Tag proben. Du wirst sehen, wir schaffen das. Außerdem kann Valentin dich zusätzlich unterstützen, der macht fast sein ganzes Leben schon Theater, von dem kannst du eine Menge lernen.«

»Ich überleg es mir. Aber was anderes: Ich habe meine Fa-milie schon eine Weile nicht mehr gesehen, ich würde gerne morgen auf dem Rückweg vorbeifahren. Ich stelle dich ihnen als guten Kumpel vor, vorausgesetzt, du hast nichts dagegen.«

Sie bezahlen und brechen auf, schlendern zur Pension, der Schlüssel wird ihnen ausgehändigt. Die Tür fällt leise ins Schloss, sie lassen sich auf das Bett fallen, knipsen das Licht aus, spüren entkleidete Körper, fühlen sich in den Armen des anderen, bis Morpheus sie eng umschlungen in sein Reich aufnimmt.

MÜSSEN WIR ÜBER POLITIK SPRECHEN? –
HERBST 1930

Am nächsten Morgen werden Herbert und Aaron vom morgendlichen Licht geweckt, das durch die Gardinen der Pension fällt. Nach dem Frühstück machen sie sich auf den Heimweg. Aaron erzählt von der Familie, von Wedding und von der Nachbarschaft: »Meine Mutter macht seit Jahren für den alten Gusenbauer die Einkäufe und Behördengänge, hat eine Vollmacht, um seine Rente von der Kasse abzuholen. Sie schrubbt seine Wohnung und kocht für ihn mit, dafür bekommt sie ein wenig Geld von ihm.«

Endlich wieder in Berlin angekommen, wird Mäxchen in eine schmale kopfsteingepflasterte Straße gelenkt. »Lass uns erst mal hier in die Kneipe gehen, Bier und Bouletten holen. Meine Geschwister haben immer Hunger, musst du wissen.« Aaron ist aufgeregt. Mit ihrer Ausbeute schleppen sie sich die vier Treppen im Hinterhaus hinauf. Überall sind laute Stimmen zu hören. In der vierten Etage angekommen, hören sie Frauenstimmen aus der Wohnung. »Mutter hat Besuch«, kommentiert Aaron.

»Sieht man dich auch mal wieder?« Frau Rosenbaums Gesichtsmimik ist alles andere als freundlich. Auf dem alten, blass gestreiften Sofa sitzt eine junge Frau.

»Hallo, ich störe euch doch nicht bei wichtigen Frauenthemen? Das ist Herbert, ein Kumpel von mir, uns verbindet dieselbe Leidenschaft.«

Herbert räuspert sich.

»Schauspiel, müsst ihr wissen …«, fügt Aaron grinsend hinzu. Er stellt seine Mutter und die Nachbarin Annerose aus dem Vorderhaus vor. »Wie geht es denn so …? Wo sind die Gören?«

Aaron und Herbert stellen Bier und Bouletten ab.

»Ich zähl wohl gar nicht mehr für dich. Wo treibst du dich rum?« Aarons Mutter hat zum Großangriff ausgeholt. »Kann mir gar nicht vorstellen, womit du deine Zeit verbringst. Glaubst wohl, dass es mit ein paar Bouletten und kaltem Bier getan ist?« Sie ist böse mit ihm und bleckt ihre kaum noch vorhandenen Zähne, einige dunkle Stumpen schauen hinter den schmalen Lippen hervor. »Ich kann mich drehen, wie ich will und komme auf keinen grünen Zweig. Na, zumindest gesellt sich Annerose hin und wieder zu mir, sonst würde ich hier noch eingehen wie eine vertrocknete Primel.« Verächtlich schaut sie sich in der Küche um. Sie schleppt sich zum Fenster, öffnet es, schreit in den Hof hinunter: »Hochkommen, gibt Bouletten!«, und schließt das Fenster wieder.

»Hallo Aaron …« Die junge Frau mustert Herbert.

Aaron nickt.

»Sie haben recht, Frau Rosenbaum«, Herbert wird mutig, »wir brauchen ein anderes System, die Bonzen streichen sich alles ein, und den Arbeitern bleibt nichts zum Leben. Wissen Sie …«, sie schaut die junge Frau an, er selbst nimmt auf dem freien Stuhl Platz, »ich habe jede Menge über Sowjetrussland gehört, denen geht es dort deutlich besser. Ich meine, es kommt auf jeden von uns an …«,

Herberts Blick fällt auf Aaron, der ihn ignoriert.

»Ich meine …«, fährt Herbert weiter fort, »wenn wir in Deutschland etwas ändern wollen.«

Frau Rosenbaum setzt sich wieder neben Annerose, sie lächelt.

»Junger Mann, Sie haben einen ausgezeichneten Sachverstand. Die Männer von der Partei sind sich sicher, dass es nur noch eine Frage der Zeit ist, bis das deutsche Volk eine Revolution ausrufen wird, alle werden in diesen Bann gezogen werden, dann müssen sich die da oben ganz schön warm anziehen.«

»Müssen wir über Politik sprechen?« Annerose fällt ihrer Nachbarin ins Wort, plappert drauflos: »Ich war in der Komödie am Kurfürstendamm. Die zeigen dort eine Revue. ›Zwei Krawatten‹ heißt das Stück, da gibt es einen Schlager, der geht so: ›Wenn die beste Freundin mit der besten Freundin …‹ Marlene und Margo sind dort unglaublich, phänomenal, das Publikum hat wie verrückt applaudiert.«

»Annerose, wirklich!« Frau Rosenbaum ist genervt, »es geht doch um mehr als nur um Äußerlichkeiten, hier in Deutschland geht es um die Zukunft der Kinder. Verstehst du das?« Ihr Gesicht dreht sich Richtung des fremden Mannes, wissend, dass da jemand ist, der ihre Gedanken teilt.

Eine Horde kommt vom Hof in die Wohnung, stürmt laut die Küche, greift nach den Bouletten, die Schüssel fällt zu Boden, zerspringt in unzählige Scherben. Die Kinder springen zur Seite, klauben die Bouletten auf. Frau Rosenbaum holt den Besen, verteilt Ohrfeigen. Wer sich gerade in ihrer Nähe befindet, muss eine einstecken. Ruft, sich auf dem Besen abstützend, eine Frage in die Küche, ohne Vorwarnung und wie ein Versprechen auf einen süßen Nachtisch: »Aaron, willst du nicht mal mit Annerose ausgehen? Schau sie dir an, ein properes Mädchen mit niedlichen Sommersprossen, kaum geschminkt, die Haare kess kurz geschnitten. Also, meinen Segen hättet ihr.« Sie zwinkert mit einem Auge.

Annerose wird rot, senkt ihren Blick.

»Ach Mutti, lass doch … Annerose hat ja wohl einen Verlobten, stimmt's?«

Annerose erklärt zu Aarons Erstaunen, dass ihr Kerl nur ein Lückenbüßer sei, zu grob und warten wolle er auch nicht. »Na ja Aaron, wenn du mal mit mir ausgehen willst, du weißt ja, wo ich wohne.«

Aaron hat es auf einmal eilig, aus der Wohnung zu kommen, so eilig, dass er ganz vergisst, von seinem neuen Wagen zu erzählen. Mit Herbert im Schlepptau macht er sich auf den Weg in die Pension, legt sich, obgleich es noch früh ist, aufs Bett und wälzt sich hin und her. Herbert sitzt mit dem Reclam-Heft in der Hand am Fußende, blättert lustlos darin.

»Ich hol uns mal Kaffee und dann werde ich dich abhören.«

Der Duft des Kaffees lässt Aaron die Augen öffnen. Er nimmt die Tasse entgegen, verbrennt sich die Zunge. »Annerose, diese blöde Kuh, ich kann in Zukunft nicht mehr unbedarft meine Familie besuchen, was heißt besuchen, es ist doch mein Zuhause.«

»Ist das dein Zuhause? Wo ist denn mein Zuhause? Wir brauchen etwas Eigenes, Gemeinsames, die Pension reicht auf Dauer nicht aus.«

»Dein Einkommen reicht nicht einmal für ein Zimmerchen zur Untermiete in einer Hinterhauswohnung, Herbert. Sie würden Fragen stellen, warum wir zusammenleben wollen als Junggesellen, obwohl wir doch im heiratsfähigen Alter sind. Es kotzt mich an. Woher nehmen sie sich das Recht, Fragen über unser Privatleben zu stellen? Die zwei Zimmer hier reichen doch, darüber wird in Zukunft auch nicht mehr diskutiert. Ach, ich hab dir noch gar nicht gesagt, dass der Victor mal wieder an der Reihe ist, der wird staunen, wenn er mich mit Mäxchen die Auffahrt rauffahren sieht.«

Herbert zuckt zusammen, wie jedes Mal, wenn Aaron von seinen Kunden spricht. Er will es nicht hören, will nicht, dass sie Teil seines Lebens sind. *Die perversen Freier sollen alle elendig krepieren. Wenn ich mir vorstelle, was die alles machen, diese Sexmonster.* Herbert atmet tief durch, bloß nicht aus der Haut fahren. Sein Blick wandert durch das kleine Zimmer, es ist ihr Schlafzimmer, im anderen stehen die Bücher. Das Bett werden sie rausstellen und den Raum zu einem kleinen Salon dekorieren. Im KaDeWe wird Aaron sicher fündig werden, um das Zimmer gemütlich einzurichten, zu ihrem Zwischendurch zu machen, vielleicht für lange Zeit. Er weiß, dass sie nur, weil Aaron seine Kunden hat, hier wohnen, mit dem Auto raus fahren können. Nächtelang ausgehen und feiern. Zwar kann Herbert sein Einkommen mit schnulzigen Fortsetzungsromanen, die er hin und wieder für Frauenmagazine schreibt, ein wenig aufbessern, dennoch braucht er den ganzen Scheiß nicht. Aaron ist ihm genug. Liebe allein sollte ausreichen. Herbert wünscht sich ein ehrlicheres Leben. Alles Quatsch, hatte Klara ihm nicht Heuchelei vorgeworfen? Sie hatte völlig recht damit, es ist einfach, ein bequemes Leben zu führen, wenn die Umstände es zulassen. Aaron gehört zu jenen Menschen, die einem nichts vorspielen, er gibt sich so, wie er ist. Er schafft an – na und? Es ist eine Möglichkeit, sich seine Wünsche zu erfüllen. Herbert erwischt sich dabei, dass er es ist, der inkonsequent lebt. Längst hat er sich an das Luxusleben gewöhnt, und ja, er muss es zugeben: Es ist nicht nur der Champagner, der ihm schmeckt.

»Lass uns anfangen. Ich beginne auf Seite sechzehn und gebe dir einen Satz vor. Oronte sagt: ›Schreib ich denn schlecht und bin ich denen ähnlich?‹«

Aaron schweigt, schaut zur Decke, knibbelt an seinen Fingern, versucht, Stücke der Nagelhaut vorsichtig abzureißen, bläht seine Wangen auf, drückt Luft mit den Zeigefingern hinaus, runzelt die Stirn, schaut auf seine Fingernägel. Nun läuft er durch den kleinen Raum, zieht die Nachttischlade auf, wirft den Inhalt auf den Fußboden, schiebt mit beiden Händen alles auseinander, endlich findet er seine Nagelfeile. Herbert beobachtet ihn.

»Setz dich doch, mein Herz, damit wir endlich anfangen können zu arbeiten. Ich lese den Satz noch mal vor und du steigst dann ein, ja?«

»Halt die Klappe und hilf mir lieber.«

»Gut, ich fange an, deinen Part zu lesen, und sobald du weißt, wann du einsteigen willst, machst du das einfach. Also, es geht jetzt los: ›Das sag ich nicht.‹«

Aaron löst Herbert ab und spricht den Text weiter: »›Doch schließlich sag ich es ihm … Das war es, was ich ihm erklären wollte.‹«

BERLIN-DAHLEM – HERBST 1957

»... Als ich nach dem Krieg wieder in Berlin angekommen war, konnte ich mit in die Ladenwohnung des Antiquariats ziehen. Herr Wischnewski hatte mir eine Ecke des Zimmers überlassen, ich hatte ein Dach über dem Kopf. Wer konnte das schon von sich behaupten?« Tränen nisten sich ein in Herberts Augenwinkeln, verharren, machen es sich gemütlich, bis sie in feinen Rinnsalen hinabfließen. »Du warst verschwunden, ich war wie gelähmt, so viele waren nicht mehr in Berlin, deine Familie vom Erdboden verschwunden. Du, mein Gott, ich wagte mir nicht auszumalen, was dir zugestoßen sein könnte.« Die Tränen werden weggewischt, als müssten sie neuen Platz machen. »Freunde wie weggeblasen. Ich rannte wie irre durch Berlin, ohne Ziel, hatte das Gefühl, einfach nur die Zeit herumbekommen zu wollen, es gab nichts, außer auf dein Überleben zu hoffen, deine Rückkehr zu erbitten. Sollten die wenigen heranfahrenden Jeeps mich doch umnieten. Andere Autos gab es so gut wie gar nicht.«

Aaron streichelt zärtlich Herberts Wange, sieht in dessen Augen einen unendlichen Schmerz. Warum beginnt er jetzt erst zu reden, warum brauchte es so lange, bis er nach Worten suchte und diese auch fand? Unterdrücktes, Verdrängtes bricht sich Bahn. »Liebster, mach eine Pause, ich hol dir ein Glas Wasser, was meinst du? Ich sehe doch, wie sehr dich das anstrengt.«

Herbert starrt ins Leere. Aaron kommt aus der Küche mit einem Glass Wasser in der Hand.

»Das ›Rumänien‹ hatte wieder geöffnet, ich ging vorbei, zögerte, blieb stehen. Sollte ich hineingehen? Geld verdiente ich inzwischen ja wieder. Aber was war das Geld schon wert, nichts. Zigaretten waren die Währung, die einem alles ermöglichte, leider gehörte ich zu jenen, die nie welche organisieren konnten. Ich zog mir einen Stuhl auf der Terrasse zurecht, setzte mich, Grau um mich herum, die wenigen Häuser grau, aufgerissener Asphalt grau, aufgehäufter Schutt grau, die Menschen grau, hellgrau, mittelgrau, dunkelgrau. Die Farben waren aus dieser Stadt ausradiert, trotzdem versuchte man, optimistisch in die Zukunft zu schauen. ›Wat wolln'se, nu machen se schon!‹ Die berühmte Berliner Schnauze war nicht kleinzukriegen. ›Kaffee?‹ – ›Na, Sie haben Wünsche, nen sogenanntet Heißjetränk könn'se haben!‹« Der Anflug eines Lächelns umspielt Herberts Mundwinkel, als er den vertrauten, burschikosen Dialekt der Servierdame nachahmt. »Einige Augenblicke später bekam ich etwas Heißes, nachdem ich probiert hatte, überlegte ich mir einen Namen für dieses miese Getränk. Nie im Leben zuvor hatte ich etwas Ähnliches getrunken. Versonnen ließ ich meinen Blick wandern, und dann stand Anton vor mir, wie aus dem Nichts erschien sie, trug einen Anzug, ein Herrenhut saß keck auf ihren kurz geschnittenen, inzwischen grauen Haaren. Wir schauten uns ungläubig an, fielen uns in die Arme. ›Du hier? Wo warst du?‹ Wir fassten uns überwältigt an den Händen. Anton setzte sich zu mir, sie zückte amerikanische Zigaretten und bestellte Kaffee und Weinbrand. Wir hatten die Beine ausgestreckt, zählten auf, wer alles nicht mehr da war …«

Aaron bittet Herbert das Wasserglas. Er setzt sich neben ihn.

»Warum erzähle ich dir jetzt davon?« Das Glas zittert in Herberts Händen. »Vielleicht, weil ich die Schmerzen nicht mehr aushalte und die damit verbundene Einsamkeit, so viele Nächte schleiche ich mich aus dem Bett, um meinen Kopf mit starken Medikamenten zu beruhigen, sie lassen sich selten ganz ausschalten, Liebster, ich habe keine Kraft mehr, so zu tun, als sei nie etwas gewesen, die Nazis hätten uns beinahe umgebracht, und heute versucht man auch, uns einzuschüchtern, sie schaben uns unsere Seelen aus und glauben, im Recht zu sein.«

Zögerlich greift Aaron nach der Hand seines gebeugten Geliebten, nimmt ihm das Wasserglas ab, sucht seinen feuchten Blick. »Ich beobachte dich, wenn du aufstehst, um aus dem

Medikamentenschrank deine Tabletten zu holen, ich habe nie gewagt, dich darauf anzusprechen … Brauchst du Hilfe? In Charlottenburg hat ein junger Psychoanalytiker seine Praxis eröffnet, alle Welt schwärmt von seinen Fähigkeiten. Was meinst du?«

Herbert winkt ab, erwidert den Druck von Aarons Hand: »Dass ich es dir endlich erzählen kann, hilft mir mehr, als du erahnen kannst. Jetzt aber genug davon.« Flüsternd zart verfliegt ein zärtliches und dennoch raumfüllendes »Danke.«

»Du hast recht. Ich mach einen neuen Termin in der Werkstatt, es gibt Wichtigeres …« Er steht auf, stellt das Wasserglas auf den Tisch und dann dreht er sich Richtung Herbert. »Wir waren kaum noch am Leben, als wir flüchteten …«, setzt nun Aaron an, »die Amerikaner hatten mich und einen Lagerkumpel aufgegriffen. So viele, die nach der Befreiung noch starben. Palästina. Das ›Gelobte Land‹ schwebte über einigen, andere wollten nach England, Amerika, doch zuerst mussten wir zu Kräften kommen.«

Herbert hört seinem Aaron zu, er spürt die Wärme einer neu gewonnenen Vertrautheit zwischen ihnen.

»Wir alle hatten unsere Familien verloren, hatten keine Ziele mehr. Wen gab es noch? Wohin sollte ich gehen? Berlin? Ich wusste es nicht, wusste nicht, ob du noch am Leben bist. Dann, an einem Morgen, der gar nichts Besonderes hatte, wusste ich plötzlich, dass nur Berlin infrage kommen würde.«

Zart lächeln sie sich an, wissen, dass sie füreinander da sind.

»Ich konnte bei Greta in einem kleinen, nass-schmutzigen Zimmer schlafen, immerhin. Das, was ich bei meiner Rückkehr sah, hat all meine Vorstellungskraft übertroffen. Berlin lag am Boden. Meine Stadt war kastriert, vergewaltigt, die Gemäuer, die noch standen, schrien vor Schmerz. Scham in den Augen der Menschen.«

Tränenerfüllte Augen schauen sich an. Ohne dass sie es geplant hätten, sind sie dabei, Bilanz zu ziehen, nicht wissend, wohin es führen wird.

»Wollen wir deine Sachen aus dem kleinen Häuschen ins Haupthaus holen?« Herbert steht auf.

OHNE VORANKÜNDIGUNG SIND SIE DA! –
HERBST 1930

Die Proteste auf den Straßen werden immer lauter, die Menschen sind mit der politischen Lage unzufrieden, sie demonstrieren, der braune Mob ist brutal und terrorisiert die Stadt. Berlin ist ein Kessel, es brodelt, jeder spürt, dass es in dieser Stadt explodieren wird. Die Partei fordert vollen Einsatz, ein Mann, ein Wort. Stalin ist auf der Seite der Proletarier! Thälmanns Worte klingen in jedem nach. Eine Kundgebung ist anberaumt. Männer, wie immer mit aufgestellten Krägen, Frauen in dicken Mänteln, zugeknöpft bis zum Hals, Herbert mitten unter ihnen. Es ist ein kalter Herbsttag. Eine vom Megaphon verzerrte Stimme hallt zwischen den Hauswänden wider und ist somit nur undeutlich zu verstehen. Sie fordert Arbeit und Brot für alle. Der Mann mit dem Megaphon redet emotional, er wirft den Bonzen vor, sich vom Fett der Arbeiterkinder zu nähren. Menschen applaudieren. Sie wissen, wovon er spricht, haben seit Jahren keine Arbeit mehr. Frauen, die nicht wissen, was sie ihren Familien kochen sollen, es fehlt an allem. Die Wut ist unüberhörbar, sollen sie doch kommen, die Schupos, man würde es ihnen schon zeigen. Nein, feige ist keiner von denen, die hier stehen. Alle wollen eine neue Ordnung. Jeder hat ein anderes Bild davon vor Augen, doch dann, ohne Vorankündigung, sind sie da, die Schupos. Sie tragen lange graue Mäntel, springen von den Pritschenwagen, beinahe elegant. Sie haben es nicht einmal eilig. Die Menschen sind eingekesselt. Einige lächeln selbstgefällig, lassen ihre Schlagstöcke an ihren Kordeln kreisen und gehen dann auf die Menschen los. Als sie vor der aufgebrachten Masse stehen, lassen sie die Stöcke wahllos auf die wehrlosen Menschen niederprasseln. Sie schlagen Männern die Köpfe ein, Frauen treffen sie am Oberkörper. Oh nein, sie schlagen nicht aus Wut, sie machen einfach nur ihre Arbeit, und das sehr gewissenhaft. Die Menschen weichen zurück. Panik macht sich breit. Frauen kreischen, Männer schreien, Kinder weinen. Der Redner beschimpft die Polizisten, wirft ihnen vor, nicht auf der richtigen Seite zu stehen, denn wenn es denen da oben in den Kram passt, könnten sie die Nächsten sein, auf die man einprügelt. Die Menschen versuchen, links, rechts, rückwärts zu entkommen.

Herbert ist mitten im Getümmel, ein Schlag trifft ihn, lässt ihn niedergehen, einem gehetzten Tier gleich versucht er, zu fliehen. Taumelnd lehnt er an einer Häuserwand, versucht, sich aufrecht zu halten. Fingernägel kratzen am Putz, ein zweiter Schlag, sie sind unnachgiebig. Woher kommt die Selbstverständlichkeit, auf Menschen wie ihn einzuschlagen? Genügt es schon, Kommunist zu sein, um als Freiwild zu gelten? Dabei sind sie es doch, die sich für Gerechtigkeit einsetzen und die Verhältnisse verbessern wollen.

»Frau Rosenbaum, was tun Sie denn hier? Machen Sie, dass Sie hier wegkommen!«

Er will noch mehr sagen, doch das ist nicht möglich, ein Knüppel trifft ihn am Kopf. Herbert liegt auf dem Boden, im Blut, sein Kopf blutet, er nimmt alles um sich herum wie durch einen Schleier wahr, hört Schreie, Wimmern, Schmerzstöhnen, sieht Schuhe, die ohne System laufen, ohne Beine sind sie, tragen keine Körper. Alte, abgetragene Schuhe laufen um ihn herum. Nähte, die reißen, Schnürbänder, deren Schleifen sich öffnen und die nicht vorhandenen Beine stolpern lassen werden. Menschen, die wie er auf Kopfsteinpflaster liegen, werden zu Stolpersteinen. Blutlachen vermengen sich, werden zu Seen. Tritte in die Nieren, sein Körper krümmt sich.

»Aufhören!«, will er schreien. Seine Stimme erstickt im Aufjaulen.

Er will wegrobben. Wieder Füße, sie verstellen ihm den Weg. Rotz läuft ihm aus der Nase, Dreck ist in seinem Mund. Jahre laufen vor seinen Augen vorbei. Hohenfinow. Vati. Ein erneuter Tritt, diesmal in die Eier. Aaron. Herbert will seinen Kopf mit den

Armen vor dem Gesicht schützen. Stahlkappen von robusten Schuhen treffen Hände. Schmerz, unsagbar. Sterben, wie fühlt sich Sterben an? Nur nicht ohnmächtig werden. Noch soll sein Leben nicht zu Ende sein. Sie werden über ihn hinweglaufen. »Steh auf!« Eine Stimme, leise, von wo kommt sie, aus ihm selbst? Keine Kraft. »Herbert, komm zu dir!« Wer reißt ihm die Arme aus? Augen sind verklebt, Herbert will sie öffnen, sie sind zugeschwollen. Von fremden Händen hochgezogen steht er auf wackligen Beinen. Die Stimme, die zu ihm spricht, ist weit weg und dennoch vertraut. »Ich bring dich zu mir, komm schnell.« Schnell geht nicht. Der Fremde zieht ihn hinter sich her, eine zweite Person hakt ihn unter. Ist es ein Feldbett, auf das man ihn legt? Kamillenblätter, in Taschentücher gerollt, werden auf seine Augen gelegt. Valentin reinigt die Wunden mit Jod und verbindet sie. Er kocht Tee, setzt sich auf das Feldbett, hebt Herberts Kopf an, führt den Becher an den Mund. Herbert stöhnt vor Schmerzen, vorsichtig trinkt er aus dem Becher. »Ganz ruhig, dir wird hier nichts passieren.« Frau Rosenbaum befindet sich auch in der Stube, sie konnte sich unter einem LKW verstecken, am ganzen Körper zitternd hat sie beobachtet, wie ein Fremder Herbert über den Schultern hinter sich herzog. In einem günstigen Moment floh sie aus ihrem Versteck und bot Valentin ihre Hilfe an.

Stunden später, noch immer sind die Schmerzen unerträglich. Valentin und seine Protestbekanntschaft sind die ganze Zeit bei ihm geblieben. Schmerzverzerrt versucht Herbert, sich aus dem Bett zu erheben.

»Ich muss gehen, Aaron wartet auf mich.«

»Gesund musst du werden. Wer ist Aaron?« Valentin legt ihm beruhigend eine Hand auf die schmerzende Schulter.

»Fragen Sie nicht. Es gibt leider nicht nur lupenreine Kommunisten.« Frau Rosenbaum schüttelt den Kopf.

»Mein Freund.«

»Halt die Klappe!«

Frau Rosenbaum verabschiedet sich, fragt nicht, ob der Junge hierbleiben kann. »Behalten Sie es bitte für sich«, flüstert sie.

Valentin nickt, ist nicht interessiert an Herberts privatem Kram, ahnt, hält den Mund, hält die Hand.

»Die Frau Rosenbaum ist eine mutige Frau, woher kennt ihr euch? Die Partei kann stolz auf sie sein. Ohne Geheimnisse, geradeheraus.«

Tage später, Valentin schaut Herbert hinterher. Langsam schleicht dieser die Treppe hinunter, seine Hände sind bandagiert.

»Brauchst du Hilfe?«

Herbert hebt den Arm und winkt ab.

BERLIN-DAHLEM – HERBST 1957

Anzüge, Waschzeug, Bilder, Fotoalben, Kram. Der Korb wird immer voller. Die Chauffeur-Uniform kommt in einen Müllbeutel. Das kleine Häuschen sollte stets bewohnt wirken. Schwerbeladen gehen Aaron und Herbert zurück zum Haupthaus. Sie lassen die Sachen in der Diele liegen. Zurück im Wohnzimmer nehmen sie auf dem Sofa Platz.

»Willst du einen Wein?«, fragt Aaron.

Zwei alternde Männer betrachten ihr Leben, die verwundeten Seelen zwingen sie dazu, den Schmerz wollen sie nicht mehr aushalten. Zu viel wurde ihnen in ihrer beiden Leben zugemutet, seit der Machtergreifung haben sie sich verborgen. Aaron mehr noch als Herbert, er wurde um seinen Beruf beraubt und zum Assistenten seiner großen Liebe degradiert.

»Ich hatte ein kleines Zimmer zur Untermiete.« Herbert wischt sich erschöpft den Schweiß von der Stirn, leise beginnt er, mit zitternder Stimme zu erzählen. »Genossen halfen einander. Immer mehr Häuser wurden bombardiert. Überleben, aber wie? Die Schutzräume wurden kleiner. Wir trafen uns nur noch in privaten Wohnungen. Alle mit femininen Bewegungen mussten lernen, einstudierte Gesten abzulegen. Der Druck im Nacken, das Gefühl, beobachtet zu werden, wann immer man rausging, war Normalität geworden. Es wurden immer mehr Männer eingezogen. Endsieg. Sie wollten alle, 44 glaubten noch immer einige an den Endsieg, ich habe immer gehofft, dass es nie dazu kommen würde.« Herbert schaut auf den Berg abgelegten Alibi-Lebens. »Die Alten, die ganz Jungen. Sie wollten auch mich. Ich sollte eingezogen werden und mich im Kreiswehr-Ersatzkommando melden. Ich dachte nur: *Tod, das bedeutet, dem sicheren Tod ins Auge zu sehen.* Keine Zeit mehr, meinen Vater zu besuchen, ein letztes Telefonat. Tante Klara, nach all den Jahren fielen wir uns wieder in die Arme, sie heulte, schimpfte auf die Nazis. Nur noch wenige Stunden, Abschied von einer zerfledderten, zerrupften Stadt. Ich weinte, die Zeit ohne dich schien sinnlos, ich fühlte nichts, achtete nur noch darauf, mich unauffällig zu bewegen. Frierend lief ich durch Ruinen, Krater in Straßen, Glassplitter.«

Wie konnten sie sich in den vergangenen Jahren so fremd werden? Herbert ahnt, dass sein Beruf, der Erfolg, das Geld sie auf zwei Eisschollen auseinanderdriften ließ, Aaron muss sich neben ihm klein und unwichtig vorgekommen sein. Herbert behält aufkommende Gedanken für sich, schaut einen noch immer wunderschönen Mann an, wenngleich sich die Blessuren der Zeit nicht leugnen lassen.

»Diese Stadt zeigte fast ausnahmslos Frauen. Männerfreie Zone. Weggeschickt zum Morden, um ermordet zu werden. Niemand hielt sie zurück. Stolze Ehefrauen schauten zu ihren uniformtragenden Angetrauten hinauf, die auf Heimaturlaub gekommen waren, um ein weiteres Kind zu zeugen. Beim Abschied vom Liebsten wünschten sie noch ›Hals- und Beinbruch‹ und winkten dem Zug hinterher. Menschen, die in Keller zogen, weil die erste, dritte, oder welche Etage auch immer nicht mehr vorhanden war. Fenster wurden mit Pappkarton zugepappt. Seit Stunden war ich auf den Beinen. Hunger, einem fortwährenden Boxschlag in die Magengegend gleich.«

Aaron zündet sich und Herbert eine Zigarette an. Es ist heiß, dennoch lassen sie die Fenster geschlossen, als müssten sie sichergehen, von niemanden belauscht zu werden.

»Rauchen machte den Hunger erträglicher. Ich war ohne Zigaretten. Ich trabte auf einen Treffpunkt zu, du weißt schon, was ich meine. Vielleicht wollte ich spüren, dass ich lebe. Karenz, Galgenfrist, was war möglich? Durfte ich Wünsche äußern, reichte es mir vielleicht schon, nur genommen zu werden, ohne jedes Gefühl? An diesem Ort schlenderten die letzten männlichen Exemplare, schien es mir, ›schlendern‹ ist das falsche Wort, sie wirkten wie gehetzt. Razzien waren jederzeit möglich. Aber viel gefährlicher noch waren die Lockvögel. Ich beobachtete geduckt gehende Gestalten, den Kopf zwischen die Schultern gezogen. Angst stand ihnen in die Gesichter geschrieben. Da war einer. Sah er gut aus, war er hässlich? Erinnerungen sind nur mehr von Motten durchlöcherte Teppiche. Ist es wichtig, zu wissen, ob der, von dem man gefickt werden wollte, blond oder dunkelhaarig war, größer oder kleiner als man selbst? Nichts zu machen, ich finde keine Bilder von ihm in meinem Kopf. Langsam ging ich auf ihn zu. Ich spürte Angstschweiß in meinem Nacken. Ich drehte mich immer wieder in alle Richtungen. Zögernd ging einer an mir vorbei, er versuchte, Blickkontakt mit mir aufzunehmen. Ich schaute weg, hatte schon gewählt, oder wurde ich ausgewählt? Entwürdigende Situation. Warum verweigerte man uns ein menschenwürdiges Leben? Waren wir Abschaum, weniger als der Dreck unter den Fingernägeln der Nazis wert, durfte jeder mit dem Finger auf uns zeigen? Der Boden war nass, schluckte die Geräusche. Meine Hände steckten in den Manteltaschen. Wir sahen uns an, er signalisierte Interesse. Wie ging man nun vor? Ich hatte bisher nie diese Möglichkeit für mich in Anspruch genommen. Versuchte ich zu lächeln, sah er mich aufmunternd an? Wir machten einen Schritt aufeinander zu. Tauschten wir Floskeln aus? Nebeneinander gingen wir einige Meter. Da war eine Stelle, nur wenig einsichtig. Er lehnte sich an einen Baum. Ich berührte seinen Oberarm. Aus weiter Ferne hörte ich Schuhgerassel, es wurde immer lauter. Ich wurde weggestoßen, es war wie in einem schlechten Film. Er schrie: ›Hier ist einer von diesen Schweinen, ich hab ihn dingfest gemacht. Die Sau wollte mir an die Hose gehen!‹ Männer in Schwarz kamen auf uns zugelaufen. Ich riss mich los, rannte planlos. *Tod*, dachte ich nur noch, *so oder so, sie wollen deinen Tod. Sie werden mich zu Brei schlagen, wie damals, nein, sie werden mich totschlagen, das können sie, das dürfen sie.* Laufen ohne Ziel. Mein Zimmer würde zum Käfig werden, in dem sie mich tanzen lassen würden, um dann seelenruhig zuzuschlagen. Ich schrie um Hilfe. Drehten sich Passanten weg? War gerade niemand in der Nähe, um mir zu helfen? Die Dunkelheit war ein Trumpf im Ärmel, eine Stadt mit Stromsperre verschluckte Gestalten. Eingestürzte Häuser,

Ruinen halfen mir, mich zu verstecken. Ich hatte Hunger, er bohrte sich mir unaufhörlich in den Magen, trat gnadenlos zu. Ich lief um mein Leben, stolperte über eine Bordsteinkante, lag am Boden, war ausgeliefert.«

Eine gespenstische Ruhe durchzieht das Haus. Aaron wischt sich mit der Hand über die Augen, langsam erhebt er sich aus dem Sessel, mit schwerem Schritt geht er zum Plattenspieler und legt eine Scheibe auf. Er wird zum Schauspieler, und will aus der Starre ausbrechen. Es ist, als befinde er sich in einer einstudierten Rolle, bis er selbst zu seinem Protagonisten wird. Metaphorisch verwandelt er sich, sodass er beinahe leichtfüßig tanzt und mit noch brüchiger Stimme summt Aaron Herbert eine Swing-Melodie ins Ohr. Sie küssen sich, Ertrinkenden gleich halten sie einander fest. Es ist, als würden sie ihre in die Jahre gekommene Liebe noch einmal beflügeln wollen. Sie tanzen wie einst, aus Herberts Verzweiflung erwächst eine Leichtigkeit, die ihn für einen Moment beglückt. Hand in Hand machen sie sich auf den Weg ins Schlafzimmer. Der späte Abend wird romantisch, sie sind sich wieder nah, lassen sich fallen. Arm in Arm schlafen die in die Jahre gekommenen Männer ein.

Aaron wird von Herberts Hin- und Hergewälze neben sich wach, es ist 21 Uhr, er versucht, seinen unruhig schlafenden Partner liebevoll zu wecken und streichelt seine freiliegende Schulter. Herbert räuspert sich, öffnet langsam seine Augen, atmet auf, als er Aaron vor sich sieht.

WAS HAB ICH DENN FALSCH GEMACHT? –
HERBST 1930

Humpelnd betritt Herbert das Pensionszimmer. Aaron springt vom Sessel auf, läuft auf Herbert zu, will ihn umarmen, wirft die Arme in die Luft, schlägt die Hände vors Gesicht.

»Mein Gott, was ist passiert? Wer war das? Rede doch, ich hab mir Sorgen gemacht. Tagelang einfach von der Bildfläche zu verschwinden, nicht anzurufen. Wo haben sie dich so zusammengeschlagen, war das auf einer Kundgebung? Du bist wahnsinnig, dich so einer Gefahr auszusetzen. Ich möchte, dass du niemals wieder zu einer Kundgebung gehst, versprich mir das bitte.«

Herbert legt sich vorsichtig aufs Bett. Jede Bewegung schmerzt, müde schließt er für einen Moment die Augen, um sie sogleich wieder zu öffnen und die schönsten braunen Augen, umrandet von dichten schwarzen Wimpern, welche ihn normalerweise mit ihrem verführerischen Aufschlag nervös machen, über sich zu sehen.

Aaron setzt sich zu Herbert ans Bett, nimmt dessen Hand, hält sie zu fest in seiner. »Ich hatte so eine Angst um dich, sag mir genau, was passiert ist, ich will nicht, dass sie dich erschlagen, ich weiß genau, wie gefährlich es ist, auf Kundgebungen zu gehen, Mutti hat sich auch nie daran hindern lassen. Die Polizei nimmt nicht einmal auf Frauen Rücksicht, das Resultat sehe ich vor mir. Versprichst du mir, dich nicht mehr so einer Gefahr auszusetzen?«

Herbert schweigt, er will Aaron nicht anlügen, er kann den Kampf um eine gerechtere Welt nicht einfach aufgeben, leise stöhnt er vor Schmerzen.

»Liebster, kann ich irgendetwas für dich tun, bevor ich mich wieder an meinem Text ergötze?« Aaron hält sein Reclam in

Händen. »Zwei Tage noch, dann geht Claire den Text mit mir durch.«

Herberts Stimme ist noch zu geschwächt, um streng zu klingen. »Also wirst du lernen, bis es dir zu den Ohren wieder rauskommt ... verstanden? Und ich werde dich unterstützen. Gib mir das Heft.«

»Du musst erst richtig gesund werden«, Aaron will Herbert zu Vernunft bringen. »So kannst du das Reclam nicht mal in deinen Händen halten ... wie also willst du helfen?«

Herbert setzt sich vorsichtig auf, er wirkt, als könne er jeden Moment zusammenbrechen. Er schleicht zum Tisch, lässt sich davor nieder. Eine Kanne mit Kaffee dampft. Eine Karaffe mit Wasser, Kekse liegen in einer Pappschachtel bereit. Die Fenster sind geschlossen, damit so wenige Geräusche wie möglich in den Raum dringen.

Aaron will noch mal protestieren, hinauszögern, er lenkt ab, steht wie angewurzelt im Raum, hastige Augen scheinen etwas zu suchen, finden es nicht. Er rauft sich die Haare.

»Können wir jetzt?« Herbert wird ungeduldig, möchte seinem Freund die Leviten lesen, damit dieser sich endlich bemüht und sich nicht wie eine gefeierte Primadonna gebärdet. »... Oder gibt es noch Wichtiges zu erledigen?«

»Nur noch pullern, dann können wir.«

»Das hat aber lange gedauert, bist du noch mal um den Block gegangen?«

Aaron schwört, dass es wirklich nicht schneller ging und setzt sich auf die Bettkante. »Gut, du kannst mir mein Stichwort geben ... Ich hab dir noch gar nicht erzählt, wie meine Mutter und die Gören auf den Wagen reagiert haben.«

»Aaron, bitte!« Mit einem Mal ist es offensichtlich für Herbert, Mitgefühl durchfließt ihn: Aaron hat Angst, Angst vor seiner Courage. »Gut, erzähl mir, wie sie auf Mäxchen reagiert haben, aber danach fangen wir an.«

Aaron atmet tief durch. Er hat zwanzig Minuten geschenkt bekommen, vielleicht eine halbe Stunde. Herbert bekommt einen Keks, das Wasserglas wird ihm an den Mund gehalten.

Aaron setzt sich zu seinem bedauernswert aussehenden Freund, möchte ihn nur küssen, lieben, mit ihm verschmelzen, bis sie eins geworden sind.

»Ich fuhr unsere Straße hoch, hielt vor dem Haus meiner Mutter, hupte laut, in nur wenigen Minuten hatten sich jede Menge Menschen um den Wagen versammelt, komischerweise war auch Annerose nicht weit, ich glaub, mit der werde ich noch mal richtig Probleme bekommen. Ist so ein Gefühl. Sie hatte so einen Schlägertyp an der Angel, der ständig an ihr rumgrabschte, sie versuchte die ganze Zeit, ihn davon abzuhalten. Ganz schön anstrengend, wenn du mich fragst. Hilfesuchend schaute sie nach mir, dabei gibt es doch genug andere, die ihr helfen können, warum ausgerechnet ich? Ganz ehrlich, der hätte mich in zwei Minuten zu Kleinholz zerhackt. Dann wandte sich der Typ an mich, ich wollte gerade Mutti runterklingeln. ›Lass mich mal in deine Kiste, ich fahr mal 'ne Runde.‹ Ich dachte, ich höre nicht richtig. Stellte mich vor die Fahrertür, nachdem ich sie zugeknallt hatte. Dann schob mich dieses Arschloch einfach beiseite. Mir wurde heiß, jetzt war ich es, der hilfesuchend Annerose anschaute. Aber die war froh, endlich eine Pause von ihrem Grobian zu haben, und schaute geflissentlich weg. Meine Geschwister tauchten auf. Simon sprang in die Luft, er schrie immer wieder: ›Ist das wirklich deiner? Du musst reich sein.‹« Er nimmt einen Schluck aus seiner Tasse. Der Kaffee wird langsam kalt. »Bei ›reich‹ stellte sich bei mir eine unglaubliche Ruhe ein. Mir wurde blitzschnell klar, dass ich auf keinen Fall sagen durfte, dass ich mir Mäxchen gekauft hatte. ›Simon, nein, du verstehst nicht, ich hab mir den Kleinen doch nicht gekauft, bin doch nur ein Dekorateur. Woher soll ich bitte schön das Geld hernehmen? Nein, es war so: Es gab ein Preisausschreiben. Ich habe an der Ziehung teilgenommen, und siehe da, der Hauptpreis ging an mich, genau so war es. Sag nie mehr, dass ich reich bin, es gibt Menschen, die das dann glauben und mich ausnehmen wollen wie eine Weihnachtsgans, obwohl bei mir nichts zu holen ist.‹ Simon zog 'ne Schnute, hatte aber verstanden. Der Gehirnlose hatte meinen Bruder beiseite und sich selbst wieder in den Vordergrund geschoben. ›Was ist jetzt?‹, wollte er wissen. ›Ich will mit dem mickrigen Ding rumkurven und unsern Kiez ein bisschen aufmischen. Wo ist der Schlüssel?‹ Bedrohlich stand der Kerl von Annerose mir gegenüber, hob seine Faust. Mir wurde speiübel, dennoch wusste ich, wenn ich mich in diesem Augenblick darauf einlasse, dann habe ich hier im Kiez keine ruhige Minute mehr. Einige Meter entfernt sah ich einen Schupo. Der heutige Tag war also gerettet, dachte ich erleichtert, es würde mir nichts passieren. Ein klares ›Nein‹ wies ihn in die Schranken. Auch er bemerkte den Bullen. Seine fette Hand griff sich die von Annerose. Er schob die Menschenmasse auseinander, rief noch mit hochrotem Kopf: ›Das wirst du bereuen!‹ Und im nächsten Moment war er verschwunden.«

Die Sonne senkt sich, Herbert signalisiert, dass er rauchen möchte, so unmöglich es auch erscheint. Aaron führt die angezündete Zigarette an den Mund seines Liebsten, dieser zieht vorsichtig daran. Herbert unterdrückt ein Gähnen.

»Aaron, jetzt komm bitte zum Ende, die Zeit läuft.«

»Ja, ich weiß, bin gleich so weit … Endlich kam Mutti auf die Straße. Sie sah mich an. Ich kann dir gar nicht sagen, warum, es gab da so einen kleinen Moment und ich wusste, dass ich in ihren Augen verloren hatte. Es war so viel Geringschätzung in ihrem Blick, und das lag nicht allein am Auto.«

»Nicht jeder kann verstehen, dass du so einen Lebenswandel führst.« Herbert schluckt, nicht selten wünscht er sich ein ganz normales Leben, aber wie soll das gehen, er selbst setzt sich Risiken aus. Und sie sind nun mal nicht normal, alle Welt kann sich das Recht nehmen, um auf sie herunter zu spucken.

»›Na, ist unser Graf Koks wieder mal aufgetaucht? Wie geht es deinem Kumpel?‹, fragte Mutter mit schneidender Stimme. Die Menschen stoben schweigend auseinander. Ich versuchte, es zu überhören. ›Mutti, schau, das ist meiner‹, sagte ich mit strahlendem Gesicht und fühlte mich erbärmlich, ›hast du Lust, 'ne Runde mit mir zu drehen?‹ Alle schauten auf uns, mein Grinsen war einbetoniert. Lächelnd meinte sie, dass ich ihr doch bitte die Tür öffnen solle. So ein Lächeln hatte ich bei ihr noch nie gesehen, es war verächtlich, eisig zugleich. Ich setzte mich hinter das Lenkrad und fuhr an. Sie saß neben mir, einer Statue ähnlich. Ich bog in die nächste Straße ein. Dann, mit einem Donnerwetter, polterte sie los. Ich denke, ich muss dir nicht erzählen, was sie mir alles an den Kopf geworfen hatte. Sie endete mit: ›Wenn dein Vater das alles miterlebt hätte, glaub mir!‹ Nichts weiter sagte sie und mir wurde schlagartig klar, wie sehr ich sie verletzt hatte, sie, die eine leidenschaftliche, hundertfünfzigprozentige Kommunistin war, hatte einen Taugenichts, Schmarotzer oder was weiß ich an ihrem Busen genährt, niemals würde sie mir dieses Geprotze verzeihen. Ich gehörte nicht mehr zu ihren Kreisen, war ausgebrochen, perfider hätte es nicht sein können. Sie bat mich, anzuhalten und bevor sie ausstieg, schaute sie mich an. Der Satz, den sie sagte, schmerzte mehr als jede Ohrfeige, die ich jemals von ihr bekommen hatte: ›Mir brauchst'e nichts zu erzählen, Bürschchen!‹ Die Autotür knallte ins Schloss, ich war allein und einsam. Wie sehr hatte ich sie enttäuscht. Und dazu kam noch die Sorge, weil du dich seit zwei Tagen nicht gemeldet hattest. Herbert, ich weiß, dass ich oft Mist baue, aber ich kann dort nicht mehr zurück, es ist schon so lange nicht mehr meine Welt … Na gut, lass uns anfangen, schlag eine Seite auf, egal welche!«

»Liebster, du glaubst gar nicht, wie leid mir das tut …« Herbert streichelt mit seiner schmerzenden Hand Aarons feingliedrige Finger. »Wie soll deine Mutter dich verstehen? Sie hat doch immer nur gearbeitet, um die Familie satt zu bekommen. Sei nicht zu streng zu ihr. Sie steht für ein anders Deutschland.«

Aaron hebt seine linke Augenbraue, auch er steht für ein anderes Deutschland: eines, das den kleinen Mann aufsteigen lässt.

Die zwei letzten Tage haben Aaron und Herbert bis an den Rand ihrer Kräfte gebracht, sie haben kaum geschlafen. Sex war eh nicht möglich. Zwischendurch wechselte Aaron Verbände, überredete Herbert, zum Arzt zu gehen. Der Befund: keine Brüche, sondern nur Prellungen und Hämatome. Ihre Nahrung bestand aus Kaffee, Piroggen und Zigaretten. Mit kleinen Augen saßen sie sich in einem Café auf dem Ku'damm gegenüber, Herbert nach wie vor ramponiert, mitleidige Blicke auf sich ziehend, die schnell wieder wegwanderten, sobald er sie erwiderte.

»Glaubst du, dass Claire mich durch die Mangel drehen wird?«

»Ich hoffe doch.«

Claire öffnet die Wohnungstür, bittet Aaron herein, schickt ihn in Richtung Arbeitszimmer. »Ich komme gleich nach«, sagt sie hinter ihm. Er geht den langen Wohnungsflur entlang, öffnet besagte Tür und findet sich in einem großen Raum wieder. Bücherschränke reichen bis zur Decke. Er betrachtet nur mehr Ausschnitte, Marx' gesamte Werke stehen gleich neben der Bibel, Thomas Mann, Rilke, Lessing, Schriften von Freud und Goethe sind auch vertreten. Autoren reihen sich aneinander, von denen Aaron noch nie zuvor gehört hat, wie er sich eingestehen muss. Was nicht verwunderlich ist, da Lesen nicht zu seinen bevorzugten Freizeitbeschäftigungen gehört. Neben dem Schreibtisch stapeln sich Textbücher. Ein Flügel steht mitten im Raum. Notenblätter liegen auf der heruntergelassenen Flügelklappe. Aaron setzt sich in einen bequemen Sessel, an der Wand hängen Bilder, gezeichnete Hände, zum Beten gefaltet, abstrakte Aquarelle. Das Porträt einer jungen Frau, feine Linien auf einer ebenmäßigen Fläche. Ihr Gesicht wird von blonden, wilden Locken umrahmt. Auf Fischgrätenparkett liegen Teppiche mit erotischen Motiven übereinander. Die Klinke wird runtergedrückt, Claire kommt mit einem Tablett, stellt es auf einem kleinen, unauffälligen Tisch ab.

»Kann ich dir etwas zu trinken anbieten?«

Aaron wittert seine Chance. Er fühlt sich erbärmlich. Fremdes Terrain hat er betreten, er könnte ausrutschen, sich blamieren, den gelernten Text vergessen. Claire schaut ihn fragend an.

»Ein Glas Wein oder lieber Tee, wie wäre es mit Kaffee? Oder Wasser vielleicht?«

»Wein wäre lieb, nur, wenn es keine Umstände macht.«

Schweigen, eisiges Schweigen, warum tut sie das? Ihre Blicke durchbohren ihn, sie durchschreitet den Raum, als würde sie ihn abmessen, dann drei Schritte und sie steht hinter ihrem Schreibtisch. Sie nimmt den Deckel vom Holzkästchen, greift sich eine Zigarette, steckt diese in eine schwarze Spitze. Auf Aarons Stirn bilden sich Schweißperlen, unauffällig wischt er sie weg. Der Sessel verschluckt ihn mehr und mehr, lässt ihn zum kleinen, ungehorsamen Jungen schrumpfen. Leise, kaum hörbar sein: »Darf ich auch eine haben?«

»Halt die Klappe und verschwinde, mach schon, oder soll ich dir Beine machen?«

»Bitte Claire, sag, was hab ich denn falsch gemacht?«

»Das fragst du noch? Wer bist du eigentlich, dass du glaubst, dass ausgerechnet dir die gebratenen Tauben in den Mund fliegen? Vielleicht hast du Talent, aber woher soll ich das wissen, wir haben ja noch gar nicht zusammengearbeitet. Natürlich weißt du, wie man fickt oder sich ficken lässt, gegen Bezahlung versteht sich. Und auch diese Dienstleistung muss man ausüben können. Ob es bei deinen notgeilen Freiern allerdings auf Talent ankommt, wage ich zu bezweifeln. Gutes Aussehen und eine gewisse Handfertigkeit werden wohl ausreichen. Wer weiß, vielleicht wird diese Art Beschäftigung ja irgendwann als Beruf akzeptiert. Was ist, verschwinde endlich!«

Claire lässt sich auf den Klavierhocker fallen, jede Energie ist ihr abhandengekommen. Aaron sitzt mit zusammengedrückten Knien, die Ellbogen auf die Beine abgestützt, das Gesicht in den Händen vergraben.

»Bitte, Claire, schmeiß mich nicht raus, ohne mir zu sagen, was ich falsch gemacht habe. Wir haben doch kaum ein Wort gewechselt.«

»Du hast dir einen Wein gewünscht.«

»Was? Das ist alles?«

»Ich wusste, dass du es nicht verstehst.«

Claire steht auf, nimmt aus dem Wandschrank einen Gedichtband von Goethe, und ohne ein Wort zu sagen, verlässt sie den Raum, öffnet die Wohnungstür und zieht sich in ihren Salon zurück.

Aaron sitzt immer noch im Sessel, unfähig, auch nur einen klaren Gedanken zu fassen. Er wird bleiben, was sonst kann er tun? Die Zeit, die ihm noch zu Verfügung steht, verkürzt sich, er starrt ins Leere und hofft auf ein Wunder. »Mir brauchst'e nichts zu erzählen«, der Satz hat sich unwiderruflich in seinen Kopf eingebrannt. Er blättert in seinem Reclam, gibt sich selbst das Stichwort:

»›Sie wollen mir wohl zu verstehen geben, dass es nicht ratsam sei … – Alceste: ›Das sag ich nicht …‹«

»Steh auf!« Claire steht seit geraumer Zeit unter der Tür und hört dem Greenhorn zu. Neben den unterschiedlichsten Fähigkeiten imponiert ihr auch Hartnäckigkeit, und die hat der Junge bewiesen, indem er einfach geblieben ist. »Stell dich hin, im Stehen kann man besser sprechen, und betone richtig, deine Stimme ist dein Werkzeug, wie auch deine Atmung, wenn du sie nicht richtig einsetzt, wirst du alles zerstören, und kommst nicht über die dritte Stuhlreihe hinaus. Gib mir dein Reclam. Welche Rolle hast du einstudiert, lass mal sehen, ah ja, puh … da haben wir ja einiges zu tun.«

Stunden später. Mitternacht ist längst vorbei.

»Nein, nein und noch mal nein, Aaron, verstehst du denn noch immer nicht?«

Morgens gegen halb vier: »Ja doch … schon etwas besser.«

Die Sonne scheint zwischen den Lamellen in den Raum hinein.

»Ich weiß nicht, ob du Talent hast, vielleicht willst du ja auch nur ein Star werden, da reicht es, gut auszusehen, aber sei vorsichtig … Schönheit ist vergänglich. Was ich auf jeden Fall sagen kann: Du kannst durchhalten, wenn es drauf ankommt, das sollte man nicht unterschätzen. Fürs Erste reicht es. Lass uns einen Kaffee trinken, ich denke, den haben wir uns verdient.«

Claire wechselt den Raum, Aaron folgt ihr. »Hol aus dem Schrank bitte zwei Tassen hinaus, der Zucker steht gleich daneben.« Sie lässt Wasser in den Kessel laufen und stellt ihn auf den Gasherd, zuvor hat sie eine Flamme entzündet.

»Aaron, entschuldige bitte für das, was ich dir an den Kopf geworfen habe … Eines solltest du aber beherzigen: Trinke, wann immer du möchtest, aber niemals während der Proben, auch nicht, wenn du dir eine Rolle erarbeitest, und schon gar nicht vor einem Auftritt.« Sie springt in dem, was sie sagt, findet sich in ihrem Vortrag wieder. »Und noch etwas solltest du dir zu Herzen nehmen: Wann immer dir jemand augenzwinkernd verspricht, dich ganz groß rauszubringen und dafür nur ein wenig Entgegenkommen verlangt, lehne es ab, denn meistens wird aus der Sache doch nichts.«

Der Wasserkessel pfeift, der Kaffee wird aufgebrüht.

»Ich will gar nicht moralisch sein, sondern denke nur, dass der Preis für nichts einfach zu hoch ist.« Claires Stimme ist jetzt weicher. »Der Beruf wird anstrengend sein, egal, ob du beim Film oder beim Theater landest.«

Sie genießen das heiße Getränk am Küchentisch. Aaron hört nur zu.

»An manchen Abenden wirst du müde sein, vielleicht war dein Publikum gut, es liebt dich sogar, aber am nächsten Morgen hast du einen Dreh, also beginnt der nächste Tag vor dem Aufstehen. Du siehst, sobald sich der Erfolg einstellt, steht einem nur noch wenig Zeit zur Verfügung. Eigentlich kann man sich bei unserem Beruf kein Privatleben leisten, aber gut, das muss jeder selber wissen.« Claire erzählt, wie sie sich vor vielen Jahren auf einer feministischen Kundgebung in Anton verliebt hat.

Aaron nimmt einen Schluck vom Kaffee, stellt die Tasse zurück. Es ist Zeit aufzubrechen.

»Du und Herbert siniert Anton, ihr habt doch auch ein Privatleben, das funktioniert doch …«

»Nu ja … mit viel Freiheit für jeden von uns.«

Aaron steht vor der Haustür. Sie hat nicht einmal gesagt, dass er gut ist. Wofür das alles? Macht es Sinn? Vielleicht sind seine Träume ja einfach zu kühn? Wie heißt es doch gleich:

»Schuster, bleib bei deinen Leisten!« Wer aber bestimmt, welche Leisten zu wem gehören? Der Text schwirrt ihm im Kopf herum.

Der Tag ist grau, Nieselregen begleitet ihn in die Pension. Leise öffnet er die Zimmertür und legt sich zu Herbert. Er würde ihn gerne berühren, doch er will Herbert die Schmerzen ersparen.

GEBEN SIE MIR EINE CHANCE? – HERBST 1930

»Was zieh ich nur an?« Die Schranktür steht offen, Hemden liegen auf dem Bett verteilt, Schuhe stehen davor, Krawatten hängen über der Stuhllehne, zwei mögliche Pullunder stehen zur Verfügung und werden in Händen gehalten. Aaron ist verzweifelt. »Kannst du mir nicht helfen? Es kommt doch alles auf den ersten Eindruck an.« Theatralisch lässt er sich aufs Bett fallen, greift zum Reclam, blättert darin herum, will seinem Freund die eine Stelle zeigen, wo es seiner Ansicht nach noch hakt. Dann steht er wie von der Tarantel gestochen auf und wirft das Heftchen in die Ecke. »Die braune oder die blaue Hose?« Abwechselnd hebt er die eine und die andere in die Luft, legt sie auf den Stuhl zurück, verlässt mit dem Kulturbeutel das Zimmer. Zwanzig Minuten später kommt er nach schwerem Parfum riechend zurück.

»Hier, zieh das an …« Herbert ordnet die Sachen: Braune Hose, passende Krawatte, gelbes Hemd und den grünen Pullunder. »Ich glaube, du bist spät dran.«

»Quatsch nicht, merkst du nicht, dass ich kurz vor einem Nervenzusammenbruch stehe?«

Das Fenster wird von dem einen geöffnet und vom anderen wieder geschlossen.

»Wo ist mein Reclam?«

Die Socken sind schon mal über die Füße gezogen, fehlt nur noch der Rest. Alles, was nicht niet- und nagelfest ist, wird durch die Luft gewirbelt. Herbert lehnt an der Tür, hält wertvolle Ware in der Hand, legt sie auf den beladenen Stuhl, packt Aaron an den Schultern.

»Es reicht jetzt, verstanden? Es geht nicht um dein Leben. Du hast einen Beruf, das, was du jetzt erreichen möchtest, ist nur Zugabe. Du und ich, wir können auch ohne das leben. Reiß dich endlich zusammen und nimm das Vorsprechen nicht so wichtig.«

Ruhig, beinahe gelassen sieht Aaron auf Herbert herab, obgleich dieser ihn um wenige Zentimeter überragt.

»Du verstehst mich nicht, es geht um alles, damit kann ich wachsen, ohne bin ich ein Nichts, es ist wie bei dir mit den Kommunisten, dein Kampf auf der Straße für Gleichheit und Gerechtigkeit in einer neuen Gesellschafsordnung, oder wofür sonst hast du dir die Fresse einschlagen lassen?« Ohne ein weiteres Wort zieht er sich an.

Sie verlassen ihre Burg, schweigend. Der Wagen wird vor der Hausnummer achtzehn abgestellt. Hände flattern über das Lenkrad, ein sich immer wiederholendes Räuspern ist das einzige die Stille durchbrechende Geräusch. Beine werden zu Gummi, wollen den dazugehörenden Körper nicht aus dem Wagen heben, Hände helfen nach. Aaron steht auf breiigen Füßen. Er atmet tief ein und aus. Einen Schritt will er machen. Gummibeine sind in Blei gegossen geworden. Hände triefen vor Nässe. Ein Leben hängt an einem seidenen Faden. Augen sehen sich hilfesuchend um. Eine Hülle stützt zerbröselndes Gerippe, es gibt nichts mehr, keinen Puls, keinen Blutkreislauf, keine Haut, alles ist abhandengekommen.

»He, ich bin da und warte … egal, wie lang es dauern wird. Geh jetzt.«

Zwei Hände verhaken sich, die eine wird geöffnet, um loszulassen, die andere hält fest, nur einen Moment noch.

»Ich gehe jetzt.«

Drei Stufen führen zur Guillotine hinauf. Auf goldener Tafel, schwarz gedruckt: »Max Reinhardt«.

Die schwere Tür wird aufgeschoben, Aaron wird von ihr verschluckt, er dreht sich nicht noch mal zu Herbert um. Ist von nun an ganz auf sich allein gestellt.

Stühle stehen in der Diele, sie sind besetzt von jungen Männern und Frauen, die wie er an einen Traum glauben.

»Name!« Hinter dem Empfang sitzt eine ältliche Frau, deren Haare im Nacken zu einem Knoten zusammengezwirbelt sind. »Name, habe ich gesagt! Ich denke, Sie wollen vorsprechen, und dann bekommen Sie den Mund nicht auf? Na, das kann ja was werden. Glauben Sie, der Reinhardt will seine Zeit verplempern? Was haben Sie einstudiert? Tragen Sie sich hier mal ein, Sie werden dann aufgerufen.«

Aaron fühlt sich nach dieser ungewöhnlichen Behandlung auch nicht besser.

Zeit schleicht dahin, die Gesichter derer, die aus dem Raum des Meisters herauskommen, lassen nicht erkennen, ob sie die Aufnahmeprüfung bestanden haben oder durchgefallen sind.

»Sie hören von uns!« Damit wird man entlassen.

»Herr Rosenbaum!«

Aaron springt auf, ist erschrocken.

»Herr Reinhardt wartet auf Sie. Gehen Sie ruhig schon hinein.«

Großer, heller Raum. Ein Tisch, vier Stühle dahinter, alle sind besetzt, zwei alte Männer, ein junger dazwischen und eine lesbisch wirkende Frau mit Bubikopf. Reinhardt, leicht ergraut, wirkt respekteinflößend. Still ist es.

»Nun, dann lassen Sie uns bitte wissen, mit welcher Rolle Sie vorsprechen wollen.«

Aaron holt tief Luft, seine Hände werden erneut feucht.

Vor siebzehn Jahren war es, er war im Schwimmbad, sein Vater lebte noch, er sah ihn am Beckenrand stehen: »Nu, spring schon! Oder traust du dich nicht? Na, dann musst du der Annerose Platz machen, die kann es kaum abwarten, wenn du noch länger herumstehst, schlägt sie noch Wurzeln.« – »Willst'e hier übernachten oder kann ich vor?« Aaron richtete sich auf. »Wasser trägt dich, wenn du geschickt bist«, hatte ihm seine Mutter mal gesagt. Er setzte an, hob seine Fersen, und schon war er im freien Flug, tauchte tief ins Wasser ein, kam wieder hoch, schwamm zum Beckenrand, und natürlich trug das Wasser einen geschickten Jungen.

»Nun, Herr Rosenbaum?«

Aaron öffnet den Mund, holt tief Luft. Abgespeichertes bahnt sich seinen Weg. Er spricht: »Das sag ich nicht, doch schließlich sag ich ihm: Was nötigt Sie um jeden Preis zum Reimen? Und nun zum Henker ...‹« Sein Monolog ist beendet.

Stille.

Aaron hat sich verausgabt, er hat alles gegeben. Schweißgebadet wartet er auf das Urteil, doch noch ist es nicht vorbei, eine Improvisation ist noch von ihm abzuliefern. Dann, als alles Geforderte beendet ist, steht er da wie begossen, kann nichts mehr sagen, will nichts hören, weiß eh, dass er durchgefallen ist. Er hatte einen Traum, doch Träume sind nichts für Jungen aus dem Wedding, Hinterhaus mit Klo auf halber Treppe. So was klebt an einem, lässt einen nicht mehr los.

Die drei Herren murmeln, die Dame hebt den Zeigefinger. Der Ältere meint: »Das müsse man bedenken.« Aaron bekommt nur Fetzen vom Gesagten mit. Unruhe steigt in ihm auf. »Sie hören von uns.«

Der Flur ist mit rotem Teppich ausgelegt.

Aaron lässt seinen Blick schweifen. Womit kann, muss er rechnen? Geben sie ihm eine Chance? Er hat sich keinen anderen Plan überlegt. Sein Hals ist trocken, die Hände feucht. Das Hemd klebt am Rücken. Arbeiterkiez, Maurerkind, Mutter putzt, um die Familie über Wasser zu halten. Sätze wie in Stein gemeißelt: »Es muss auch gute Arbeiter geben«, »Wenn es dem Esel zu gut geht, steigt er aufs Eis«. Langsam trottet er von dannen. Er ist beinahe schon an der großen Eichentür, will nach der Klinke greifen, »Herr Rosenbaum!«, da hört er seinen Namen. »Nun laufen Sie doch nicht so einfach weg, wie sollen wir Sie denn benachrichtigen ohne Adresse? Also lassen Sie diese hier, haben Sie eine Telefonnummer, unter der man Sie erreichen kann?«

Aaron nickt und ist schlussendlich draußen, weiß, dass er durchgefallen ist. Der Himmel ist wolkenfrei, die Sonne versucht, dem Herbsttag ein wenig Wärme zu schenken, doch dieser zögert, das Geschenk anzunehmen. Nichtsdestotrotz laden die wenigen Sonnenstrahlen, die sich durch die Wolkendecke schummeln, zum Eis Essen ein, es kann auch eine Berliner Weisse mit Schuss sein.

Da steht Herbert an Mäxchen gelehnt. Herbert ist immer da, wenn er ihn braucht. Unsicher lächelnd wünscht er sich eine Antwort auf eine nicht gestellte Frage.

»Ich werde benachrichtigt werden, ab morgen werde ich an Gretas Telefon kleben, ich werde mich nicht mehr bewegen, bis ich eine Antwort erhalten habe, Herbert, ich habe wirklich alles gegeben! Was ist, wenn es nicht ausreicht? Wahrscheinlich machen sie sich über mich lustig, ärgern sich, dass sie ihre Zeit mit einem wie mir verplempert haben.«

»Hör jetzt auf, alles wird gut, das ist das ganz normale Prozedere, oder hast du geglaubt, heute wird man dir sagen: ›Wunderbar, Herr Rosenbaum, bitte erscheinen Sie pünktlich zu Beginn des nächsten Semesters?‹«

Aarons Antwort ist lautlos, er lehnt sich nur leicht an seinen Lädierten, will gehalten werden und nicht mehr denken müssen, Zärtlichkeit durchströmt die beiden, weiche Lippen wollen sich berühren. Unmöglich. Momente wie diese sind selten, das Wissen, dass ihnen nichts passieren kann, solange sie einander vertrauen.

»Zur Ablenkung würde ich vorschlagen, ein schönes fettes Eisbein mit Sauerkraut und Püree, was meinst du?«

Der Schauspieler lacht.

Aaron ist nicht ansprechbar, er wartet auf einen Brief, auf einen Anruf, Tage, in denen er durch die Gegend schleicht, kaum spricht, ungenießbar ist für sein Umfeld. Im Lager drapiert er Stoffe an Schaufensterpuppen, ändert immer wieder unzufrieden ihre Anordnung, raucht unablässig, er hat in den letzten Wochen einige Kilo abgenommen, ignoriert das Verbotsschild mit der durchgestrichenen brennenden Zigarette. Auf dem großen Tisch befinden sich Zeichnungen, ein Bleistift in seiner Hand, er versucht Änderungen auf dem Papier vorzunehmen. Die Arbeit wird Aaron an diesem Ort zur Qual. Hierhin gehört er nicht mehr, dieses Wissen ist tief in ihm verankert. Doch noch immer hat er keine Antwort von Reinhardt. Abends verlässt er, ohne eine kreative Leistung vorweisen zu können, das KaDeWe. In der Pension angekommen, befragt er als Erstes Greta, diese winkt genervt ab, beschäftigt sich lieber mit einem neuen jungen Liebhaber.

Eines Abends, Herbert sitzt auf dem Bett, hält einen Brief in den Händen. Er lächelt seinem Liebsten zu. Grenzenlose

Aufregung, nervös nestelt Aaron an dem Kuvert herum, endlich ist die wertvolle Ware ausgepackt.

»Ich verstehe das nicht.« Zeilen werden hastig überflogen, der Kopf geschüttelt.

Herbert entreißt Aaron den Brief, ruhig liest er Wort für Wort. »Du darfst lernen, so viel ist sicher, allerdings nicht in Reinhardts Schule, sondern bei einem seiner Schauspiellehrer privat. Held heißt der, warum das so ist, keine Ahnung, aber hier steht auch, dass du dadurch berechtigt bist, auf den Bühnen Reinhardts aufzutreten. Was willst du mehr? ... Champagner!«, ruft er laut, rast aus dem kleinen Zimmer, lässt nur wenige Minuten später den Korken knallen.

Aaron ist komischerweise nicht zum Feiern aufgelegt und trotzdem glücklich.

* * *

Eine Wohnung, die nur Gassen freigibt, um Menschen durch ein Labyrinth zu führen, vollgestellt, zudem noch schlecht gelüftet, Tapeten und Gardinen umgibt ein Grauschleier, Gaslampen hängen von der Decke, der Geruch von den Deckenleuchten vermischt sich mit Zigarettengestank. An den Wänden hängen mannshohe, beschlagene Spiegel, die kaum mehr als Konturen wiedergeben. Schränke, Buffets, alles ist überladen. Ein alter Mann mit Hausschuhen an den Füßen sitzt in einem Regiestuhl, er hält eine brennende Zigarette zwischen Zeige- und Mittelfinger. Daneben ein zierlicher, reich verzierter Tisch, auf diesem steht ein überquellender Aschenbecher, eine blecherne Kanne, wie sie gewöhnlich in Jugendherbergen vorzufinden ist, noch dampft der Tee darin. Aaron steht im kleinen Studio und wartet auf Anweisungen. Die Zeit steht still, Bilder an den Wänden mit Motiven, die gut in Courths-Mahler-Romane gepasst hätten. Der Teppich ist durchgetreten, Motive sind zu verwischten Klecksen geworden. Der Boden knarrt bei jedem Schritt. Sein Lehrer nippt vom Tee, zündet sich eine neue Zigarette an dem beinahe verglommenen Stummel an. Die Stille ist fast nicht auszuhalten, dann unerwartet ein Raucherhusten, der das ganze Haus aufwecken könnte, sofern die Bewohner gerade ihren wohl-verdienten Nachmittagsschlaf abhalten wollten.

»Na, dann wollen wir mal! Schauspieler sein bedeutet, ein Handwerk auszuüben, außerdem ist man Diener seines Publikums, also weniger ein Künstler, finde ich, aber da gehen die Meinungen natürlich auseinander. Dieser Beruf verlangt Liebe und Disziplin, beides scheint nicht zusammenzugehören, doch ich sag, es ist unabdingbar. Was ich Ihnen beibringen kann, will ich gerne tun.«

Aaron steht noch immer an derselben Stelle, bekam weder einen Stuhl angeboten noch Tee oder eine Zigarette. Es gibt Momente, da weiß man gleich, dass man einen Fehler begangen hat. Oder sollte das hier alles ganz normal sein?

»Also, Sie bekommen von mir Sprech- und Atemunterricht. Ich bringe Ihnen bei, wie man sich eine Rolle erarbeitet, Improvisation machen wir natürlich auch, aber nur, weil der Reinhardt darauf besteht. Und das hier ist Ihre Bibel, die wird Sie für lange Zeit begleiten. Es ist ›Der kleine Hey‹. Außerdem rate ich Ihnen, Gesangs-, Tanz- und Fechtunterricht zu nehmen. Sobald Sie so weit sind, werden Sie als Eleve auf die Reinhardtbühnen gelassen, mal müssen Sie nur die Bühne durchqueren, ein anderes Mal kann es sein, dass Sie einen Satz bekommen, möglich ist auch, dass Sie an einem Abend auf zwei Bühnen zu stehen haben und so weiter … der ganz normale Wahnsinn eben. So, lassen Sie uns anfangen! Ich will mal hören, was Sie bisher einstudiert haben.«

Von nun an verfliegt der Tag. Aaron erfährt Dinge, von denen er zuvor niemals gehört hat.

»Benutze das Zwerchfell, habe ich gesagt, nicht die Kopfstimme. Dein Körper ist nur das Geländer, befestige die Charaktere daran, spüre, ob es passt, gut sitzt. Wo macht er Schwierigkeiten?«

Am Ende der ersten Lektion sitzt Aaron auf einem alten Biedermeiersofa, ist erschöpft, verschwitzt, immer noch glücklich. Sein Traum scheint greifbar zu sein.

»Hier gebe ich Ihnen noch etwas mit, lernen Sie das, dann können wir damit arbeiten. Schönen Abend wünsche ich Ihnen noch.«

Berlin, hässlichste, lauteste Stadt der Republik. Baustellen, Kräne mit weit abstehenden Armen, Geknatter, Hupen, Gestank, aufgerissene Straßen, Pferdegetrappel. Stadtbahn quietschend auf glatten Gleisen, Menschen meckern im Vorbeirennen, rempeln einen an, entschuldigen sich nicht mal, sondern rufen einem noch ein »Pass doch auf, du Blödmann!« hinterher. Doch Aaron fühlt sich wie auf Wolken, Schönheit umgibt ihn, Glanz um ihn herum. Strahlender Sonnenschein beflügelt seinen Schritt. Zwischen zwei Kopfsteinpflastersteinen befindet sich ein Zehnpfennigstück, er hebt es auf, verschenkt es an einen Bettler.

Zu Hause möchte er sich mitteilen, doch Herbert wähnt sich mal wieder auf einer Kundgebung, obwohl Aaron es verabscheut, ihn dort zu wissen. Anton ist bei Verwandten in Schlesien, seine Mutter ist nicht gut auf ihn zu sprechen. Er wünschte, sie könnte ihn verstehen, seine Leidenschaft für den Film, sein Aufsteigenwollen, den Wunsch, den Kohleintopf, das immer dreckige Klo auf halber Treppe hinter sich zu lassen, der Dunkelheit im miefigen Hinterhof zu entfliehen, nicht nur für Stunden. Sie ist so eine stolze Frau, aufrichtig, bemüht, die Mäuler der Kinder zu stopfen. Kommunistin zu sein ist das Erstrebenswerteste in ihrem Leben, bedeutet für sie viel mehr, als nur Parteimitglied zu sein. Es ist eine Auszeichnung, heißt, sich einzusetzen, nicht zu fragen, sondern zu handeln. Hilfst du mir, helfe ich dir.

Der Hof stinkt nach Abfällen. Ein alter Mann hängt über einer Mülltonne, sucht nach Essensresten, wird hier keine finden, Armut hat nichts wegzuwerfen. Aaron durchquert die Höfe, kramt seinen Schlüssel aus der Hosentasche und öffnet die Wohnungstür. Niemand ist zu Hause, alle sind ausgeflogen. In der Wohnung riecht es nach Schweiß, auf dem Tisch steht eine Zinkwanne. Wäsche weicht ein.

Ein Geräusch dringt vom Treppenhaus in die Wohnung, ein Schrubber knallt immer wieder gegen die Fußleisten, ein bekanntes Geräusch, wie auch der Mann mit seinem Leierkasten, der auf den Hinterhöfen spielt, oder die Fräsmaschine vom Schuster aus dem Vorderhaus. Das Klopfen der Teppiche nicht zu vergessen, hin und wieder war es wohl auch ein Kinderarsch. Aaron nimmt Abschied von seinem Zuhause, von seinen Kindheitserinnerungen, vom Hunger. Einen Hunderttausendmarkschein, später einen Millionen-Schein in die Hand gedrückt zu bekommen: »Hol mal Brot.« Im Laden stehen, wissen, dass es nicht reichen wird, hoffen, dass die Wegmann Kredit gibt, zum soundsovielten Mal. Hunger bohrt sich in den Magen, ist kaum auszuhalten. Einen Vater, der Geld nach Hause bringt, gibt es schon lange nicht mehr. Mutter nimmt jede Arbeit an, die sie bekommen kann. Immer war es laut in der kleinen Wohnung, niemand hatte Privatsphäre, wann immer möglich, hatte Mutter ein Bett vermietet, jeder Pfennig wurde gebraucht. Einige Jahre ist es her: Aaron war immer etwas gepflegter als die anderen Jungen im Kiez, zwar waren auch seine Hosen geflickt, doch wirkte es bei ihm dennoch nie verschlampt, seine Körperhaltung war aufrecht, kein Tag, an dem seine Mutter nicht schrie: »Steh aufrecht, Junge!«, doch das allein war es nicht.

Kaum vierzehn Jahre war er alt, er beobachtete sich beim Verlassen jener Straßen, in denen er aufgewachsen war, durchbrach unsichtbare Mauern. Neue Wege gehen. Vor Kneipen lungern, dummes Zeug quatschen. Einen alten Kerl nach einer Fluppe fragen, spüren, wie er begutachtet wird. Magenknurren unterdrücken. Sich auf eine Boulette mit Senf einladen lassen, Bier dazu trinken. Hand auf Oberschenkel fühlen, sie wegschieben, sich sagen hören: »Das bisschen Boulette und Bier ist nicht genug.« Einstieg in seinen ersten Beruf. Unspektakulär geradezu. Er lernte schnell, verlangte mehr als die anderen und bekam es auch.

HABT IHR SCHON VON IHM GEHÖRT? – FRÜHLING 1932

Wie würde seine Mutter reagieren, würde sie ihn hier in der Küche stehen sehen? Würde sie ihn lautstark rausschmeißen? Die Wohnungstür wird von außen geöffnet. Aaron erschrickt, dann atmet er auf. Simon kommt in die Küche.

»He, lange nicht gesehen.« Sie schlagen sich gegenseitig auf die Schultern.

»Ich wurde gekündigt, scheiße, wie soll es jetzt bloß weitergehen? Viele verlieren im Moment ihre Arbeit.«

Die Gegenwart hat Aaron wieder eingeholt.

»Ja, die Zeiten werden schwieriger, immer mehr Leute stehen auf der Straße.«

Nicht enden wollende Schlangen vor den Arbeitsämtern, die Not der Menschen wächst. Der politische Kampf macht Berlin zu einem gefährlichen, explosiven Ort. Immer öfter gibt es Tote, die Polizei schlägt blind drauflos.

»Wie kommt ihr zurecht? Ich meine, Mutter kann das doch nicht alleine schaffen, sie bricht noch unter der Last zusammen.«

»Unterschätze diese kleine alte Frau nicht! Sie ist zäh, es ist nur, dass man die Scham verdrängen muss. Um zu überleben, braucht es immer Kreativität, mal lässt man hier anschreiben, mal dort, immer wird nur ein Teilbetrag beglichen. Wir wurschteln uns durch. Die Geldentwertung nimmt zu. Und wo ich nun auch ohne Arbeit bin, wird es noch schwieriger.«

»Ich würde ihr gerne etwas abgeben, aber wahrscheinlich nimmt sie nichts an, aber dir kann ich doch regelmäßig Geld zukommen lassen.«

Die Klingel ertönt, Simon geht zur Tür. Und kommt mit Annerose zurück.

»Kann ich ein Glas Wasser haben? Von einer bestimmten Sache bekommt man ganz schön Durst, wenn ihr wisst, was ich meine?«

Simon und Aaron schauen sich verdutzt an.

»Wollt ihr es nicht wissen, oder seid ihr so naiv?«

»Was soll schon sein, dein Schlägertyp ist über dich rübergerutscht, stimmt's?«

Aaron bekommt eine Backpfeife, sodass die Wange brennt. Annerose lässt die beiden eingeschnappt zurück.

»Was denn, hab ich nicht recht?«, ruft er ihr hinterher.

Annerose kommt aus dem Flur zurück in die Küche, Wut blitzt in ihren Augen. »Es ist etwas Heiliges, wenn ein deutscher Mann mit seiner Braut verkehrt. Außerdem hat Hans um meine Hand angehalten. Er ist auch in die Partei eingetreten, die wird in Deutschland noch für Ordnung sorgen, darauf könnt ihr euch verlassen. Wollt ihr gar nicht wissen, um welche Partei es sich handelt?«

»Ist es die …«, Aaron Mund brennt für einen Moment, »… die NSDAP?«

»Tausend Punkte, und der Parteioberste ist der Herr Hitler, habt ihr schon von ihm gehört? Der kann Reden halten, sage ich euch, sobald der an der Macht ist, wird er auf jeden Fall in Deutschland aufräumen. Die Kommunisten und Asozialen können sich dann warm anziehen.«

Die jungen Männer sind sprachlos.

»Unterschätze meine Partei nicht, wir können kämpfen, so schnell lassen wir uns nicht vom braunen Mob das Fell über die Ohren ziehen, und jetzt raus aus meiner Wohnung.«

Annerose dreht sich erschrocken zu Frau Rosenbaum um, die in der Küchentür steht, die Hände in die Hüften gestützt.

»Frau Rosenbaum, Sie sind doch nicht gemeint, nur die, die in Deutschland für Unruhe sorgen, dazu gehören Sie doch nicht.«

»Raus oder ich vergesse mich!«

Die Wohnungstür fällt ins Schloss.

»Es stimmt, wir müssen aufpassen, die Nazis sind gefährlich«, sagt Aarons Mutter und fährt sich mit zitternder Hand durch ihr lichtes Haar.

»Nichts wird so heiß gegessen wie gekocht. Mutter, wie kann ich dir helfen?«

»Deinen Lebenswandel pfeifen ja die Spatzen von den Dächern, du musst im Geld schwimmen, Berlin ist ein Dorf. Es ist wider die Natur, solange das dein Ideal ist, bist du hier nicht mehr zu Hause. Was die Partei davon hält, muss ich ja wohl nicht weiter ausführen, oder?«

»Tja, da scheinen sich deine Partei und die Partei von Annerose ausnahmsweise einig zu sein, nehmt noch die Kirchen dazu, schönes Grüppchen könnt ihr da abgeben. Viel Spaß dabei.«

Aaron verlässt die Wohnung, läuft die vier Treppen hinab, läuft in den Hinterhof, öffnet das Tor zur Straße, läuft hindurch, ohne sich noch mal umzuschauen.

ICH HAB VIELLEICHT EINEN QUATSCH
GETRÄUMT! – FRÜHLING 1932

Mäxchen kennt den Weg fast von allein, die geschwungene Auffahrt nimmt er mit Grandezza, rumpelnd bleibt der Kleine vor der Treppe zur Villa stehen. Aaron ist in hellen Tweed gekleidet, seine handgefertigten Budapester sitzen wie angegossen, der Kamelhaarmantel steht ihm ausgezeichnet, eine goldene Uhr weist ihm neuerdings die Zeit, sein dunkles Haar ist zurückgekämmt, sein beringter Zeigefinger drückt den Klingelknopf. Die Hausdame öffnet die Tür, ein sparsames Lächeln legt sich auf Aarons Lippen, er betritt das Haus. Ans Geländer gelehnt erwartet ihn Victor. Speichel läuft an seinem Mund hinunter. Gierige Augen begaffen den jungen Mann. Die beiden treffen sich auf der Treppe. Hände betatschen den Kamelhaarmantel, graben sich darunter, wandern hinab.

»Nicht so schnell, Victor, ich bin es leid, mich von dir so behandeln zu lassen, als hättest du deine Erziehung vergessen. Nimm meine Hand und führe mich hinauf. Was hast du Schönes für uns kredenzen lassen?«

Victor hat Aaron nie darum gebeten, die ganze Nacht mit ihm zu verbringen, kennt ihn gut genug, um zu wissen, dass er damit auf Granit beißen würde. Das Gefühl, einen Mann sein Eigen nennen zu dürfen, ist für ihn nie Wirklichkeit geworden. Die Sehnsucht danach bleibt unstillbar. Realist, der er ist, muss er sich eine Illusion aufbauen, wissend, dass sein Geliebter immer nur auf Zeit gemietet ist.

Die Nacht ist vorangeschritten.

Aaron liegt auf dem breiten Bett, nur wenige Zentimeter seiner Haut sind bedeckt. Victors Hände sind noch nicht gesättigt, streicheln die zarteste Haut, die er je berühren durfte. Dieser freche Kerl ist wie für ihn gemacht, ein Augenaufschlag, und er legt ihm die Welt zu Füßen. Die Handfläche, die sich auf seinen Mund legt und ihm erlaubt, sie zu küssen. Nicht zu stillende Begierde lässt ihn jede Konvention vergessen. Zu Recht ist Aaron ungehalten, doch es ist schwer, diesen Mann nicht vollständig zu bedrängen.

»Ich möchte dir etwas Besonderes schenken, sag, womit kann ich dir eine Freude machen?«

Dichte schwarze Wimpern umranden schwere Augenlider, welche im Zeitlupentempo die dunklen Augen freigeben.

»Ich möchte eine Wohnung mieten, ich kann dir noch nicht sagen, was ich brauche, allerdings wird das Anmieten eine Stange Geld kosten.«

Ein Finger legt sich auf weiche Lippen.

»Bitte lass uns nicht vom schnöden Geld reden, das ist doch kein Problem.«

»Oh natürlich, wir könnten für die Wohnung etwas kaufen, ja, das kannst du mir nicht verweigern. Du wirst mein Berater sein, was hältst du von der Idee?«

Die beiden haben das Bett verlassen, um noch gemeinsam plaudernd einen Kaffee zu trinken. Victor nimmt die Zeitung und versteckt sein zur Fratze verzogenes Gesicht dahinter. Was glaubt er, mit Aaron Arm in Arm durch Möbelgeschäfte zu schlendern? Wohl kaum. Eine eigene Wohnung. Ideen hat der Junge. Ein Schwert rammt sich in seinen Magen. Träume sind einfach, die Realität macht Angst.

Ein letzter Schluck Kaffee im Stehen, nach dem Mantel greifen, die Augen schließen, Victor einen flüchtigen Kuss auf die blauroten Lippen drücken, ihn nicht merken lassen, wie sehr er ihn inzwischen anwidert. Die Treppe hinunterschlendern, seinen gierigen Blick im Rücken spüren. Immer öfter denkt Aaron über ein Aufhören nach, doch seine finanziellen Verpflichtungen sind immens. Die Pension, der Schauspielunterricht, das Auto, Herberts Studium, seine Familie. Er vergräbt seine Hände in den Manteltaschen.

»Kannst du schon am Mittwoch kommen? Das Warten ist unerträglich.«

»Natürlich.«

Papier knistert, er lässt sich Zeit, muss nicht sofort schauen, Victor wird wie immer großzügig gewesen sein. Heute ein wenig mehr als sonst. Geld genug, um Maklergebühren begleichen zu können.

* * *

Zwei helle Räume, ausgelegt mit Fischgrätenparkett. Die Küche ist geräumig, ein Gasherd steht in ihr, ein modernes Bad mit WC und Badewanne.

»Es ist perfekt!«, freut sich Aaron, »Für wie lange wollen Sie die Wohnung untervermieten? Was passiert mit den Möbeln?«

»Wir werden für zwei Jahre in New York leben, die Möbel bleiben, dafür brauchen wir natürlich eine Kaution. Freunde haben uns gebeten, sie zu besuchen, außerdem wollen wir uns dort einen Namen machen, sie müssen verstehen, wir sind …«

»Bitte, Detlef …«, fällt Klaus ins Wort, »das interessiert die beiden doch nicht im Geringsten.«

»Aber natürlich!«, widerspricht Aaron. »Das ist doch spannend.«

»Da hörst du es, Klaus!« Detlef entzückt sich mit einer theatralischen Geste. »Aber wie immer weißt du wieder alles besser.«

»Künstler?« Aarons Stimme in Bewunderung.

»Wir fotografieren.« Detlef öffnet eine Tür und zeigt die hängenden Bilder an der Wand.

Alle vier Männer betreten den Raum. Alle Augen richten sich auf die schwarz-weißen Fotografien. Männerkörper.

»Akt, wenn ihr versteht?«, fügt Detlef mit Selbstbewusstsein hinzu.

»Detlef …!«, empört sich wieder Klaus.

Die beiden Wohnungsinhaber schauen sich in die Augen, ihre Augen blinzeln einander an.

»Meine Kamera habe ich immer in der Nähe. Seid ihr schon mal fotografiert worden? Nackt, meine ich?«

Klaus schaut die beiden jungen Männer fragend an.

Herbert wird puterrot, seine Halsschlagader tritt stark hervor. Die Situation ist ihm sichtlich peinlich. Seine Augen suchen Aarons Blick, dieser unterhält sich angeregt mit den beiden weibischen Männern. Nichts muss erklärt werden, die beiden, über vierzig, sind mehr als nur ein Künstlerpaar.

Aaron nimmt Herberts Hand. »Hinter dieser Tür waren wir noch nicht, da wird das Schlafzimmer sein, richtig?«

»Genau.« Klaus öffnet die nächste Tür.

Herbert will sich losreißen, Aaron verstärkt den Druck, sodass sich Herbert nur mit Mühe aus der Hand befreien könnte.

Das Zimmer ist dunkel, ein breites, schwarzes Schleiflackbett, daneben Nachtschränke, vor dem Fußende des Bettes liegt ein Bärenfellimitat, seitlich liegen Zebrafelle, auch falsch, aber schön. Von der Decke hängt ein Kronleuchter. Links neben der Tür befindet sich eine Kommode, darauf steht ein Grammophon. Detlef nimmt eine Schellackplatte, legt sie auf, dreht an der Kurbel, aus dem Trichter ertönt schallende Musik. Aaron stellt sich hinter Herbert, legt seine Hände auf dessen Hüften, zärtlich summt er ihm ins Ohr: »Ich bin von Kopf bis Fuß auf Liebe eingestellt, denn das ist meine Welt und sonst gar nichts.«

Aarons Atem liebkost Herberts Ohrmuschel, seine Lippen umschließen das Ohrläppchen. Die Atmosphäre ist geladen. Herbert will sich aus der Umarmung drehen, wird nicht losgelassen, schließt die Augen. Aaron genießt die sexuelle Spannung, Tausend Gedanken schießen ihm durch den Kopf. Vielleicht kann man ja die Miete drücken. Klaus nimmt im Ohrensessel neben dem Fenster Platz.

»Champagner?« Ohne eine Antwort abzuwarten, hat Detlef den Raum verlassen.

»Bitte, lass uns gehen«, fleht Herbert kaum hörbar.

»Liebst du mich? Wenn ja, dann kann dir nichts geschehen … glaube mir.« Aarons Stimme ist entschlossen für die nächste Tat.

Ein Teewagen wird in das Schlafzimmer geschoben, der Korken knallt gegen die Decke. Detlefs Stimme, über den Knall triumphierend: »Kokain?«

Aaron öffnet die Knöpfe seines Hemdes, ohne große Gesten fällt das Hemd von den Schultern. Auf dem Tisch werden weiße

Linien gezogen, Champagner in Gläser geschenkt. Herbert steht fassungslos im Raum, sein Atem rast, er schaut zu Boden, seine Augen gleiten über den Körper seines Liebsten, sie bleiben an einer Ausbeulung in Aarons Hose hängen.

»Komm zu mir«, haucht Aaron. Es ist, als hätte er ein Lasso geworfen, um ihn zu sich zu ziehen, zwei Schritte, dann lässt ein ängstlicher Blondschopf seinen Körper auf das Bett gleiten, wie selbstverständlich wird die Hose geöffnet. Marlene Dietrich hat aufgehört zu singen, die Hose ist bis zu den Knien hinuntergezogen. Der Teewagen wird an das Bett gerollt. Aaron schwingt seinen Oberkörper nach vorne, zieht tief am weißen Traum, um sich mit bunten Kristallen zu füllen. Lautes Lachen durchbricht die sexuell aufgeheizte Stille. Aaron zieht seinen Freund zu sich herunter, reibt das weiße Pulver in die Innenseite seiner Nasenwände, flößt Herbert Champagner ein. Der scheint willenlos geworden zu sein.

»Wie wollt ihr uns fotografieren?« Aaron steht auf der Bühne.

Herbert drückt sein Gesicht in Aarons Schoß.

»Erotik mit viel Aktion.« Detlef führt Regie aus dem Sessel.

Aaron stöhnt laut, seine Hände streicheln den ihm bekannten Körper, jede Pore glaubt er zu kennen, jedes einzelne Haar ist ihm vertraut. Die Fußsohlen sind kitzelig, die Hände groß und kräftig, der Adamsapfel ist nicht zu groß, also schön. Aaron atmet, schmeckt, küsst seinen Geliebten wie nie einen anderen Mann zuvor. Es ist gelogen, aber in Momenten wie diesen fühlt sich die Lüge als die einzige Wahrheit.

* * *

Der Wind verwirbelt die Gardine durch das leicht aufgeklappte Oberlicht. Die Bettdecke ist zerwühlt. Herbert beobachtet, wie Aaron sich im Schlaf räkelt, leise stöhnt. Er schält sich leise aus dem Bett, ist in Windeseile bekleidet, schließt die Tür vorsichtig hinter sich, läuft die Stufen hinab, kauft bei der nächsten Konditorei zwei Stück Schwarzwälder Kirschtorte. Ins Pensionszimmer zurückgekehrt sieht er einen noch immer verschlafenen Aaron liegen, der seine schweren Augenlider hebt.

»Na, ausgeschlafen, Schlafmütze? Es gibt Kuchen und Likör.«

»Ich hab vielleicht einen Quatsch geträumt! Wir hatten eine Wohnung in Aussicht, waren so nah dran.« Um seine Aussage zu untermalen, hält er Herbert Daumen und Zeigefinger in zwei Zentimetern Abstand entgegen. »Mmmh, der Kuchen ist ja richtig lecker … Ich liebe dich …«, flüstert er ins Herbert Ohr. »Die Zimmer sind zu klein, wir können hier nicht ewig leben, mehr Komfort wäre gut«, gähnt er dann, noch immer müde.

Und das Gähnen wird von einem »Quatsch« unterbrochen.

BERLIN-DAHLEM – HERBST 1957

Weder die eigenen Aktfotos der Fotografen haben sie je gesehen, noch eine andere Wohnung haben sie bezogen. Damals. Zwischen Herbert und Aaron hat sich das Schweigen ausgebreitet, es hängt schwer in der Luft, scheint sich in den Polstermöbeln festzusetzen. Gedankenversunken starrt Herbert aus dem Fenster. Die Liebe hält viel aus, das Paar wurde oft hart auf die Probe gestellt. Die Trennungen waren schmerzhaft, sie hatten nie gelernt, einander von ihren tiefen Verletzungen zu erzählen, von den Ängsten vor dem Morgen, vor Exekution, vor den getarnten Duschen in Sachsenhausen. Sie stürzten sich in die Arbeit, jeder in seinem Aufgabenbereich. Irgendwann hatte Aaron akzeptiert, keine zweite Chance in seinem Beruf zu bekommen, so hielt er Herbert den Rücken frei. Sie sprachen über die alltäglichen Dinge Nur über sich zu sprechen trauten sie sich nicht, die Angst, Wunden aufzureißen, ohne sie wieder schließen zu können, war zu groß.

Herbert gießt sich einen Weinbrand ein, natürlich spürt er Aarons Blick, aber er braucht den Alkohol. Er braucht ihn, um zu ertragen, um sich auszuhalten, um zu vergessen. Der Weinbrand zwischendurch, der Rotwein, während er vor seiner Schreibmaschine sitzt. Und nach Worten sucht. Wenn sie ausgehen, gönnen sie sich ein Glas Champagner. Das heißt, Aaron gönnt sich ein Glas, Herbert braucht mehr, auch um lachen zu können. Herbert hat die Lügen so satt, das Verstecken ein Leben lang, vor den Nachbarn, vor seiner Leserschaft, vor vielen anderen. In Interviews erzählt er davon, nie die richtige Frau gefunden zu haben.

Auch vor seinem Vater hat er die Lüge aufrechterhalten. Bevor er Hohenfinow verließ, schwor er seinem Vater, ihn regelmäßig zu besuchen. Er hat ihn nie mehr gesehen. Zurück in

Berlin wollte er erst einmal Aaron wiederfinden, später wollte er sich beruflich wieder etablieren, dann setzte er sich an den Schreibtisch, um seinen ersten Roman zu schreiben, wieder war keine Zeit. Hin und wieder eine schnell geschriebene Karte, mit lieblos hingeklecksten Grüßen aus Berlin. Immer kam etwas dazwischen. Die Nachricht vom Tod seines Vaters erreichte ihn dann in Bielefeld, er bereitete sich gerade auf eine Lesung vor. Nichts würde schiefgehen, alles war gut vorbereitet, dreißig Minuten aus seinem neuesten Roman sollte der in der Republik geschätzte Autor vortragen, danach noch seine Verehrerinnen mit Widmungen erfreuen und ab zurück ins Hotel. Es kam aber anders. Seine immer noch resolute Tante Klara rief ihn im Hotel an, im Flüsterton, mit tränenerstickter Stimme berichtete sie vom Tod ihres Bruders. Herzinfarkt. Herbert nahm die Mitleidsbekundungen entgegen und bat Klara, alles zu organisieren. Er würde Geld anweisen. Aaron fing ihn auf, erklärte, dass sie sofort zurück nach Berlin fahren könnten. Herbert, inzwischen auf dem Bett liegend, weil seine Beine ihn für einen Moment nicht mehr trugen, wischte den Vorschlag mit einer schnellen Handbewegung beiseite. »Ich werde lesen.«

Er erhob sich schwer atmend aus dem Bett, ging ins Bad, um zwei Beruhigungstabletten einzunehmen, diese wurden im Zimmer mit Weinbrand runtergespült, zusätzlich das ein oder andere Glas Rotwein. Aaron spürte die Distanz zwischen sich und Herbert, doch er sagte nichts. Immer wieder fühlt er sich so einsam neben dem Mann an seiner Seite und wagt nicht, es anzusprechen.

»Fährst du den Wagen vor, wir sind spät dran.«

WAS WÜNSCHT DU DIR FÜR DAS NEUE JAHR? – SILVESTER 1932

Alle finden sich bei Anton ein, einige Freunde aus dem »Rumänien«, Claire ist zugegen, Freunde aus Hamburg und Leipzig sind angereist. Alkohol fließt in Strömen. 31. Dezember 1932. 23:50 Uhr. Das Grammophon spielt die verrücktesten Schlager. Geschmierte Stullen liegen auf Tellern. Bowle in einer Glasschüssel. Die Musik verklingt.

»Leg eine neue Scheibe auf«, ruft jemand, »ich will weiter tanzen.«

»Alle mal herhören! Wir müssen etwas tun … ich weiß, ihr wollt lieber feiern, aber dieses braune Pack wird immer mächtiger, da können wir doch nicht einfach zuschauen und abwarten.«

Das Grammophon wird wieder angekurbelt. Claire Waldoff erklingt: »Es gibt nur ein Berlin«.

Aaron schnappt sich Anton, sie tanzen auf dem Fischgrätenparkett, er wirbelt mit ihr durch den Raum.

»Aaron, sie werden nicht spaßen, wenn sie an die Macht kommen.«

»Süße, dazu müssten sie erst mal gewählt werden, und das sehe ich nicht … komm schon, was kostet die Welt? Lass uns bis zum Umfallen feiern.«

23:59 Uhr. Einer fängt an zu zählen »9 – 8 – 7«, Stimmen summieren sich, »6 – 5 – 4«, alle machen mit, »3 – 2 – 1«, und es knallt: »Prost Neujahr!« Alle schreien, umarmen sich. Küsse werden auf Wangen gedrückt. Lachende Gesichter. Auf dem Balkon stehen sie dicht gedrängt.

Herbert hat nicht mehr auf den Balkon gepasst, er schaut über die Köpfe der anderen hinweg. Berlins Himmel ist in buntes Gesprenkel getaucht. Aaron schiebt sich an den Leuten auf dem Balkon vorbei und geht wieder in den Salon zurück.

Da sitzt er auf einem violettfarbenen Ohrensessel, mampft Pfannkuchen und grinst über das ganze Gesicht. *Fast sechs Jahre schon, wer hätte mir das je zugetraut? Eine monogame Beziehung ... na ja, mehr oder weniger,* und doch Treue, so wie er sie versteht. Niemand, da ist er sich sicher.

Aaron setzt sich zu Herbert auf die Armlehne.

»Was wünscht du dir für 33?«, fragt Herbert.

»Dass die Preise sich stabilisieren und wir endlich eine Wohnung beziehen können, oder besser noch ein Haus, dass wir verreisen, und nicht nur an die Ostsee, dass die Ufa endlich ernst macht und mir eine Hauptrolle im Film anbietet.«

Herbert hört sich die Aufzählungen schmunzelnd an.

»Was ich mir wirklich wünsche, ist, dass wir immer zusammenbleiben, bis wir alt und runzelig geworden sind, ich meine, du alt und runzelig geworden bist. Ich allerdings muss meinem Publikum gehorchen und dieses will mich immer nur jung, schön und erotisch auf der Bühne stehen sehen«, ergänzt Aaron.

Die beiden lachen, kitzeln sich, nehmen sich an der Hand und laufen durch die Wohnung, öffnen Türen, bleiben an der Schwelle eines in blau gehaltenen Zimmer stehen.

Aaron will Herbert hinter sich herziehen, Herbert hält ihn zurück.

»Warte, mein Herz«, Aaron wird von starken Armen hochgehoben, sanft auf das schmale Bett gelegt.

Die ganze Situation ist beinahe weihevoll und kitschig zugleich. Ein nicht enden wollender Kuss, ein tiefer Blick in die dunklen Augen von Aaron.

»Natürlich können wir nie wie ein normales Paar sein, aber du sollst wissen, dass du meine große Liebe bist.«

Herbert nestelt in seiner Hosentasche, holt ein kleines Kästchen hervor, öffnet dieses, entnimmt ihm einen goldenen Ring und streift ihn sich über den kleinen Finger der linken Hand.

»Jetzt bist du dran«, er macht eine Pause, »vorausgesetzt, du möchtest es auch?«

Aaron holt den zweiten Ring heraus und auch dieser wird auf den kleinen Finger geschoben.

»Ich liebe dich.«

Herbert zieht Aaron aus, sie küssen sich.

»Glückliches neues Jahr«, flüstert Herbert, »es wird unser schönstes und glücklichstes werden.«

WERDEN SIE UNSER NEUER STAR –
FRÜHLING 1933

Das Klopfen an der Tür hört nicht auf. Aaron und Herbert liegen engumschlungen im Bett.

»Nun macht schon auf, oder soll ich die Tür einschlagen? Ein Telegramm! Also, was ist jetzt?«

Greta und Aaron stehen zwischen Tür und Angel.

»Hier, von der Ufa.« Das Telegramm flattert, in die Höhe gehalten, in Gretas knochiger Hand.

»Ich wusste doch, dass unser glücklichstes Jahr begonnen hat.« Herbert stellt sich hinter Aaron.

»»Sehr geehrter Herr Rosenbaum, kommen Sie am 22ten in mein Büro in die Oberlandstraße 26 – 35. Ihr Alfred Mößler.««. All seine Träume scheinen in Erfüllung zu gehen, als Aaron diese Zeilen vorliest und »Champagner!« ruft.

»Hier ist das Drehbuch. Sie lernen die angezeichneten Stellen. Es handelt sich um einen Gigolo. In dieser Rolle beglücken Sie ältere Damen, bis zu jenem Moment, wo Sie nach Schlesien reisen, um sich eine Pferdezucht anzuschauen. Die Pferde, die regelmäßig an Turnieren teilnehmen und gewinnen, werden von einem talentierten Jockey geritten. Sie werden zu einem absoluten Pferdenarren, bleiben auf dem Gestüt, arbeiten dort und ordnen die Bücher, Ihnen fallen Unregelmäßigkeiten auf, außerdem soll der erfolgreichste Hengst außer Gefecht gesetzt werden. Der Jockey und Sie halten zusammen wie Pech und Schwefel. Der mutmaßliche Täter wird, einerseits durch geschicktes Eingreifen Ihrerseits und andererseits durch das des Jockeys, gestellt … Der Name, hm, was machen wir da, Rosenbaum, tja, und Aaron. Wir müssen uns etwas überlegen, falls Sie genommen werden, er sollte europäischer klingen, na,

da werden wir schon etwas finden. Die Probeaufnahmen beginnen am 26. Januar, wenn Sie sich gut machen, werden Sie
unser neuer Star.«

Aaron taumelt mehr aus dem Büro heraus, als zu gehen.
»Filmstar!«, murmelt er und ein ungläubiges Lächeln erstrahlt
auf seinem Gesicht.

BERLIN-DAHLEM – HERBST 1957

»Guten Morgen, Liebster …«, Aaron haucht Herbert einen Kuss auf die Stirn. »Wie geht es dir?« Er schlägt die Bettdecke zurück. »Ein strahlender Tag draußen!« Er muss gute Laune verströmen, muss sich und auch Herbert eine Pause gönnen. Die Erinnerungen an längst verbrauchte Zeit haben einen kaum auszuhaltenden Schmerz in ihrem Haus etabliert. Herbert, vor allem Herbert muss zur Ruhe kommen.

»Sie klopft …«, Herbert hustet vor sich hin, »… und sie hämmert!«

»Sie …?« Aaron schaut ihn für einen Augenblick irritiert an. »Ich verstehe!«, ruft er lächelnd. »Du hattest einen schlechten Traum!«

»Ich bin nicht mehr stark genug, diese auszuhalten.« Herbert verdeckt mit beiden Händen sein Gesicht.

»Liebster …«, Aaron beugt sich über Herberts Kopf, küsst zärtlich seine Handflächen. Seine Finger schieben die Hände vor dem Gesicht zur Seite. Zwei Blicke treffen sich. »Was nagt an dir? Sag es mir! Ich werde es vernichten!«

»Die Vergangenheit …« Herberts Stimme klingt brüchig, sie verliert sich im Flüsterton.

»Zieh dich an!« Aarons Stimme ist streng, einem Exerzierplatz entnommen, sodass jeder Einwand zwecklos ist. »Der Tag ruft! Aufstehen!« Er selbst braucht keine Aufforderung, steht aus dem Bett auf, dreht sich noch einmal zu Herbert um, sagt: »Ich mach uns Frühstück … beeil dich«, und schon steht er auf der Türschwelle im Flur.

Herbert schaut hinunter. Die Treppe, einfach fallen lassen, mit dem Kopf aufschlagen. Keine Erinnerungen mehr, keine Romane mehr schreiben, ausruhen. In eine andere Sphäre gleiten, daran glauben, dass es ein Leben nach dem Tod gibt. Zu feige, zu sehr klebt er am Leben, nicht zum ersten Mal hegt er solche Gedanken, ihm ist die Last der Vergangenheit oftmals so unerträglich, sodass er sich in solchen Grübeleien verliert. Ohne Aaron wäre er nicht mehr hier, ohne ihn hätte alles keinen Sinn. Vorsichtig nimmt er die Stufen. Doch der Preis, den er fürs Überlebt-Haben, fürs Weiterleben-Wollen zahlt, ist hoch. Starke Tabletten gegen die schlaflosen Nächte, zu viel Alkohol, um auch nur kurzfristig zu vergessen, doch das Vergangene hat sich zu tief in seinen Kopf eingenistet, und will sich immer wieder unkontrolliert entladen.

Caterina Valente singt: »Spiel noch einmal für mich, Habanero.« Wie immer ist das Radio zu laut. Es riecht nach gebratenen Eiern, frischen Schrippen, Bohnenkaffee. Blumen stehen auf dem Küchentisch.

»Komm zu mir, mein Schatz!« Aaron setzt sich an den Frühstückstisch, die Einladung unterstreicht er mit einer offenen Geste.

Herbert setzt sich ihm gegenüber. Die Sonnenstrahlen aus dem Fenster fallen auf sein noch schlafendes Gesicht, wie das Licht eines Scheinwerfers.

Aaron serviert Kaffee. »Marmelade oder Honig, mein Liebster?«

»Sie hatten mich geschnappt, ich wurde in die Prinz-Albrecht-Straße 8 gebracht ...«

»Herbert!« Aarons Messer fällt auf den Teller.

Herbert erschrickt für den Bruchteil einer Sekunde, doch seine Augen sind geschlossen. »Es war die Hölle, Aaron ...!« Seine Stimme erbebt, das Gesicht wird von der Sonne umschmeichelt. Das Gestern muss weitergeführt werden, zu lange hat er es für sich behalten.

Aarons rechte Hand wandert zögerlich zwischen Eierbechern, Kaffeetassen und Butterdose, über die karierte Tischdecke hinweg. Sie erreicht zaghaft die kalten Fingerspitzen seines Geliebten. »Es ist alles gut, Herbert ... rede ... rede einfach weiter.« Er sieht ihn zärtlich an und fühlt, dass ein Damm brechen wird.

Herbert setzt zum Reden an: »So viele waren verschwunden, verhaftet, verschleppt, ermordet und was weiß ich sonst noch.« Seine Stimme ist dünn. »Unsere Freunde, wie viele sind uns denn geblieben? Jene, die überlebten, waren emigriert, verstreut in der ganzen Welt: Amerika, England, Israel, Schweden, Schweiz und sonst wohin.« Der Ton fast ein Flüstern. »Wir glaubten, dass wir es schaffen könnten. Die Ruinen als Versteck, einige wenige Freunde, die uns halfen, sogar ein Nazipaar bot dir immer wieder eine Kammer an ...« Das Gesicht ein Zittern, das nicht glauben kann, was sich im nächsten Moment anbahnen wird. »Nichts zu machen ... sie hatten dich festgenommen ... Ich hatte Victor in Verdacht, vielleicht wollte er von sich ablenken. Du hattest immer noch Kontakt zu ihm, ich weiß nicht, ob ihr noch hin und wieder gefickt habt, und wenn schon ... Moral wurde von den Nazis aufgefressen. Wir wollten uns am Anhalter Bahnhof treffen. Du kamst nicht, nicht an jenem Abend und an keinem der anderen Abende ... Gehetzt lief ich durch Berlin, ich suchte dich überall dort, wo ich dich wähnte. Ich fragte all jene, die über deinen Verbleib etwas wissen konnten. Ich quälte mich, ein kleines Zimmer, welches ich durch Valentin vermittelt bekam, war für einige Tage mein Zuhause.« Herbert erlischt.

»Ich war so unglaublich müde ...« Aarons Stimme vibriert plötzlich. Die Kaffeetasse schwingt auf dem Tellerchen. »... wann hatte ich das letzte Mal wirklich ausgeschlafen?« Aarons Hände ziehen sich zusammen. »Tatsächlich traf ich mich noch mit Victor, er hatte sich so verändert, seine Forderungen wurden maßlos, seine Wünsche immer perverser.« Anspannung liegt in seiner Stimme. »Nie in den Jahren meines Anschaffens hatte ich mich wie eine Hure gefühlt, immer, so schien mir, bestimmte ich die Spielregeln, doch das hatte sich nun abrupt geändert. Je aussichtsloser meine Situation wurde, umso beschmutzter fühlte ich mich. Ich war die bestbezahlteste Hure Berlins gewesen. Und später, was tat ich alles, um hin und wieder in einem warmen Bett zu schlafen oder etwas Brot und Käse ... auch für dich, zu bekommen? Wir verabschiedeten uns, er forderte mich auf, ihn mit Zunge zu küssen ...« Aarons

Lippen zucken für den Bruchteil einer Sekunde zusammen, »... unten im Eingangsbereich waren Geräusche zu hören. Victor stieß mich von sich, noch bevor ich die Treppe hinabfiel, hatte er nach mir getreten. ›Hau ab, du schwule Sau‹, schrie er, ›ich bin nicht so einer.‹ Ich knallte mit dem Kopf auf die Stufen, die Gott sei Dank mit dickem Teppich bespannt waren. Männer in Mänteln zogen mich hoch. Victor schaute von oben hinab. Glaubte er, ihn würden sie in Ruhe lassen? Auch ihn nahmen sie in die Mitte.« Vor seine Augen zieht ein Sturm. »Zwei schwarze Limousinen warteten auf uns. Im Wagen machte ich mir keine Illusionen. Ich weinte nicht, ich bettelte nicht, bat nicht um Gnade. Wie hatten wir es geschafft, all die Jahre unentdeckt zu bleiben, du und ich, wie nur?«

Verregnete Augenpartien treffen sich über dem Frühstückstisch.

»Anton und Claire, diese beiden älteren, dicken Lesben, hätten sich für uns den Kopf abhacken lassen. Einige deiner Genossen verschafften dir Unterschlupf. Oh ja, wir lernten, vorsichtig zu sein, verließen kaum noch unsere Behausungen ...« Aarons Tränen fließen bis zur der Handuhr. »Ich saß also in diesem großen Wagen, immer war es mein Traum, in einer Limousine gefahren zu werden, wie die Leander, der George oder auch die Harvey. Und hätten die Nazis nicht die Macht übernommen, wäre mir nach den Jahren am Theater in Brandenburg eine große Kariere bei der Ufa beschieden gewesen, da bin ich mir ganz sicher, die Probeaufnahmen von 1933 waren im Kasten, endlich wollte ich in meinem Beruf durchstarten.« Die verlorene Zeit bohrt sich in seinen Kopf. Ein Schmerz entzündet sich im Gesicht. »Und dann, zehn Jahre später, war es so weit, ich saß auf braunem Leder, wie passend.« Die Falten zwischen Mundwinkel und Wangen lassen Tränen fließen. »Rechts und links von mir saßen zwei in schwarz gekleidete Hünen. So also sehen Mörder aus, dachte ich.« Ein innerer frostiger Wind lässt ihn zusammengekauert erstarren. »Die Nacht verbrachte ich in einer Zelle. 1943 war die Hölle, ich wusste nicht, dass es noch schlimmer kommen konnte. Wann war ich zuletzt in einer Synagoge gewesen? Vergessen ...«

Die Uhr aus dem Wohnzimmer läutet brutal zur vollen Stunde.

Herbert nippt an seiner Kaffeetasse, als wollte er einen Salzgeschmack löschen, stellt sie ab, erhebt sich vom Frühstückstisch. »Lass es für heute gut sein, Liebster.« Er beugt sich über Aarons Kopf. Seine Lippen berühren seine Stirn.

Aaron verspürt leichte Wärme auf seiner Haut.

»Die Arbeit ruft. Ich brauche einen neuen Anzug für die Lesereise, passende Schuhe dazu ... du weißt ja Bescheid.«

Sie ergeben sich der Gegenwart, denn diese will mit Geschäftigkeit ablenken, um den Tag nach dem Frühstück erträglich zu machen. Die Sonnenstrahlen aus dem Fenster verstecken sich hinter dicken Wolkengebilden.

»Ich ... ich bring den Wagen endlich zur Inspektion.« Aaron steht auf. »Und was ist mit dem Ball?«

Herbert zuckt hilflos mit den Schultern.

Eine halbe Stunde später: Mit schwerem Gang läuft Aaron zu seinem Wagen, ein leichtes Hinken, für andere kaum sichtbar, Andenken aus einer anderen Zeit. »Die Zeit ohne uns«, schießt durch sein Denken – da ist er wieder, dieser verdammte Spruch. Er kann ihn lesen in Herberts farblosen, mit Traurigkeit durchzogenen Augen.

DIE DREHARBEITEN BEGINNEN IM MAI –
FRÜHLING 1933

»Da sind Sie ja! ›Carl Herrlich‹! Ist das nicht ein toller Name?«

»Sehr deutsch!« Aaron hoffte, einen eher amerikanischen Künstlernamen zu erhalten.

»Sie sind doch Deutscher!«

»So, erst mal in die Maske, später kommt die Garderobiere dazu.«

Ein blonder, übergewichtiger Mann mit sächsischem Dialekt macht sich über Aarons Gesicht her, Augenbrauen werden gezupft, Pickel ausgedrückt, Cremes auf seine Haut geschmiert. Die Garderobiere betritt den lichtdurchfluteten Raum. Auf einer fahrbaren Kleiderstange hängen mehrere Anzüge, sie hat Schals über den Arm geworfen. Aaron wird angezogen, ausgezogen, umgezogen, es wird abgesteckt, gerafft. Dann werden die Haare in Form gebracht. Sie stehen um ihn herum, spitzen Münder, ziehen Brauen hoch. Zigaretten werden angezündet, »vielleicht doch einen helleren Anzug?« Kopfschütteln. »Was haltet ihr von einem Scheitel?« Verwunderung. »Wir könnten einen Bart kleben.« Die Zeit ist kreativ. Eine Näherin kommt herein, der Anzug, den er gerade noch trug, wurde umgeändert. Drei Stunden später sitzt er perfekt. »Carl Herrlich« – An den Namen muss er sich noch gewöhnen – betrachtet sich im Spiegel. Er muss zugeben, dass noch eine gewisse Ähnlichkeit mit Aaron Rosenbaum besteht: Seine Augen.

Er betritt das Atelier, eine große Halle mit unzähligen Zwischenwänden, aufgestellten Kameras, Scheinwerfern an stählernen Armen, die für die richtige Beleuchtung sorgen, sie stehen Spalier, als Aaron die Kulisse betritt. Angst. Nie zuvor

153

hat er vor einer Kamera gestanden, kennt sich nicht mit den technischen Raffinessen aus, das Licht ist gleißend und heiß. Im Theater kann ihm keiner mehr etwas vormachen, doch jetzt fühlt er sich ausgeliefert.

»Bitte alles auf Position!« Anweisung vom Regisseur.

Er springt in die Rolle. »Nur nicht übertreiben!«, hatte Claire ihm geraten. »Sei sparsam mit deinen Gesten, du bist nicht auf der Bühne.« Er will es schaffen, ist Schauspieler genug, um diese Hürde zu nehmen. Der Text sprudelt aus ihm heraus, Schmalz, gut dosiert, liegt auf der Zunge, seine Krawatte hat er ein wenig gelockert und den Hut ein bisschen nach hinten geschoben, er findet, dass er so verwegener wirkt.

»Danke.« Die Aufnahme ist beendet, er hat alles gegeben, hat authentisch sein wollen, einen Spritzer Erotik in die Rolle miteinfließen lassen.

»Sie hören von uns. Die Dreharbeiten beginnen im Mai …«

»Wann genau?«

»Sie hören von uns.«

Sie wollen ihn, er kann es immer noch nicht glauben, zumal er bisher ausschließlich in Brandenburg Theater gespielt hat, vorwiegend Liebhaber. Natürlich kam ihm zugute, dass er bei einem Lehrer Reinhardts gelernt hat. Jemand von der Ufa hat schließlich ein Auge auf ihn geworfen, endlich rücken seine Träume in greifbare Nähe.

WIRD ES WIRKLICH SO SCHLIMM WERDEN? –
FRÜHLING 1933

»Adolf Hitler ist Reichskanzler!« Der Radiosprecher verkündigt die Neuigkeiten. 30. Januar. Nasskaltes Wetter treibt die Menschen in ihre warmen Stuben, sie sitzen vor dem Radio und hören gebannt zu. Antons Wohnung ist zum Bersten voll, unentwegt läutet es an der Wohnungstür, Menschen werden hereingelassen, so viele hat Aaron zuvor noch nie hier gesehen. Schweigen, keiner findet die richtigen Worte.

Claire schmiert in der Küche Stullen, sie nimmt ihre Zigarette nicht aus dem Mund, Asche fällt auf die Butter. Aaron steht unter dem Türrahmen, er beobachtet jene Frau, die ihm zu Beginn ihrer Freundschaft den Kopf gewaschen hatte. Urplötzlich laufen Tränen. Er eilt zu ihr, hält sie an den Schultern, seine Hände verkrampfen. Beide starren auf die Butter. Claire schiebt Aaron mit einem Ruck von sich, im nächsten Augenblick landen alle geschmierten Stullen nebst Butter und Wurstwaren auf dem gefliesten Fußboden. Der Lärm bricht das Schweigen. Herbert kommt in die Küche gerannt, zwei Menschen kriechen auf Knien, um »den ganzen Scheiß«, flüstert Claires Stimme, aufzuheben. Ihre Hände sind beschmiert.

Sie lacht, Lachen geht in Weinen über, Aaron und Claire liegen sich in den Armen, halten sich fest. Andere kommen hinzu, um nachzuschauen, was den Lärm verursacht hat. Herbert kniet sich zu Aaron, hebt ihn hoch. Eine Gasse bildet sich, sie werden durchgelassen. Er trägt Aaron in genau dasselbe Zimmer, in welchem sie sich an Silvester geliebt hatten. »Es wird unser schönstes Jahr«, schwirrt ihm im Kopf herum. Küsse sollen-müssen-dürfen ablenken. Vorgaukeln.

Aaron liegt auf dem Rücken, Herbert ist über ihm.

»Wird es wirklich so schlimm werden, wie alle behaupten?«

»He, wir sind in Deutschland, die werden sich nicht lange halten, meine Partei wird alles tun, damit die sich verpissen.«

Herbert erhebt sich, reißt das Fenster auf, atmet tief durch. Aaron sitzt frierend auf dem Bettrand, sie schauen sich fragend an. Das Fenster wird geschlossen.

»Lass uns zu den anderen gehen, bevor wir noch verrückt werden.«

»Herbert, ich habe Angst, ich bin Jude.«

Nie war es für ihn von Bedeutung gewesen und nun wirft man es ihm vor die Füße.

»Und ich bin Kommunist … auch nicht besser.«

Sie stehen im Salon, der Raum ist verqualmt. Laut ist es, Gesprächsfetzen dringen an ihre Ohren.

»So ist das also, in Deutschland hat sich die Pest etabliert und ihr habt nichts Besseres zu tun, als euch in meiner Wohnung in den Arsch zu ficken.« Antons Stimme ist voller Wut.

Es ist mucksmäuschenstill. Die beiden stehen unter dem Türrahmen zum Salon, hören ungläubig, was ihnen vorgeworfen wird. Ihnen gegenüber steht ein mannshoher, goldgefasster Spiegel, Herbert schaut hinein. Er sieht niemanden, hört nichts mehr außer Aaron, betrachtet ihn wie durch eine Kamera, er steht neben ihm und fühlt sich doch meilenweit entfernt.

»Wie kannst du unsere Freundschaft nur so in den Dreck ziehen?« Aaron dreht sich auf dem Absatz um. »Du kannst mich mal am Arsch lecken«, ruft er laufend Richtung Flur.

Herbert trabt hinter ihm her.

»Auf einmal der Moralapostel!«, keift Anton den beiden hinterher.

Die Tür fällt ins Schloss.

Zeitungsjungen schreien laut: »Neue Regierung! Hitler ist Reichskanzler!« Die Stadt ist mit Hakenkreuzfahnen behangen.

»Ich muss zu meiner Familie«, Aaron keucht, »sie brauchen mich.«

»Und was ist mit mir, ich brauche dich doch auch …«
Männer laufen an ihnen vorbei, schwarz gekleidet. SS.

»Komm mit, ich weiß nicht, wie sie reagieren werden. So lange war ich nicht mehr im Wedding, Simon hab ich regelmäßig heimlich getroffen und mit Geld versorgt, meine letzte Verbindung zur Familie. Ich fühle mich wie ein geschiedener Ehemann, der sich unerlaubterweise mit seinem Kind trifft.«
Sie laufen nebeneinander.

Im Mäxchen fühlen sie sich etwas sicherer. Das Auto ramponiert, leistet noch immer gute Dienste, fährt Aaron regelmäßig nach Brandenburg, steht vor dem Theater, wartet auf seinen immer noch untalentierten, aber leidenschaftlichen Fahrer. Mädchen kommen nach der Vorstellung, wollen Autogramme.

Wenig später befinden sie sich in Aarons alter Straße. Fangen wurde dort gespielt, Knie wurden aufgeschlagen, Mädchen hinterhergelaufen, Pfennige an die Hauswand geworfen, manchmal gewonnen, meistens verloren, Murmeln in eine Senke gewitscht. Wie hatte seine Mutter damals all die Anzüge bezahlen können und die neuen Schuhe? Der Beerdigungszug für den Ehemann war lang gewesen, die Kollegen, die Leute von der Gewerkschaft, Kommunisten mit gesenkten Köpfen.

Mit leeren Händen steigen sie die Treppen hinauf, Aaron klingelt an der Tür. Simon öffnet, Gott sei Dank. »Wie geht es ihr?«

»Sie ist müde. Müde und wütend, sie ballt die Fäuste und stellt dabei fest, dass ihr sämtliche Kraft abhandengekommen ist.«

»Glaubst du, dass sie mich sehen will?«
Simon zuckt die Schultern.

»Nu, kommt schon rein, oder wollt ihr Wurzeln schlagen?«, hören die drei sie aus der Küche keifen. »Kaffee hab ich nicht, ich mach mal 'nen Tee.«

Keine Zähne mehr im Mund, auch die letzten Stumpen von der Zeit aufgefressen. Die Gaslampe spendet nur wenig Licht, der Ofen verströmt wohlige Wärme. Da sitzen sie um den Tisch herum, reden übers Wetter. Als Simon beinahe gut gelaunt auch noch mit den Sportergebnissen auffahren will, knallt eine Hand auf den Tisch. Wie war diese Hand gefürchtet.

»Ich hatte nie das Talent, eine gute Mutter zu sein, zu ungeduldig, alles musste immer schnell gehen.«

»Quatsch, Mutti … was sagst du denn da?«

»Halt die Klappe, Aaron, du bist wie ich.«

Aaron spürt ihren Blick.

»Ist das gut?«

»Was weiß ich? Pellkartoffeln hab ich noch, aber ohne Quark.«

»Mutti, das musst du doch nicht tun.«

»Ich wusste immer, was ich zu tun hatte, ich tat es, nicht immer gern, vor allem das Kinderkriegen, Gott, sind das Schmerzen. Aber was wisst ihr schon?« Frau Rosenbaums feuchte Augen lassen ein zu schweres Leben erahnen. Ein unsichtbarer Damm hält die Welle der Wut, der Angst und der Verzweiflung zurück. »Ich weiß mir keinen Rat …«, flüstert sie.

Draußen auf dem Hof schreit jemand.

Frau Rosenbaum steht auf, folgt dem Geschrei. Sie reißt das Fenster auf. Im Hof tanzt ein Besoffener, er ist dick, hält eine Schnapsflasche in seiner Hand, die zu klein wirkt für diesen massigen Kerl. Seine Bewegungen wirken grotesk, die Beine wie losgelöst, es scheint, als könnten sie jeden Moment wegbrechen. Menschen um ihn herum torkeln, haben einen Kreis gebildet, grölen, sie klatschen in die Hände. »Ruhe da unten, oder ihr könnt was erleben«, schreit sie hinunter.

»Frau Rosenbaum, nu machen'se mal nicht den Mund zu weit auf«, ruft eine dunkle männliche Stimme ihr zu, »… jetzt gibt es neue Regeln«, er lacht, »und wenn Sie sich nicht dranhalten …«, er lacht mit den anderen, schwankt, wird gehalten.

»Fresse da unten, sonst kommen wir runter«, schreit Aaron, der sich neben seine Mutter gestellt hat, um sie vor den Pöbeleien zu schützen.

Eine Kopfnuss lässt ihn zurückschnellen. Erschrecken.

»Bist du bescheuert?« Frau Rosenbaum ist außer sich. »Der schlägt zu, ohne zu überlegen und er muss nicht mal mehr mit

Konsequenzen rechnen ...« Sie schließt das Fenster, zieht ihren Sohn mitten in den Raum. »Das ist der Mann von Annerose.«

»Aber ... warum hast du ihn dann angeschrien?« Aaron ist irritiert.

»Ich darf das ... bin eine alte Frau!« Sie nimmt Platz auf dem Sofa, schaut in die Runde. »Herbert, noch etwas Tee?«

Herbert hält ihr zögerlich seine Tasse hin. Der Tee wird eingeschenkt. Die Stimmung ist gedrückt.

»Was werden sie mit uns machen?« Aarons Stimme färbt sich in Verzweiflung.

»Wenn wir Glück haben, töten sie uns ... nur. Uns ... Juden und Kommunisten ...« Verächtlich verzieht sich das Gesicht der Frau.

»Brauchst du was?« Aaron kniet vor seiner Mutter, als improvisiere er eine Rolle im Theater, »... ich meine ...«

Sie schaut ihm tief in die Augen. Streichelt seinen Kopf mit sanften Berührungen. Die körperliche Nähe der Mutter hat Aaron selten erlebt. Sie war zu oft unfähig, ihre Liebe zu zeigen. Er genießt diesen Moment. Seine Hand wandert in die Hosentasche, er kramt Geldscheine heraus, legt ihr etwas davon in die Handfläche, sie zittert und greift zu, das Papier knistert in ihrer Hand und wird feucht. Sie geht zum Schrank, legt das Geld in eine Dose.

»Ich komme in Zukunft immer Montag ... Wir sind doch eine Familie ... oder?«

Kleine, faltige Hand streichelt wohlgeformte Wangen und Lippen. »Warum schmierst du dir, mein Junge, dieses Zeug ins Gesicht?«

»Der Beruf, Mutti.«

»Komischer Beruf.«

Herbert und Simon sind Zuschauer dieser Szene.

Im Hof wird immer noch gegrölt und gesoffen. Vorsichtig versuchen Aaron und Herbert, sich vorbei zu schleichen. »He, pass auf ... ich mach dich fertig.« Das dicke Vieh will auf Aaron einschlagen, läuft ihm hinterher, holt aus und fällt auf die Fresse. Die anderen sind zu besoffen, um ihrem Anführer aufzuhelfen. Annerose steht abseits an der Mauer. Ein blaues Auge leuchtet auf ihrem Gesicht. Und eine vertrocknete Träne.

Herbert schließt die Pensionstür auf. »Wollen wir uns volllaufen lassen?« Er knipst die Stehlampe im Zimmer an. »Am besten bis zur Besinnungslosigkeit.«

»Herbert, was redest du da? Ausgerechnet du!«

»Sie werden gegen uns vorgehen, sie werden die Kommunistische Partei verbieten.«

»Dann müssen sie auch die Gewerkschaften verbieten, außerdem alle Parteien, die Kirche, sämtliche Verbände. Nicht zu vergessen: Vereine, spiritistische Gruppen«, Aaron befindet sich wieder auf seiner Bühne, »… die Astrologen sollten nicht unerwähnt bleiben.« Lachen erfüllt das Zimmer, lautes befreiendes Lachen, es verwandelt sich in Jubel.

»Champagner?« Herbert durchsucht die Spirituosenflaschen. »Oder Whisky?«

»Champagner, mein Herz … Champagner … Natürlich auch die Zigeunerwanderbühnen, das Deutsche Rote Kreuz …«

»Was haben wir noch im Angebot?«

»Amerikanische Filme, Bücher, das Institut von Hirschfeld …«

Der Alkohol hinterlässt Erleichterung. Sie liegen auf weichen Teppichen, kringeln sich wie die Kinder.

»Man wird sie zum Teufel jagen …«, flüstert Aaron und Herbert bestätigt es: »Genau dort gehören sie nämlich hin.«

FRAG MICH MAL, OB ICH NOCH TRÄUME
HABE – FRÜHLING 1933

Morgens sitzen sie im Frühstücksraum der Pension. Herbert frühstückt, Aaron lebt mehr oder weniger vom Kaffee. Herbert ist besorgt um ihn, auch um seine Arbeit in der Redaktion. Kann er seiner Wahrnehmung glauben? Ist die Stadt gelähmt? Schleichen die Menschen bedrückt durch die Straßen Berlins? Er schiebt die schwere Stahltür vom Hinterhaus auf, steigt die Treppe zur dritten Etage hinauf. An der Tür zur Redaktion ist ein Messingschild angebracht: »Tier und Glück«. Hier war er nach dem abgeschlossenen Studium gelandet. Natürlich hätte er lieber woanders angefangen, doch es gibt mehr als genug Reporter. Politisch Wichtiges wollte er auf seiner Schreibmaschine hämmern, die Menschen aufrütteln. Hin und wieder schreibt er für kommunistische Blätter, die leider schlecht bezahlen, als freier Reporter könnte er davon nicht leben. Auf seinem Schreibtisch stapeln sich Zeitungen. Die Pressefreiheit wurde eingeschränkt. Herbert durchforstet die Blätter.

»Hättest du je gedacht, mal froh zu sein, hier in diesem Loch zu sitzen …?« Hiltrud setzt sich auf die Kante seines Schreibtischs. »… und nicht für die großen Tageszeitungen zu schreiben?«

»Ich muss gleich nach Spandau, soll eine Frau Kruse interviewen«, Herbert schaut zu ihr auf. Sie hat ihre Haare vor Kurzem schneiden lassen, »… die will mir erklären, wie man seine Familie im Winter gesund ernährt. Frag mich mal, ob ich noch Träume habe.«

»Hör zu, was hier in der ›Neuen Züricher‹ steht«, sagt besorgt Hiltrud und fängt an vorzulesen: »»Zeitungsverbote in Deutschland. Die nationalistischen Innenminister Preußens und des Reiches machen von den durch die Verordnung des Reichspräsidenten vom 4. Februar 1933 gebotenen Möglichkeiten zur einschneidenden Beschränkung der Pressefreiheit ausgiebigen Gebrauch. Es hagelt Verbote, wobei die verfügenden neuen Amtsstellen mit der Auslegung der Bestimmungen des neuen Presserechts nicht zimperlich sind; die ebenfalls vorhandene Möglichkeit, in leichten Fällen es zunächst mit einer Verwarnung der Zeitung oder der Aufforderung zur Selbstberichtigung zu versuchen, ist bisher gänzlich außer Betracht gelassen worden. Die oppositionelle Presse hat es unter diesen Umständen nicht leicht, den Wahlkampf zu führen, während die Blätter der Regierungsparteien in der glücklichen Lage sind, sich in der Polemik gegen ihre Gegner keinen Zwang antun zu müssen – tatsächlich ist ja auch die Sprache der nationalsozialistischen Presse seit dem 30. Januar kaum eine maßvollere geworden.‹«

»Was wirst du tun?«

»Und du?«

»Ich muss einen Artikel über die Aufbewahrung von Kohl fertigstellen.« *Ich werde etwas tun*, denkt Herbert und spannt das Papier in die Schreibmaschine. Doch es ist kaum möglich, immer wieder gegenseitige fragende Blicke. Herbert macht sich auf den Weg nach Spandau, um das Interview zu führen.

»Kommen Sie rein, junger Mann, nehmen Sie doch Platz, ich mach uns einen schönen Bohnenkaffee, den mögen Sie doch bestimmt auch gerne?«

Herbert glaubt, sich in einem schlechten Film wiederzufinden.

»Nun setzen Sie sich doch, ist es nicht schön?« Diese Frau strahlt über das ganze Gesicht.

»Ja … Sie haben es wirklich schön hier.«

»Ach, das meine ich doch nicht … unser neuer Kanzler, der Herr Adolf Hitler, der wird für Ordnung sorgen, das können Sie glauben, dieses ganze Pack wird dann zur Rechenschaft gezogen, vor allem die Juden … oder wie sehen Sie das?«

Herbert muss sich sehr kontrollieren. »Ich bin ganz Ihrer Meinung«, lächelt er verlegen. »Wollen wir anfangen, Frau

Kruse? Es gibt ja einen Grund, warum ich Sie hier draußen besuche.«

»Also, das Obst ernte ich und lege es dann in Einweckgläser ...«

Um 17 Uhr wird eine Sitzung einberufen, Herbert hat seinen Artikel gerade fertig geschrieben. Der Chef selbst kommt, um neue Richtlinien vorzugeben. Was ist noch erlaubt, was nicht? »Wir sind ein Fachblatt, halten uns aus der großen Politik raus, noch Fragen?« Er hat nur wenige Worte zu sagen, hat Angst, wie alle anderen auch. Schon dampft er wieder ab. Der Chefredakteur versucht noch, zu erklären, aber wozu eigentlich? »Wir haben nichts zu befürchten, außerdem kann man immer nachfragen. So, und nun wieder an die Arbeit!«

»Die haben mich aus dem Theater geschmissen!« Aaron betritt das Pensionszimmer. »Der Intendant hat mich abgefangen. Wir waren in seinem Büro, allein, er druckste herum, sprach von den guten alten Zeiten. Er bot mir Weinbrand an, ich sagte ihm, dass das nicht ginge, da ich ja noch spielen müsse, wie er ja wisse. Ich drückte die Türklinke hinunter, wollte in die Garderobe, die Zeit schien mir eh davonzulaufen, er hielt mich zurück. ›Es ist so, dass wir Sie nicht mehr beschäftigen können‹, sagte er, ›besser, Sie gehen jetzt und machen uns hier keine Schwierigkeiten, Sie verstehen doch, oder?‹ Ich wollte schreien, weinen, betteln. Einem geschlagenen Hund gleich verließ ich das Theater. Meine Anhängerinnen standen im Foyer.«

Herbert, der sich gerade eine Stulle in den Mund schieben wollte, stellt das Radio aus. Steht auf und umarmt seinen Liebsten. »Solche Feiglinge!«, sagt er und küsst ihn auf die Wange. Aarons Gesicht glüht. »Schau mal ...«, mit einem Lächeln auf den Lippen hält er Aaron einen Brief hin, »... von der Ufa ... mach schon auf ... da ist es doch gut, dass du an keinen Vertrag gebunden bist.« Er lächelt voller Zuversicht.

Aaron reißt das Kuvert auf, ungläubig schaut er auf den Brief.

»Was ist …?« Herbert reißt Aaron den Brief aus den Händen. Dieser hat sich auf das Bett fallen lassen, ein Aufschrei wird im Kissen erstickt. Herbert liest die wenigen Zeilen, die kurzen prägnanten Sätze »Wir haben uns gegen Sie entschieden … es hat nichts mit Ihnen persönlich zu tun …«. Er schaut unglaublich in Richtung Aaron.

»Herbert, ich bin ohne Arbeit!«

BERLIN-DAHLEM – HERBST 1957

»Erna, haben Sie die Ecken auch nicht vergessen?« Herbert schaut für einen Moment von seiner Zeitung auf. Manchmal fragt er sich, wofür sie bezahlt wird.

»Alles erledigt, Chef«, ruft sie aus dem Flur, »… ich mach dann Feierabend!«

Die Tür wird aufgeschlossen, Herbert hört, wie sich Aaron und Erna an der Eingangstür begegnen. »Bis nächste Woche«, sagt er zu der Reinigungsfrau, hängt seinen Mantel auf, kommt ins Wohnzimmer hinein. »Alles okay, mein Herz?«

Herbert faltet die Zeitung zusammen, legt diese auf den Tisch vor sich.

»Ich war noch im Verlag …«, Aaron lässt sich neben Herbert auf die Couch fallen, »hier die Liste mit den Städten, in denen du lesen sollst …« Er zeigt ein Platt Papier, reicht es Herbert, der regungslos dasitzt. »Die planen eine große Reklame für dich, Radio, Frauenzeitschriften, du sollst sogar beim Fernsehen auftreten, alles soll ganz groß aufgezogen werden. Die Lesereise beginnt in drei Wochen, das wird eine Aufregung. Die Hotels sind schon gebucht, unsere Zimmer liegen nebeneinander und haben zum Teil Verbindungstüren. Die Schreiber lässt nicht locker, will immer noch nicht aufgeben. Ich finde, du solltest deine Biografie schreiben …« Aaron streift sanft über Herberts Hand, der auf das Blatt sieht. »Bitte … tu es für dich … und auch für mich.« Er zieht Herbert fest an sich. »Womit würdest du beginnen?«

Herbert schaut gedankenverloren in die Luft. Verloren in einer selten gewordenen Geste, die ihn umgibt. »Ich habe Bücher immer geliebt, jene, die ich in die Pension schleppte. Unsere Zimmer waren voll davon, wir hatten die Möglichkeit, in großen Bögen durch die Zimmer zu gehen. Erinnerst du dich? Wir überlegten uns, wie es weitergehen könnte, die Nazis wurden im März erneut bestätigt, jede Hoffnung war verloren.«

ALLES, WAS VOM LEBEN ÜBRIG GEBLIEBEN IST – FRÜHLING 1933

»Wir müssen unsere Ausgaben reduzieren …« Aaron lässt sich aufs Bett fallen, atmet tief ein und aus. »Ich finde keine Arbeit.«

»He, nicht weinen … der Spuk geht vorbei, glaube mir.«

»Aber wann? Und was tu ich so lang?«

»Also gut«, Herbert holt ein Blatt und einen Bleistift. »Als Erstes wird Mäxchen verkauft …«

»Was …?«

»Ruhig, mein Liebster. Es geht weiter …« Herbert schreibt und listet auf: »Wie gut, dass wir bisher nie eine Wohnung besessen haben. Wir benutzen nur noch ein Zimmer in der Pension.« Er geht zum Kleiderschrank. Öffnet die Holztür. »Deine Anzüge werden auch eine Stange Geld bringen …«, und notiert, »alle Bücher, die hier stehen, habe ich gelesen, mehrfach, was soll ich noch mit ihnen? Ist doch nur Ballast.« Er schreitet zu den aufgereihten Schuhen. „Du hast zweiundvierzig Paar Schuhe, ich glaube davon können wir auch einige veräußern.« „In dem kleinen Schrank" Er macht nur eine kurze Pause. » befindet sich dein Meissner Geschirr und Silberbesteck, weg damit.«

»Herbert!« Aaron schreit vor Wut. »Du vernichtest gerade unser Leben!«

»Besitz macht unflexibel, das können wir uns im Moment nicht leisten.«

»Ich brauche eine Idee, wie ich zum Einkommen beisteuern kann.« Aaron wälzt sich im Bett.

»Wir werden eine Heimarbeit für dich finden …«, Herbert nähert sich Aaron und umarmt ihn, »die offiziell ich annehmen werde.«

»Was denn?« Aaron kann es immer noch nicht fassen. Er kann es immer noch nicht begreifen. »Strümpfe stricken oder Tassen mit dem Brandenburger Tor bemalen?« Er löst sich aus Herberts Umarmung, zieht seine Knie zum Kinn. »Du kannst so rational sein!«, schleudert er ihm ins Gesicht. »Wo bleibe ich? Soll ich ausradiert werden?«

Bei den Büchern muss er besonders vorsichtig sein. Die Werke von Marx kann er nun nicht einfach inserieren, das ist zu gefährlich. »Was, das ist Ihnen zu teuer?« Herbert war nie ein Kaufmann, »… nun gut, es gibt noch andere Interessenten«, doch jetzt, wo sie alles verkaufen müssen, will er gute Preise aushandeln. »Das ist ein ganz seltenes Werk, gehen Sie vorsichtig damit um.« Die Anzüge finden reißenden Absatz, zu guter Letzt die Schuhe. Vorsichtig wickelt Aaron das Silber in Seidenpapier. Er sitzt dabei auf dem Boden, mit Tränen in den Augen.

Alles ist verkauft. Verloren stehen sie in ihrem geplünderten Pensionszimmer. Alles, was vom Leben übrig geblieben ist: Zwei wütende Männer.

Draußen wurden die Ersten festgenomen. Das Magnus-Hirschfeld-Institut haben sie geplündert.

»Herbert, was geschieht in diesem Land?«

»Wir müssen vorsichtig sein, nicht auffallen, hörst du?«

»Eine Strategie muss her … lass uns Anton besuchen.«

Weiße Tischdecke, darauf das gute Kaffeegeschirr, als gäbe es etwas zu feiern. Erdbeerkuchen, mit Sahne verziert.

»Wir müssen gewappnet sein, wer weiß, was die mit euch Juden vorhaben«, überlegt Anton.

»Selten fühlte ich mich als ›der Jude‹, und jetzt das.«

»Als homosexueller Kommunist hast du es auch nicht viel besser«, erklärt Anton den beiden, schaut Herbert mit festem Blick in die Augen, »willst du die Partei verlassen?«

»Die Kommunistische Partei verlassen? Niemals! Sie gehört zu mir, und meine Art abstreifen, wie könnte ich ohne dieses großartige Geschenk leben? Ich verstehe deine Frage nicht.«

»Ich bin ein realistischer Mensch, wenn andere wie aufgescheuchte Hühner rumgackerten, war mir immer klar, dass ich lösungsorientiert an die Sache gehen muss. Sie verbrennen Bücher von Mann, Bebel, Freud, Marx, Brecht, Kästner und auch von Erich Maria Remarque und von wem weiß ich noch. Das ist das Ende der Zivilisation, von nun an traue ich den Verbrechern alles zu.«

»Anton, hör auf, es geht um mich, was wird aus mir? Aus Aaron Samuel Karl Rosenbaum?«

Herbert und Anton schauen sich verwirrt an: »Karl?«, rufen sie gleichzeitig mit einer Stimme.

»Na, Mutti und Vati waren von Marx' ›Kommunistischem Manifest‹ so beeindruckt, dass sie ihrem Gefühl der Dankbarkeit damit Ausdruck zollten, indem sie mir eben auch den Namen Karl gaben.«

Anton und Herbert staunen nicht schlecht.

Aaron sitzt zusammengekauert auf dem Sofa und wie aus heiterem Himmel schreit er: »Rosh ha-Shana, Passahfest, Chanukka!« Er erschrickt dabei. »Ich bin Jude, verdammt!« Begriffe stürmen in seinen Kopf. »Bin ich überhaupt Jude?« Er schaut die anderen ungläubig an. »Was hab ich mit dem religiösen Scheiß zu tun?« Er schreit sich die Seele aus dem Körper: »Gar nichts.«

Antons pragmatische Lösung folgt abrupt: »… für alle Fälle werden wir am Ende der Diele eine Zwischenwand ziehen …«, sie überlegt und schreitet mit großen Schritten durch die Wohnung, »… hier werden wir eine kleine Öffnung lassen zum Aus- und Einstieg. Freunde werden täglich Steine mitbringen. Davor wird ein Schrank gestellt.« Mit Zuversicht in den Augen dreht sie sich Richtung Aaron. »Ich glaube nicht, dass du auf Dauer in der Pension leben kannst. Die sind zu allem fähig.«

»Anton, ich träume doch, oder?« Aaron versteht die Welt nicht mehr. »Wie viele Quadratmeter werde ich bekommen?«

»Zwei. Es darf nicht auffallen.«

Die Wand ist hochgezogen und verputzt, Strom wurde auch verlegt. Die Diele ist neu tapeziert, ein alter Bauernschrank ohne Rückwand davorgeschoben, gefüllt mit sämtlichen langen Mänteln und Abendkleidern aus alten Tagen. Ein Feldbett wird besorgt und in dem Raum aufgebaut. Eine Nachtischlampe auf einem Hocker. Sie bestaunen das Bauwerk. Vertrauensvolle Personen halfen, soweit sie konnten. *Sie wollen mein Bestes, wollen, dass ich lebe, doch es ist nicht das, was für mich Leben ist, es ist mein Tod. Werden sie das verstehen? Kann es noch schlimmer kommen?* Gedanken verlaufen sich, können sich nicht erklären, Fassungslosigkeit nimmt Raum ein, ohne einen Weg in die Zukunft zu kennen. Es wird kein Einweihungsfest geben, niemand wird durch Geschäfte laufen, um Möbel für das neue Zuhause zu kaufen. Niemand Maß nehmen für Gardinen. Es gibt eh kein Fenster dafür.

DIE WELT ZU GAST HABEN – SOMMER 1936

Parolen, Sprüche, Meinungen, Mordaufrufe: »Kauft nicht bei Juden!«– »Nehmt keine Kredite bei den Judas auf!«– »Geht nicht zu jüdischen Ärzten!«–»Lasst euch nicht von jüdischen Rechtsverdrehern beraten!« Juden werden ihrer Existenzen beraubt. Sie gehören nicht mehr zum Straßenbild. Parkbänke, auf die Juden sich nicht setzen dürfen. Längst sind alle jüdischen Beamten entlassen worden.

1936 scheint es, als würde sich die Situation entspannen. Die Olympischen Spiele werden von Deutschland ausgerichtet, Lockerungen werden angekündigt, Mannschaften aus vielen Ländern ziehen ins Olympiastadion ein, heben den rechten Arm; wenige, die wissen, was sich gehört und den Arm nicht heben: die Amerikaner. Die Welt ist zu Gast in Berlin, kann sich ein Bild vom liberalen Deutschland machen. Berlin feiert die Erfolge der Leichtathleten. Menschen rasen vor Freude, trampeln mit den Füßen, springen von den Bänken. Ein rauschendes Fest wird in den Sportstätten veranstaltet. Überall hängen Hakenkreuzflaggen. Ein Sieg jagt den anderen.

Aaron fühlt sich ständig beobachtet, die Last der Unfreiheit wiegt schwer. Er und Herbert versuchen zu schlendern, sie halten beide eine Eiswaffel in der Hand. Vor dem Olympiastadion ist es bunt, wie lange schon nicht mehr, ein Treiben, in das man sich hineinwerfen möchte. Und doch haben sie gelernt, vorsichtig zu sein, ihre Spontanität und Leichtigkeit sind verschwunden. Worüber reden? Welche Themen bewegen diese beiden Männer? In der anonymen Masse möchten sie untergehen.

»Hast du von Trude gehört? Tausendmal hab ich gesagt: ›Schmeiß den Fummel weg‹, doch sie hat nur gelacht: ›Was sollen die denn gegen eine abgehalfterte Liebesdame haben, Aaron?‹ Marga ist seit Monaten verschwunden, es gibt die wildesten Spekulationen. Die Boys in Frauenkleidern, sie wurden auf die Straße gescheucht, versuchten zu fliehen, doch auf Stöckeln ist eine Flucht aussichtslos. Wo sind die Markows, von einem Tag auf den anderen verschwunden? Freunde in der Not, immer zuverlässig, halfen, ohne zu fragen. Kommunisten wie aus dem Bilderbuch. Immer mehr Freunde und Bekannte verschwinden und man weiß nichts Genaues.« Aaron packt immer wieder der Redefluss.

»Halt endlich deine Klappe!« Herbert ist in Sorge. »Stopf dir die Eiskugel in den Mund.«

Um die beiden flüsternden Männer bewegen sich Menschen mit strahlenden Gesichtern. Wem kann man vertrauen? Es ist keine Zeit, um aufzufallen. Die Olympischen Spiele gehen schnell zu Ende und die während dieser Zeit geltenden Lockerungen werden alle zurückgezogen. Auch das Sitzen auf Parkbänken ist Juden wieder untersagt.

Aaron wohnt inzwischen bei Anton in der Wohnung, er liest alles, was ihm in die Hände kommt. Unfreiwillig hat er sich auf die Reise durch unzählige Bücher gemacht. Antons Bibliothek wird zu Aarons neuem Zentrum, er verschlingt sämtliche Bücher, kann nicht mehr aufhören zu lesen. Zweiter Bildungsweg. Niemals wird er ein Diplom erlangen. Lernen, um sich abzulenken. Wissensdurst entwickelt sich, will gestillt werden, braucht Nahrung und schöpft aus dem Vollen. Das noch verbliebene Pensionszimmer haben sie aufgegeben. Ihr Liebesnest, das sie »Zuhause« nannten, ist verloren. Sie konnten immer nur von einer eigenen Wohnung träumen. Träume sind Seifenblasen, von braunen Mördern zertreten. Herbert hat sich bei einer alten Witwe als Untermieter eingemietet. Aaron fühlt sich durch eine neue Liebe, die Liebe zu den Büchern, Herbert noch näher: Von nun an kann er seine Begeisterung für das geschriebene Wort nachvollziehen. Stellen kennzeichnen, weil unverstanden, später noch mal nachschlagen. Aarons zweite Dauerbeschäftigung ist die Heimarbeit. Offiziell hat Herbert sie angenommen. Täglich montiert er nun Hunderte Stecker zusammen. Regelmäßig kommt Herbert in die Wohnung, um ihm die Arbeit zu bringen und wieder abzuholen. Diese Besuche sind Aarons einziges Glück. Was hat er früher alles gebraucht, um glücklich zu sein? Ein Auto, Champagner, Ausflüge an die Ostsee, teure Anzüge, und nun reichen heimliche Abende in der Bibliothek. Sie unterhalten sich viele Stunden über die unterschiedlichsten Dichter, Denker und Philosophen. Lieben sich leise auf hellem Teppich. Ihre Köper haben sich verändert, sind reifer geworden. Fältchen haben sich in ihre Gesichter geschlichen und weigern sich, sie wieder zu verlassen. Herbert erzählt vom Draußen, von seiner Arbeit im Untergrund für die Partei, er erzählt von der Redaktion, der Angst, die man den Menschen von den Gesichtern ablesen kann, andererseits glaubt er festzustellen, dass sie über den Ku'damm marschieren, es wirkt seltsam, ein verliebtes Paar beim Gehen zu beobachten, das ganze Land bewegt sich im Gleichschritt. »Wie hat dieser Hitler sie alle auf seine Seite bekommen?« Keiner hat eine Erklärung vorzulegen. Aaron unterliegt deutlichen Stimmungsschwankungen, immer öfter braucht er etwas zur Beruhigung. Anton macht sich Sorgen. Schlussendlich lässt sie sich immer wieder teure Medikamente verschreiben, als Privatpatientin bekommt sie so beinahe alles, was sie begehrt. Aaron muss hin und wieder Antons Wohnung verlassen, sonst glaubt er, darin verrückt zu werden. Nachts schleicht er sich hinaus, versucht, nicht aufzufallen. Er folgt seinen Füßen, die ihn durch eine gespenstisch ruhige Stadt tragen, ihn in ehemals bekannte Stadtbezirke führen. Wie gern hätte er sich in den Bus gesetzt, die Hochbahn benutzt. »Einstieg für Juden verboten.« Klare Verordnungen.

Die neue Zeit lässt ihn über regennasses Kopfsteinpflasters schleichen.

MÜTTER WÜRDEN IHRE BRUT IMMER LIEBEN – WINTER 1941

Aaron betätigt die Klingel am Gartenzaun, zittert dabei wie Espenlaub. Langsam öffnet sich das Tor. Die Haustür wird von einer neuen Hausdame geöffnet. Es scheint alles wie immer zu sein. Der italienische Marmor glänzt, die Kronleuchter verströmen weiches, warmes Licht. Wie eh und je steht Victor auf der Treppe. Sie haben sich seit Urzeiten nicht gesehen. Aaron bleibt in der großen Eingangshalle stehen, wartet zögernd auf eine Reaktion Victors. Endlich lässt er sich vor Aaron fallen, umfasst dessen Beine, klammert sich an ihn. »Wo warst du nur die ganze Zeit?« Er ergießt sich in großen Worten: »Ich glaubte, ohne dich zu sterben«, wird theatralisch, wirkt lächerlich. Aaron weiß nicht genau, warum er das tut. Will er sich etwas beweisen? Wo auch immer er sich aufhält, er fühlt sich bedroht, sogar in Antons Wohnung, draußen auf Berlins Straßen allemal. Auch hier bei seinem ehemals besten Kunden mit den großen Spendierhosen. Wie wird es werden, wird er seine neu gewonnene Macht ausnutzen? Ein Telefonat und Aaron wäre ausgeliefert. Unsicher folgt er Victor ins Schlafzimmer. Ein schwerer Duft hängt in der Luft. Sein Herz pocht.

»Zieh dich aus!«, einem Befehl gleich. Victor ist sich seiner Machtposition bewusst.

Unter Aufsicht, so scheint es, entkleidet er sich. Früher hatte Aaron hier die Führung.

»Langsamer!«, ruft Victor. »Ich will für mein Geld etwas davon haben.« Vom Grammphon wird Bachs Fünfte gespielt.

Sie liegen auf dem Bett. Victors Körper ist noch unansehnlicher geworden. Der Zahn der Zeit nagt unaufhörlich. Es scheint, als träte der Buckel stärker hervor als je zuvor. Als seien seine Beine noch dünner geworden und mit Krampfadern und Besenreitern übersät. Die Nacht ist anstrengend, ihn zu berühren kostet unsagbar viel Überwindung. Zweifelte Reinhardt damals nicht an seiner Schauspielkunst, oder warum ließ er ihn ausgerechnet bei Held studieren? Nun, er wäre in diesem Moment wahrscheinlich stolz auf ihn.

»Früher warst du besser … schöner, dein Humor war unübertrefflich … ist ja klar, ihr Juden seid ja bekannt dafür. Nun ja, auf nichts gibt es lebenslange Garantie.«

Wie sich alles umkehrt.

»Kannst du mir Lebensmittel mitgeben? Meine Familie hat nichts zu essen …«, Aaron beginnt zu weinen, will es verhindern, kann aber seine Tränen nicht stoppen, »sie dürfen nicht arbeiten … alles ist so aussichtslos …«, drückt das Gesicht ins Kissen.

»Pass doch auf, meine gute Bettwäsche, Brüsseler Spitze, du solltest doch einen Blick dafür haben.«

Aaron schluckt die Tränen herunter.

»Hol dir aus der Vorratskammer, was du brauchst. Wann kommst du wieder?« Weniger eine Frage als ein nicht mal gut verpackter Befehl. »Also jeden Mittwoch, ja?«

Aaron schleicht in den Keller, packt unter der Aufsicht der Hausdame Brot, Zucker, Dosenfleisch, Grieß und Mehl ein.

Aarons Tage kriechen dahin und auch die Nächte vergehen nicht schneller. Jeden Donnerstagmorgen schleicht er sich zu seiner Familie, in der Aktentasche hat er Brot, Butter, Würstchen, Grundnahrungsmittel sowieso, manchmal Schokolade, hin und wieder Gebäck. Niemand darf ihn sehen, er hat sich angewöhnt, unsichtbar zu sein. Leise klopft er an die Wohnungstür. Seine Mutter öffnet, nachdem sie sich durch den Türspion vergewissert hat. Sein Blick fällt auf ihre Jacke. Dort, wo das Herz eines jeden Menschen sitzt.

»Es ist grausam, wir müssen jetzt diesen Stern tragen.«

»Ich habe wieder etwas zu essen für euch.« Aaron versucht, seine Unfassbarkeit zu überspielen. »Wo sind meine Geschwister?«

»Zu irgendeinem Treffen, sie tun sich jetzt mit den anderen Juden zusammen, gemeinsam ist es vielleicht leichter, ich weiß nicht …« Ihre Augen besitzen keine Leuchtkraft. »Für mich kommt so etwas nicht in Frage.«

Sie sitzen in der ungeheizten Küche, essen stumm, geprügelt. Die Zeit zwischen ihnen durchstreift das Martyrium. Aaron versucht, ihr Sätze zu entlocken. Müde schließt sie die Augen.

»… Sogar die Partei hat uns ausgestoßen und die war doch mein Leben.« Ihr Mund findet endlich Wörter. »Immer glaubte ich, kann kommen, was will, auf meine Partei kann ich mich verlassen. Pustekuchen!« Ungewöhnlicher Weise bedankt sie sich für die Lebensmittel, sie öffnet ihre Augen, so viel Schmerz liegt darin, sie ist erschöpft, ihr Körper kraftlos. Die neue Zeit demütigt jeden, der anders ist, als die »Herrenrasse« es erlaubt. »Du solltest nicht mehr kommen, es ist zu gefährlich, sie müssen ja nicht jeden von uns schnappen … vielleicht gibt es ja ein Danach.«

»Mutti …!«

»Alle Welt behauptet, Mütter würden ihre Brut immer lieben.« Sie nimmt seine großen Hände in die ihren. »Wenn es so ist, dann muss ich eine Ausnahme gewesen sein.« Tränen rinnen ihr über eingefallene Wangen. »Viele Jahre habe ich auf dieses Gefühl gewartet. Mir war immer, als würdet ihr euren Vater und mich stören. Vati musste das mit den Gefühlen übernehmen.« Sie steht auf, dreht sich weg.

Aaron fühlt den Boden unter seinen Füßen schwinden.

»Verzeih …«, lautlos, tonlos, vor dem Spülbecken. »Geh jetzt …«

Aaron steht in der Küche mit hängenden Armen. Er empfindet Zärtlichkeit für seine Mutter. Sieht ihren kleinen Körper, sieht die Bewegungen der zu verrichtenden Arbeit. Er sieht sie an, sie, die selbst kaum fähig war, Gefühle zu äußern. Er möchte sie streicheln, etwas sagen, ohne dass es kitschig wirkt. Ihm ist das Herz so schwer, er traut sich nicht, die Zunge wiegt Tonnen, lässt nichts hinaus, kein Ton, kein Wort entrinnt der Kehle, die Laute stecken fest, sind verschnürt. Ratlos fühlt er sich, unfähig zugleich.

»Geh endlich!«, schreit sie, in einem unterdrückten Schluchzen schleicht sich leise, kaum hörbar hinterher: »Er fehlt mir so.«

»Mutti …«, Aaron will sie umarmen, der Vater war so lange unerwähnt geblieben, ihre große Liebe.

»Geh! Geh endlich!«

So leise er kann, öffnet er die Wohnungstür. Sein Körper rollt sich zusammen, er rutscht an der Wand im Flur auf den Boden hinab, sein Körper gehört ihm nicht mehr, er zittert, hat keine Worte. »Gott ist eine Erfindung der Kapitalisten, um uns Arbeiter mit Angst zu beschlagen, die Kirche droht mit der Hölle.« Die Sätze seiner Mutter klingen in seinen Ohren. Er hat sie nie angezweifelt. Die Zeit verbraucht sich, Erinnerungen zeigen sich nur mehr in vorbeifliegenden Fragmenten.

Sein Körper bäumt sich auf, er kriecht in die Küche und verharrt an der Küchentür. Ihr Oberkörper ruht auf dem Küchentisch. Handgelenke hängend, blutend neben leblosem Körper. Rasierklinge auf stumpf geschrubbten Dielen. Sie hat nicht geschrien, nicht geweint. Die Partei war alles für sie, mit den Nazis wäre sie fertig geworden, dass jedoch ihre Partei sich von den jüdischen Arbeitern abgewendet hat, war unverzeihlich, wo sonst hätte sie Hilfe holen können? Mit leisen Schritten und zögerlichen Bewegungen nähert er sich einer unwiederbringlichen Entscheidung, welche aus der Aussichtslosigkeit geboren und in der Verzweiflung umgesetzt wurde.

»Ach Mutti …!« Aarons Stimme erstickt, die Zunge ist mit Tränen belegt, diese finden zu seinen Augen, brechen sich Bahn. »Du … du warst immer sehr konsequent … niemand konnte dir Honig ums Maul schmieren … du wolltest ihnen nicht die Genugtuung gönnen … Ich liebe dich.« Ein gellender Schrei, als würde sein Körper zerreißen. Zeit ist nicht messbar, wie lange kauert er auf dem Küchenboden, um in die Blutlache zu schauen, seine Mutter kann er nicht anschauen, will es nicht, es würde ihn nur noch mal durch den Schmerz schleudern. Durch ein Tränenmeer sieht er sie vor sich, nicht als diese kleine alte Frau, zu der sie geworden war, oh nein, stolz, mutig und schön neben seinem Vater, sie befinden sich auf einer

Kundgebung, dann, fast spöttelnd real, als könnte er beide berühren, ruft sie ihm zu: »Wisch die Tränen weg ... verschließe deine Gefühle.«

Sie wird gewaschen durch die heilige Bruderschaft, ein weißes Totengewand aus Leinen wird ihr übergezogen. Die Familie wartet in der Küche, minütlich kommen Freunde, Verwandte und Nachbarn. Simon hat eine einfache Kiste aufgetrieben, ohne jeglichen Beschlag, wie es die Tradition vorschreibt. Eine kleine Frau tritt ihre letzte Reise an. Vor dem Haus steht ein Pferdewagen, es ist Nacht, alles wurde heimlich organisiert. Auf dem Friedhof werden Psalmen zitiert und im Kaddisch HaSchem beschworen. Sie haben keine Erde aus Israel und auch keine Steine und werfen dennoch Sand auf den Sarg. Sie verlassen den Friedhof. So schnell wie sie gekommen sind, so schnell werden sie wieder von der Dunkelheit verschluckt. Gemeinsames Essen entfällt. Aaron nimmt seine Kippa vom Kopf, flüchtig nehmen sich alle in die Arme, ein letzter Blick, schon gehen sie gehetzt ihrer Wege.

NIEMAND IST BISHER ZURÜCKGEKOMMEN – HERBST 1942

»Victor, kann meine Familie nicht hier leben, kannst du sie nicht verstecken? Ich tu auch alles, was du verlangst. Bitte, ich flehe dich an. Ich hab doch schon meine Mutti verloren.«

»Das geht doch nicht ... wenn jemand dahintersteigt? Die machen mich fertig.«

»Bitte!« Aaron kniet auf dem Parkett, küsst Victors kleine Füße. »Bitte!« Stundenlanges Reden, Flehen, Bitten, sich auf perverse Forderungen einlassen. Aaron ist wie ausgelaugt. Tränen rausdrücken, die ganze Palette rauf- und runterspielen.

»Gut, wir müssen aber alles vorbereiten.« Victor lässt sich erweichen. »Und jetzt blas mir erst mal einen.«

Aarons Mundraum ist vollgespritzt, er darf es nicht ausspucken, also greift er zum Wasserglas, leert es mit einem Zug. Der Geschmack von Bitterkeit bleibt.

»Im Keller wird es gehen, frühestens aber in vier Wochen.«

Victor lässt alte, abgetretene Teppiche in den Keller bringen, Möbel werden aufgestellt, Betten hinuntergebracht, Geschirr. Eine Toilette wird installiert, ein alter Ofen hineingeschoben, ein Zugang zum Schornstein geschlagen.

Hände zittern in Manteltaschen, eine Schirmmütze ist tief in die Stirn gezogen, er schiebt sich an Hauswänden entlang. Victor hat Aaron mitgeteilt, dass die Räume im Keller für seine Geschwister fertiggestellt sind. Zwei Straßenblocks noch, dann ist er bei ihnen. *Wie viele sind schon verschwunden?* Er ist sich sicher, dass er seine Familie retten kann. 300 Meter, ein Lastwagen steht vor dem Haus seiner Familie, Männer schreien. Schlagstöcke werden durch die Luft gewirbelt. Aarons Schritte werden schneller, er will eingreifen. Nachdenken wird vergessen, Gefahr verkannt. Die Dunkelheit offenbart ihn noch nicht. *Die können mich mal, was soll noch alles passieren?* Er läuft beinahe. Sie werden auf die Ladefläche verladen wie zu schlachtendes Mastvieh, nachgeschlagen, Schmerzensschreie gibt die Nacht frei. Die dazugehörenden Gesichter verbirgt sie allerdings. Der Jüngste hält sich den Kopf, sie schlagen unerbittlich. Sie sind nun eingepfercht. Doch wo ist Simon? Aaron ist bereit, einen Sprung zu machen, sein Knopf vom Oberhemd drückt gegen den Adamsapfel, er wird gezogen, geschleift. Ihm wird der Mund zugehalten.

Er findet sich in einer dunklen Wohnung wieder, schummriges Licht gibt zwei Gesichter frei. Annerose und ihr Kerl stehen in der Küche. Aaron springt auf, er wird von kräftigen Händen zurück auf den Stuhl gedrückt.

»Willst du, dass sie dich auch abtransportieren?« Hans entrüstet sich.

»Da draußen sind zwei von meinen Geschwistern, die haben sie eingeladen, man muss was tun, sonst sind sie weg. Lasst mich! Habt ihr Simon gesehen? Der war doch nicht dabei. Sagt schon, was habt ihr gesehen? Ihr gehört doch zu denen!«

»Halt die Fresse, oder ich schlage sie dir ein, wenn wir dich hier rauslassen, dann werden sie dich auch fertigmachen, niemand ist bisher zurückgekommen von den Abtransportierten.« Aaron lässt das Gesagte auf sich wirken. Hans hat ja recht.

»Annerose. Hans, warum macht ihr das?« Aaron ist verwirrt. Dann fällt sein Blick auf das Ungewöhnliche: »Was ist mit deinem Bein passiert?«

»Gesoffen, Straßenbahn übersehen, weg war's.« Er klopft auf sein Holzbein. »Das Schlimmste sind die Phantomschmerzen. Ich möchte so manche Nacht die Wände hochgehen.«

WENN DU NICHT WEIßT, WOHIN –
WINTER 1942

»Ich bin … ich war einer von denen …«, Hans zündet sich eine Zigarette an, »… endlich gab es etwas, womit ich mich identifizieren konnte. Ihre Ansichten waren die meinen. Die Arbeitslosenzahlen sanken, Männer konnten ihre Familien wieder ernähren.« Er nimmt seine Prothese vom Stumpen. »Die unsäglichen Kämpfe auf den Straßen hatten ein Ende.« Annerose setzt Wasser für einen Tee auf. Der Zigarettenrauch zieht Kreise in der Küche. »Die deutsche Frau wurde gehuldigt, sollte nicht mehr berufstätig sein. Was sprach dagegen? Ihre beglückende Aufgabe war es, viele Kinder zu bekommen und sich ausschließlich um die Familie zu kümmern. Familien bekamen günstige Kredite. Hitler sorgte für eine sorgenfreie Zukunft.« Hans zählt ganz selbstverständlich seine Ansichten auf, drückt seine Zigarette aus.

Annerose serviert Tee. »Als wir heirateten, konnte der Standesbeamte sich einen Kommentar nicht verkneifen, immerhin hatte ich schon einen deutlichen Bauch.« Sie schaut mit resignierten Augen ihren Mann an. »Unsere kleine Elise wurde drei Monate später behindert geboren, sie war mongoloid. Die neuen Machthaber wollten zwar Kinder, diese sollten aber bitte schön gesund und möglichst blond sein. Blond haben wir hinbekommen.«

Annerose und Hans schauen sich an, man spürt ihren Schmerz im Raum.

»Jedoch mit einem behinderten Kind hatte man nichts im Sinn …«, murmelt Hans und zündet sich noch eine Zigarette an.

»So stimmt das natürlich auch wieder nicht …«, Annerose ist wütend. »Man hatte schon etwas mit ihnen vor, nur überlebten die kleinen Würmer das nicht. Unsere Elise wurde uns abgenommen, man sagte uns nicht, wohin man sie brachte, ließ uns mit unseren Ängsten allein.« Tränen fließen über ihr Gesicht.

»Annerose weinte jede Nacht.« Hans übernimmt mit gebrochener Stimme. »Es gab nur zwei Möglichkeiten: Entweder zerbricht man daran oder man kann sich gegenseitig Kraft schenken.« Er streichelt zärtlich und hilflos zugleich Anneroses Handrücken. »Wir befanden uns auf einer Berg- und Talfahrt, um es mal human auszudrücken. Was sag ich da, es gibt keine Worte für das, was wir durchmachten. Ein halbes Jahr später bekamen wir einen Brief, dass die Kleine an Herzversagen verstorben sei.«

Annerose schaut zum Fenster hinaus, als betrachte sie etwas im Dunkel der Nacht. »Wir beerdigten sie alleine, keiner seiner Kameraden ließ sich blicken.« Ihr Blick geht ins Leere. Tränenerstickt fährt sie fort: »Die Hillmeier – die von schräg gegenüber, die vom Milchladen – hat eine Tochter mit Kinderlähmung, zwanzig war sie, die haben sie zwangssterilisiert. Hans hat eine Versehrtenrente und eine Arbeit als Pförtner, davon können wir mehr schlecht als recht leben. Taxi kann er jedenfalls nicht mehr fahren, und was Richtiges gelernt hat er ja auch nicht.« Annerose schenkt wieder Tee ein. »Und ich darf nicht mal mehr im Postamt arbeiten, aussortiert haben die mich, Frauen haben im öffentlichen Leben nichts mehr zu suchen. Putzen geh ich, damit ich nicht ständig nachdenken muss, Hans war dagegen, doch es gibt Einschnitte im Leben, die verändern, er würde mir heute nichts mehr verbieten.«

Aaron schaut den beiden in die Augen, verlegen schiebt er seine Hände unter die mageren Oberschenkel. »Sind Juden für euch immer noch Abschaum?«

»Wenn du nicht weißt, wohin …«, Annerose schaut ihren Mann an, sie nickt ihm zu, fortzufahren.

»Wir brauchen die Kammer im Moment nicht«, beendet Hans seinen Satz.

BERLIN-DAHLEM – HERBST 1957

Erinnerungen bringen nicht zu lindernde Schmerzen mit sich, sie haben sich in allen Poren, in allen Organen festgekrallt, sie nehmen Seele und Herz in Beschlag. Herbert versucht, sie wegzutrinken, die Alkoholmengen, die er dazu braucht, werden immer größer. Er zwingt sich, Trinkpausen einzulegen, welche er abbrechen muss, weil die Albträume ihn sonst in den Wahnsinn werfen, mit aller Brutalität. Aaron will dem Schmerz das Amüsement entgegensetzen, jeder versucht, mit seinen eigenen Mitteln zu entfliehen. Warum können sie nicht aufeinander zugehen, sich gegenseitig zuhören, alles erzählen, damit es endlich mal gesagt ist? Herbert ahnt nur, dass die Scham ihn abhält. Er hatte sich doch entschieden, für den Kommunismus zu kämpfen, er war es doch, der sich mit anderen Kommunisten zusammentat, um zu sabotieren. Sie erhielten Order, suchten die Objekte auf, machten gute Arbeit, damals konnten sich die Kommunisten noch aufeinander verlassen. Jedoch hatte ihn das schlussendlich seine Freiheit gekostet, auch auf Kundgebungen war er, und nicht nur dort wurde auf ihn eingedroschen. Herberts Hände halten zitternd ein Glas mit Weinbrand in den Händen, er stürzt es hinunter, schenkt sich nach. Er wird ruhiger, und weiß genau, dass er den Scheißalkohol nicht mehr brauchen wird, sobald die Angst verfliegt. Aber wie soll sie verfliegen, wenn sich doch nichts ändert? Sie haben auf ihn eingedroschen, doch er hat niemanden verraten. Wussten sie denn nicht, dass Kommunisten lieber krepieren, als jemanden zu denunzieren? So dachte er damals zumindest. Aaron setzt sich zu ihm, lächelt verlegen. Oder ist es Verlorenheit? Seine große, seine einzige Liebe, nie konnte ein anderer ihm gefährlich werden.

»Schön, dass du da bist …« Herbert bedankt sich mit einem Kuss auf Aarons Wange. Dann fällt er zurück. Das weiche Sofa fängt ihn auf. »Ich bin so müde … der Verlag mit der Idee von meiner Biografie … Frau Schreiber macht mich wahnsinnig.«

Aaron schenkt sich auch einen Weinbrand ein, sie prosten sich zu. Intimität stellt sich ein. Hin und wieder können sie das Drumherum vergessen, sind sich genug, haben keine Fluchtgedanken im Hinterkopf.

»Was würdest du schreiben, wenn wir in einer Welt der Toleranz leben würden? In einer Welt ohne Gefahr?« Aarons Ton ist forsch und zynisch zugleich.

»Du stellst Fragen!« Herbert lächelt. Er stellt das Glas ab. Jahrzehnte spulen sich im Eiltempo vor ihm ab. »Ich weiß es genau …«, fast schüchtern schaut er auf den flauschigen Teppich, um dann wieder aufzuschauen. »Ich würde schreiben: ›Ich habe sie gefunden in der verrücktesten Stadt Europas, im dekadentesten Warenhaus Berlins, dort habe ich meine große, meine einzige Liebe gefunden. Und hatte zu Beginn dieser außergewöhnlichen Liebe Angst, sie zu verlieren. Und das habe ich bis heute.‹«

Aaron drückt den Rücken durch. »Ich habe es dir nicht immer leicht gemacht, Herbert. Aber auch du bist meine einzige Liebe.«

Ein Kuss, flüchtig, will den Moment nicht zerstören und begnügt sich mit dem davoneilenden Augenblick.

KANN ICH BEI EUCH EINE NACHT
AUSSCHLAFEN? – HERBST 1942

Antons Küche riecht nach frischem Kuchen. Herbert hat sich verspätet, doch er hat es rechtzeitig geschafft zu kommen. Das allein zählt für Aaron, der an seinen Lippen hängt.

»Ich muss auch untertauchen.« Herbert ist pragmatischer als je zuvor. »Die werden sich mit Polen, Dänemark, Norwegen und Frankreich nicht zufriedengeben … nun auch noch die Sowjetunion. Sie haben gejubelt, kann man sich das vorstellen?« Er ist ohnmächtig, dieses Gefühl verwandelt sich in Wut. Seine Hand knallt auf den Tisch. »Da befiehlt einer den totalen Krieg und die Idioten stehen Schlange. Mich kriegen die nicht, für diesen Nazistaat werde ich nicht kämpfen.«

Müde Augen schauen sich an. Hände liegen auf dem Tisch. Fingerkuppen berühren sich.

»Wir könnten die Zeit nutzen, was meinst du?« Aaron will sich vor dem Übel dieser Welt verkriechen. »Sex auf dem Feldbett?«

»Und Anton?«

»Sie kommt erst gegen Abend zurück.«

Aaron kriecht voran, die Schranktür ziehen sie hinter sich zu. Herbert lässt die Lampe ausgeschaltet.

»Aaron, ich sehne mich nach dir …« Herbert sucht nach der Schönheit, dem Lachen, möchte sich weichen begehrlichen Händen hingeben. Er sucht in Aaron die Selbstverständlichkeit der Liebe. Die Angst verhindert, lässt die beiden frieren in geheizten Räumen. »Wie gern haben wir Champagner gesoffen«, wagt er zu flüstern.

»He, Liebster, wir können immer noch unsere Küsse in uns aufsaugen.«

Aarons und Herberts Lippen finden sich, Angst wird verdrängt. Zärtlich beginnen sie sich zu finden, ziehen sich aus, wollen sich lieben. Lautloses Stöhnen, zitterndes Sich-Halten. Sie haben nur noch sich und das ist mehr als genug für den Moment.

Wie fühlt sich ein Tritt in die Eier an? Und wie in die Nieren? Herbert kennt diese Schmerzen.

»In diesem Land bin ich nicht mehr sicher, soweit ich weiß, haben die mich auf dem Kieker.« Viele Jahre hat Anton ihnen geschenkt. Hinter der Wand ist ein Liebesnest entstanden, mehr als das, diese Wand sicherte Überleben. »Ich werde mich in die Schweiz absetzen … ich habe Freunde dort.« Der Ort der scheinbaren Sicherheit wird Aaron genommen. Sprachlos hört er Anton weiter zu. »Hier ist eine Liste mit Menschen, die Juden aufnehmen, für ein paar Tage jeweils.« Tränen rollen an Antons dicken Wangen hinab. »Ihr müsst verstehen.«

»Wann?«

»Schon in wenigen Tagen, mit dem Beginn der Sommerferien … viele werden unterwegs sein.«

Aaron ist untergetaucht. Es sind viele, die sich in einer parallelen Welt befinden, man erkennt sich, hilft sich zuweilen. Er ist ständig in Sorge, lebt in Kellern, Laubhäuschen, kann immer wieder mal unterschlüpfen, mal für Tage, mal für Stunden. Er war immer ein schlanker Mann gewesen, doch inzwischen ist er beinahe unterernährt. Unsichtbare Antennen umgeben seinen Körper. Blitzschnell verschwindet er in Hauseingängen, wenn er sich beobachtet fühlt. Zu Victor geht er nur noch unregelmäßig. Zwar findet er ihn anziehender denn je, die Zerbrechlichkeit seines Körpers erregt ihn, doch er verweigert ihm eine ständige Unterkunft.

Die Deutschen marschieren in Russland ein. Herbert leidet wie ein Hund. Aaron verbringt einige Tage heimlich in Herberts Zimmer. Die Zimmerwirtin befindet sich für geraume Zeit in den Bergen. Herbert drückt Aarons Hand. »Pass auf, Stalin wird zurückschlagen, so klug ist Hitler auch wieder nicht. Napoleon ist auch an Russland gescheitert.«

»Ich bin müde, Herbert ... wie lange wird dieser Krieg andauern? Ein Sieg nach dem anderen. Was ist, wenn dieser Spuk nie vergeht? Ich habe Angst um dich. Was ist, wenn sie dich erwischen bei euren Unternehmungen?«

»Darüber darf ich nicht nachdenken, ich lebe nur noch für die eine Sache, wir wollen den Krieg beenden, mit unseren Mitteln. Keiner soll mehr hungern. Alle Banken, Fabriken werden enteignet, werden zu Volkseigentum.«

»Wann haben wir uns zuletzt geliebt?« Aaron würde auf der Stelle die Welt um sich herum vergessen.

»Ach, Aaron ... was soll das jetzt?«

»Küss mich ...«

Ein klammes Zimmer. Keine Kerze. Keine Romantik. Kleider werden von ausgezehrten Körpern gestreift. Rippen zeichnen sich ab. Knochen scheinen sich durch transparente Haut zu schieben. Begehren wird aus vergangener Zeit aktiviert. Spröde Lippen suchen nach nicht vorhandenen Fettpölsterchen, geben sich mit Haut und Knochen zufrieden. Stöhnen wird von Sirenengeheul unterbrochen. Bomben auf Berlin.

Die ersten Krater waren noch Sehenswürdigkeiten. Berlin erlebt immer öfter den Ausnahmezustand. Die Engländer über der Hauptstadt. Menschen haben ihre wichtigsten Sachen in Koffern, Frauen halten Babys im Arm, ein weiteres Kind an der Hand. In Fluren staut es sich, alle wollen in die Keller, in die Luftschutzbunker. Aaron schleicht sich in Hausflure, immer damit rechnend, dass ihn ein Blockwart erwischt. Er könnte sich nicht ausweisen. Menschen vergessen, die Wohnung abzuschließen. Er betätigt Türklinken, bis sich eine Wohnungstür öffnet. Er läuft in die Küchen, sucht nach Brot, Zucker, manchmal findet er Wurst. Auf dem Tisch steht ein Krug mit Bier, der Volksempfänger rauscht, eine dünne Stimme berichtet von den Erfolgen der Wehrmacht. Aaron möchte schreien vor Glück, will einen Schluck nehmen, die Sirene ertönt. Entwarnung. Er läuft zum Dachboden, leise wie eine Katze ist er, immer hat er alles im Blick. Er beißt vom Brot ab, er kaut bedächtig. In den Nächten beginnen seine Tage, diese teilt er sich mit anderen, jenen, die auch nicht vom System der

Marschierer akzeptiert werden. Sie stehen füreinander ein, tauschen Adressen aus von Menschen mit Anstand, die ohne viel Nachfragen von ihrem Wenigen abgeben, eine Schlafstelle für eine Nacht bereitstellen. Diese Menschen riskieren ihr Leben. Dankbarkeit bekommt eine ganz neue Bedeutung, vor Hitler war es nur ein Wort. Berlin wird immer mehr zur Stadt mit Bombeneinschlägen, Ruinen können zu Schlupflöchern werden.

Vorsichtig klopft Aaron bei Hans und Annerose ans Küchenfenster. Schnell wird die Tür geöffnet und wieder geschlossen.

»Du hast dich lange nicht blicken lassen.«

»Kann ich bei euch eine Nacht ausschlafen?« Erschöpft lässt Aaron sich auf einen wackligen Küchenstuhl fallen. »Vielleicht habt ihr auch …?«

»Na klar!« Annerose unterbricht ihn prompt. »Schau auf meinem Bauch!« Ohne Stolz zeigt sie ihre Schwangerschaft. »Ausgerechnet jetzt, wo man seines Lebens nicht mehr sicher ist! Es ist zum Kotzen!« Ihre Stimme kläfft. »Hans ist ohne Arbeit. Das Pförtnerhaus wurde getroffen, nicht so schlimm, könnte man meinen, zumal der Pförtner Feierabend hatte, dummerweise ist das Hauptgebäude auch zerstört worden, also ist das Institut vom Erdboden verschwunden.« Ihre Augen erheben sich. »Das Beste kommt aber noch: Jetzt, wo dem Reich die Kerle ausgehen, die ja auf dem Feld gebraucht werden, um dort massenweise zu krepieren, dürfen wir Frauen wieder ran. Ich zahle Renten aus und klebe wieder Marken auf Briefumschläge. Annerose streichelt sich vorsichtig über ihren gewölbten Bauch. Wo ich nach der Entbindung das Kleine lassen soll, kann mir auch keiner sagen. Soll ich es mir vielleicht auf den Rücken schnüren?« Ihre Fäuste ballen sich zusammen. »Wenn ich könnte, wie ich wollte, würde ich die da oben alle kastrieren lassen. Wovon soll ich das Kleine ernähren? Gibt doch kaum noch was Anständiges.« Die Fäuste ballern auf dem Tisch. »Nur weil ich zu feige bin, mit einer Stricknadel in mir rumzustochern, bekomme ich dieses Kind. Welche Chance hat es denn überhaupt?«

Aaron wird bewusst, wie sehr die beiden sich verändert haben. Hitler hat sie einst in ihren Bann gezogen, um sie dann von sich zu stoßen, weil sie kein gesundes Kind bekamen. Sie waren nie befreundet, Annerose einst Nachbarskind, auch aus einem Hinterhaus, zur selben Schule gegangen, jedoch nie zusammen aus gewesen. Sie hatte ein Auge auf ihn geworfen, er wusste aber schon lange, dass seine Neigungen niemals auch nur eine Liebelei zugelassen hätten. Er vertraut beiden, denn inzwischen sind auch sie Opfer dieses Regimes geworden, anders als er zwar, dennoch verbindet dieses geteilte Schicksal ein wenig.

»Wer hätte je gedacht, dass ich mich über mein verlorenes Bein so freue, es erspart mir Russland, und alles andere funktioniert ja noch, wie du siehst.« Hans zwinkert Aaron zu, dieser unterdrückt ein Gähnen. »Iss und leg dich aufs Ohr, ich weck dich dann. Schon gut, dass ich noch in dem Schweineverein bin. Wer verdächtigt schon ein Parteimitglied?«

BERLIN-DAHLEM – HERBST 1957

D ie Nadel kratzt über die Platte, der Plattenspieler wurde vergessen. Sie kommen aus dem Schlafzimmer, Herbert ist erschöpft. Die Momente der Zärtlichkeit werden beiseite-geschoben, der kurze Schlaf und die damit verbundenen Träume haben ihn wieder einmal in die Vergangenheit ge-schleudert, mit einer kaum auszuhaltenden Brutalität.

»Wir hatten keine Illusionen mehr, außerhalb unserer kleinen Burg wurde scharf geschossen, die politischen Kämpfe wurden immer radikaler.«

»Herbert …! Lass es für heute genug sein. Bitte.«

Zwei Männer stehen im weitläufigen Wohnraum, der eine an der Bar, der andere aus dem Fenster blickend. Das Haus ist still. Zu still für zwei. Sie drehen sich einander zu.

Herbert hält zwei Gläser mit Weinbrand in seinen Händen. »Hier, für dich«, und reicht Aaron ein Glas.

»Für mich nicht … Ich hänge die Kleidung in den Schrank … natürlich werden wir es nicht an die große Glocke hängen, doch für mich ist es wichtig, hier auch offiziell zu wohnen, außerdem sollten wir einen Fahrer einstellen.«

»Ich muss reden, vielleicht komme ich sonst nie mehr da-zu.« Herbert hat sich auf das Sofa gesetzt, kippt inzwischen den zweiten Weinbrand hinunter.

Aaron lehnt an der Tür. Die Kleidung hat er aufgehängt, er schaut seinen müden Herbert an, wünscht sich, dass dieser weniger trinkt, wagt das Thema aber nicht anzuschneiden, noch nicht.

»Bitte setz dich zu mir …« Herberts Stimme fleht ihn an.

Aaron wagt sich nicht zu bewegen. Er klebt an der Tür.

»Es war alles so ambivalent«, Herbert erinnert sich, »du spieltest in Brandenburg Theater, ich hatte eine Anstellung als Reporter bei einer kleinen Fachzeitschrift. Wir lebten unser rosiges, leicht gezuckertes Glück, doch draußen brannte sogar die Asche. Ich musste mir eingestehen, dass die Nationalsozialisten besser organisiert waren als wir Kommunisten und wohl auch brutaler vorgingen.«

»Ich mach uns ein kleines Abendbrot ...« Aaron flieht in die Küche.

»Gerne, ich gehe nur noch mal ins Badezimmer«. Herbert ist wieder allein, er könnte sich jetzt noch schnell einen Weinbrand einschenken, ohne von Aaron beobachtet zu werden. Nach der Lesereise will er weniger trinken, denn dann ist die ganze Anstrengung vorbei. Langsam geht er ins Bad und dreht den Wasserhahn auf. Er schaut in den Spiegel und muss sich, noch einmal, eingestehen, dass seine besten Jahre lange hinter ihm liegen. Das gefärbte Haar scheint glanzlos, schimmert leicht grünlich. »Da kann man nichts machen«, hat der Frisör gesagt. Sein Bauch ist dick geworden durch zu viel Schweinefleisch und zu wenig Bewegung. Die Zahnprothese, immer wenn er sie zum Säubern herausnimmt, überkommt ihn Ekel. Wie gern hat er Aaron früher geküsst, Zungenküsse bis tief in den Rachen hinein. Dann kam jener Abend ...

Herbert wusste, dass sie ihn suchten. Damals konnte er entfliehen, war auf einen Lockvogel hereingefallen, um Haaresbreite hätten sie ihn geschnappt, am Boden liegend, mit letzter Kraft hatte er sich aufrappeln können, eine Ruine war seine Rettung gewesen. Schwul war er und Kommunist, gehörte der Gruppe »Roter Oktober« an. Valentin und er trafen sich an einem konspirativen Platz, es gab neue Befehle aus Moskau, Thälmann, der Führer aller Kommunisten in Deutschland wurde im August 1944 feige von Nazischergen in einer Zelle umgebracht. Was konnten, sollten, wollten sie tun? Das einzig Mögliche war Sabotage. Ein Fabrikgebäude in Siemensstadt sollten sie ausmachen, um dort kriegswichtige Maschinen zu manipulieren. Sie waren zu zehnt, Herbert sollte Schmiere stehen. Angst kroch ihm in den Nacken. Dunkel gekleidet machte er sich auf den Weg zum verabredeten Platz. Herbert fühlte Blicke im Nacken, altbekanntes Gefühl, wann immer es möglich war, drehte er sich vorsichtig um. Er sah niemanden. Valentin erwartete ihn schon, sie gingen aufeinander zu, die andern waren schon vor Ort. Valentins Schritt verlangsamte sich, Herbert spürte eine Hand am Hemdskragen. Es ging alles ganz schnell. Er wurde in ein Auto gestoßen. Der Wagen fuhr mit quietschenden Reifen an, eine Pistole wurde ihm in die Seite gedrückt.

»Herbert, wo bleibst du denn?«

Herbert schiebt sich die falschen Zähne wieder in den Mund. Versucht, die Bilder aus der Vergangenheit loszuwerden.

Schweigend essen sie, hören den Stimmen im Radio zu. Blicke tauschen sich aus, verstehen, ohne dass Worte fallen müssen. Das Heute war anstrengend gewesen, unterbrochen von Zärtlichkeit, der Normalität wurde Platz gemacht, der späte Abend will den beiden das Ausruhen gestatten. Doch die Vergangenheit nistet im Kopf, will verweilen, beginnt mit harmlosen Zeichnungen, um dann gnadenlos zu offenbaren, was eine vergangene Zeit ohne Scham erlaubte.

Sie fuhren durch eine Toreinfahrt. Das Auto war umstellt, Männer in langen Ledermänteln zogen ihn hinaus. Er wurde angebrüllt, sie stießen ihn in einen Keller. Zwei Männer in schwarzen Hemden standen unbewegt, Herbert lag am Boden. »Steh auf, schwule Sau!« Herbert wollte sich erheben, der erste Tritt traf ihn in die Nieren, was dann folgte, war wie ausgemerzt, nicht mehr erinnerbar. Er wachte in einer Blutlache auf, darin seine Zähne drapiert. Der gesamte Körper ein einziger Schmerz. Sie setzten ihn auf einen Holzstuhl unter einem vergitterten Fenster. Zwei Männer lehnten an der Stirnwand am anderen Ende des Raums, durch die Zellentür voneinander getrennt. Gelangweilt zogen sie an ihren Zigaretten. »Also rede, du Kommunistenschwein, oder sollen wir dir noch mal zeigen, wo es langgeht?« Die wenigen Zähne, die noch in seinem Mund waren, klapperten. »Reiß dich zusammen, oder wir schlagen dir die letzten auch noch raus. Verstanden, Arschloch?« Eine gebrochene Stimme versuchte, Worte im trockenen Mund zu formen: »Ich wollte doch nur …«, ihm fehlte die Kraft, er konnte keinen klaren Gedanken mehr fassen. Sie rauchten unablässig, immer wieder schlugen sie ihm ins Gesicht. Er fiel vom Stuhl. In die Zelle geschleift, frierend auf einer Holzbank, ob er sprach oder schwieg, sein Ende war beschlossene Sache. *Besser, wenn ich krepiere.* »Aaron!« Ein Schrei vor unbekannter Nacht. *Würde ich ihn wiedersehen? Gab es einen Gott? Wenigstens einen ex machina Deus!* Zeit und Raum verloren. Die Wunden im Mundraum waren verheilt, immer wieder fuhr er mit der Zunge über sein Zahnfleisch. *Doch so viel Zeit?* Was auch immer ihm zur Last gelegt wurde, würde Freisler, sein Richter sein. Würde er das Urteil fällen? *Ein Todesurteil.*

OHNE VORHANG, OHNE APPLAUS – FRÜHLING 1943

Sie fahren mit Aaron durch die Nacht. Er friert. *Zähne klappern?* Der Wagen wird zum Alexanderplatz gelenkt. *Ins Polizeigefängnis!* Man zerrt ihn aus dem Wagen. Aaron wird in einen Verhörraum gestoßen. Auf einen Stuhl geschleudert. Zwei Augenpaare starren ihn an. Ihre Art zu verhören ist brutal. Seine Kraft längst aufgebraucht. Fäuste hämmern auf Gesicht, Brust, in den Bauch. Zeitgefühl ist erloschen. Fragen. Fragen. Fragen. Die einzige Antwort, die sie kennen, ist ihre unmenschliche Gewalt. Nach der Unendlichkeit sein Körper in eine Zelle geworfen. Von anderen Menschen abgeschnitten. Trostlos und grau der Käfig. Verschmierte Wände mit Strichkalendern, Kritzeleien und Inschriften. Auf dem Zellenboden eine leichte Mulde. *Wie viele Gefangene haben sie geformt?* Mit ausgestreckten Armen kann er beide Seitenwände berühren. Das Oberlicht zum Hof lässt sich durch eine Holzstange aufklappen. Zum Gang hin gibt es über der Tür einen Hohlraum, in dem hinter einer Milchglasscheibe ein 15-Watt-Birne angebracht ist, die ein ekelhaftes Dämmerlicht verbreitet. Auch in der Nacht erlöscht die Ausweglosigkeit nicht. Wochen schleichen dahin. Vierundzwanzig lange Stunden ohne jede Abwechslung. Sitzen. Stehen. Wieder sitzen. Gedanken durchjagen den Kopf. Aaron will ihn gegen die Wand stoßen, immer und immer wieder, möchte, dass das Rattern in ihm aufhört. Er sehnt sich nach Ruhe. Autoaggression war keine Eigenschaft von ihm. Jetzt wird sie zur Möglichkeit. Essbares wird durch die Klappe geschoben. *Eine Stulle? Margarine? Suppe?* Etwas fühlt sich lauwarm in seiner Mundhöhle an. Immerhin. *Zu viel um zu verhungern.* Die Zellentür öffnet sich. Irgendwann durch lange Gänge gezerrt. Zermürbt lässt er es geschehen. *Werde ich dem Haftrichter vorgeführt?* Eine andere Zellentür wird aufgerissen, er wird hineingestoßen. Raunen in der Zelle. Die Insassen sind verschreckt. Warten auf die nächste Grausamkeit. Schweine schwingen ihre Gummiknüppel. Hundertprozentige Trefferquote. Niemand kann der Gewalt entrinnen. Wehrlose Männer. Schreie. Gebrüll. Klagen. Das Schützen vergebens. *Wer hat uns denunziert? Wer wusste, dass Victor und ich uns trafen? Die Hausdame?*

Sein letzter Kunde im »Excelsior« war abgefertigt, er ging noch mal zur Bar und bestellte einen Whisky. Da saß einer am Ende des Tresens, ließ ihn vom Barmann fragen: »Hast du noch etwas Zeit?« Der Fremde bat ihn, mitzukommen, beteuerte, dass er es nicht bereuen werde. Aaron, damals siebzehn, war schon zu lange in diesem Beruf, um sich von Naivität einholen zu lassen. Draußen stand eine Limousine. Die Wagentür wurde ihm geöffnet. In eine Villa gefahren. Victor wartete dort, musterte ihn, war zufrieden mit der Ware. Nach oben gebeten. An diesem Abend lernte er eine unbeschreibliche Esskultur kennen. Es schien, als müsste der Tisch unter all den Delikatessen zusammenbrechen. Er naschte von Köstlichkeiten, von denen er nie zuvor gehört hatte; die Lebensmittelabteilung im KaDeWe war ein Witz dagegen. Sofort wurde ihm klar, dass dies seine große Chance war. So wurde er zu einem Spielzeug. Victor betete ihn an. Dabei behielt er immer seinen eigenen Kopf, war berechnend, gab viel, doch nie zu viel. Seine Garderobe wurde extravaganter. Wer glaubte nicht alles, von ihm als »Schlampe« sprechen zu dürfen? Doch er war immer sehr ehrlich, machte nie mehr daraus, als es war.

Aaron hielt seinen Kodex hoch, wich nicht davon ab. *Was blieb?* Für etwas zu fressen hat er seine Ideale verkauft. Mit der Zeit verlor er jede Achtung vor sich selbst. Der stolze Rosenbaum war gebrochen. Victor kam mit immer unmöglicheren Wünschen an. Er übte Macht aus. Er entwickelte Rollenspiele. Demütigung inbegriffen.

Ohne Vorhang, ohne Applaus. *Ist das hier nun das Ende?* In der Zelle einen Platz finden. Sich in eine Ecke setzen. Der Wunsch, nie mehr aufzustehen. Aaron lehnt sich an eine grob verputzte Wand. Der Beton unter seinem Hintern ist kalt und hart. Null Substanz am Arsch. Hat er Zeit? *Für was?* Zwanzig Personen zählt er. Enge, die drückt. Zu wenige Betten. *Wer teilt ein? Ums Bett kämpfen?* Alle ausgemergelt. *Hoffnungen? Auf was?* Die Augen verraten nichts. Ein Kind setzt sich neben ihn. In Angst gefangen. Kein Kind, ein Jugendlicher mehr. In einem Alter, in dem man seine ersten Erfahrungen mit dem Verliebtsein machen sollte: Bootsfahrten auf einem See, Eisschlecken auf dem Ku'damm, ungeschicktes Fummeln ausprobieren, heimliches Händchenhalten in einem abgedunkelten Kino. Er lehnt seinen Kopf an Aarons Schulter. Aaron hört ihn wimmern. Aaron beneidet ihn. Er fühlt.

Die Zellentür wird aufgeschlossen. »Mitkommen!« Aaron wird den Gang entlang gestoßen. »Scheißschwulensau. Hat dir wohl nicht gereicht, Jude zu sein!« Er tritt ihm in die Weichteile. »Du wirst abtransportiert, die machen dich so fertig, dass du dir wünschst, deine Hurenmutter hätte dich lieber abgetrieben.« Dieser grenzenlose Hass. Immer wieder. Warten im Verhörraum. Sie triezen ihn, lassen ihren Sadismus an ihm aus. Hungerschmerz. Körperschmerz.

MIT ROSA WINKEL AUFGENÄHT –
WINTER 1943

Brandenburg. Erster Vertrag mit einem Theater. Kleine Rolle, großes Glück. Endlich war Aaron in genau der Welt, nach der er sich ein Leben lang gesehnt hatte. Der Film brauchte ihn noch nicht.

Vergangenheit gibt die Möglichkeit, sich in ihr zu flüchten.

Sie hatten ihn mit offenen Armen empfangen. Er hört noch den Applaus, spürt ihre Liebe. Drei Sätze musste er sprechen, es genügte, um eine Liebesaffäre zu beginnen zwischen seinem Publikum und ihm. Sie waren ihm treu, waren da, wenn er auftrat, riefen seinen Namen. Nie mehr wollte er etwas anderes tun, nie mehr Kundenwünsche befriedigen, nur noch sein Publikum glücklich machen. Der Intendant bat ihn in sein Büro, bot ihm von seinem Weinbrand an. Sie plauderten. »Also, ich mach es kurz, hier ist ein Vertrag über drei Jahre. Greifen Sie zu, so ein Angebot bekommt man nicht alle Tage!« Er war überwältigt, konnte keinen klaren Gedanken fassen. »Wir werden Sie zum Liebhaber aufbauen, die Brandenburgerinnen sind verrückt nach Ihnen. Natürlich muss Berlin dann erst mal hintenanstehen, auf mehreren Hochzeiten sollte man nicht tanzen. Hier können sie so viel lernen, ich finde, das ist eine große Chance für Sie.« Die Männer hoben ihre Gläser, prosteten sich zu.

»Du da! Aufstehen, beeil dich!« Aarons Ausflug in die Vergangenheit wird unterbrochen. Er muss auf einen Pritschenwagen steigen, viele andere sind schon dort oben, ihrem Schicksal ergeben. Der SS-Mann steigt als Letzter auf, sein Gewehr im Anschlag. Der Fahrer schließt die Klappe, lässt die Plane herunter. Das Auto fährt los. Berlin schläft noch, bekommt nicht alles mit, dass Männer aus dieser Stadt herausgeschafft werden.

Richtung Norden. Sie kommen in Oranienburg an. Über dem
Eingang des Lagers Sachsenhausen steht »Arbeit macht frei«.
Eine riesige Fläche. Eine umzäunte Fläche. Die Baracken
sternförmig angeordnet. Aufsichtstürme. Aufseher, die nie-
manden übersehen. Gebäude, in denen die Gefangenen wie
Vieh gehalten werden. Überall wird geschrien. Es herrscht Be-
fehlston. Sie müssen absteigen, sich auf der Lagerstraße auf-
stellen, durchzählen. Es geht in eine Baracke. Schlange stehen.
Keiner wagt, ein Wort zu sagen. Aaron muss sich entkleiden.
Nichts bleibt auf seinem Körper haften. Er wird desinfiziert.
Nackt auf einem Hocker, seine Haare werden geschoren.
*Wie nackt kann ein Mensch noch sein? Wo kommen die
Tränen noch her? Die letzten?* Er trägt eine gestreifte, nach
Desinfektionsmittel riechende Lagerkluft, auf der ein rosa
Winkel aufgenäht ist. Kein gelber Stern. *Ist das gut oder
schlecht?* Vielleicht macht es keinen Unterschied, gebrand-
markt ist man so oder so. In der Krankenstation wird er un-
tersucht. *Was wird aus mir, wo werde ich enden?* Der Tod hängt
unentwegt über ihm, bisher konnte er sich seiner erwehren.
Sein Schicksal … *ist es besiegelt? Von welcher Stelle werden die
Befehle erteilt? Braucht es Brief und Siegel? Gibt es Listen? Einen
Stempel?* Unendlich müde ist er. *Ist es eine Entscheidung? Ist es
der Wunsch nach einem Rest von Würde?* Leise nur für sich und
dennoch schallend laut und wahrhaftig beschließt Aaron: *Ich
komm hier raus!* Stunden später arbeitet er im Klinkerwerk,
einer Außenstelle des Konzentrationslagers. Er verrichtet Un-
menschliches. *Ich komm hier raus!* Jeden Morgen um fünf Uhr
in der Früh beginnt die Arbeit. Gummiknüppel schlagen
wahllos auf Körper ein. Schüsse gehören zum quälend langen
Arbeitsalltag. *Ich komm hier raus!* Sein Mantra. Keinem anderen Gedanken will er erlauben, Besitz von ihm zu ergreifen.
Herbert gerät beinahe in Vergessenheit. Die zusammen erlebte
Zeit zählt nicht, hat keinen Raum in seinen Erinnerungen, und
wenn doch, wird sie glorifiziert, überhöht. *Was bleibt davon?* Er
schleppt Steine, die in einer Lore gestapelt werden. Sein Rücken schmerzt. Die Lore wird von Skeletten geschoben, deren
Hände mit Schwielen übersät sind. Die blutverkrusteten Füße

stecken in Holzsandalen. Ihre Körper sind mit Hämatomen übersät. Hungerödeme. Eine Wunde an der Schulter. *Das auch noch!* Eiter fließt. Er beißt die Zähne zusammen. Der Schmerz unerträglicher. *Ich komm hier raus!* Es gibt Männer, die hier im Klinkerwerk schnellen Sex haben, immer mit der Angst, erwischt zu werden. Alles gehetzt. *Woher nehmen sie die Lust? Können sie das Drumherum vergessen?* Hunger stiehlt Besinnung, aufrappeln, weitermachen. *Schmerz verdrängen? Ich komm hier raus!*

Flugzeuge am Himmel. Nacht. Jeder hört sie. Keiner wagt ein Wort. Bomben fallen. *Hoffnung? Erlösung? Sollen sie doch alle Oranienburger treffen.* Explosionen. Schreie. Sirenen kreischen. *Wie lange muss ich noch in diesem Lager bleiben?* Es tut ihm um die verbrannten Menschen nicht leid, nicht um zerstörte Existenzen. Feuerwand in der Ferne. Die Feuerwehr fährt aus. Um zu retten. *Was ist noch zu retten?*

Der nächste Morgen wie immer. Appell. Abzählen, aufrecht stehen, geschundene Rücken aufrichten, beten, dass man in der Reihe bleiben darf. Rausgeprügelt ist gleich sterben. Die Herausgerufenen werden angeschrien: »Verpisst euch, ihr Schweine.« Sie sollen laufen. Laufen, fliehen, fliegen. Ein Hund wird losgelassen, jagt Skelette, die um ihr Leben rennen. Gejagt, den Elektrozaun vor Augen. Sie laufen in den Tod hinein. Arme hängen im Draht. Hände lösen sich. Körper fallen. Der Hund springt vor Toten hoch, wedelt mit dem Schwanz, ein Stück Wurst die Belohnung. Tod durch Erschießen. Tod durch Hunger. Tod durch Prügel. Tod durch Erschöpfung. Hinfallen, umfallen, liegen bleiben. Endlich ist die Qual vorbei.

Ein Gefangener namens Adolf. Aarons Lagernachbar. Sie haben sich angefreundet. »Nenn mich Adi … Bitte!« Die Last des Namens. Adi hat das seltene Talent, Kleinigkeiten zu erspähen, nichts zu übersehen. Er stolpert über eine Nähnadel, entdeckt Streichholzheftchen, hat eine Kordel, ein Pflaster, ein kleines Klappmesser. Zigarettenstummel, aufgebröselt in einem Beutel. Der Tabak ist zur Währung aufgestiegen, macht einiges möglich. Adi kann organisieren. Er teilt seine Habseligkeiten sogar. Adi erzählt nichts Privates von sich. Der rosa

Winkel auf seiner gestreiften Jacke sagt mehr als Tausende Wörter. Aaron schätzt ihn um die sechzig. Das Schätzen ist hier irrelevant. Alle sehen älter aus, als sie sind. Sie arbeiten zusammen im Klinkerwerk. Sie warnen sich gegenseitig, sobald Gefahr droht. Aaron würde es Adi ermöglichen, nicht so schwer arbeiten zu müssen. Illusion. Er selbst kann seine eigenen Schmerzen nicht aushalten.

Zweiundzwanzig Uhr. »Wollen wir uns hinter die Baracke verziehen?« Nachtruhe. Adi ist unternehmungslustig. »Was haben wir denn sonst noch?« Sie schleichen hinaus. Leise atmend. Wie ein Schatten lehnen sie an der Barackenwand. Der Himmel ist sternenklar. »Du hast Glück, dass du die große Erschießungsserie auf unsere Sorte nicht miterleben musstest. Über drei Monate lang haben sie Homosexuelle in Massen abgeknallt, einfach so. Das war eine richtig generalstabsmäßige Aktion. Bestimmt zweihundert Männer, vielleicht mehr. Jeder Tag, den ich überlebt hatte, war ein Geschenk Gottes. Dann ließen sie endlich ab von dieser Mordaktion.« Adi streichelt Aarons Gesicht, seine Hand wandert hinab. Berührungen, die nicht schmerzen. Lippen sollten sich treffen, doch Aaron bietet ausschließlich Wange. Er versucht alles ihm Erdenkliche, will schenken, großherzig sein, es geht nicht, seine Lust ist abgestorben. Adis Zunge ist auf Wanderschaft, streift Haut, umkurvt Hämatome. Die Zärtlichkeiten laufen ins Leere. Aarons Potenz ist verschwunden. Keine Erregung will in ihm hochklettern. Herbert. Sex mit Liebe. Das fehlt. »Mach ich was falsch?« Sie stehen sich gegenüber. Adi lässt seine Arme hängen. »Lassen wir das?« Aaron nickt. Wagt zu fragen. »Von wo kommst du?« Geflüster. »Friedrichshain. Ich hatte einen kleinen Blumenladen. Gibt es etwas Schöneres, als seine Nase in einen Rosenstrauß zu stecken und den Duft tief in sich aufzunehmen?« Sie schauen in die Dunkelheit hinein. Erinnern sich an den Duft von Rosen. »Lass uns reingehen, die Nacht ist zu kurz.« Adi legt seine Hand auf Aarons Schulter, die Sträflingsjacke ist nass. Aaron schreit auf, will den Schrei unterdrücken, kann ihn jedoch nicht zurückhalten. Eiter sickert durch seine Jacke. Vorsichtig wird diese geöffnet, die Wunde betrachtet. »Mein Gott!« Adi ist von dem Anblick entsetzt. »Du musst das behandeln lassen. Warum hast du denn nichts gesagt? Das kann dich umbringen. Wie ist das passiert?« Aaron versucht zu erzählen. Der Schmitz. Mit Gewehrkolben geschlagen. Auf den Boden gefallen. Die Haut wurde aufgerissen. Entzündung. Schmerzen. Höllisch. Eine offene Wunde jetzt. *Ob er Zugang zu den Medikamenten hat?* Aaron wird in eine Behandlungsmöglichkeit eingewiesen, von der er nie zuvor gehört hat. »Beschrei es nicht. Es ist deine einzige Möglichkeit, zu überleben.«

Am nächsten Morgen, noch bevor die anderen aufstehen, schleichen sich Aaron und Adi in die Waschräume. »Aber nur den Mittelstrahl, hörst du?« Aaron pinkelt auf ein Tuch und legt es auf die eiternde Stelle. Ein Verband wird um den Arm gewickelt, zu guter Letzt mit einer Sicherheitsnadel aus Adis Beutel befestigt. »So, jetzt kann es abheilen, vorausgesetzt, du machst das jeden Morgen. Da, wo ich herkomme, waren Ärzte eine Seltenheit. Die Landbevölkerung musste jede Behandlung selbst bezahlen. Hausmittel wurden eingesetzt und so manches Leben dadurch gerettet. So wie deines jetzt.«

Seit Monaten werden Gefangene aus den Lagern Auschwitz, Herzogenbusch, Ravensbrück, Dachau, Buchenwald und Neuengamme nach Sachsenhausen gebracht. *Was hat das zu bedeuten?* Das Lager füllt sich und somit auch die Außenstellen. In den Baracken wird Platz zum Luxusgut. Die Barackenältesten sorgen für Ordnung. Betten werden dreifach belegt. Menschen wie Sardinen. Es stinkt. Das Schnarchen ist unerträglich. Die Essensrationen werden immer knapper. Hunger boxt unaufhörlich. Reihenweise sterben Menschen.

Appell: Stundenlanges Stehen. Ein Mann auf einer Kiste, über ihm der Galgen. Sein Vergehen wird vorgelesen, in sämtliche Sprachen übersetzt, damit auch der letzte nicht deutschsprechende Insasse mitbekommt, dass diese missratene Kreatur nur den Tod durch Strangulation verdient hat. *Warum erschießen sie ihn nicht einfach?* Kurz und knapp. Humanität bekommt eine neue Bedeutung. Wie auch immer man Humanität definieren kann, sie wurde vor langer Zeit von den Nazis ausradiert. Der Mann muss sich selbst die Schlinge um den Hals legen und dann zuziehen. Die Kiste wird weggetreten. Der Körper zittert in der Luft.

Die Russen sollen sich in der Nähe befinden. Nachrichten von Ohr ins Ohr. Artilleriefeuer ist aus der Ferne zu hören. Schon wieder Hoffnung. Die Arbeit immer unerträglicher. Der Körper ein einziger Schmerz. *Wie lange noch?* Sie brechen Menschen, zertreten deren Würde. *Wer hat noch Rückgrat?* Die Wunde ist tatsächlich abgeheilt. Ein gutes Omen? *Ich komm hier raus!* »Schneller, faules Pack, ich mach euch Beine!« Ein Gummiknüppel trifft wieder Körper. Schüsse werden abgefeuert. Gedemütigte Menschen, die zu ängstlichen Kreaturen geworden sind, tanzen, um den Schüssen auszuweichen. Der Schmerz meldet sich, wieder einmal. Gefühle sind herausgeschlagen. Der Körper ist versehrt. Striemen, Hämatome, Wunden, Narben. Ungebetene Geschenke auf der Haut. Angina verbreitet sich. Fleckentyphus triumphiert. Sterben wird zur Alltäglichkeit. Und sie ist ohne Bedeutung, solange es den anderen trifft. Glück gehabt. Unverdient. Für heute. Sich klein machen. Nicht auffallen. Niemals im Fokus stehen. Signale richtig deuten.

Ein Abendessen: Menschen in Häftlingskleidung stehen an für heißes Wasser mit undefinierbarer Einlage. »Hast du je Kaviar, Hummer oder Krebssuppe gegessen? Weißt du, wie oft ich an Bouletten denke, Bratwurst mit Senf, Kartoffelsalat, eine dick mit Butter bestrichene Stulle, Harzer Käse, darüber gestreuten Kümmel? An kaltes Bier, Champagner, guten, dampfenden Bohnenkaffee, Fassbrause? Ich vergegenwärtige mir all das, es macht nicht satt, aber es lenkt ab ...« Aarons Kopf erträumt sich verlockende Bilder. Die beiden Männer löffeln mit gesenkten Köpfen ihre dünnen Suppen, darauf bedacht, keinen Tropfen zu verschütten. »Was ist denn jetzt mit den Russen?« Adi ist bedrückt. Kann nichts Rechtes damit anfangen. »Vielleicht wollen uns die Russen befreien?« Aaron kann sich diese Möglichkeit nicht vorstellen. »Vielleicht bringen sie uns alle um. Kommt doch denen nicht drauf an.« Ein leerer Blick in die Ferne. »Adi, ich will noch nicht sterben ...«

Jeden Abend ist Aaron dankbar, dass er noch lebt. Er betet, doch es hört sich an, als würde er einen gelernten Text sprechen. Er ist Jude, hatte dafür jedoch herzlich wenig getan. Er hat vergessen, wann er das letzte Mal in einer Synagoge war. Und dann brannten sie lichterloh. »Glaubst du, dass wir hier rauskommen werden?« Adis Stimme färbt sich hoffnungsvoll, als er sagt: »Du wirst es schaffen, bist jung genug. Ich werde krepieren, früher oder später, ganz bestimmt.« *Jung genug, dass ich nicht lache, fast vierzig, damit ist doch sowieso alles vorbei.* Adi leckt seinen längst trockenen Blechlöffel ab. »Ich bin ja selbst schuld. Ich hätte heiraten können, Kinder zeugen, dann wäre mir das alles erspart geblieben. Diese Demütigungen. Verhaftung in meinem Alter … mit einer Gefangenennummer und dem rosa Winkel als Auszeichnung.« Aaron sucht Wörter der Zufälligkeit zu verstreuen. »Vielleicht stürmen die Russen das Lager doch … und befreien uns.«

Die Arbeit im Klinkerwerk soll nun immer schneller vorangehen, zusätzlich zu dem, was die Häftlinge in den Loren vor sich herschieben. Sie müssen bis zu fünfundzwanzig Kilo auf dem Rücken tragen. Eine Art Strafaktion für jene, die noch ein wenig mehr Kraft haben. Vielleicht, um ihr Sterben zu beschleunigen. Andere haben den Tod schon vor Augen. Fallen während der Arbeit um. Gern gesehener Schwund. Von Aufsehern verlacht: »Schon wieder eine Patrone gespart!« Jeder wird nach Lust und Laune der SS in unterschiedliche Arbeitsvorgänge eingeteilt. Täglich wechselnd. Aaron hat geflüstert. Der Knüppel trifft ihn und einen anderen. Sie ducken sich. *Vorbei, es werden Schüsse folgen.* Zuerst auf die Füße. In die Knie fallen. Der Wärter hat im Moment kein Interesse zu schießen. Aaron ist starr vor Angst. Die Atmosphäre ist nervös. Schüsse fallen ziellos. *Wen haben sie diesmal erwischt?* Es regnet. Die Arbeit wird noch schwerer. *Hinsetzen? Kurz ausruhen?* Ein unbändiger Wunsch, dem er nicht Folge leisten darf. Der Hunger nicht auszuhalten. Schwindel. Aaron lehnt sich an, nur für einige Sekunden. Er will nicht zusammenbrechen. Schüsse pfeifen an ihm vorbei. Ein Hund bellt, noch an der Leine gehalten, bellt aggressiv, kann kaum gebändigt werden. *Bin ich gemeint?* Der Aufseher schreit, Aaron zuckt zusammen, will sich ducken, der Schuss geht an ihm vorbei. »Fass!« Ein Schrei. Der Hund ohne Leine. Der Hund springt Adi an. Der Hund beißt sich fest. Adi schreit, hält seinen Bauch. Der Aufseher schießt in die Luft, schießt auf den Boden zwischen seinen Beinen, verfehlt das Geschlecht. Sand wird aufgewirbelt. Der Hund lässt nicht los. »Felix, bei Fuß!« Jeder hat seine Aufgabe, auch die Köter. Alle arbeiten weiter. Keiner traut sich rüber zu laufen. Keiner wagt es, ihm aufzuhelfen. Adi robbt blutverschmiert aus der Schusslinie. »In die Krankenstation mit dem Schwein!« Zwei springen, wollen dem schwerverletzten Adi aufhelfen. Wieder Schüsse. »Macht hier jeder, was er will? Du und du!« Aaron eilt zum wimmernden Adi, ein anderer Mann und er haken ihn unter. Adi blutet. Schweiß. Dreck. Die Hose ist vollgekackt. Adi wird augenblicklich zum schweren Sack. Das Wimmern hört auf. Das Leben ist ausgelöscht. *Ich darf nicht mitfühlen. Ich darf keine Empathie empfinden.* Der Mann und er schauen sich an. »Weg mit dem!«, schreit der SS-Mann. Sie bringen ihn zu den anderen Leichen. Futter für den Schlund, nichts wird von ihm zurückbleiben. Blitzschnell, ohne nachzudenken, zieht Aaron Adi die Schuhe aus. Sie sind etwas zu groß. *Besser als die Holzsandalen.* Seinen Beutel mit allerlei Sammelsurium nimmt er auch an sich, hängt ihn unter seine Sträflingsjacke. Keine Zeit zum Abschiednehmen von einem Lagerkumpel. *Verzeih mir, Adi. Du warst ein anständiger Mensch bis zuletzt.*

WARTEN AUF DEN SONNENUNTERGANG –
FRÜHLING 1945

»Die Verhandlung wurde verschoben.« Der Verteidiger sitzt Herbert in seiner Zelle gegenüber und feilt sich die Fingernägel. »Ich weiß nicht, ob ich Ihnen gratulieren soll. Soll ich noch irgendjemandem etwas ausrichten?« Alle sind nervös. Die Russen sind nicht mehr weit weg, stehen schon vor den Toren der Stadt. Herbert macht sich keine falschen Hoffnungen, die können auch einfach die Urteile unterschreiben, das geht auch ohne Gerichtsverhandlung. Sowas haben sie schon gemacht. Er war lange untergetaucht. »Spricht für Sie, wird aber gegen Sie verwendet werden«, hatte der Verteidiger gemahnt, mit einer gewissen Arroganz in der Stimme. Denn für diesen unsympathischen Mann läuft es im Moment nicht schlecht. Sollten die Russen tatsächlich das Ruder übernehmen, kann es für ihn nur gut sein, einen Kommunisten verteidigt zu haben … dafür müsste es natürlich zur Verhandlung kommen. Die Klappe in der Zellentür öffnet sich, ein Blechnapf wird durchgeschoben. Fettaugen schwimmen in lauwarmem Wasser.

»Lassen Sie sich nicht stören, greifen Sie zu, so jung kommen wir nicht mehr zusammen.«

Witzbold.

»Warum haben Sie nicht gequatscht? Keinen haben Sie ans Messer geliefert! Worauf soll ich denn meine Verteidigung aufbauen? Also wirklich! Sie haben immer noch die Möglichkeit, mit Namen rauszurücken, von mir aus auch Tote. Ich brauche irgendetwas, sonst sind Sie geliefert.« Er nimmt eine bequeme Erwartungshaltung an. »Also?«

Herbert lässt sich nichts aus der Nase ziehen. Das haben schon andere versucht und sind gescheitert.

»Meine Schwiegereltern haben einen Garten draußen in Oranienburg … Sie wissen schon, dort, wo man die Juden hinbringt, na, da kann man wirklich nichts machen …« Selbstverständlichkeit liegt auf der Zunge des Verteidigers. »Ich schweife schon wieder ab. Ich freu mich schon auf die ersten Erdbeeren. Ich sage Ihnen, so was von lecker, von mir bevorzugt auf Tortenboden. Und wie mögen Sie die am liebsten?« Er lächelt vor sich hin. »Ach, ich bin schon wieder am Thema vorbei.«

»Es gibt in meiner Partei einen Ehrenkodex! Wir verpfeifen niemanden, auch nicht unter Androhung von Folter. Haben Sie je geliebt? Unumstößlich geliebt?« Herbert glüht vor Wut. »Ich schon. Vor beinahe achtzehn Jahren haben wir uns kennen gelernt, im KaDeWe, und ich lernte eine andere Welt kennen, eine unglaublich verrückte Welt. Wir haben immer zusammengehalten, es war nicht immer leicht, zumal wenn sehr unterschiedliche Menschen aufeinandertreffen.« Er unterdrückt eine Träne, die plötzlich seinen Blick verfärben will. »Ach, was rede ich … Sie sind mein Verteidiger und nicht mein Freund.«

»Ja, das muss schön sein. Ich hatte eine Liebelei mit … wie soll ich sagen, na, ich sag, wie es ist: mit einer Jüdin …«, und wieder erfüllt dieses unanständige Lächeln die Zelle, »… aber das behalten Sie schön für sich. Vielleicht hätten wir uns ineinander verliebt, sie war wunderschön, rehbraune Augen. Was soll's, die Zeiten waren nicht so, kann man nichts machen.« Der Verteidiger klatscht sich in die Hände. »Wissen Sie was? Das Ganze dauert nicht mehr lange, die ganzen Bonzen da oben flüchten schon aus der Stadt. Ob es Ihnen hilft, wer weiß das schon?« Seine Stimme wird weich. »Bitte nennen Sie mir nur einen Namen, ich bin doch auf Ihre Mitarbeit angewiesen, wirklich … ich dreh mich im Kreis bei Ihnen.« Er steht auf. »Wie gesagt, ich mach mir keine Sorgen, was meine Zukunft betrifft«, fügt er stolz hinzu, bevor er die Zelle verlässt.

Herbert sitzt in seiner Zelle, er kratzt Striche in die Wand, für jeden Tag einen. Die Tage beginnen vor dem Morgengrauen und bestehen aus Warten. Warten auf die Wassersuppe, doch auch die gibt es schon seit Längerem unregelmäßig. Warten auf einen Vogel, der sich auf einen der Gitterstäbe setzt und dem er zuschauen möchte. *Gibt es in Berlin noch Vögel?* Warten auf den Sonnenuntergang. Warten auf Wärter, die zur Hinrichtung führen.

Seit zwei Tagen war keiner mehr bei Herbert, sein ganzer Körper schmerzt vor Hunger, ausgemergelt liegt er auf der Holzplanke. Die Zellentür wird geöffnet. »Mein Name ist Michail. Sie sind Kommunist und haben für eine bessere Welt gekämpft?« 8. Mai 1945. Das Deutsche Reich kapituliert.

Herbert weiß nicht, wie lange er schon in der Krankenabteilung liegt. Er bekommt regelmäßig zu essen, wenig zwar, aber immerhin kommt er langsam wieder auf die Beine. Michail besucht ihn auf der Krankenstation. Er erfährt von ihm Unglaubliches. Der Russe erzählt vom Marsch auf Berlin zu, der den Krieg beenden sollte. Konzentrationslager, verhungernde Menschen, Menschen, die Richtung Ostsee marschierten, um dort ertränkt zu werden. »Hast du Menschen, die sich um dich kümmern?« Herbert will zu seinem Vater nach Hohenfinow gehen. Auf dem Land hofft er auf Essen. »Dein Russisch ist sehr gut, wo hast du es gelernt?« Der Russe bietet ihm eine Zigarette an. Die Zigarette benebelt ihm. Er erzählt vom Studium. » Ich habe die Sprache geliebt und gelernt, sodass ich mich deinem Volk noch näher fühlen konnte.« Er kann noch gar nicht glauben, dass der Spuk des Tausendjährigen Reiches nun endlich vorbei sein soll. Mit einem Passierschein und einem Brief von der Kommandantur in Pankow macht er sich auf den Weg.

TAGE UND NÄCHTE – NÄCHTE UND TAGE – FRÜHLING 1945

Seit Tagen ist das Wachpersonal in Sachsenhausen angespannt, sie laufen in die Kommandozentrale, laufen wieder
hinaus, halten die Köter kurz, triezen sie, die Hunde sind noch
schärfer als sonst. *Hat es etwas mit den näherkommenden
Russen zu tun?*
»Antreten, aufstellen in Fünferreihen!«, kreischt es blechern
aus den Lautsprechern.

Josef – so heißt der Mann, mit dem Aaron Adi weggetragen
hatte – sammelt hastig seine Sachen ein, wickelt sie in seine
Decke. »Nimm alles mit. Ich hab ein komisches Gefühl, die
haben etwas mit uns vor. Besser, du bist vorbereitet.«
»Was meinst du?« Josef zuckt mit den Schultern. Die Zeit
rennt. Aaron klaubt seine geringe Habe zusammen. »Josef, lass
uns zusammenbleiben, egal was passiert.«

Von der SS bewacht verlassen sie das Klinkerwerk. Auf dem
Appellplatz des Lagers bleiben sie stehen. Stunden vergehen.
Fünfhundertschaft steht hinter Fünfhundertschaft, Fünferreihen. SS-Mannschaften schreien Befehle, es sind nur die
Marschfähigen gefragt. Ein Brot und eine Dose Wurst jeweils
für drei. Igor ist der Dritte im Bunde, sie werden teilen, werden
einander helfen. Langsam, im Gleichschritt, verlässt die blau-
weiß gestreifte Masse schließlich das Lager. Nach über zwei
Jahren, am 21. April 1945, werden die Tore für Aaron geöffnet.
Freiheit fühlt sich anders an. *Wer ist besser dran? Jene, die
zurückbleiben, oder die, die hinausdürfen, hinausmüssen?*

Gestohlene Schuhe an den Füßen. Wie weit sollen sie
Aaron tragen? Sie gehen an Häusern mit gerüschten Gardinen und netten Vorgärten vorbei, durch eine kleine Stadt,
die ruhig und mit sich im Frieden daliegt. Kopfsteinpflaster

unter den Schuhsohlen. Dann auf Sandweg. Sie marschieren noch nicht sehr lange, flankiert von wütenden Hunden, die ihre Zähne fletschen, sie gehorchen ihren Herren aufs Wort. *Flucht?* Schüsse. *Wen treffen sie? Warum werden sie abgefeuert?* Schnell geht ein Flüstern durch die Reihen. Einer ist zusammengebrochen.

»Halt, alles stehen bleiben!«

Die Leiche wird zur Seite gezogen, mit seiner Decke zugedeckt. Zu viele Tote gesehen. Nicht fähig zum Mitgefühl.

Von hinten wird geschrien: »Warum geht es nicht weiter?«

Die Decke wird schnell von einem anderen Sträfling weggezogen. Wer dem Tod selbst so nahe steht, hat keine Hemmungen mehr, die Toten zu beklauen.

Stunden später dürfen sie endlich eine Pause machen.

Josef schneidet das Brot an, jeder bekommt etwas Wurst dazu. Wasser gibt es nicht. Trockenes, hartes Brot lässt sich schwer kauen. Aaron lässt seine Schuhe an, sie sind wertvoll und müssen beschützt werden. Den gestohlenen Beutel von Adis Leiche legt er unter den Kopf, die Decke über seinen Körper. Das Wetter ist trübe, der Himmel sternenklar. *Was hat dieses atemberaubende Gebilde schon alles gesehen?*

Josef rüttelt an Aarons an der Schulter. Sie müssen sich wieder formieren. Der Körper schmerzt. Langsam geht es weiter, die Kälte hängt in der gestreiften Uniform, er schleppt sich mehr, als dass er marschiert. Immer wieder Schüsse, am Wegesrand Liegende, kaum beachtet. Eine abgestumpfte Masse. Der Tod gehört zu Aarons Normalität, seit Jahren schon. *Ich komm hier raus!* Das Mantra hat sich bewahrheitet, jetzt braucht er ein neues, um Hoffnung zu entwickeln. *Ich werde Herbert in die Arme schließen.* Herbert wird zur Randfigur, nur schemenhaft erinnert er sich an sein Gesicht. Es läuft ihm kalt den Rücken herunter. *Herbert, vergessener, zu wenig beachteter Freund, Liebhaber, Kamerad in schwerer Zeit, verdammt noch mal, ich werde dich wiedersehen, das bin ich dir … uns schuldig.* Tränen laufen Aarons Wangen hinab, Lachen setzt sich auf sein abgemagertes Gesicht. Erinnerungsfetzen stellen sich ein. *Ist Zukunft möglich?*

»Alles klar?« Josef stößt ihn an.

Aaron nickt.

Hunger bohrt sich quälend in den Bauchraum, unablässig. Leise nieselt es auf die Klappergestelle, Aaron streckt die Zunge hinaus, zu wenig, um seinen Durst zu stillen. *Was könnte mich sättigen, nach Stunden, nach Tagen des Marschierens?* Er sieht Scheinwerfer vor sich: »Othello«. Bevor man ihm verbot, die Bühne zu betreten, durfte er ihn spielen, nach den vielen Rollen der Liebhaber, der Kleinkriminellen und der Schwiegersöhne. Er spricht den Text aus längst vergangener Zeit, verwundert, dass er ihn noch kann, verdreht Sätze, wird wütend, will sich konzentrieren, strebt nach Genauigkeit, erinnert sich daran, wie perfektionistisch er an die Textbücher heranging.

Schüsse fallen. Die SS-Mannschaften sorgen dafür, dass die Häftlinge die Straße verlassen. Aaron kann nicht glauben, was er sieht: Menschen, Hunderte vielleicht, ziehen an ihnen vorbei. Flüchtlinge haben sich aus dem Osten auf den Weg in den Westen gemacht, dazwischen Soldaten, welche diesen Treck in eine ungewisse Zukunft führen. *Hitler, was ist aus deinen Helden geworden?* Zerrupfte Hühner, nicht mal mehr zum Krähen fähig. Frierende Körper führen Pferdekarren mit sich, kleine Kinder obenauf, sie schieben hochbepackte Fahrräder, diese mühsam in Balance haltend. Allesamt Deutsche, müde und ausgezehrt. *Flüchten sie vor den Russen? Stolzes deutsches Volk! Ich will dich krepieren sehen, will auf deinen von Goethe verlassenen Hochmut pissen. Ist die Freiheit nah? Sind die Russen bald hier, um uns zu befreien? Herberts Kommunisten?* Durch das Verlassen der Straße ist ein Durcheinander entstanden, das Marschieren gleicht mehr und mehr einem müden Schlurfen. Schlimm sind jene dran, die Holzschuhe an ihren Füßen tragen.

Sie schleichen durch noch ein Kaff, sie sehen alle gleich aus, zeigen sich schlafend. Schüsse. Aaron zählt die Schüsse mit. Um sich abzulenken. Die Temperatur beträgt maximal vier oder fünf Grad. *Woher weiß ich es? Ich fühle doch nichts.* Er zittert am ganzen Körper. Seine Zähne bewegen sich in rasendem Tempo aufeinander. Sie sind locker, drohen auszufallen. Dorfkopfsteinpflaster geht wieder über in festen Sandboden. Am Dorfrand rechts steht einer mit einer Kelle in riesiger Hand, lässt diese immer wieder in eine Milchkanne tauchen, verteilt mutig Wasser. Aaron hält sein Kochgeschirr hin, ergattert tatsächlich ein paar Tropfen. Der stämmige Bauer wird von den SS-Vandalen entdeckt. Schüsse fallen. Der Bauer macht sich davon.

Die Masse Mensch bewegt sich langsam, immer weiter, Meter um Meter, Kilometer um Kilometer. Da liegen sie, krepiert, nur weil der Hunger die Regie übernahm. Sie marschieren wortlos, Stunde um Stunde. Die Beine müde, sie tragen, bis auf jene, die zusammenbrechen. Schwache versuchen, noch Schwächere unterzuhaken, bis auch jenen die Kräfte versagen und sie sie wie Fallobst zurücklassen. Ein weiteres Dorf. Drei Häuser rechts, vier links, dahinter Bauernhäuser, die Felder liegen brach. Der Marsch geht an einer Straßeninsel vorbei, auf der eine Eiche steht. *Gute deutsche Eiche.* An einem stabilen Ast hängt jemand in Uniform. *Von wem wurde er da oben angebracht?* Die Strecke ist mit Toten gepflastert. Es wird wieder Nacht, die Männer teilen ihr letztes Stück Brot, den Rest der Wurst.

Weder Stunden noch Minuten werden von den Marschierenden wahrgenommen. Sie teilen das Geschehen nur noch in Tag und Nacht, in Marschieren und Rasten. Fünf Tage sind vergangen. Vier Nächte. Adi hatte Aaron bisher am Leben gehalten. Immer hatte er eine Brotkruste, etwas Zucker hier, eine Karotte da besorgen können. Trauer braucht Zeit und Rituale. Aaron hat weder das eine noch das andere. *Was muss ich jetzt an Adi denken?* Gefühle unterdrücken.

Eine Waldlichtung, das Lager für die Nacht. Ohne Erwartungen lassen dürre Gestalten sich nieder. Wer kann, hängt seinen Träumen von einer besseren Zeit nach. Schmerz kann vielleicht gelindert werden, so auch Hunger. Sie bekommen Kartoffeln, für jeden drei. Lagerfeuer werden entzündet, schrumpelige Knollen darüber gehalten, Wasser wird ausgeschenkt, trockene Kehlen spüren Entzug. Igor und Aaron schauen sich an, Igor lehnt matt an Josef, Aaron lehnt auch an einem Kollegen. Igor beugt sich nach vorne, ist wohl einge-schlafen, denkt Aaron, und will ihn vor dem Aufprall bewah-ren. Streckt seine Arme aus, fängt ihn ab, legt ihn auf den Rücken. Sieht in seine Augen. Sieht in den Tod. Igor entgleitet seinen Händen, sein Kopf schlägt auf. Arme liegen auf hart gefrorenem Boden. In seiner rechten Hand steckt ein Rosen-kranz, er hat gebetet. *Wofür? Um hier ohne seine Liebsten zu verenden? Oh Gott! Wo bist du?*

Schlafen. Der Körper nimmt sich, was er braucht. *Kann Angst laut sein? Riechen? Strahlt sie etwas aus, was nicht zu erklären ist?* Aaron hat eine Scheißangst. Bricht er zusammen, wird er erschossen wie ein elender Köter. Beine werden zu Automaten, tragen, fragen nicht nach dem Warum. Wieder Marschieren, dann endlich eine Pause. Es nieselte drei Tage lang. Heute, am sechsten Tag ist der Himmel klar. Eine lüg-nerische Sonne scheint.

Josef stößt Aaron an: »Schau mal, die da haben richtige Stullen.« Er hat mit dem Kopf zu den SS-Wachmännern hin-gedeutet. Die lassen es sich gut gehen, haben kein schlechtes Gewissen. Es scheint, als sei die Mannschaft gut ausgeschlafen, sie wechseln sich turnusmäßig ab. *Wo schlafen sie wohl?* Während unter den Sträflingen Menschen verhungern, zu-sammenbrechen, sich fallen lassen, keine Kraft mehr verspü-ren. So lange durchgehalten, um dann doch am Straßenrand abgelegt zu werden.

Der brutale Marsch geht weiter, schleppend. Propellerflug-zeuge sind zu hören. Es sind russische. Laut sind sie. Unüber-hörbar. Fast kommt gute Stimmung auf. Maschinengewehr-Geknatter. *Sollen sie doch alle erschießen. Vielleicht zielen sie auch auf die Flüchtlinge.* Dankbar ist Aaron für die geklauten Schuhe einer verreckten Kreatur. Tote säumen den Weg immer noch. Er lebt noch. *Gott sei Dank! Gott, bist du blind! Gott, bist du taub! Ein Volk mordet, vergewaltigt, kackt auf die Würde! Weil es ja die Juden trifft?*

Ein neuer Morgen. Der siebte Tag. Seit über zwei Jahren kein Sex, kein Bedürfnis. Der Marsch nimmt kein Ende. Genauso wenig wie der Hunger. Dörfer, malerisch schön, säumen die

Todgeweihten. *Was kommt danach? Wonach? Berlin, ich komme zurück.* Aaron strahlt. Josef grinst unsicher, kann mit diesem Gesichtsausdruck nichts anfangen.

Der Abend bricht an, noch ist es hell genug, um zu sehen, dass dort, wie aus einer anderen Welt, LKWs anrollen, laute Motoren unterbrechen die gewohnte, schmerzvolle Monotonie. Rot-Kreuz-Wagen! Langsam fahren sie. Auszeit für die Mörder. *Sind es Amerikaner?* Schnell macht die Runde: »Es sind Kanadier und Schweizer.« *Wie ist das möglich?* Erregung kommt in die schwachen Körper der Sträflinge. Blau-weiß-Gestreifte werfen sich den Rot-Kreuz-Leuten vor die Wagen. Fresspakete werden vom LKW heruntergeworfen. Verzweifelte Menschen heben Hände, wollen greifen, ergattern unsagbare Schätze. Manche haben Glück, werden auf die Wagen gezogen. Die SS lässt gewähren, wissend, dass nicht alle von den Rot-Kreuz-Leuten mitgenommen werden können. Die Zurückbleibenden schauen hinterher.

Der achte Tag ohne Pause marschiert, die ganze siebte Nacht hindurch. Der Hunger als ständiger Gefährte. In einem Wald machen sie schließlich Halt, Aaron sitzt an einen Baum gelehnt, seine Kraft ist dahin. *Ich will sterben. Nein, will ich nicht. Ich will leben. Flüchten? Einfach weg? Allein? Mit Josef vielleicht?* Aarons Hände krallen sich in den Waldboden, er hat Kopfschmerzen, alles dreht sich um ihn herum. Er wird fortgetragen, schwebt, sieht die anderen und sieht nichts. Ihm ist heiß, er wird geschüttelt. *Wer schüttelt mich?* Josef ist über ihm, ohrfeigt ihn. Aaron starrt ihn an. »Mensch, Aaron, halte durch! Willst du jetzt schlappmachen? Willst du, dass diese Schweine am Ende gewonnen haben?« Josef. Zum ersten Mal sieht Aaron den Mann in ihm. Ausgehungert wie sie alle. Seine Augen liegen in dunklen Höhlen. Er hat einen kräftigen Körperbau. *Ich bin ein Mann. Ich will leben noch. Will überleben. Will Rache.* Einen Fuß vor den anderen setzen. Monotonie eines neuen Alltags. Nicht denken. Nur wollen.

Ein Raunen geht durch die Menschenmenge. »Da«, am Straßenrand, nur wenige Meter von der Fünfhundertschaft entfernt, liegt ein beschossener Wehrmachtslaster, überquellend mit Lebensmitteln. Aaron springt hoch, sieht nicht rechts, noch links. Gehört zu denen, die sich in den Laster schmeißen, über ihm wird es schwer. Hände greifen zu, es rieselt durch seine Finger und er steckt es in seine Taschen. Die Zunge schmeckt Zucker, dann greifen seine Hände Scharfkantiges, es zerkrümelt. Zwiebackstücke. Schüsse, Hundegebell. Brutalität. Menschen springen auseinander. Aaron rennt zurück in den Treck. Der Marsch geht weiter. Schüsse, die immer wieder in die Reihen knallen. Noch während des Marschierens wird getauscht. Gefragt, was der andere hat. Josef hält ihm Rosinen unter die Nase, Aaron hat Grieß und Zwieback ergattert.

Rast auf einem unebenen Ackerboden. Josef und Aaron sitzen nebeneinander. »Flucht?« Leise, nur für seinen Kameraden hörbar, flüstert Aaron das Wort. Josef reagiert nicht. *Habe ich ihn falsch eingeschätzt?* Am besten fallen lassen, sich abfinden, ist doch sowieso eine Schnapsidee gewesen. »Wenn es passt …« Josef nickt unspektakulär. Um Aaron herum mampfen Menschen ihre Ausbeute. Gesichter schauen ungläubig auf das, was sie in den Händen halten. Ohne Wasser kaut es sich nur langsam. Aber Aaron hat eine Hoffnung. *Oder ist es eine Utopie?*

Der Marsch geht weiter. Josef dicht neben Aaron. Ihre Augen treffen sich, sie wissen mehr als andere. Aaron wird gehalten, irgendwie. Es geht weiter auf einer Straße. Auf einem Feldweg. Auf Pflaster. Sie teilen sich Zwieback, Rosinen, trinken vom Regenwasser, das Aaron in seinem Kochgeschirr aufgefangen hat. Je länger sie marschieren, desto langsamer werden sie. Aaron hat vergessen zu zählen, wie lange sie schon unterwegs sind. »Zehn Tage«, flüstert Josef. Sie kriechen, schleichen, humpeln, schleppen sich voran. Kalter Wind geht durch zerlumpte, nasse Sträflingskleidung. Der April ist ungnädig, hat sich mit den Bewachern verbündet. *Oder ist es schon der erste Mai?* Weißer, unschuldiger Schnee rieselt langsam. Schneepulver lässt Aaron zittern, die Lippen bibbern.

Es ist Nacht, ein weiterer Platz ohne Bedeutung, er wird nie in die Geschichte eingehen. Kein Historiker wird über ihn schreiben. Schnee. Unablässig fällt er. Aaron bricht zusammen.

Zukunft? Wovon träumen? Herbert und ich. Es war Frühling, als wir uns trafen. Das KaDeWe glänzte. Die ersten warmen Sonnenstrahlen des Jahres ein Geschenk an unsere Liebe. Wir lagen am frühen Abend auf einem Boot im Wannsee. Nichts und niemand störte uns. Wir waren glücklich. Er wird überrannt. Tausend Füße laufen über ihn hinweg. Sein Gesicht wird plattgedrückt. Der Körper wird eins mit dem Boden. Aaron hört seine eigenen Schreie, die Füße werden nicht weniger, sie stecken in klobigen Schuhen, unter denen sich Nägel befinden, sie durchstechen die Haut, sind fest in Knochen verankert. Er wehrt sich, ohne Erfolg. Schläge ins Gesicht sind hart.

»Aaron! Hör auf! Du riskierst alles!«

Aaron liegt auf dem harten Waldboden, schlägt seine Augen auf. Josef über sich. »Was ist passiert?«

»Du bist zusammengebrochen … vielleicht warst du im Delirium.«

»Josef, die werden uns töten … wir haben keine Zeit mehr.«

Tage und Nächte wechseln sich ab, auch der Mai ist nicht freundlicher. Ein Dorf nach dem anderen lassen sie hinter sich. Schüsse fallen. Ungewöhnliches Geschehen. Der Mensch ist ein Gewohnheitstier. Hinter den Gefangenen ein Flüchtlingstreck. Hunderte rücken auf, stieren auf den Teer, ziehen Bollerwagen hinter sich her. Pferde schnaufen nervös durch ihre Nüstern, sind vor alte, wackelige Wagen mit Hausrat darauf gespannt, nur das Wichtigste mitgenommen. Achsen drohen zu brechen und halten doch. Die SS-Schergen schreien ihre Befehle in die endlos lange Raupe des Zuges. »Runter von der Straße!«

Aaron und seine Leidensgenossen verlassen diese, müssen einen breiten, ausgetrockneten Bachlauf überwinden. Sie machen den Weg frei, stolpern, fallen, Aaron wird zur Seite gedrückt. Josef ist neben ihm, klammert sich an seinem Ärmel fest. Noch steht Aaron, wenn auch wackelig. Immer wieder Schüsse, die zur Eile antreiben sollen. Der graue Treck zieht vorbei, Pferde stellen sich auf Hinterhufe, wiehern, werden in Zaum gehalten. Ein alter Ackergaul ist nicht zu beruhigen, geht durch, schiebt sich mit seinem Heuwagen durch die Masse.

Menschen springen zur Seite. Aaron landet im Graben. Über, vor, neben, hinter ihm sind Menschen, er wird niedergedrückt, weggeschoben, die Füße folgen dem Druck, suchen Halt, Hände unterstützen. Er ist eingekeilt, doch seine Beine ... *Was ist mit meinen Beinen?* Sie sind plötzlich schwerelos, er kann sie bewegen. *Warum? Ist hier ein gemauerter Hohlraum, der unter der Straße verläuft? Geht die Fantasie mit mir durch? In welcher Filmrolle befinde ich mich?* Lagerkoller gehabt, Delirium überlebt, an Hunger gewöhnt – *und was ist das jetzt?* Aarons Hände drücken sich in den Boden, schieben einen ausgemergelten, nicht zu schweren Körper Zentimeter für Zentimeter zurück. Erwischt. Eine Hand hält ihn am ausgefransten Kragen. Keine Filmrolle. Nicht mal ein Traum. *Wird ein Gewehr auf mich gerichtet? Hat die letzte Stunde geschlagen?*

»Aaron! Aaron! Hörst du mich?«

Er pisst sich in die Hose! Keine Waffe schwebt über ihm. Sein Körper gehört ihm nicht mehr. Josefs Gesicht ist nur Zentimeter von seinem entfernt. Sie flüstern, Aaron erzählt Josef von seiner Entdeckung: Hebt seine Beine an, um sich zu vergewissern, tatsächlich, noch immer haben seine Beine Freiraum. Er kann sie in die Höhe werfen und die Füße stoßen an eine harte Wand.

»Wir bleiben hier«, kichert Josef albern, aufgeregt, »schieb dich in den Tunnel. Wenn sie das Weitermarschieren befehlen, bleiben wir hier in unserem Versteck«.

Schüsse fallen, sollen beschleunigen, Menschen werden getrieben, erheben sich. Der Gefangenenzug wird wieder auf Trab gebracht. Aaron schiebt sich ins Dunkel. Josef folgt ihm. Blitzschnell. Es ist eng. Sie liegen bewegungslos. Die Zeit schleicht. *Sind sie schon weit genug entfernt? Besser noch warten.* Sie sprechen nicht, atmen flach, haben kein Zeitgefühl. Später, sehr viel später, als draußen Ruhe herrscht, kriechen sie aus ihrem Versteck. Es ist dunkel. Sie schauen sich um. Niemand zu sehen. Tote liegen um sie herum. Keine brauchbaren Schuhe dabei. Zwei Gerippe durchsuchen die Taschen der Leichen. In einer findet sich ein halber Zwieback, in der nächsten sind Reste von Hirse, einige Nüsse, Rosinen sind auch dabei. Aaron und Josef sitzen auf einem Baumstamm, teilen ihre Ausbeute, als befänden sie sich auf einer Feier. Um sie leuchtet der Schnee. Zwei Halbverhungerte, von niemandem Vermisste, rutschen von Baumstamm zu Baumstamm, lehnen sich dagegen, suchen den Schlaf.

Ich komm hier raus! Rissige Lippen setzen zum Schmunzeln an.

Es dämmert in der Ferne. Josef räkelt sich, gähnt, ohne die Augen zu öffnen, reißt sie dann doch auf, will aufspringen und erhebt sich dann nur langsam. Alles tut weh, in der Ruhe wird jeder schmerzende Knochen gespürt. Er reißt Aaron hoch, wirft die Arme in die Luft. »Wir sind frei!« Josef zieht ihn an sich, hält seine Hände und dann bricht es aus ihm heraus. »Was tun wir jetzt?«

Tausend Fragezeichen fressen sich in die Köpfe. Sie müssen aufpassen, vielleicht gibt es noch mehr Märsche von Oranienburg gen Westen. Sie sind auffällig. Blau-weiß gestreift. Wo sind sie überhaupt? Kein Haus in der Nähe, keine Scheune. Äcker ohne Getreide, kein Mais. Die Sonne wärmt nur wenig. Ist hier noch Naziland? Endsiegland hat sich davongemacht, auf jeden Fall jedoch Bauernland, vielleicht sogar Widerstandsland.

»Gehen wir?« Josef sorgt sich um Aarons Zustand.

Aaron nickt.

»Wohin?«

»Zurück nach Berlin?«

Josefs Gesichtsausdruck ist aussagekräftig genug: Er muss für einen Augenblick von allen guten Geistern verlassen gewesen sein. In Berlin wird gekämpft. Hitlers Mörderarmee wird nicht widerstandslos kapitulieren. Sie kämpft bis zum letzten Atemzug.

Sie stehen ratlos herum, weit und breit kein Mensch. Setzen einen Fuß vor den anderen.

Die Zeit vergeht. Bis zum Horizont kein Dachgiebel, keine Kirchspitze zu sehen. Die Füße sind automatisiert, Aaron folgt ihnen. Der Tag zieht sich zurück, es dämmert. Hinter Sträuchern am Rande des Zaunes steht eine verwitterte Scheune. Sie nähern sich vorsichtig. Aaron ist im Feindesland, egal, wo in Deutschland er sich befindet. Die Luft ist rein, sie breiten ihre Decken aus. Aaron sitzt an die Wand gelehnt auf dem harten Sandboden. Josef schnarcht. Sie haben gelernt, in jeder Situation zu schlafen. Aaron zieht seine Schuhe aus, massiert seine Zehen. Geräusche, die er nicht definieren kann, umschwirren seine Ohren. Es knarzt, raschelt, pfeift. Er sieht kaum die Hand vor Augen. Ein Schmerz durchfährt ihn. Ratten, unzählige Ratten.

Aaron schreit, steht auf, scheucht mit aufgeregten Armen die Nager vor sich her. Josef springt auf, seine Stimme bellt, er umtanzt die Ratten, ist keine Hilfe. Die Nacht ist vorbei, sie laufen aus der Scheune hinaus. Am nächsten Baum lassen sie sich fallen. Hatten bessere, aber auch schlechtere Plätze zum Ausruhen. *Ausruhen?* Der Morgen naht und kaum ein Auge zugetan. Hunger drückt sich faustgleich in ihre Mägen. Gräser, Baumrinde, wählerisch sind sie schon lange nicht mehr. Sie haben alles ausprobiert, alles aufgegessen. Wasser gibt es nicht. Er könnte kotzen, frisst wie ein Tier, was die Natur ihm gibt. Seine Kräfte schwinden, der Magen zieht sich zusammen. Aaron fühlt sich elend, rollt sich auf den Boden und hält sich den Bauch. *Krepieren? Ist er am Verenden?* Er kotzt den Scheiß wieder raus. Es sind nicht verdaute Stücke, er erkennt das Gras und Teile von Rinde. Kotze, Rotze, Speichel. Da liegt er. *Ist es vorbei?* Josef versucht, ihm zu helfen, ist hilflos.

»Du gehörst zum auserwählten Volk … das sagt ihr doch immer! Also steh auf!«

JA, DIE WAHRHEIT – SOMMER 1945

Herbert geht gen Norden. Er hat ein wenig Proviant, halbwegs brauchbare Schuhe. Ein Land ist unterwegs. Menschen strömen ins Umland, um zu hamstern. Berlin ist eine zerstörte Kraterstadt. Ruinen, wohin man auch schaut. *Woher haben sie die Teppiche, die Kronleuchter, die wertvollen Bilder, das Silberbesteck?* Land der Frauen, Kinder mit leerem Blick, Greise, Krüppel, am Wegesrand bettelnd, und Herbert dazwischen. Berlin hat eine neue Währung, »amerikanische Zigaretten« heißt das Zauberwort, dafür ist alles zu bekommen. Skelette, die sich auf dünnen Beinen halten, betteln um Brot, Frauen bieten sich an, haben Kinder, deren Mäuler gestopft werden müssen. *Von wem haben sie den Lippenstift? Haben sie gutgeheißen, waren sie für Hitler, haben sie ihm zugejubelt, sind sie gerne marschiert? Fühlen sie sich befreit oder besiegt? Aaron! Wo soll ich dich suchen? Kein Lebenszeichen von dir. Wie viele Konzentrationslager hat dieses Tausendjährige Reich hervorgebracht?* Dünne Beine tragen leichten Körper und finden die Last dennoch zu schwer.

An einen Baum gelehnt ruht sich Herbert aus. Er ist so unendlich müde. Das Warten auf eine Verurteilung, auf die Todesstrafe, hat ihn zermürbt. *Aaron, Liebster, wo kannst du nur sein? Ich habe dich gesucht. Ab Herbst 43 warst du verschwunden, ich konnte dich nicht finden, und ich habe dich so sehr vermisst.* Tränen laufen seine Wangen hinab, er sollte glücklich sein, überlebt zu haben, doch er fühlt es nicht. Noch nicht. *Liebster, ich muss mich nur ein wenig erholen, dann werde ich dich suchen. Ich schwöre es dir.*

Die Uckermark hat einen ganz besonderen Charakter. Herbert riecht seine Heimat, die letzten Maitage wärmen mit sanften Sonnenstrahlen. Frühlingsluft. Gräser und Pflanzen sind aufgerichtet. Der Brotbaum der Mark und die Kiefer sind einzigartig. Eichen, Douglasien und Fichten tanzen in seinem Blick. Die Natur ist mannigfaltig. Der Boden trocken und staubig. Ihn zu bearbeiten ist für Landwirte immer auch eine Herausforderung. Die Menschen sind bodenständig, mitunter sogar störrisch, aber immer geradeaus. Seine Kehle ist ausgedörrt, das Brot von den Russen aufgegessen. Er verlangsamt seine Schritte. *Wie wird mein Vater reagieren? Lebt er? Wird der alte Dorfschullehrer sich freuen?* Leiser Regen streichelt seine Haut, benetzt sein Haar. Tropfen verirren sich in seine Augenwinkel.

Hohenfinow. Der Dorfanger, Spielplatz seiner Kindheit. Nie war die Haustür verschlossen, auch heute nicht. Vornübergebeugt sitzt er, – er lebt – sein Vater, über seiner vielgepriesenen Bibel. Nimmt seine Lesebrille von der Nase. Steht auf. Er ist grau geworden, nicht nur das Haar. Hände strecken sich Herbert entgegen. Der lässt sein Bündel fallen. Die beiden Männer bewegen sich aufeinander zu. Der Vater öffnet die Arme. Herbert legt den Kopf auf die Schulter seines Vaters.

»Vati!«

»Ich wusste doch immer … dass Berlin dir nicht guttun würde, Junge.«

Der Vater fängt seinen hinabgleitenden Sohn auf, hilft ihm aufs Sofa, Brot, Wurst, Käse, Eier deckt er auf, »iss, mein Junge, iss …«, flüstert er immer wieder, »trink, mein Junge, trink…«, bekreuzigt sich, dankt Gott, legt eine Decke über seinen Sohn, schaut ihm sehnsuchtsvoll, seine Pfeife stopfend, beim Schlafen zu.

Stunden später wird Herbert wach. Sein Vater hat eine Gemüsesuppe gekocht, Kamillentee aufgebrüht. Zwei alte, dicke Frauen sitzen mit am Stubentisch, sie sind aus Schlesien geflohen. Distanziert, mit Stickarbeiten in den Händen, beäugen die beiden den Heimkehrer. Sie erzählen von ihrer Flucht. Tränen über vermisste geliebte Menschen. Tränen über gefallene Kinder. Tränen über ihre Zukunft. Wie die Welt bei denen »in Ordnung war«, bis die Russen kamen, »und die haben sich ja alles genommen«, vom Hunger, von den Leiden der Frauen, »überall in den Häusern hörte man verzweifeltes Schreien …«.

»Doch nicht die russischen Soldaten!«, empört Herbert sich. *Was erzählen sie denn da?* »Die haben doch unser Land befreit, wie können Sie so etwas behaupten?«

»Wer wollte denn befreit werden? Wir nicht!«, meint die eine.

»Wir haben unsere Heimat verloren«, fügt die andere dazu.

Die Frauen ziehen sich zurück. Wünschen noch einen schönen Abend, bevor die Tür ins Schloss knallt.

»Was machen die denn hier?« Herbert will nicht glauben, was er von den Frauen hörte. »Das ist doch dein Haus! Musst du die beiden alten Schrapnellen bei dir wohnen lassen?«

»Hohenfinow ist voll mit Flüchtlingen, es ist richtig, zusammenzurücken … So sind die Zeiten und mit Gottes Hilfe werde ich auch das überstehen.« Eddy verträgt keine Aufregung. Ein sanftes Lächeln zeichnet sich auf sein altes Gesicht. Er streift mit der Hand über Herbert. »Du musst mir alles erzählen.«

»Die Wahrheit?«

»Ja, die Wahrheit.«

Herbert holt einen tiefen Atemzug. Stakkatoartig legt er sein Leben vor, breitet es vor dem Vater wie einen gewebten Teppich aus. Alles, bis auf Aaron. Seine Existenz und Bedeutung werden verschwiegen. Die wichtigste Person in Herberts Leben bleibt außen vor, als wäre er ihm nie begegnet.

HEY GUYS, WHAT ARE YOU DOING HERE? –
SOMMER 1945

A aron rappelt sich auf, Josef stützt ihn. Sie müssen vorsichtig sein, Nazis gibt es nach wie vor, der Krieg ist noch nicht vorüber. Nach geraumer Zeit entdecken sie das erste Haus. Sie klopfen, niemand reagiert. Ihr Klopfen wird fordernder. Eine Gardine bewegt sich. Aaron klopft ans Fenster.

»Verschwindet, oder soll ich die Polizei rufen?«, ruft eine alte Frau hinter der Tür den beiden zu.

Josef und Aaron schauen sich hilflos an, Resignation macht sich in ihnen breit, sie wissen nicht, was zu tun oder zu lassen ist. Sie verweilen für Sekunden. Die Angst siegt. Sie setzen ihre Beine wieder in Bewegung.

Das Ortsschild ist verwittert, von Patina besetzt stellt es den Ort vor: Raben Steinfeld. Sie betreten das Dorf hoffnungsfroh. Vielleicht gibt ihnen hier jemand etwas zu essen. Die Gebäude sind idyllisch. Ein Jeep überholt sie, der Fahrer trägt eine amerikanische Uniform, tritt auf die Bremse, ein langer Lulatsch entspringt dem offenen Wagen, der Beifahrer bleibt gelangweilt sitzen, kaut unentwegt auf irgendetwas herum.

»Hey Guys, what are you doing here?«

Josef und Aaron schauen sich verdutzt an, sie können sich kaum noch auf den Beinen halten. *Sieht er nicht, wie zerrupft wir sind, dass wir keinen Speck mehr auf den Rippen haben, unsere Substanz seit Langem aufgebraucht ist?* »Come in!« Befehlston, keinen Widerspruch duldend. Aaron und Josef besteigen den Wagen und fahren einige wenige Kilometer. Sie stoppen vor einem Bauernhaus. Der Beifahrer verlässt das Gefährt, dreht sich um und befiehlt: »Wait here!«

Josef und Aaron trauen sich kaum, sich zu bewegen.

Nach Minuten flüstert Aaron: »Water, please.« Sein Englisch ist als mangelhaft zu bezeichnen, gelernt hat er das Wenige bei seinen Kunden in irgendwelchen Betten. Sie halten dem Ami ihr Kochgeschirr hin.

Es scheint, als sähe er sie zum ersten Mal wirklich an. »Okay!«

Wassergefüllt bekommen sie das Geschirr zurück, bedanken sich überschwänglich. Vorsichtig, mit zittriger Hand führt Aaron den Becher an den Mund, trinkt, fühlt Leben in seinem Körper aufsteigen. *Oh, fühlt sich das gut an!* Der Freundliche hält ihnen helles Brot hin, es ist mit Käse und Kochschinken belegt. *Es sieht so sauber aus!* Aaron beißt in das Brot, es ist weich, schont die Zähne, die nur noch locker im Kiefer sitzen.

Der Fahrer ist nun auch ins Haus gegangen. Die Zeit läuft. In den letzten Jahren wurde ihnen eingebläut, Befehlen zu gehorchen. Also warten sie. Doch dann sehen sie nicht ein, weshalb sie bleiben sollten. Niemand kommt, um sie irgendwo hinzubringen. *Was sollen wir machen?* Sie entsteigen dem Wagen und gehen einfach davon, keiner hält sie zurück. Die Körper sind angespannt. *Wird ein Schuss fallen? War das Überlebt-Haben umsonst?* Sie befinden sich auf der Dorfstraße, fühlen sich sicher, doch dann wird das Weitergehen jäh unterbrochen: Ein Laster setzt sich vor sie, voll mit Menschen, die schweigend ins Leere starren.

»Passwort!«, hören sie aus dem Führerhaus. Damit können Josef und Aaron natürlich nicht dienen. Die Ladefläche wird hinuntergelassen und sie werden unsanft auf die Ladefläche verfrachtet. Sie werden in die Kommandantur von Badow gebracht, lassen die anderen die beiden wissen. Der LKW kommt rumpelnd auf einem umzäunten Platz zum Stehen. Sie springen von der Ladefläche. Josef und Aaron suchen einen Platz. Wieder ein Lager. Immer wieder werden Einzelne zum Verhör hereingewunken. Die Sonne geht unter, sie warten auf die Nacht und auf den Schlaf. Rücken an Rücken harren sie der Dinge, die da auf sie zukommen werden.

Am nächsten Vormittag ist Aaron an der Reihe. Die Bürotür steht offen. Der Raum ist kahl, ein Tisch, zwei

Stühle, eine Schreibmaschine, etwas Schreibpapier auf dem Tisch. Hinter einem Schreibtisch sitzt ein Mann in den Vierzigern, mit seiner Hand weist er auf den Stuhl vor dem Schreibtisch. Aaron setzt sich, sein Körper ist ausgezehrt. Angst kriecht in seinen Sträflingskörper, Aarons Magen knurrt. Der Mann beginnt zu sprechen, Aaron versteht kein Wort. Ist es Englisch oder eine ganz andere Sprache? Er ist übernächtigt, fühlt sich nicht in der Lage, zu antworten. Der Mann steht auf, tritt seinen Stuhl beiseite. Er stützt sich auf dem Schreibtisch ab, wird laut. Ein zweiter kommt hinzu und beteiligt sich an der Befragung, aber auch ihn versteht Aaron nicht. Sie stehen rechts und links von ihm. Er wartet darauf, dass sie zuschlagen, den Kopf zwischen die Schultern gezogen. Er wird immer kleiner, die Angst hat er in den Jahren seiner Gefangenschaft nicht verloren, obgleich er immer mit dem Schlimmsten rechnen musste. Sie schlagen nicht, treten nicht gegen den Stuhl, auf dem er sitzt. Keine Schläge in den Nacken. Die Stimmen überschlagen sich.

Ein dritter betritt den Raum. *Was wird jetzt passieren?*

»Kann ich Ihnen etwas anbieten?«

Aaron ist überwältigt. Ein Mensch gibt sich zivilisiert, er spricht fast perfektes Deutsch. Dieser erkundigt sich nach seinem Befinden. Die Ärmel von Aarons Sträflingsjacke werden hochgeschoben. Es gibt keine eintätowierte Blutgruppennummer am Oberarm, die auf eine SS-Zugehörigkeit hinweisen könnte.

»Ich bin Jude.«

»Oh! Sie also auch? Dieses Land ist auf einmal voll mit verfolgten Juden. Wir fragen uns, wo die ganzen Nazis sind. Finden Sie das nicht auch merkwürdig? Wo haben Sie die Sträflingskleidung gefunden?«

»Ich bin Jude«, flüstert Aaron verzweifelt. *Warum glaubt man mir nicht? Mir kommt ein Gedanke, den ich kaum zu Ende denken kann: Nazis haben den Leichen, die auf dem Marsch verreckten, die Häftlingskleidung geklaut. Und ich bin Deutscher ... zumindest war ich es einmal, doch mein Deutschsein wurde mir ausgetrieben.*

»Du bist also Jude … wie ich? Sprich unser Glaubensbekenntnis auf Hebräisch!«

Aaron stockt der Atem, er hat das Gefühl, etwas Unüberwindbares tun zu müssen, kann sich nicht erinnern, wann zuletzt er die Worte gesprochen hat. Er setzt an und dann kommen sie wie selbstverständlich über seine Lippen: »Schma Jisroel, Adonaj Elauhenu, Adonaj echod.« Er wiederholt die Worte auf Deutsch: »Höre, Israel, der Ewige ist unser Gott, der Ewige ist einzig.« So viele Jahre fühlte er sich nicht als Jude, doch in diesem Moment ist kein schöneres Gefühl in ihm. Seine Religionszugehörigkeit ist etwas Besonderes. Er gehört zu einem Volk, das schon so vieles aushalten musste und dennoch, obgleich es immer wieder versucht wurde, nicht ausgerottet werden konnte. Zwei Juden schauen sich in die Augen, sind aus verschiedenen Welten und doch verbunden.

»Erzählen Sie!«

Aaron stockt der Atem, er begegnet einem Humanisten, der in diesen gottverdammten Krieg gezogen ist, um zu seinem Ende beizutragen. Er müsste stolz darauf sein, vielleicht ist er es auch, aber er lässt es ihn nicht spüren. Aaron atmet tief durch und beginnt zu sprechen. Wasserfallartig sprudelt es aus ihm heraus, er wird immer aufgeregter, schwitzt. Er bekommt einen dünnen Kaffee auf den Schreibtisch gestellt. Sein Bericht wird nach geraumer Zeit von Magenknurren unterbrochen, ein altvertrautes, ihn schon so lange begleitendes Geräusch. Weißbrot auf einem Zwiebelmusterteller wird ihm gereicht. Er beißt in weiches Brot, seine Zähne zermalmen es vorsichtig, er lässt sich Zeit, schlingt nicht und spült mit Kaffee nach. Das Essen wird zu einer Zeremonie. Zwischen den kleinen Bissen legt er eine Pause ein. Er erzählt sein Leben nach, lässt seine Neigung aus, erwähnt noch, dass Josef mit ihm in Sachsenhausen war.

Anschließend wird der Bürgermeister herbeizitiert. »Lassen Sie ein Kalb schlachten!« Ein Bauer muss von seinem Vieh eines abgeben. Für die Hungrigen. Josef und Aaron werden mit Handschlag verabschiedet, zusammen mit einigen anderen. Die Lagerkameraden werden bei der Familie Husemann untergebracht. »Aaron Rosenbaum.« Leise und zögerlich stellt er sich dem älteren Paar vor. Sie bekommen Tee und nette Worte serviert, doch das Paar bietet ihnen nichts zu essen an. »Am besten nenne ich dich Heini ... das passt gut zu dir.« Weiter weiß die Frau des Hauses nichts zu sagen. Aaron spürt Müdigkeit, ist wehrlos. Er hat verlernt, er selbst zu sein. *Ist sie nicht damit einverstanden, dass wir beide bei ihnen untergebracht werden?*

Das Kalbfleisch wird gebracht. Frau Husemann holt Töpfe und Pfannen aus dem Schrank, sie sitzen in der Wohnküche. Der Duft vom gebratenen Fleisch zieht in Aarons Nase, lässt ihm das Wasser im Mund zusammenlaufen. Endlich satt essen. Die Befreiten haben vergessen, wie man sich bei Tisch gut benimmt. Die Teller werden gefüllt und sie beginnen zu fressen. Klöße gibt es zum Kalbsbraten und Rotkohl. Die Mägen rebellieren nach der langen Zeit des Hungerns. Aaron läuft aufs Feld hinaus, hinter einen Baum und entleert sich. Eine unruhige Nacht liegt vor ihm. Allerdings seit Jahren wieder einmal eine Nacht in einem Bett. Am nächsten Morgen meldet Aaron sich auf dem Bürgermeisteramt an. Er darf bei den Husemanns bleiben, bis sich die Lage klärt. Er hat eine Meldeadresse, seine Rückführung ins zivile Leben hat begonnen.

Die Tage vergehen. Deutschland hat endlich kapituliert. *Wie wird meine Zukunft aussehen? Wann werde ich mich wieder frei bewegen dürfen?* Natürlich braucht er einen Passierschein, doch erst einmal möchte er zu Kräften kommen. Er bewegt sich in einem männerentleerten Ort, die Frauen zwinkern ihm zu. »Heini, hier, diesen Anzug können Sie für den Kirchgang am Sonntag tragen.« Er glaubt, nicht richtig zu hören. In seinem ganzen Leben hat er keine Kirche von innen gesehen. Aaron befindet sich auf fremdem Terrain, hört dem Pfarrer zu, der von Moral spricht, die Frauen ermahnt, sich nicht mit Amerikanern einzulassen. *Meint der das ernst, nach all dem, was in Deutschland geschah? Bin ich auf einer Folkloreveranstaltung gelandet?* Marga könnte dem Pfarrer noch Tipps für seine Kleider geben. *Wie wäre es mit ein paar Rüschen?* Berlin, nur dort gehört er doch hin.

Aaron macht sich auf den Weg zur Kommandantur und möchte das begehrte Papier in die Hand gedrückt bekommen, sodass er gehen kann, wohin er möchte. Er steht Schlange, wartet darauf, aufgerufen zu werden. Menschen aus ganz Deutschland wollen zurück in ihre Heimat. Niemand weiß, welches der Häuser noch stehen wird. Antons Haus? *Wo ist mein Zuhause?* Im Wedding, dort ist er aufgewachsen, hat laufen gelernt, und als er den Wedding in- und auswendig kannte, wollte er nur noch weg. Viele Schlafstätten wurden ihm von Kunden nur angeboten, weil er ihnen seine Dienste zukommen ließ, danach hatte er die Wohnung, das Hotel, das Haus, die Villa zu verlassen. Die von Greta geführte Pension, Zufluchtsort, Herberts und sein Liebesnest, schlussendlich sein Zuhause.

»Rosenbaum!«

Ein großer, blonder, durchtrainierter Hüne in amerikanischer Uniform, Kaugummi kauend, *diese unglaublich weißen Zähne!* Er wird ins »Office« gerufen. *Ich schaue mir wieder die Männer an!* Ihm wird ein Stuhl angeboten. Noch immer staunt er über die zuvorkommende Art der Amerikaner. Wie lange ist es her, dass man ihm mit Würde begegnet ist?

»Berlin«, sagt er, »ich brauche einen Passierschein für Berlin, da bin ich zu Hause.«

»Die Entfernung …«, murmelt sein Gegenüber, amerikanisch eingefärbt. »Das ist nicht üblich. Haben Sie eine Adresse in Berlin?«

Ob sein Elternhaus wohl noch steht? Zögernd gibt Aaron die Adresse der Pension an.

»Warten Sie draußen.«

Dreißig Minuten später wird Aaron noch mal ins Büro gerufen, ein Dokument wird ihm übergeben. Nun endlich ist er wieder frei. Niemand darf ihn mehr hin- und herschieben, nie wieder wird er der Willkür anderer ausgesetzt sein. Sein Herz rast vor Aufregung, er möchte springen, schreien, tanzen. Er macht sich auf den Weg zu den Husemanns. Sie sind gerührt, doch natürlich haben sie bestimmte Vorstellungen vom Zusammenleben. Er geht am Samstagabend und auch Sonntagmorgen mit ihnen in die Kirche, danach mit dem Hausherrn zum Früh-schoppen. Das Mittagsgebet darf nicht fehlen. Er wird von ihnen gemästet, sein KZ-Gerippe setzt Fett an, die Haare haben wieder eine angenehme Länge, doch sie haben ihren Glanz verloren. Aaron hat die alten, aussortierten Anzüge bekommen, die ihm sogar gut stehen. Die Menschwerdung hat schon begonnen.

In der Küche duftet es nach Brennnesseltee. Frau Husemann knetet einen Teig auf dem Tisch und deckt ihn dann mit einem Tuch ab. »Tee?« Aaron nickt und setzt sich an den Tisch.

»Frau Husemann?« Er druckst herum.

»Was ist denn, Heini?«

Er zuckt zusammen, wann immer sie ihn mit diesem Namen anspricht, alle anderen im Ort rufen ihn ebenso. Bis auf die Amerikaner.

»Was wussten Sie?«, fragt Aaron, beinahe wütend, und ru-dert dann schon wieder zurück, als hätte er nicht das Recht, zu fragen.

»Hier in Badow wussten wir nichts davon … und nun ist Ruhe.«

Aaron trinkt seine Tasse Tee. Er will hier raus, steht auf, entschuldigt sich, *wofür eigentlich*, bittet, sich zurückziehen zu dürfen.

»Der Herr Josef hat eine Verabredung«, ruft sie hinter ihm her.

Er will allein sein, nimmt die Treppe zur Kammer hinauf. Die Stufen verschwimmen vor seinen Augen. Er stürzt, er stürzt. Wacht in seinem Bett wieder auf.

Frau Husemann sitzt auf der Bettkante, reicht Aaron ein Glas Milch mit Honig. Sein rechtes Bein ist gebrochen. Ein-gegipst. Ein amerikanischer Arzt hat es behandelt. Er weiß, dass er sich für die nächsten Monate in den Händen dieser Frau befinden wird. Wieder rückt der Traum von der Rückkehr nach Berlin in weite Ferne.

»Hier ist eine Kuhglocke! Läuten Sie ruhig, wenn Sie mich brauchen. Sie haben auch eine Bettpfanne. Machen Sie sich keine Gedanken, das geht schon in Ordnung.«

DRAUßEN WEHT EIN LEICHTER WIND –
SOMMER 1945

»Junge, willst du noch von der Brotsuppe? Ich habe auch noch Honig, den mochtest du doch immer so gerne dazu.« Herbert schüttelt den Kopf. Er schaut sich in der Stube um, hier ist er aufgewachsen, groß geworden. Das Leben verlief zu gleichmäßig, zu langweilig, zu absehbar. Mit der Zeit war alles zu eng geworden. Berlin verlockend. Um jeden Preis wollte er weg. Er schaut seinen Vater an. Hier im Ort ist er immer noch eine hoch angesehene Autoritätsperson. Dorfschullehrer, gefürchtet von den Schülern, verehrt von den Eltern. Diese fanden es nur richtig, wenn er den Kindern mit dem Lineal auf die zuckenden Finger schlug. Ungewöhnlicher Weise war er als Vater immer liebevoll gewesen, besonders, nachdem die Mutter gestorben war. Doch die Zeit hat aus den beiden zwei fremde Menschen geformt.

»Wie sieht es in Berlin aus?«

Herbert fühlt Traurigkeit. »Es ist unbeschreiblich, Vati …« Was hat er alles verloren? Seinen geliebten Aaron, die kommunistischen Freunde, auf die immer Verlass gewesen war. Aarons verrückte Clique, seine Arbeit in der Redaktion. »Berlin ist zerstört, es ist nicht wiederzuerkennen …« Mit weinender Zunge erzählt er. Die Stimme erstickt immer wieder, er trinkt einen Schluck Wasser, bevor er über die Menschen spricht, die ohne Ziel laufen, wie aufgescheuchte Hühner, durch die Kraterstadt, über Schutt und Leid. Wie kann er dem Vater seine Welt erklären, sein Anderssein, die Beziehung zu Aaron? Herbert kann sich nicht dazu aufraffen, stottert, ihm fehlen die Worte. »Und was ist hier passiert …? «, bittet er seinen Vater.

Er setzt sich aufrecht, bereit, die schreckliche Zeit in Sätze zu formen. Akkurat, wie es seine Art ist, zu berichten, chronologisch, mit eingestreuten Eckdaten: »... wir hörten die Gefechtsfeuer schon von Weitem. Mit einem gewaltigen Militärschlag der 1. Weißrussischen Front am 16. April begann die Oderschlacht ...«. Wie am 19. April die 47. sowjetische Armee auf der Höhe Haselberg stand. Wie das Gedonner immer näherkam. Er erzählt über Jägerdivisionen, Russen, den Drang zu zerstören, die Rache. »Kann man es ihnen verdenken?« Wie alle Hohenfinow inzwischen verlassen hatten, »... ich auch, ich kam bei Frau Lukewitz in Bad Freienwalde unter. Herbert erinnerst du dich an sie, Muttis Schulfreundin.« Der alte Eddy ist berührt. »Fast alle von der Flakbesetzung wurden umgebracht.« Er nimmt seine Brille ab, putzt die Gläser mit einem Taschentuch, und setzt die Brille zufrieden zurück auf die Nase, um weiterzusprechen.

Herbert ist müde, die Jahre, die Jahre im Untergrund, die Zeit in der Haft, haben ihn erschöpft. Er spürt, dass seine Kraft während des Zuhörens schwindet und hört dennoch weiter zu. Vielleicht auch, um seinen Vater nicht zu brüskieren.

»Als es wieder ruhiger wurde, bin ich zurück, wo hätte ich auch hinsollen?« Die Russen sorgten für neue Regeln, »kommunistische, na ja ...«, das passt dem alten Mann nicht wirklich, doch er erzählt von Ordnung und Beugung und Verunsicherung. Über die Vorbereitungen für den kommenden Winter, über Landwirte, noch nicht bestelltes Sommergetreide, Kartoffeln legen und Rüben aussäen. Saatgut- und Pflanzgutbestände, Pferde, Ochsen und Kühe. »Vergewaltigungen gab es in Hohenfinow nicht«, fügt er mit einer sicheren Stimme hinzu, aber er gibt auch zu, »woanders war's schon schlimm«.

Herbert muss ein Gähnen unterdrücken. Schaut zum Fenster hinaus. Draußen weht ein leichter Wind. »Ist schon ganz schön viel passiert hier ...«, auf einmal will er nur noch raus aus dem Haus, er muss durchatmen, spazieren gehen. Er will die hüglige Landschaft auf sich wirken lassen. »Vati, lass uns später weiterreden ... ich muss das erst mal verdauen.«

Berlin-Dahlem – Herbst 1957

Die Sonne ist aufgegangen, Aaron quält sich aus dem Bett, noch müde steht er vor dem Spiegel im Badezimmer, er setzt sich seine Brille auf. Schon lange braucht er dieses Ding, »Tribut des Alterns«, sagte der Augenarzt. Wie viel Zeit investiert er, um den Verfall aufzuhalten? Tägliches Schwimmen, längst ein liebgewonnenes Ritual, zweimal pro Woche schwitzt er in der Sauna. Regelmäßige Gesichtsmassagen. Jugend war mal selbstverständlich. Begehrenswert war er. Männer, arm und reich, liebten es, sich in seinem Bann aufzuhalten. Damals … das Leben nahm er von der leichten Seite. Nichts ist mehr übrig von dem Esprit, der ihn einst ausmachte. Das Altern macht ihm Angst. Vielleicht würde er weniger hadern, wenn man ihn nicht um zwölf lange Jahre seines Lebens und eine beginnende Karriere beraubt hätte. Da helfen auch die unzähligen Tuben und Tiegel, die in seinem Bad stehen, nicht.

SO, HEINI! NUN IST ES SOWEIT – SOMMER 1945

Die Schere schneidet sich durch den Gips, ein Dorfdoktor nimmt diesen vom Bein. Er soll langsam aufstehen, sich an den beiden Achselstützen stützen, die Muskeln müssen wiederaufgebaut werden, der Rat: »Treten Sie vorsichtig auf.« Aaron schreit. Ein Schmerz zieht sich durch den ehemals gebrochenen Knochen. »Täglich üben und Sie können bald wieder marschieren wie lange nicht mehr.« Der Arzt versucht, Mut zu machen. Aaron schluckt. Der Doktor grinst.

Aaron schleppt sich durch Badow, vorsichtig setzt er den Fuß auf, er will den Genesungsprozess beschleunigen, beißt sich auf die Zunge. Frau Husemann kocht Kohlsuppe, sie ist freundlich, wie alle hier im Ort, doch sie misstrauen ihm und fangen an zu flüstern, sobald er an ihnen vorbeigeht. »Ach, hör doch auf!«, bekommt er an den Kopf geworfen, wenn er von Sachsenhausen sprechen will. Sie haben Angst, er könne zu viel nachfragen. Auf dem Küchentisch liegt ein frisch gebackenes Bauernbrot, die Hausfrau schneidet es an. Herr Husemann kommt aus dem Schweinestall, lässt sich auf die Eckbank fallen, stöhnt. Josef ist schon eine ganze Weile nicht mehr im Ort, nichts hielt ihn zurück, sein Wunsch war es, die verlorene Familie wieder in die Arme zu schließen. Aaron hofft so sehr für ihn, dass er seine Angetraute nicht in den Armen eines anderen wiederfinden muss. Beim Abschied wagte keiner der beiden zu sagen: »Wir sehen uns in Berlin.«

Er spricht noch einmal in der Kommandantur vor, um sich erneut einen Passierschein ausfüllen zu lassen. Auf die Frage »Die Adresse liegt im Westsektor! Stimmt das wirklich?« nickt Aaron. Er kann sich auf den Weg machen, doch er hat nicht einen Pfennig. *Wie komme ich nach Schwerin? Wie nach Berlin?* Er ist ratlos, bleibt auf dem Stuhl sitzen.

»Kann ich noch etwas für Sie tun?«, fragt der Offizier.

Aaron nickt vorsichtig. »Ich habe kein Geld. Wie soll ich die Fahrkarte nach Berlin bezahlen?«

»Well ... Geld kann ich Ihnen nicht geben. Warten Sie einen Moment, ich bin gleich zurück.« Der Amerikaner kommt mit zwei Stangen amerikanischer Zigaretten zurück. »Das ist besser als jede Mark.«

Aaron steckt die Stangen in seine Anzugjacke, weiß, dass jetzt nichts mehr schiefgehen kann. Bevor er das Office hinter sich lässt, ruft der Amerikaner ihm nach: »Vergessen Sie nie, wir Juden sind etwas Besonderes. So viel haben wir überlebt. Besuchen Sie nur einmal wieder eine Synagoge, vielleicht spüren Sie das Gleiche wie ich.«

Frau Husemann legt alte Anzüge zusammen, selbstgestrickte graue Socken, ausgeblichene Unterwäsche, zwei Taschentücher. Die Schuhe von Adi wurden vom Dorfschuster noch mal aufgearbeitet. Herr Husemann hält den Militärrucksack auf. Brot, Salami und einiges mehr wandern noch in den Rucksack.

»So, Heini! Nun ist es so weit ...«, Frau Husemanns Stimme ist grell, »... aber eines ist sicher: Uns kann man nichts Schlechtes nachsagen! Stimmt doch!« Sie sucht Aarons Zustimmung in seinen Augen. »Wir haben dich richtig aufgepäppelt. Nein, wirklich nicht. Und über das, was war, will eh keiner mehr sprechen.« Herr Husemann holt aus der Diele einen Stock für Aaron. »Damit geht es leichter.« Das Pferdegetrappel des Milchwagens draußen lässt die drei in der Küche unruhig werden. Er kommt vorbei, um ihn aufzugabeln. Nun heißt es Abschied nehmen. Frau Husemann hält ein zerknülltes Taschentuch in der Hand, schnäuzt sich immer wieder die Nase, reibt sich dann damit die Augen. »Ach Heini, halte uns in guter Erinnerung ... vergiss uns nicht.« Aaron will aufbegehren, doch er lässt es. Sie hat ihn nicht ein einziges Mal »Aaron« oder »Herr Rosenberg« genannt. Er sitzt neben Jannik auf dem Bock des Pferdewagens. Die Fahrt zieht sich durch jeden Ort bis nach Schwerin. *Allemal besser als laufen.*

Schwerin, eine lieblreizende Stadt, die zum Verweilen einlädt, ohne nennenswerte Kriegsschäden. Häuser stehen, eine alte Straßenbahn rumpelt über rostige Schienen. Eine Fahr-radklingel lässt Aaron zur Seite springen. Er hält seinen Stock in der Hand, benutzt ihn jedoch kaum noch, um sich abzu-stützen. Das leichte Hinken wird vermutlich bleiben. Das ge-schäftige Treiben um ihn herum macht ihm Angst. Die Men-schen scheinen einfach weiterzumachen. Ihre Gesichter zeigen nicht, worüber sie sich Gedanken machen. Sie sind auf der Suche nach Brot, Butter, vielleicht auch nach dem großen Glück. Eine Frage schwirrt im Kopf herum, nervt immer öfter, macht sich wichtig, lässt ihn nicht los, ergreift Besitz von ihm: *Auf welcher Seite hast du gestanden?*

»Herrenfriseur« steht groß über dem mit Gardinen behäng-ten Schaufenster. Der Salon liegt im Souterrain, drei Stufen muss er hinabsteigen. Beim Öffnen der Tür ertönt die Türglocke. »Dauert aber!« Aaron setzt sich, drei andere Herren wollen auch ihre Haare fallen lassen. Der Friseur quatscht, lacht laut. Alle in bester Laune. Hier könnte er fragen: »Wart ihr einverstanden? Habt ihr mitgemacht oder weggeschaut, als der jüdische Arzt nicht mehr seine Praxis öffnete? Wart ihr überrascht, als die jüdischen Nachbarn auf einmal weg waren? Hat euch nicht in-teressiert, warum sie nicht mehr auf derselben Etage wie ihr wohnten?« Tausend Fragen schießen ihm wie Blitze durch den Kopf. Und das Lachen wird lauter. Der Kunde neben ihm schlägt sich auf die Schenkel, die Stimmung ist ausgelassen. Auf einem Grammophon spielt eine Schellackplatte einen harmlosen Schlager. Sonnenstrahlen schieben sich durch die Gardinen, der Friseur wird geblendet. »Der Nächste, bitte!«

Aaron nimmt auf dem Friseurstuhl Platz. Die Haare werden geschnitten und gebürstet, dann das Gesicht angefeuchtet, mit dem Pinsel eingeschäumt. Der Friseur spannt mit Daumen und Zeigefinger die Haut, das Messer wird mit routinierter Leich-tigkeit darüber gezogen. Aaron atmet flach.

»Von wo kommen Sie her?«

Aaron will schreien. Der Kopf hämmert: *Ich bin aus Berlin! Oh, fast hätte ich vergessen zu erwähnen, dass ich noch kurz-zeitig in Sachsenhausen war. Aber nein, bitte machen Sie sich keine Sorgen, so schlimm war es auch wieder nicht, man gewöhnt sich an alles, wissen Sie?* Der Lehrling wechselt die Platte. Zarah Leander singt: »Davon geht die Welt nicht unter, sieht man sie manchmal auch grau, einmal wird sie wieder bunter, einmal wird sie wieder himmelblau …«

»Schön, nicht?«, lächelt der Friseur ihn an. »Macht eins fünfzig, der Herr.«

»Ich habe leider nur amerikanische Zigaretten, können Sie etwas damit anfangen?«, flüstert Aaron.

»Oh, das ist ja ganz wunderbar.«

»Hören Sie, ich bräuchte Geld. Vielleicht können Sie mir ein Paar Scheine geben?«

Hinter der zersplitterten Glasscheibe mit Sprechloch des Bahnhofskartenhäuschens sitzt ein alter Mann. Der rechte Arm fehlt ihm, ein akkurat getrimmter Bart lässt viel Platz, um ein glattes Gesicht zu präsentieren. Aalglatt, man rutscht ab, hält den Anblick nicht aus. Ein staatstreuer Beamter macht hier seine Arbeit. »Wohin?«, fragt er genervt. Dann bellt er hinter seiner Glasscheibe: »Passierschein.« Alles muss seine Richtigkeit haben. »In einer Stunde auf Gleis drei.«

Aaron versucht, zu schlendern. In unbeleuchteten Lettern das Wort »Stadttheater« an der Stirnseite des Hauses. Seine Hände zittern. Schweiß bricht ihm aus, so unglaublich lange ist es her, dass er zuletzt auf der Bühne stand. *Ob in Berlin wohl wieder Theater gespielt wird?* Vielleicht kann er ja auch bald wieder spielen. *Wie habe ich die Bühne vermisst!* Zugeschminkte Illusionsbretter.

Ein Café ohne Gäste.

»Ich hätte gern einen Kaffee.«

»Ham'wa nich«, zischt die Kellnerin.

Aaron wird bescheidener mit seinen Wünschen, Tee, Heiße Zitrone? Immer wieder bekommt er »Ham'wa nich« zu hören. Zigaretten werden aus der Hosentasche gekramt, die Camelpackung auf den Tisch gelegt.

»Haben Sie vielleicht Streichhölzer?«

Auf das grimmige Gesicht der Dame legt sich ein Lächeln, die Hoffnung, dass der Tag noch interessant werden könnte.

234

Kaffee und Weinbrand werden kredenzt. Die Kellnerin bleibt neben dem Tisch stehen, ihr Lächeln scheint einbetoniert. Der Rock wird etwas höher gezogen. »Haben Sie noch einen speziellen Wunsch? In einer Stunde habe ich Feierabend.«

»Mein Zug nach Berlin fährt in einer halben Stunde ... leider«, lächelt er. Verzweiflung will er demonstrieren, dass er sich nun, ohne beglückt worden zu sein, auf den Weg machen muss.

Der Zug fährt dunkle Rauchschwaden spuckend in den Bahnhof ein, kommt laut quietschend zum Stehen. Menschen springen heraus, um ihn herum Gewühl. Im Zug ist es brütend heiß. Dritte Klasse. Holzbänke. Er lässt sich auf die Bank fallen. Ihm gegenüber sitzt eine Nonne, daneben ein katholischer Pfarrer, sie holt Stullen aus ihrer übergroßen Tasche, gibt dem Pfarrer eine, kramt dann eine neongelbe Isolierkanne hervor. Zwei Menschen lassen es sich gut gehen, schmatzen laut. Der Zug fährt an. In Ludwigslust muss Aaron umsteigen. Sein Anschlusszug wird sich verspäten. Zwei Stunden später geht es weiter, er sitzt im Raucherabteil, obgleich er keine Lust hat, sich eine Zigarette anzuzünden. Wittenberge zieht an ihm vorbei, noch eine unbedeutende Stadt, alle Städte sind unbedeutend. Außer sein heiß geliebtes Berlin. Aufregung macht sich in ihm breit. *Wie wird Berlin aussehen? Werde ich Herbert finden? Werde ich überhaupt noch jemanden finden? Gibt es Überlebende aus meiner Familie?*

BRAUCHEN SIE WIRKLICH NOCH
ANTWORTEN? – SOMMER 1945

Bevor Herbert sein Elternhaus verlässt, muss er sich auf den Weg zur Kommandantur machen. Er lässt den Ort seiner Kindheit auf sich wirken. Es ist seine Heimat, jedoch schon lange nicht mehr sein Zuhause.

»Dobre djen!« Herbert stellt sich vor, zeigt seinen Passierschein und kramt auch den Begleitbrief hervor. Aus diesem Schreiben entnimmt einer der Offiziere, dass Herbert einer von ihnen ist, einer, der versucht hat, die Verhältnisse in Deutschland zu verändern, der für seine Überzeugung ins Gefängnis gegangen ist und niemanden verraten hat. Einer der Offiziere spricht deutsch, Herbert wird herzlich im Kreis der Russen aufgenommen: »Lass uns trinken, Genosse! Mut muss belohnt werden.« Wodka wird auf den Tisch gestellt, Wassergläser werden gefüllt. Es wird eine lange Nacht. Herbert muss alles erzählen. Immer wieder werden die Gläser gefüllt. »Brüderchen, wenn du unsere Hilfe brauchst, sag es einfach, Kommunisten helfen einander, das ist doch Ehrensache.« Wieder schenkt jemand nach. Herbert antwortet auf Russisch, dass er ohne Arbeit sei und seine einzige Fähigkeit das Schreiben sei. Der Offizier lächelt nachsichtig, schaut von seinem Glas hoch. »Brüderchen, du sprichst russisch, wir könnten jemanden brauchen, der für uns Texte übersetzt oder auch dolmetscht.«

Der Morgen graut, als Herbert die Kommandantur mit dem Versprechen auf eine Anstellung wankend verlässt, während die Russen immer noch nüchtern wirken. Leise versucht er, die Haustür zu öffnen, doch poltert so laut, dass er das ganze Haus aufweckt. Die beiden pommerschen Weiber fangen an, aufzuschreien, sein Vater hakt ihn unter, legt den Jungen auf das Sofa.

Am späten Nachmittag blinzelt Herbert der Sonne entgegen, die sich durch den Schlitz der zugezogenen Vorhänge schiebt. Er liegt auf dem Sofa, mit einer creme-grau melierten Wolldecke bedeckt. Die zwei Frauen sitzen in der Stube, gegenüber am Fenster, und häkeln weiße Deckchen.

»An solchen Tagen sollte man tassenweise Kaffee trinken ...«, sagt die eine, als Herbert mühsam aufzustehen versucht.

»Aber die Zeiten, wo man sich täglich den Kaffee schmecken lassen konnte, sind leider vorbei. Es gibt leider keinen ...«, stimmt ihr die andere zu.

Herbert schüttelt verkatert seinen Kopf.

»Geht's Ihnen gut?« Die Stimme der Dickeren von den beiden ergötzt sich in Ironie. »Sie haben es sich wohl in Berlin gut gehen lassen ...«

Woher nehmen sie das Recht, so über mich zu reden?

»Haben Sie eigentlich etwas für unsere Volksgenossenschaft getan?« Die andere Stimme gleicht einer altjüngferlichen Lehrerin.

»Und wie war es denn so an der Front?«

»Oh, ja! Erzählen Sie uns nur!« Die Lehrerin befragt den zum Schüler degradierten Herbert.

»Keiner konnte sich doch drücken!« Die Dickere der beiden ist sich ihrer Sache sicher. »Weder Hans, mein Mann, noch unsere drei Söhne!«

»Mein Albert auch nicht! Auch Johannes, Gregor und Lothar nicht. Familienväter allesamt!«

»Und jeder einzelne ist vermisst ... Lieber Gott!« Die dicke Frau bekreuzigt sich.

»Wo haben Sie gekämpft, Herr Herbert?« Die Lehrerin lässt es sich nicht nehmen, noch einmal nachzuhaken.

»Lassen Sie doch den Jungen in Ruhe!« Eddy steht in der Tür. »Sehen Sie ihn sich an!« Mit drei großen Schritten stellt sich der Vater neben seinen Sohn, der wie erschlagen auf dem Sofa liegt, unfähig ist, sich bei dem Bombardement der Frauen aufzurichten. Er zieht demonstrativ Herberts Decke hoch. Weder das Unterhemd noch die Unterhose können den Rest des Körpers verhüllen: Spuren der Folter zeigen sich den Anwesenden. Narben, Hämatome zeigen, wozu Menschen fähig sind. Sie erzählen eine Geschichte, die jedes weitere Wort überflüssig macht.

Die Frauen schlagen sich die Hände vor die Gesichter. Herbert sitzt regungslos mitten auf dem Sofa.

»Brauchen Sie wirklich noch auf solche zynischen Fragen Antworten?« Der Vater ist außer sich. Er dreht den Frauen den Rücken zu und bedeckt den Körper seines Sohnes erneut. Dieses geschieht vorsichtig, denn nichts liegt ihm ferner, als dass er seinem Sohn auch nur den kleinsten Schmerz zufügen möchte. Behutsam streichelnd berührt seine Hand die knochige Schulter seines Sohnes.

Wieder macht sich Herbert auf den Weg zur Kommandantur. Er will sichergehen, dass die Russen Wort halten werden. Und tatsächlich hat er von nun an einen Arbeitsplatz, in einer Schreibstube im Bürgermeisteramt verbringt er seine Tage, muss Listen bearbeiten, ist Ansprechperson für die Menschen im Ort. Er muss die Anweisungen der Russen überprüfen, ob die Bauern von der Milch, den Eiern, den Erzeugnissen der Landwirtschaft auch wirklich alles rechtmäßig weiterleiten, sodass die Ernährung der Bürger gesichert bleibt. Zusätzlich fungiert er als Dolmetscher.

Tage, Wochen, Monate vergehen. Herbert nimmt wieder zu. Gedanken an Berlin kommen auf. Was soll er hier? So sehr sich alles zum Guten für ihn wendet, weiß er doch, dass er hier niemals er selbst sein kann.

HURRA! WIR LEBEN NOCH – FRÜHLING 1946

Der Zug schleicht sich laut schnaufend, prustend in ein zerstörtes Berlin hinein. Größe, Glanz und Frechheit einer Stadt existieren nicht mehr. Aarons Gesicht drückt sich gegen das Zugfenster. Keine reflektierenden Lichter. Die Straßen im Dunkeln. Leerer Bahnhof. Er steigt aus dem Zug, der Rucksack drückt ihm schwer in den Rücken. Ratlos steht er vor dem Bahnhof. Schuttberge, wohin er auch schaut. Die Orientierung ist ihm abhandengekommen. *Wo ist die nächste Telefonzelle? Funktionieren die Anschlüsse?* Der Stock stützt ihn nicht. Das Bein schmerzt. Die Müdigkeit übermannt ihn. Er irrt durch Berlin und ist nicht der Einzige.

Der Wedding, in dem er aufgewachsen ist. Das Haus steht noch, unwirklich fast, einsam, ohne Nachbargebäude. Vier Treppen bis zur Wohnung im Hinterhaus. Er klopft an die Tür. Ein alter Mann öffnet, späht durch einen schmalen Schlitz: »Was wollen Sie?«, mehr lässt die Sicherheitskette nicht zu.

»Hier war mein Zuhause, meine Familie hat hier gelebt, bis sie abtransportiert wurde …« Aaron sprudelt vor sich hin. »Ich weiß nicht, wohin … vielleicht nach Auschwitz. Mich haben sie nach Sachsenhausen gebracht, und jetzt will ich …«, er kann seinen Zorn nicht mehr zurückhalten, »gottverdammt noch mal, ein Bett, eine Couch, eine Matratze, einen Strohsack oder etwas anderes in der Art.« *Hab ich das herausgeschrien?* »Hier war mein Zuhause«, presst er leise mit zitternder Stimme hervor.

»Es war schon ein anderer da, der das Gleiche behauptet hat. Was bilden Sie sich eigentlich ein, Sie gottverdammter …!« Der alte Mann strengt sich für einen Moment an, doch seine Stimme kann nicht aufhalten, was der Kopf denkt: »Ihr …. Ihr Scheißjuden seid doch an allem schuld!«

Der Korridor füllt sich mit Menschen, die wie Ratten aus ihren Löchern kommen. Sie heben ihre Fäuste. *Wundern sie*

sich, dass es einige Juden geschafft haben, der Todesmaschinerie
zu entkommen?

»Was sagen Sie da? Wen meinen Sie?« Aaron will nicht aufgeben. Er ruft durch den Türspalt: »Wie sah er aus? Nun reden Sie doch! War es ein Mann, eine Frau?« Er fleht den Alten an. »Es ist bestimmt jemand aus meiner Familie gewesen.«

»Mein Gott, nun regen Sie sich doch nicht so auf!« Die Stimme aus dem dunklen Spalt wird sanfter. »Heutzutage behaupten so viele irgendetwas, um sich Vorteile zu erschleichen, besonders die ... die Juden.« Er bricht ab. Tür zu.

Aaron ist aufgewacht. Ein Krieg ist verloren, doch die alten Überzeugungen hängen noch in den Köpfen. Die neuen Bewohner dieser Wohnung kommen auf ihn zu. *Wollen sie mich lynchen?* Er stolpert die Treppe hinab, lehnt sich im Hausflur an die Wand. Er war also nicht der Einzige, der behauptet hat, hier zu wohnen. *Wer kann es noch gewesen sein? Ob noch jemand von der Familie lebt? Simon, Maria, vielleicht Isaak?*

Die Müdigkeit lähmt ihn, und dennoch will er nicht aufgeben. Es müssen doch noch Menschen hier wohnen, die er kennt, es können doch nicht alle verschollen, verstorben, oder mit zunehmender Bombardierung aus Berlin geflüchtet sein. Er klingelt bei Frau Klenke. Vorsichtig wird die Tür von innen geöffnet. Da steht sie beinahe unverändert, älter geworden natürlich.

»Aaron!«, ruft sie, nimmt ihn in die Arme, bittet ihn, hinein zu kommen. Sie kann nichts anbieten. Aaron fühlt Menschlichkeit, das ist mehr, als er zu hoffen gewagt hatte.

Die beiden sitzen in der kleinen Küche, auch sie musste fremde Menschen in ihre Wohnung lassen. Berlin bietet kaum Wohnraum, man muss teilen, ob man will oder nicht.

Aaron schaut Frau Klenke fast flehentlich an. »Haben Sie jemanden aus meiner Familie gesehen?«

Zerstreut schüttelt sie den Kopf, erst jetzt bemerkt Aaron den verhuschten Blick der früheren Nachbarin. Ihre Hände streichen über die raue Tischplatte. »Auch wir hatten es nicht einfach, die Russen haben sich jede Frau genommen, ob alt, ob jung. Auch mich, das war so schrecklich. Annerose konnte noch rechtzeitig das Weite suchen, ich weiß nicht, wohin sie gegangen ist, zurück ist sie nicht gekommen.«

Aaron will nichts von den Geschichten hören, will nicht hören, dass auch die Deutschen gelitten haben. Er denkt »Deutsche«, als besäße er eine andere Staatsangehörigkeit.

»Ich habe Simon die Treppe runter laufen sehen, so wie du war er hier, in eurer alten Wohnung, in der Hoffnung …« Hoffnung wird ohne jeden Ausdruck gesagt, wird zum einsamen Wort ohne Zukunft. »Als er die Straße überquerte, wurde er von einem amerikanischen Jeep erfasst, er war auf der Stelle tot.«

Taumelnd verlässt Aaron Wohnung und Haus. Er fühlt sich verwaist, unausgesprochen fühlt er, dass niemand aus der Familie noch lebt. Tränen der Trauer, der Wut steigen in ihm hoch. Von Verzweiflung getrieben glaubt er, dass alles keinen Sinn mehr macht. *Eine Brücke hinunterspringen, den anderen folgen, nie mehr Schmerz fühlen, nie mehr meine Art verstecken?* »Nie mehr«, schluchzt er, macht doch einen Schritt nach dem anderen.

Seit Stunden ist er unterwegs. Der Morgen lässt die Sonne aufgehen. Frauen in Kitteln und Strickjacken, Tücher um den Kopf gebunden, schleppen Steine, mit Hämmern schlagen sie den alten Mörtel ab und stapeln sie aufeinander. Knochengestelle, Kleidung schlottert um dürre Beinchen. Augen liegen in dunklen Höhlen. Aaron dreht sich im Kreis: Überall kleben diese Zettelchen, an Hauswänden, Bretterzäunen, an Litfaßsäulen. Er rennt auf eines der wenigen Häuser zu. Keine Fenster, keine Türen, Dachpfannen wegrasiert. Aaron versucht, einen dieser Zettel zu lesen. Seine Augen haben sich verschlechtert, ohne dass er es bemerkt hat. Eine Mutter sucht ihren Sohn. Er ist aufgeregt, kramt aus dem Beutel von Adi einen Bleistift und einen zerknitterten Zettel hervor. Doch was soll er schreiben? Er kann keine Adresse angeben, wo er zu finden wäre. *Die Pension, gibt es sie noch?* Voller Hoffnung macht er sich auf den Weg, will laufen, kann nur schleichen. Sie steht. Kaum ramponiert, einige Fenster fehlen, sind mit Pappkarton zugeklebt. Die Tür lässt sich schwer öffnen, sie klemmt, mit letzter Kraft drückt er sich dagegen. Endlich gibt sie nach.

Greta! Sie sitzt in einem zerschlissenen Sessel und schläft. Seine Finger drücken auf die Klingel auf dem Empfangstresen. Greta schreckt auf, schaut nicht hoch.

»Es gibt keine freien Zimmer, also verpiss dich.«

»Greta, ich bin es, Aaron.«

Sie hebt sich müde aus dem Sessel, kommt langsam herangeschlurft. Dann legt sie ihren Kopf an seine Brust. »Du lebst?«

Sie fallen sich in die Arme. Er löst sich nach einem langen Moment aus der Umarmung, schaut seine Freundin liebevoll an, klein ist sie, das Kleid umschmeichelt ihren schlanken Körper. Sie ist immer noch eine elegante Frau, die Haare sind in Wellen gelegt. Ungeschminkt schaut sie ihn aus grünen Augen an. Und natürlich sieht man ihr an, dass der Krieg seine Spuren hinterlassen hat. Wieder liegen sie sich in den Armen, können kaum glauben, dass sie zu den Überlebenden gehören.

Greta kann es nicht fassen. Sie erzählt von dem kriegerischen Berlin, vom Glück, dass das Haus noch steht, und vom Unglück:»… einfach Leute vor die Nase gesetzt, ohne mich zu fragen. Und was bekomme ich dafür?« Ihre theatralische Stimme klingt wie Honig in Aarons Ohren. Sie will Kaffee machen. »Schau nicht so! Hier gehen viele Leute ein und aus und hin und wieder stelle ich auch mein Bett zur Verfügung … Nicht das, was du denkst. Die Leute wollen schlafen … na ja, aber nur manchmal …« Sie macht eine Pause. »Du hast Glück, mich hier anzutreffen, ich war für einige Zeit in der Nähe von Potsdam, eine Tante war erkrankt, ich wollte natürlich bei ihr sein, bis sie wieder selbst für sich sorgen konnte. Die Pension hatte ein Freund solange geführt.«

»Der heiße Bohnenkaffee schmeckt so unglaublich gut …« Aaron wagt, Fragen zu stellen: »Darf ich dein Bett heute benutzen?«

»Du kannst dich in meiner Stube aufs Ohr legen.«

Hinter dem Empfangstresen führt eine Tür in die Küche, von da geht es in Gretas Wohn-Schlaf-Stube, daran grenzt das Klo.

Aaron hat jeden Raum vor Augen, er betritt die Stube, alles sieht aus wie immer, als hätte es den Krieg nicht gegeben.

»Greta … hast du was von Herbert gehört? Ich muss wissen, ob er noch lebt.« Seine Stimme erstickt, »… es ist zu viel passiert, es tut so unglaublich weh.« Aaron dreht sich weg, versteckt seine tränenden Augen hinter der vorgehaltenen Hand. Greta lehnt sich gegen Aarons Rücken, umfasst seinen Körper.

»Schätzchen … wie gesagt, eine Weile war ich nicht hier. Und der besagte Freund hat mir nichts dergleichen berichtet. Leg dich jetzt hin, schlaf dich jetzt erst mal aus … wir reden später über alles.«

Tageshelle, die späte Herbstsonne streichelt ein unrasiertes Gesicht, Augenlider werden aufgeschlagen und starren an die Decke. Wasserflecken, großflächig und dunkel. Spinnen haben sich eingerichtet, ihre Netze gewebt, kennen keinen Hunger. Der Magen knurrt, der Rucksack gibt noch ein Stück Brot her. Der Wasserhahn wird aufgedreht, es kommt kein Tropfen. Menschen stehen im Eingangsbereich der Pension herum. Aaron kommt aus der Stube, gesellt sich zu der illustren Gruppe. Greta strahlt ihren Freund aus alten Tagen an.

»Du kannst dich in der Küche frisch machen, dort steht eine Kanne mit Wasser und eine Waschschüssel. Fließendes Wasser gibt es zurzeit noch nicht, so vieles, das noch repariert werden muss.« Greta lehnt an der Wand neben der Küchentür, während Aaron sich rasiert.

»Wer sind diese Menschen? Ich habe den Eindruck, die belagern dich.«

»Freunde, neue Freunde, die alten sind tot oder verschollen. Ich bin alt, Aaron, ich brauche Menschen, will nicht allein sein, ich muss spüren, dass ich lebe. Sie bringen mich zum Lachen, und das in Zeiten wie diesen.«

Aaron dreht sich zu Greta um, er nimmt sie in seine Arme, hält sie fest, flüstert: »Ich bin dein Freund.«

Eine halbe Stunde später. Frisch rasiert kommt Aaron in den Empfangsraum, er hält seine Gefühle vor den fremden Menschen zurück. Diese lümmeln um Greta herum. »Schaut mal!«

Greta hält eine lange Flasche Wodka hoch. »Die Russen sind nicht die Schlechtesten, sage ich euch.« Gläser werden gefüllt. Aaron stürzt seit Jahren wieder Alkohol seine Kehle hinunter, verschluckt sich und spuckt einen Großteil des Wodkas wieder aus. Sein Magen verkrampft, die Augen werden glasig. »Dass man so etwas verlernen kann ...?«, kichert Greta.

»Wo geht es heute Abend hin? Der muss wohl noch das Saufen lernen!«, ruft eine dicke Frau im rosa Kleid und mit tizianrot gefärbten Haaren in die illustre Runde. Die Rothaarige erhebt sich aus einem Sessel, sie schnauft wie ein Walross. *Wie ist es möglich, in diesen Tagen ein Problem mit überflüssigen Pfunden zu haben?* »Und wer bist du? Ich hab dich hier bisher noch nicht gesehen?« Aaron stellt sich formvollendet vor. »Ich bin die Wilma ... nicht schön, aber interessant.« Belangloses. Gespräche. Lustige Gesichter. *Hurra, wir leben noch!* »Ins gute alte ›Rumänien‹«, wirft ein etwa vierzigjähriger, hagerer, ergrauter Mann namens Heimo in den Raum und schlägt Aaron auf die Schulter: »Also um acht!«, ruft er, verschwindet durch die Tür und die anderen folgen dem Lulatsch.

»Ich ... ich wusste nicht, dass das ›Rumänien‹ noch steht ...« Aaron fühlt ein großes Gefühl der Hoffnung in sich aufsteigen. »Vielleicht werde ich unsere alten Freunde wiedertreffen«– *Wer hat überlebt?* – »und Herbert ...« *Könnte doch sein, dass er dort auch verkehrt, und sei es nur in der Annahme, mich dort zu finden.*

»Aaron ... wenn du willst, kannst du hier mit mir in meinem Zimmer schlafen, du bist mein Freund, ich werde immer für dich da sein. Jedoch musst du dir eine Matratze organisieren.« Sie greift sich die Wodkaflasche. »Ist mir allerdings schleierhaft, wie du das hinbekommen wirst.«

»Wird schon klappen ...«, antwortet Aaron und kramt die amerikanischen Zigaretten aus seinem Rucksack.

Gerta schreit auf: »Wir sind reich! Wir sind wirklich reich!«, und gießt die Gläser noch mal voll.

Ohne Rucksack, im graumelierten Anzug, erkundet Aaron wenig später seine Stadt, von der so wenig übrig geblieben ist. Sie ist zur Geisterstadt geworden. Beschädigte Fassaden ohne

Fenster. Aus Kellern dampft es, provisorische Küchen, *was wird es in ihnen geben?* Sein KaDeWe, wo er Herbert kennengelernt hatte, ist ausgebrannt. Eine glanzlose Ruine. Hier war er Dekorateur und träumte von einem anderen Leben. Er sieht das KaDeWe vor sich in seiner alten Pracht. Vitrinen aus Nussbaum, gold umrandete Spiegel, die jeden Raum zum Palast machten. Große Kugellampen schenkten den Verkaufsflächen helles Tageslicht. Goldene Tapeten mit zartgliedrigen Mustern säumten die Wände. In der Möbelabteilung waren die einzelnen Gegenstände mit sinnlichen Formen versehen. Die Materialien waren kostbar und kräftig in ihren Farben. Das KaDeWe wurde von Menschen aus allen Herrenländern betreten, es waren die heiligen Hallen für jene die mit dem Geld nur um sich warfen. Kunden wurden hier aber auch gut beraten und wurden mit ihren Einkäufen höflich verabschiedet. Jeder der im KaDeWe arbeitete, war stolz dazu zu gehören. Tränen bemächtigen sich seiner, unangekündigt laufen sie an seinen Wangen hinab, sie stehen für so viel Schmerz, Trauer, Angst und auch Sehnsucht. Die Tränen werden mit dem Ärmel weggewischt. *Nicht stehen bleiben, weitergehen!* Er geht in den Wedding. Auf ein Blatt Papier schreibt er: »Hallo, ich bin in der Pension ›Rosa‹.« Unterschreibt in Großbuchstaben, klebt den Zettel ans Haus seiner Kindheit. Soll er in den russischen Sektor gehen? Vielleicht findet er Herbert dort? Oder lieber erst mal die Schwarzmärkte abklappern?

Am Potsdamer Platz befindet sich einer der größten Schwarzmärkte. Einzelne Häuser, wie das Columbushaus oder auch das Pschorr-Haus, stehen noch, gleichen am Boden liegendem Fallobst, durchlöchert, einsturzgefährdet, werden abgestützt. Auch hier klopfen die Trümmerfrauen Steine und stapeln sie auf. Unzählige Menschen in weiten Mänteln suchen Abnehmer für Geschirr, poliertes Silberbesteck, Pfannen, Kochtöpfe aus Stahlhelmen, ohne Deckel, im Tausch gegen Speck, Eier, Brot oder Muckefuck, doch am liebsten gegen Zigaretten. Aaron sucht eine Strohmatratze, auch ein Fahrrad wäre gut. In seiner Jackettasche sind die Zigaretten. Es fühlt sich gut an, etwas zu haben, wonach die anderen lechzen, es verleiht ihm ein wohltuendes Gefühl. Doch eine Matratze scheint nicht angeboten zu werden. Aaron gibt nicht auf, er will heute Nacht so weich wie möglich liegen. Die Sonne geht unter, Müdigkeit ergreift ihn. Schleppend zieht er seine Beine hinter sich her. Dort, ein Junge, zu lang für sein Knochengerüst, mit schlackernden Beinen. Seine Hände umklammern verkrampft ein Fahrrad. Über der Stange hängt ein mit Stroh gefüllter Jutesack. Aaron will einen Schritt auf den Jungen zugehen. Im selben Moment greifen zwei Kerle nach Rad und Jutesack. Der Junge schreit aus Leibeskräften. Schnell haben sich Passanten um die drei geschart. Fäuste fliegen, gefolgt von Arschtritten. Die Männer verschwinden. Der Junge steht zitternd da, umklammert seine Tauschware, weiß nicht, wie es jetzt weitergehen soll, ihm fehlt noch die Routine. Aaron gesellt sich zu ihm.

»Wie viel soll es kosten?«, seine Stimme färbt sich mit Zuneigung. »Ich habe amerikanische Zigaretten. Und was ist in dem Jutesack?«

»Oh nein! Ich verkaufe nur den Sack! Ohne mein Rad kann ich keine Geschäfte machen.«

Das Feilschen beginnt, der Junge ist ein harter Brocken, seine Naivität vielleicht nur Tarnung. Für eine Extrazigarette wird der Sack sogar in die Pension gebracht. Vor der Tür überlegen die beiden, wie sie auch in Zukunft noch Geschäfte miteinander machen können.

»Ich brauche auf jeden Fall ein Rad. Kannst du mir eins besorgen?«

Alfred kommt aus Brandenburg, er hat einen Bauernhof an der Hand und ein Fahrrad will er auch organisieren. Bevor die zwei sich mit Handschlag verabschieden, gibt Aaron ihm noch eine Liste mit: Eier, Mehl, Kartoffeln, Speck, wenn möglich. Die mageren Jahre sind fürs Erste vorbei. Auf den mit Stroh gefüllten Sack legt Greta noch eine alte Wolldecke. Wird schön kratzen. Einiges scheint sich nicht zu ändern, in Sachsenhausen kratzte sein Nachtlager auch.

Am Abend zieht Aaron mit einigen ihm noch weitgehend unbekannten Menschen durch die Gegend. Wilma hakt sich bei ihm unter, man könnte meinen, ihr liebstes Hobby sei das Quatschen.

»Ich kenne da einen ganz süßen Russen, wir treffen uns immer heimlich, er will weg aus der Armee, die spaßen da nämlich nicht, wenn du verstehst, was ich meine. Bisher haben wir noch keinen Plan, aber uns wird schon etwas einfallen, Deutsch kann er auch schon ein wenig. Der Juri hat wirklich Talent.« Wilma grinst.

Aaron ist nervös, als er das »Rumänien« betritt. Der Glanz ist verschwunden und alle haben die Sperrstunde im Kopf. *Wie ist das möglich, da wird doch tatsächlich Sekt ausgeschenkt, die Mitternachtssuppe gab es auch schon früher.* Die Treppe nach oben in die erste Etage, die Menschen sind voller Lebenslust, tanzen, halten sich am Gegenüber fest. Aaron lässt den Blick über die Menge schweifen, tastet sie nach bekannten Gesichtern ab. Und da, tatsächlich: Aaron beobachtet, wie Marga auf einem Hocker sitzt und einem sprachlosen Amerikaner tief in die grauen Augen schaut. Noch hat sie ihren Saufkumpanen aus alten Tagen nicht erspäht. Doch dann hört Aaron sie wie von einer Tarantel gestochen schreien. Sie schiebt den Amerikaner beiseite, sodass dieser beinahe auf den Dielenboden knallt, sich allerdings gerade noch so am Garderobenständer festhalten kann. »Aaron! Aaron!«, ruft sie seinen Namen, immer wieder. Aaron läuft ihr entgegen, sie umarmen sich, der Sauf-, Koks-, Knutsch- und Was–auch-immer-Freund und seine alte Freundin können sich gar nicht mehr trennen. »Oh mein Gott ... sind wir alt geworden!«

Sie erzählen sich Unglaubliches, Unvorstellbares. Unterschiedliche Wege des Leidens. Und dann das: »Herbert ist immer freitags hier, in der Hoffnung, dass du irgendwann in deinem geliebten ›Rumänien‹ auftauchen könntest ...«

»Wo wohnt er? Lass dir doch nicht alles aus der Nase ziehen!«

»Na, im Antiquariat ... er meinte, du weißt dann schon Bescheid.«

Aaron nimmt Marga in die Arme, verabschiedet sich, hört einen Kellner hinter sich rufen: »Wollen Sie nicht warten? Gleich gibt es doch die Suppe.«

Schnellen Fußes, sein ramponiertes Bein ignorierend. *Ich kann es kaum abwarten, Herbert wiederzusehen.*

Außer Atem klopft er an die Ladentür.

»Was wollen Sie? Wir haben seit Stunden geschlossen, kommen Sie morgen wieder.« Die Stimme eines Mannes.

»Hier ist Aaron Rosenbaum … Bitte! Kann ich Herbert sprechen? … ist Herbert hier?«

Die Tür wird vorsichtig geöffnet, ein grauhaariger gebückter Mann blinzelt ihm entgegen. »Sie sind es! Ja tatsächlich!«

»Ist Herbert hier?« Das Herz steigt ihm bis zum Hals.

»Tut mir leid, Herbert ist nicht da … er ist noch unterwegs.«

»Wohnt er hier?« Das Herz läuft ihm über.

Der alte Mann erzählt über die Zeit, als Herbert bei ihm war. Aaron ist überglücklich. Herbert hat überlebt.

»Ist das wahr?« Das Herz pocht.

»Aber natürlich, mein Junge!«

»Er lebt?« Tränen laufen wasserfallartig, ohne Scham, sondern in unermesslicher Glückseligkeit, gepaart mit kaum zu benennender Vorfreude.

»Wünschen Sie, dass ich es ihm sage? Wo er Sie finden kann? Sobald er vorbeikommt …«

»In der … Pension … ›Rosa‹ …« Aaron fällt zusammen. Er heult wie ein kleines Kind auf dem Gehweg. Der alte Mann will sich um ihn sorgen. Aaron lächelt nur glücklich vor sich hin. *Wie wird es sein, wenn wir aufeinandertreffen? Nach so langer Zeit … Was werden wir füreinander fühlen? Sind wir noch ein Paar?*

BERLIN-DAHLEM – HERBST 1957

Aaron und Herbert allein in dem großen Haus. Trennungen, Verfolgungen, Ablehnungen, sogar den Hass haben sie überstanden. Nichts konnte sie letztendlich trennen. Überleben um jeden Preis. Womit sie nie gerechnet hatten, war, dass sie letzten Endes von der scheinbaren Normalität in die Knie gezwungen werden würden. Diese bewies sich als fast genauso gefährlich wie das zuvor Erlebte, weil sie nicht erlaubte, zu erzählen, was alles geschehen war. Alles bis ins kleinste Detail. Die Zeit nach dem Krieg hing wie ein Damoklesschwert über der erlittenen Vergangenheit. Ihre Kräfte waren im Laufe der Zeit aufgebraucht, zu schwer wog das Durchlittene. Die Angst ist stets gegenwärtig. Die Angst, sich den Gefühlen hinzugeben. Sie können und wollen nicht mehr aushalten.

Aaron betritt mit Kaffee und Weinbrand den Salon, stellt das Tablett auf dem Tisch ab. Herbert legt seine Notizen beiseite. Die Vergangenheit liegt in der Luft, spürbar wie ein Sturm, der alles hinwegfegen kann. Aaron reicht Herbert einen Weinbrand und greift selbst nach dem zweiten Glas. Er lehnt sich in seinem Sessel zurück, schaut Herbert von der Seite an, atmet tief durch, hebt das Glas in die Höhe, Herbert folgt seinem Tun. »Auf das Leben!«, ruft er. »Auf die Zeit ohne uns«, flüstert Herbert bitter. Aaron nippt am Weinbrand und stellt das Glas wieder auf dem Tisch ab. Herbert stürzt den Weinbrand hinunter, als müsse er seinen Durst löschen. Natürlich registriert Aaron nicht zum ersten Mal, wie hastig Herbert den Alkohol in sich hineinschüttet. Er lächelt ihn an.

Aaron steht auf. Herbert schaut ihn fragend an, schenkt sich einen Weinbrand nach. Sie wissen, dass sie reden müssen. Weiterreden. Die Zeit ist reif. Keine Rücksicht. Die Angst ist in diesen Mauern gegenwärtig. Angst muss ignoriert werden, um nicht daran zu zerbrechen. Die Vergangenheit ausklammern. Wollen. Müssen. Dürfen. Sollen. Endlich loslassen können.

»Ich habe dir vieles nicht gesagt. Das Konzentrationslager. Die tägliche Angst, sterben zu müssen.« Aaron schließt die Augen, bedeckt sie mit den Händen. Aus Untiefen scheint sich ein Schrei heraus zu quälen, um dann die Gläser in der Vitrine vibrieren zu lassen. »Wir waren im Klinkerwerk … machten unsere … Scheißarbeit, mehr schlecht als recht …« Aarons Stimme zittert über Bilder hinweg. Gemälde sind in graue Brutalität hineingetaucht. Über Kräfte des Körpers, die wie Schnee dahinschmolzen. Über Adis Tod, seine Schuhe, den Hund. Über Regen und Sonne und Marsch. Über Tage und Nächte im Schmerz.

Das Haus ist gespenstisch ruhig. Herbert, der beruflich mit Worten jongliert, der Schriftsteller, findet nicht die richtigen Worte des Trosts. Aus Angst, das Falsche zu sagen, zu banal zu wirken. Er nimmt die Weinbrandflasche vom Tisch, schaut seinen Mann fragend an.

Aaron schüttelt mit Tränen in den Augen den Kopf.

Herbert hat sein Glas fast bis zum Rand vollgegossen. Nimmt einen großen Schluck, presst seine Lippen zusammen. »Weißt du …«, er stellt das Glas zurück auf den Tisch, »es gibt Momente, die sind unauslöschlich. Ich wünschte, ich könnte dir den Schmerz abnehmen, Liebster … Das Einzige, was ich tun kann, ist, bei dir zu sein …« Seine starken Arme umarmen Aaron. Halten ihn fest. So gut sie es können. »Wir brauchen Hilfe …«, flüstert er nah an Aarons Ohren. »Richtige, professionelle Hilfe.« Er schlägt vor, nach der Lesereise gemeinsam eine Kur zu machen, mit Fachpersonal, damit sie endlich ihre Geister loswerden. »Was meinst du, Liebster?«

Aaron schaut Herbert in die Augen. Er kennt ihn seit dreißig Jahren, und ist dennoch überrascht von dieser Idee. »Ja, du hast Recht.« Aaron drückt Herberts Hand. »Aber … vorher feiern wir noch mal so richtig …« Aarons Stimme erhellt. Er will die ganze Truppe zusammentrommeln. Will die Nacht zum Tag machen, »wie früher!«, ruft er in den Raum, hebt das Glas hoch, will Berlin zum Vulkan machen. *Ich weiß, es hört sich wagemutig an, und typisch Aaron, aber …*»Wir machen es!«

DIE HÄNDE, DIE AUGEN, DIE LIPPEN –
FRÜHLING 1946

»Greta, hörst du, Herbert lebt ...!« Aaron rüttelt an Gretas Schultern, bis sie wach wird. Der Morgen graut, Kerzen glimmen vor sich her.

»Scheißstromsperre!«, schimpft sie, sauer, dass Aaron sie geweckt hat. Der Propangaskocher bringt das Wasser im Kessel zum Kochen. Greta ist gerührt, wird demütig. Sie, die das Leben gefressen hat, die alles mitgenommen hat, Sex, Alkohol, Ansehen, und alles ist unwichtig geworden. Sie hat überlebt, die Pension steht, wackelig zwar, aber dennoch ist sie in ihrem Besitz. Das Schicksal hat es gut mit ihr gemeint, dem einen oder anderen gab sie Unterschlupf während des »Tausendjährigen Reiches«, sagt sie und lacht sarkastisch, und auch jetzt hilft sie, wo sie kann. Kaffee wird in angeschlagene Becher gegossen.

»Soll ich warten oder ins Antiquariat gehen? Was meinst du? Und wenn wir nichts mehr fühlen, was dann? Greta, es ist so lange her, dass Herbert und ich uns ...«

»Trink und halte nur für eine Minute die Klappe. Ich bin doch sowieso den ganzen Tag hier, sollte Herbert kommen, werde ich mich um ihn kümmern und ihn festhalten ... für dich.« Sie lacht, streichelt Aarons Schulter. »Der Kaffee geht zur Neige und Brot brauchen wir auch noch ...«, fügt sie leise und ernst hinzu.

Aaron macht sich auf den Weg zum Potsdamer Platz. Skrupellose Verbrecher, Händler, die feilschen. Die Masse wirkt nervös. Razzien sind möglich, alles zu verlieren, was man eintauschen könnte, mit nichts nach Hause kommen. Laufen, so schnell man kann, wenn es drauf ankommt. Jeder ist sich selbst der Nächste. Kaffee kann er nicht ergattern, immerhin Muckefuck.

Noch einmal macht er sich auf den Weg in den Wedding. »Post« steht gelb angerostet über dem Eingang. Aaron stellt sich hinter einen kleinen, dicken Mann, der ein Telegramm aufgibt. Endlich ist er an der Reihe. Durch eine Glasscheibe schauen sie sich ungläubig an, Annerose und der Mann, der vor vielen Jahren ihr Traummann war. Ihnen fehlen die Worte. Annerose deutet an, noch die letzten Kunden bedienen zu wollen, um dann die Tür abzuschließen. Dann ist das Postamt leer. Sie stehen unschlüssig in dem frisch gebohnerten Raum.

»Ich kann dir gar nichts anbieten«, seufzt sie.

Sie sprechen darüber, wer alles noch nicht zurück in Berlin ist, draußen wird an der Tür gerüttelt, Annerose ignoriert es.

»Wie geht es deinem Hans?«

Fragen und Antworten, wie Bälle zwischen ihnen hin und her geworfen. Sie haben kein Gefühl füreinander. Aaron geht zur Tür, umfasst die Klinke. Er will nur noch raus aus dem Postamt.

Leise, kaum hörbar dann ein: »Verzeih.«

Er dreht sich zu Annerose um, macht drei Schritte zurück in den Raum: »Oh nein, was sagst du da, ich muss mich bei euch bedanken, ihr gehörtet zu den Wenigen, die mir ein Bett anboten.«

»Das meine ich nicht …« Annerose steht mit zerquetschten Händen da. »Ich fand es richtig, was sie taten, damals … war begeistert, wählte sie mit meinem Kreuz in den Reichstag.« Sie beißt sich auf die Unterlippe, spricht, als ginge es um Leben oder Tod. »Übrigens, unser zweites Kind starb den Krippentod …«

»Das tut mir leid, Annerose …«

»Hans und meine Wege trennten sich vor sieben Monaten. Na ja, er ist ja immer so zupackend, und schau …«, versonnen streichelt sie ihren Bauch, »es ist so wunderbar, so bedeutungsvoll, mein Baby und ich fangen ganz neu an, in einem neuen Deutschland.« Versucht zu lächeln. »Du hättest also wieder ein Bett bei uns haben können.« Annerose geht an Aaron vorbei, schließt die Tür auf. »Ich könnte verstehe, wenn du uns hassen würdest.«

Aaron hörte zum ersten Mal eine Entschuldigung. »Nein, ich hasse euch nicht.« Mit klopfendem Herzen nimmt er seine Spielkameradin aus Kindertagen in den Arm. »Ich melde mich bei Gelegenheit.«

Annerose öffnet die Tür.

Aaron flieht fast aus dem Raum. Er hasst sie wirklich nicht. Er kann nicht verstehen, *warum sie überlebt haben? Warum sie und nicht meine Familie?* In sicherer Entfernung lehnt er sich an eine Häuserwand und beginnt zu weinen. »Herbert, wo bist du?«, schluchzt er. Er selbst fühlt sich so verloren.

An der Eingangstür klopft es leise. Aaron geht zur Tür. Beim Öffnen stockt ihm der Atem. Zwei ergraute Männer schauen sich sprachlos in die Augen. Herzen schlagen bis zum Hals.

»Nu komm mal rein«, ruft Greta in die Stille, »und mach die verdammte Tür zu. Man kann euch sehen.«

Aaron macht den Weg frei. Herbert läuft zur Rezeption, Aaron folgt ihm. Herbert dreht sich um. Stumme Blicke. Greta nimmt Herbert in die Arme. Sie reicht ihn weiter wie ein zu schweres Paket. Aaron und Herbert stehen sich unbewegt gegenüber. Die Augen brennen. Die beiden werden vom Tresen gehalten, ihre Beine tragen sie kaum. Sie suchen nach Worten. Verlieren sich im Blick des anderen und können ihm dann doch nicht standhalten. Die Uhr über der Rezeption ist der einzige Laut in der Stille.

»Geht in die Stube … da seid ihr für euch.«

Aaron schreitet voran. Herbert folgt. Die Tür hinter ihnen fällt weich ins Schloss.

Hände greifen ineinander, aufgerissene Lippen treffen vorsichtig, zärtlich, schüchtern aufeinander und Zungen suchen nach dem Geschmack des anderen. Zähne fehlen. Nachkriegsgebisse klappern. Sie lassen sich vorsichtig in Gretas Bett fallen. Augen lernen einen fremden, zerschundenen Körper kennen. Der Mund klebt auf Wunden. Die Lippen ertasten sich entlang der Narben. Linien und Hämatome. Sie erforschen im Zeitlupentempo das Leid und den Schmerz des anderen. Streicheln lässt Nähe zu. Diese Körper haben zu viel ertragen. Die Nasen riechen den längst vergessenen Duft einer großen

Liebe. Hinter den Falten wird nach den vertrauten Gesichtern gesucht. Die Finger ertasten die knochigen Wangen, die raue Haut. Sie suchen den geliebten Mann, entdecken eine Mischung aus Gestern und Heute. Die veränderten Körper sind einander fremd, sind dankbar für jedes Vorkriegsgrübchen, für die blauen und auch braunen Augen, sind dankbar für die älter gewordenen, aber wiedererkennbaren Stimmen. Aaron liegt auf dem Rücken. Herbert zieht ihm die Hose aus, er öffnet die Hemdknöpfe, zieht ihm das grobe Unterhemd aus. Sie küssen sich, geben sich einander hin. Der Wunsch sich zu lieben steht über allem. Die Hände, die Augen, die Lippen wollen den nackten Körper des anderen spüren. Keine Erregung, die sich in den beiden entbrennt, kein Schwellkörper, der über sich hinauswächst, keine Glückstropfen, die sich ergießen. Sie schauen sich an, liegen sich in den Armen. »Wir haben überlebt«, weint Herbert. Tränen, die für das Unfassbare stehen, dafür, dass sie leben, dafür, dass sie sich wiedergefunden haben. Aaron küsst die Tränen weg und benetzt Herberts Gesicht mit seinen eigenen Tränen. Unausgesprochen wissen sie, kein Sex der Welt kann ihnen in diesem Moment mehr Nähe schenken, als das, was sie gerade füreinander empfinden.

Später sitzen sie am Küchentisch.

Greta kommt polternd in die Küche. »Ich mach uns mal was zu essen …«, schaut erst Aaron, dann Herbert an. Beide haben nur Augen füreinander. »Der Junge hat seine Lieferung abgegeben, das Fahrrad muss noch warten, sagt er, bleibt aber dran. Es gibt Salzkartoffel … ohne Salz.« Sie erzählen sich von den letzten ein, zwei, drei Jahren. »Wie wird es weitergehen?«, fragt Greta, nachdem sie den Tisch abgeräumt hat.

Aaron und Herbert schauen sich fragend an.

»Ich arbeite als freier Reporter, hab leider noch keinen festen Vertrag … ich schreibe einen Fortsetzungsroman für ein Frauenmagazin. Ich verdiene zwar nicht viel, aber immerhin …« Herbert ist hoffnungsvoll. Erst recht jetzt, wo er Aaron in seiner Nähe weiß.

»Ich werde mich in den Theatern umhören … die Bühnen sollen auch schon wieder bespielt werden.« Aarons Stimme klingt theatralisch. Er lässt den Blick schweifen, Sehnsucht liegt darin.

Werde ich noch spielen können auf einer Bühne? Kann ich dort weitermachen, wo ich aufgehört habe? Er ist älter geworden, die Kariere war ein Versprechen. Jedoch von den braunen Machthabern gebrochen.

Aarons Lippen suchen nach Worten: Seine Karriere, das Gestern, die Ufa. Machtergreifung, mit geputzten Schuhen wurde er aus seinen Träumen getreten. Fäuste schlagen auf den wackeligen, abgenutzten Tisch, Gläser kippen und hinterlassen Lachen. Tränen vermischen sich mit Rotz. Pfützen auf der Tischplatte. Er heult. Herbert legt zögerlich seine Hand auf den Kopf des Geliebten. Ein fremder Kopf. Aaron schaut hoch. Verweinte Augen treffen sich. Sie fallen sich in die Arme.

»Ich hab noch eine schöne Flasche Wein«, lächelt Greta unsicher, »trinken hilft.«

MACHEN SIE SICH NICHT ZU GROẞE
HOFFNUNGEN – SOMMER 1946

Wohnungen sind Mangelware. Aaron und Herbert sehen sich, so oft sie können. Die S-Bahn fährt schon wieder, Gleise werden repariert. Die Theater liegen in Trümmern, nur das Hebbel-Theater steht verlassen, von Ruinen umgeben. Am 15. August hat die »Dreigroschenoper« Premiere. Anstehen, warten, Brikett vorzeigen, abgeben, als Eintrittspreis erwünscht. Der Saal ist dunkel. Stuhlreihen werden in Beschlag genommen, Farbe blättert ab. Aufgeregt sitzt Aaron im muffig riechenden Zuschauerraum. Menschen um ihn herum, halbverhungert, dürstend nach Kunst. Der Vorhang öffnet sich. Der Intendant steht im Scheinwerferlicht, leiser Applaus. Karlheinz Martin bedankt sich für die mitgebrachten Briketts, wünscht gute Unterhaltung. Schon ist er weg. Die Aufführung beginnt, Aaron ist gefesselt, eingetaucht in das Geschehen. Seine Hände liegen feucht auf den Knien, die Zeit verfliegt wie im Rausch. Die Stromsperre lässt alle nach Hause eilen. Aaron will sich nicht von seinem Stuhl lösen.

»He! Sie müssen gehen … Heute gibt es nichts mehr zu sehen!«

»Ist Herr Martin noch zu sprechen?«

»Was wollen Sie von ihm?«

»Theater spielen.« Aaron versucht, sich seine Zukunft vorzustellen.

»Er ist schon weg.«

»Sagen Sie … wann kann man vorsprechen?«

»Mittwoch, gegen zehn … machen Sie sich aber nicht zu große Hoffnungen. Sie werden nicht der Einzige sein.«

Mit einigen Briketts in seinem Rucksack und mit einstudierter Rolle steht er mit anderen Schlange. Sie sind jünger und auch hungriger als er. Aaron wird in ein kleines Büro gebeten. Herr Martin sitzt an einem Schreibtisch, raucht, macht eine herablassende Handbewegung, er soll den Rucksack an die Wand neben die Tür stellen.

»Erzählen Sie«, fordert der Intendant ihn auf, nachdem er ihm einen Stuhl angeboten hat.

»Ich dachte …«, Aaron räuspert sich, »… ich spreche hier vor?«, und beginnt von seiner Schauspiellaufbahn zu sprechen.

»Also, mit der Ufa hat es nicht geklappt«, der ältere Mann scheint nicht interessiert, »… aber was haben Sie bis heute gemacht?«

Aaron ist entsetzt über die Frage. »Ab 1933 durfte ich nicht mehr in meinem Beruf arbeiten.« Eine halbe Stunde später, ohne einen Satz vorgesprochen zu haben, verlässt er das Büro.

»Denk an etwas anderes …«, versucht Herbert ihn aufzuheitern, »vielleicht könntest du beruflich auch umsatteln.«

»Ich bin Schauspieler!« Aaron springt von seinem Stuhl auf. »Ich will spielen und nichts anderes.« Die Wut der Ablehnung kennzeichnet sein Gesicht. Er versucht, Lösungen zu finden. Denkt an das Schlosspark Theater, daran, mal am Renaissance-Theater vorzusprechen … er könnte auch Liederabende mit amerikanischen Songs geben oder einen Agenten finden. Er überlegt, mit einem Pianisten zu den Amerikanern zu gehen …

»Was meinst du?«

GELD VERDIENT MAN MIT NETT
DRAPIERTEM SCHROTT – SOMMER 1948

Es ist nur noch eine Frage der Zeit, bis eine neue Währung eingeführt wird. Herbert verbringt seine Zeit fast ausschließlich am Schreibtisch im Antiquariat. Die Schreibmaschine hat Aaron aufgetrieben. Ein Roman entsteht. Aaron liest Korrektur, verhandelt mit Verlagen. 20. Juni 1948. Die Schlangen vor den Banken sind unendlich lang. Jeder bekommt vierzig Deutsche Mark. Über Nacht, so scheint es, ist ein Wunder geschehen, die Schaufenster sind gefüllt mit den feinsten Delikatessen, Stoffen aus aller Welt und Elektrogeräten, die kein Mensch braucht. Aaron und Herbert schlendern durch eine Stadt, die sich wieder aufrappelt. Amerikanische, englische und französische Jeeps gehören zum Straßenbild. Vereinzelt sind die ersten neuen Privatwagen zu sehen, aber auch jede Menge alter Wagen, die versteckt irgendwo auf dem Land in einer heruntergekommenen Scheune diesen unsagbaren Krieg überstanden haben. Es riecht nach Aufbruch.

»Weißt du, was ich im Augenblick besonders vermisse?«

»Sag es mir.«

»Das KaDeWe«, ruft Aaron laut hinaus, lacht, umarmt Herbert.

Es knistert. Herbert lächelt, sie sind verliebt, ein altes Gefühl hat sich zurückgemeldet. Hand streichelt Wange.

»He, Sie! Was machen Sie da, das ist doch …!«

Aaron und Herbert erschrecken. Sie laufen.

Draußen im Grunewald gehen sie schwer atmend nebeneinander. Schweigend, nach den richtigen Worten suchend, wischen sich heimlich die Tränen fort.

»Deutschland wird bestimmt ein demokratischer Staat werden, wir werden ein Parlament bekommen, alles wird toll –

für die anderen. Aber was ist mit uns?« Herbert bleibt abrupt stehen, er tritt gegen einen Baumstamm, schreit auf. »Wir brauchen ein Haus, Aaron … ein wirklich großes Haus … und weißt du auch warum?«

Aaron hat keine Vorstellungen davon, was gerade in Herbert vorgeht.

»Das wird unser Refugium werden, und nur wir entscheiden, wen wir zu uns hineinlassen.« Herbert ist pragmatisch. »Dort können wir so sein, wie wir wirklich sind … Warne mich, wenn ich je etwas schreiben möchte, das mit Kunst, Kultur, Geschichte oder Politik zu tun hat, Aaron … das Einzige, was ich möchte, ist Geld verdienen, viel Geld … und Geld verdient man mit nett drapiertem Schrott.« Herbert hebt sein Gesicht. »Schau mich nicht so an!«

Aaron nimmt Herberts Kopf in die Hände. Die Wut.

»Wie heißt denn der Verlag, den du für mich ausgesucht hast?« Herberts Wörter in Tränen.

»Ich habe von einem kleinen Verlag in Friedenau, in der Albestraße erfahren, und denen ein Exposé von deinem Manuskript geschickt. Die haben gleich angebissen. Fanden die Idee dahinter ausgezeichnet, um es für Lieschen Müller von nebenan zu verlegen. Wenn sie aus dem Kino kommt, wo sie vom Parkett aus das ›Schwarzwaldmädel‹ betrachtet, kann sie gleich darauf weiter in der heilen Welt deiner Bücher versinken.«

Zwei Hände greifen ineinander. Trockenes Holz knirscht unter ihren Schuhen.

Aaron drückt Herberts Hand. »Gehen wir zu Greta, so wie ich sie kenne, hat sie sicher Champagner gekauft, und wir kaufen von den scheißvierzig DM Kaviar.«

»Halt den Mund«, lächelt Herbert, »ich denke gerade an Blinis.«

Zigarettenrauch, blaugeschwängerter Raum reizt die Augen. Weinbrand wird in bauchige Gläser gegossen.

»Ich möchte auf eine großartige Zusammenarbeit anstoßen.«

Otto Hellmann, dick, klein, mit breitem Seitenscheitel, hält krampfhaft eine dicke Zigarre zwischen den wurstigen Fingern, er kämpft sich aus seinem tiefen Sessel.

»Lass uns einen Vertrag mit einem übelriechenden, unsympathischen Verleger abschließen. Wir werden ihm misstrauen und somit in keine Falle tappen. Niemand wird uns übers Ohr hauen«, hat Aaron Herbert im Vorfeld geraten.

Aaron und Herbert erheben sich ebenfalls, heben ihre Gläser. Die Sekretärin lächelt, hat den Vertrag aufgeschlagen, schraubt den goldenen, geriffelten Füllfederhalter auf.

»Moment!«, ruft Aaron aus. »Hier, die Prozente stimmen doch nicht!«

Verleger und Sekretärin entschuldigen sich überschwänglich, schnell wird die ausgehandelte Prozentzahl am Verkaufserlös abgeändert. Herr Feder schraubt die Kappe auf den Füllfeder.

»Ich möchte Ihnen meine rechte Hand vorstellen, Frau Schreiber. Die nimmt mir alles Wichtige ab, in Zukunft wenden Sie sich direkt an sie.«

Herbert öffnet die Glastür des Verlagshauses, über Berlin hängen dicke Wolken, lassen die Sonne kaum durchdringen. Aaron und er sind besoffen von Weinbrand, Sekt und Bier, besoffen von dieser unglaublichen Hoffnung auf Geld, das bei ihnen einflattern wird. »Geld verdient man mit nett drapiertem Schrott.« Sie lachen schallend.

Herbert wohnt inzwischen auch in der Pension »Rosa«, ein Zimmer wurde frei. Aaron und er haben es sich geschnappt. Der Verlag ist von hohen Verkaufszahlen ausgegangen und sollte recht behalten, ein Vorschuss ist ausbezahlt. Herbert und Aaron liegen auf dem Bett. »Wo soll unser Haus stehen?«

KEINE ILLUSIONEN MEHR – HERBST 1948

Aaron hat sich in Künstlerkreisen umgehört. Endlich findet er Hillmar, einen jungen Pianisten. Sie schmieden in Gretas Pension Pläne: Schlagerlieder aus dem Berlin der Zwanzigerjahre, freche, sexy und frivole Lieder ins Englische zu übersetzen. Die amerikanischen Behörden geben grünes Licht und eine amerikanische Kantine erklärt sich bereit, die beiden auftreten zu lassen. Ohne Aarons Vergangenheit hätten man sie abblitzen lassen.

Die Proben beginnen. »Frauen könnten den Sexappell gegenüber den G. I.s besser rüberbringen.« Hillmar will noch eine Frau ins Duo aufnehmen. 1948 haben sie ihren ersten Auftritt. Katrin ist die Dritte im Bunde, die Amerikaner sind begeistert, das Trio bekommt eine anständige Gage, außerdem fällt für die drei immer etwas zu essen ab. Und mit Whisky wird auch nicht gegeizt.

Hillmar und Katrin sind sich sehr sympathisch, flirten. Es scheint, als sähen sie die Auftritte nur als Vorspiel für eine größere Karriere, und zwar ohne ihn. Aaron wird zum fünften Rad am Wagen. Nach einem Dreivierteljahr ist für ihn der Ofen aus. Das Liebespaar will allein weitermachen. Sie erklären viel, sprechen von den Wünschen der G. I.s, dass die beiden doch die bessere Bühnenpräsenz besäßen und so weiter. Letztendlich ist er ihnen zu alt, seine Arbeitsweise zu verbissen. Aaron hat seine Leichtigkeit verloren.

»Es tut mir leid, keiner kennt Sie aus der Vor-Nazizeit ...« Else Bongers, seine Agentin, sitzt in ihrem Schreibtischsessel, »Sie hatten ja noch gar nicht richtig Fuß gefasst ... und nun sind Sie den Regisseuren zu alt ...«. Der Pudel liegt ihr zu Füßen. »Ich bleibe am Ball, sicher werden Sie auch mal eine kleine Rolle abbekommen.«

Aaron macht sich keine Illusionen. Seine Zeit ist vorbei.

DIE HERZALLERLIEBSTEN – FRÜHLING 1954

Berlin-Dahlem, ein urwüchsiges Grundstück mit dreitausend Quadratmetern ist nun ihr Eigen. Arbeiter fällen Bäume. Der Keller soll schon Anfang nächster Woche ausgehoben werden. Der junge Architekt zeigt den beiden Häuslebauern auf seinem Bauplan, wo das Haus genau stehen wird, auch das Personalhaus wird besprochen. Mit frisch geputzten Schuhen begehen sie ein Stück Erde, welches nun ihnen gehört.

»Ich sehe schon die Räume vor mir und wie ich sie einrichten werde, alles wird wunderschön«, schwärmt Aaron. Er beaufsichtigt den Bau des Hauses, während Herbert am nächsten Roman schreibt. Mauern werden hochgezogen, der Dachstuhl daraufgesetzt, lila, rosafarbene Fliesen im Bad verlegt, dunkle Samttapeten mit hellen Orchideen ins Wohnzimmer geklebt. Ein Tischler wird beauftragt, der die Eichentüren und die freistehende Treppe anfertigen soll. Aaron entwickelt sich zum Fachmann für den Hausbau. Nichts übersieht er, kleinste Fehler lässt er ausbessern.

Nach einem langen Jahr ist das Haus fertiggestellt, der Gärtner tut seine Arbeit. Die Putzfrau wischt die Böden. Annerose näht Gardinen im Salon, ihr Junge tobt im Garten. Aaron mahnt, eine Pause einzulegen. Er hat Tee und Gebäck auf einem Teewagen hineingeschoben und setzt sich zu seiner langjährigen Freundin. Vom Wetter über die neuesten Angebote in den Kaufhäusern bis zur brüchigen Beziehung zu Hans bequatschen die beiden alles. Seit dem Krieg haben sie sich das Umschiffen heikler Themen abgewöhnt.

Herbert und Aaron haben alles für das große Fest vorbereitet. Freunde sind zur Einweihung gekommen. Hannelore Schreiber auch, sie hält eine kleine Rede. Sekt wird ausgeschenkt, Kaviar, Hummer, Schnittchen auf großen silbernen

Platten gereicht. In der Küche wird Gulasch warmgehalten. Eine Kapelle sorgt für gute Stimmung. Auf der Terrasse wird über die große Politik gesprochen. Wolfgang Neuss, Multitalent, Kabarettist bei den »Stachelschweinen«, unterhält mit witzigen Anekdoten. Alle scheinen sich wohlzufühlen. Zwei junge Männer, die wie Frau Schreiber im Verlag arbeiten, sitzen knutschend in der weichen Sofaecke. Herbert hält sich in der Küche auf und bewacht das Gulasch.

Aaron schaut durch den Türspalt, erspäht seinen Herzallerliebsten. »Woran denkst du?« Er ist angetrunken, hat wild getanzt, seine Lippen werden von einem süffisanten Lächeln umspielt. Das Haar hängt ihm in Strähnen in die verschwitzte Stirn, er beugt sich hinunter, küsst den Gulaschwächter, setzt sich galant auf dessen Schoß.

»He, wenn jetzt jemand zur Tür reinkommt!« Herbert lacht. »Wir sind nicht mehr die Jüngsten.«

»Wer sich aufregt, wird rausgeschmissen.«

»Hättest du je geglaubt, Aaron, dass wir so viel auf die Beine stellen?«

Stolz schauen sich die beiden in der neuen, glänzenden Küche um.

»Wann wirst du das Personalhaus einrichten?« Herbert öffnet zwei Bier. »Es sollte so bald wie möglich bewohnt aussehen ... die Presse darf auf keinen Fall Wind von uns bekommen ... das wäre das Ende. Nie wieder will ich, dass man mit dem Finger auf uns zeigt ... oder uns ins Zuchthaus schmeißen lässt.«

Der Morgen naht, die letzten Gäste werden verabschiedet. Frau Schreiber ist die Allerletzte, die das Haus verlässt, mit einem Augenzwinkern geht sie die Treppe hinab zu ihrem neuen Käfer. »Ich warte auf das nächste Buch«, ruft sie vom Wagen aus.

Alle neuen Romane, die Herbert verlegen lässt, werden zu Verkaufsschlagern. Er sitzt am Mahagonischreibtisch und arbeitet wie verrückt. Maßanzüge werden in Auftrag gegeben, der neue Wagen bestellt, eine erste Reise nach Capri gebucht. Sie sitzen auf ihrer Terrasse, mit illustren, zu leicht bekleideten

Gästen, diskutieren über die Situation in der Stadt. Noch immer ist Berlin in vier Sektoren aufgeteilt, niemand weiß, was aus dieser gebeutelten Stadt werden wird. Nach der Blockade der Westsektoren durch den russischen Sektor diskutierten sie die Idee, ein Baugrundstück in Westdeutschland zu kaufen, aber verwarfen den Einfall schlussendlich doch wieder. Sie gehen ins Theater, essen französisch, auch italienisch. Sie trinken einen letzten Scotch auf Eis oder Champagner in den angesagtesten Nachtclubs. Nur in den einschlägigen Lokalen lassen sie sich kaum sehen. Die vielen Razzien verunsichern und schrecken nicht nur Herbert und Aaron ab. Sie hören niederschmetternde Erzählungen von Freunden: Wahllos und gewaltsam werden Männer von der Polizei in bereitstehende Autos gestoßen, die Türen zugeknallt. Von nun an sind sie der Staatsgewalt ausgeliefert, können über Stunden unter unwürdigen Bedingungen festgehalten werden, sitzen, mit ihren Ängsten allein, in kargen, kalten Zellen. Sie weinen nicht, wollen sich ihre Ohnmacht vor den anderen nicht eingestehen, stieren auf nackte, bekritzelte Wände, um niemanden zu provozieren. Doch wer kann sich schon verbergen? Gewalt droht überall. Unendlich lange Monate später dann Gerichtsverhandlungen, Karrieren werden zerstört, Familien auseinandergerissen. Es kommt zu saftigen Urteilen, manche werden jahrelang ins Zuchthaus gesteckt, danach ist man vorbestraft. Selbst wer das Glück hat, auf einen nachsichtigen Richter zu treffen, der ihn freispricht, ist doch gesellschaftlich längst tot. Existenzen am Ende, Männer stehen vor dem Nichts.

BERLIN-DAHLEM. EIN GUT SITUIERTES
PAAR – SOMMER 1957

»Greta, du glaubst es nicht … wir wollen endlich mal wieder ganz groß ausgehen. Warte, ich leg den Hörer eben beiseite, um mir eine Zigarette zu holen … Bist du noch dran? … Also, hast du Lust, mit in die Schnurrbart-Diele, das ›F13‹, zu kommen … genau, das in der Friesenstraße, nettes Tanzlokal, wird bestimmt toll, mit der ganzen Clique, mal wieder ordentlich auf den Putz hauen … Aber ja doch, Hauptsache, Hermine, die Chefin, lässt uns rein … ja, ja, das ist die ohne Bart, die ist ja immer so kritisch … Nein, der Werner mischt sich da nicht ein, allein Hermine entscheidet … Herbert musste ich ganz schön überreden. Der meint, gerade jetzt muss man höllisch aufpassen … na, wie immer übertreibt der Gute, zumal sich die Situation doch gerade entspannt … Was hast du gesagt, meine Teure? Nein, nein, das wird schon … also dann, bis heute Abend.«

Der Mai ist zu kalt, die Heizung voll aufgedreht. Herbert steht vor dem Badezimmerspiegel und führt den Trockenrasierer übers Kinn. Die Zähne in seinem Mund lassen ihn nie mehr vergessen. Die Farbcreme wirkt in seinem Haar ein. Zehn Minuten noch, dann kann er die Pampe abspülen. Kaffeeduft zieht durch das Haus. Aaron schreckt die Eier ab. Ein gut situiertes Paar freut sich auf den Abend. Herbert schlägt die Tageszeitung auf, überfliegt das Blatt, nippt an seinem Kaffee, beißt von dem dick mit Butter bestrichenen Hörnchen ab, der Honig läuft über seine Finger, landet auf dem Eichentisch.

Herberts Stimme erfühlt den Raum: »Heute wird das Bundesverfassungsgericht in Karlsruhe sein Urteil über den Paragraphen 175, der ›Unzucht‹ zwischen Männern unter Strafe stellt, fällen … Was glaubst du, wie es ausgehen wird?«

»Herbert, gib jetzt endlich Ruhe! Ich will heute nicht darüber nachdenken, wie die da oben urteilen. Sie werden den Paragraphen bestimmt modifizieren, wir leben doch nicht mehr in der Nazizeit!«

Die beiden alternden Männer sitzen sich am reichlich gedeckten Frühstückstisch kauend gegenüber und hängen ihren ungeordneten Gedanken nach.

Erst vor zwei Wochen wurde ein Freund festgenommen, er hatte auf einer Klappe einen jungen Stricher angesprochen, dieser war achtzehn, möglicherweise siebzehn, minderjährig. »Machte es einen Unterschied? Es war ein Geschäft, Sex gegen Geld«, bemerkte Aaron. »Wo hätte man Sex haben können?« Der gutmütige, aber doch leichtsinnige Freund versuchte panisch zu fliehen. Sie hatten ihn schnell am Schlafittchen.

Aaron räumt den Tisch ab. »Ich geh noch zum Friseur, lass meine Haare schneiden und die Nägel feilen.« Ein Luftkuss und schon hört Herbert den Wagen wegfahren.

Er setzt sich schwerfällig an den Schreibtisch. Seine Durchblutungsstörungen machen ihm zu schaffen, Tabletten werden mit Kaffee runtergespült. Seit einigen Wochen hat er nun schon Unmengen an Material gesammelt, recherchiert für sein neues Buchprojekt. Es soll ein Kriminalroman werden, gespickt mit der jüngsten Vergangenheit. Das Dritte Reich will er für sich aufarbeiten. *Mute ich mir zu viel zu?* Mit diesem Buch will er die Menschen aufklären, sie wachrütteln, ihr Wohlwollen erbitten. *Oh Gott, wie ekelerregend ist das? Habe ich es nötig, mich bei den Lesern anzubiedern? Um mildernde Umstände zu erhaschen?* Herbert zündet sich eine Zigarette an, er fühlt sich erbärmlich. Vielleicht sollte er heute zu Hause bleiben und Aaron seinen Spaß lassen.

Er nimmt seine Buchgeschichte auf, überprüft die Handlung:

Seine Hauptfigur ist ein junger Mann, der zwischen zwei Welten hin und her wandert. Er verliebt sich in einen Mann, ein fremdes Gefühl versucht, sich seiner zu bemächtigen. Wochenlang wehrt er sich, versucht, dieses Gefühl im Alkohol zu ertränken. Doch der Angebetete hat längst gespürt, dass er

266

einen Bewunderer hat. Ihr Kennenlernen gleicht einem Kampf, dem die beiden sich schließlich ergeben. Zwei Menschen treffen aufeinander und lassen ihren Gefühlen heimlich freien Lauf. Dann der Tag, an dem der Geliebte dem Protagonisten mit leuchtenden Augen erzählt, dass er nun der NSDAP beigetreten ist.

»Die haben eine großartige Zukunft. Ich werde von nun an dabei sein!« Aarons Kommentar dazu.

»Nein, das hat überhaupt nichts mit uns zu tun ... Wir müssen halt aufpassen«, hatte Herbert gemahnt. Nun schaut er auf seine Schreibmaschine, ein Stapel Papier liegt gleich neben seiner giftgrünen. Er dreht das erste Blatt mit zittrigen Händen auf die Rolle, seine Finger legen sich auf die Tastatur, er ergießt sich. Schweiß rinnt an seinem Körper hinab. Der Rollkragenpulli ist feucht. Stakkatoartig werden Buchstaben aufs weiße Papier geschossen. Zwei Stunden später sitzt er erschöpft in seinem Schreibtischstuhl, zieht tief an seiner Zigarette und weiß, dass dieses Buch niemals in den Auslagen der Buchläden zu finden sein wird.

Die Haustür wird aufgeschlossen.

»Ich bin zurück! Das war eine Aufregung. Arthur wollte, dass sein Lehrling mir die Haare schneidet, das konnte ich natürlich nicht zulassen. Ich hab vielleicht einen Krach geschlagen ... Nur weil an der Rezeption geschlampt wurde, muss ich das doch nicht ausbaden. Voilà! Gefalle ich dir?« Aaron dreht eine kleine, alberne Pirouette vor seinem Liebsten.

»Du siehst hübsch aus. Ist doch alles gut gegangen.«

Aaron lässt sich in einen Sessel fallen. »Na, da wird heute Abend das Haus aber rappelvoll werden.«

Herbert streckt die Beine aus, die steifen Knie knacken. »Ich werde nicht mitkommen. Hab geschrieben wie ein Verrückter, nach einer kurzen Pause muss ich einfach weiterschreiben ... Das verstehst du doch! Sobald ihr euch aufmacht, malträtiere ich meine Schreibmaschine erneut, bin gespannt, was sie heute noch so ausspuckt.«

Aaron schweigt, will nicht streiten und sich nicht den Abend verderben lassen.

Sekt wird in kristallene Gläser eingeschenkt. Greta sitzt im roten Ohrensessel, über siebzig ist sie inzwischen, sie sieht immer schlechter, hört nur noch das, was sie hören möchte und führt noch immer die Pension. Anton sitzt mit neuer, junger, etwas dicker Gefährtin auf dem kissenüberladenen Sofa. Die beiden halten Händchen, strahlen sich unentwegt an. Seit Urzeiten wurde Anton nicht mehr so glücklich gesehen. Käsehäppchen werden gereicht, Gläser mit Salzstangen stehen herum, aus der Musikbox ertönen die neuesten Schlager.

»Also gut, Kinder, gebt mal einen Moment Ruhe.« Aaron in seinem Element. »Wir haben drei Autos zur Verfügung. Ich glaube, die werden reichen, sonst müsst ihr halt übereinander sitzen … Lach nicht so frech, Kurt, oder ich bestrafe dich eigenhändig.«

Die Stimmung ist ausgelassen. Herbert verabschiedet die Gäste herzlich. Zum Abschied nimmt er Aaron in seine Arme, küsst ihn aufs Ohrläppchen. Unruhe durchfährt seinen Körper. »Pass auf dich auf«, flüstert er ihm zu.

»Ich liebe dich«, flüstert Aaron zurück.

Die Autos werden gestartet, Aaron lenkt den Wagen mit sicherem Geschick durch das abendliche Berlin. Anton im Wagen hinter ihm hat wieder eine Fahrerin eingestellt, nie konnte sie Spaß am Selber-Fahren finden, Kurt an dritter Stelle mit altem Vorkriegs-Ford. »Eine Marotte, diesen Wagen durch Berlins Straßen zu kurven.« Aarons Kommentar. Kreuzberg, die Wagen biegen in die Friesenstraße und werden dort geparkt.

»Alfred, wie viele hast du aufgeschrieben?« Der untersetzte Polizist in Zivil schaut auf den Notizblock in seiner Hand. »Acht! Einige von denen habe ich nicht zum ersten Mal notiert. Dass die aber auch so dumm sind, ihre Autos in unmittelbarer Nähe der Lokale zu parken, aber was soll's? Wir schreiben noch einen Bericht und dann haben wir Feierabend.«

»Kinder, benehmt euch, wir sind noch nicht in Sicherheit!«, ruft jemand aus der Clique, es geht im Geschnatter unter, zu ausgelassen ist die Stimmung. Greta hakt sich bei Aaron ein, langsam gehen die beiden auf das Lokal zu. Kurt betätigt die Klingel, Hermine öffnet, schnell wird sich umgeschaut und schon ist man im Inneren verschwunden. Die Kapelle spielt die neuesten Elvis-Songs. Die Gruppe bekommt Tische gleich neben den Toiletten zugewiesen. Junge Kellner nehmen die Bestellungen auf, Kurt flirtet mit einem süßen Italiener, der sich die Haare mit Pomade eingeschmiert hat. Champagner wird in Kübeln serviert, Gläser klirren. Die Kapelle spielt für die ältere Generation einen Charleston. Greta juckt es in den rheumageplagten Knochen, doch ein Tänzchen wird sie schon noch hinbekommen. Aaron wird zur Tanzfläche gezogen und schon geht es los.

Alfred und Gerhard betreten das Revier und setzen sich an den Schreibtisch, um das Beobachtete niederzuschreiben. Sie gehören zur »Spezialdienststelle Homosexualität«. Der Chef, Kriminalkommissar Schramm, kommt zur Tür herein, setzt sich auf eine Schreibtischkante.

»Es wird heute noch nichts mit eurem Feierabend, ihr müsst wohl Überstunden schieben. Es wird mal wieder Zeit für eine groß angelegte, vorbeugende Verbrechensbekämpfung.«

Schramm erklärt, welche Lokale in dieser Nacht überprüft werden sollen. Die Strategie ist einfach, ein Lokal wird geballt gestürmt, alle Ausgänge sofort versperrt. Die übrigen Beamten werden sich die auffälligsten Personen vorknöpfen und sie zum Verhör abführen. Jeder von ihnen muss Angaben zu seiner Person machen.

»Wer will noch etwas trinken?« Alle lachen ausgelassen. »Frag doch nicht, bestell einfach nach!« Aaron tanzt mit dem kleinen Italiener, dessen Hände überall zu sein scheinen. Amüsiert lässt Aaron diese Zärtlichkeiten zu, spielt mit dem Kleinen, lässt ihn in dem Glauben, noch die Nacht mit ihm zusammen zu verbringen. Das Gefühl, begehrt zu werden, gefällt ihm, hin und wieder würde er gerne mal ausbrechen, er, der Luftikus aus vergangener Zeit, ist spießig geworden, hält Treue für ein hohes Gut. In diesem Punkt erfüllt er die Adenauerlinie ganz und gar, leider gehört er zum falschen Ufer, dann ist Spießigkeit kein Pfand, mit dem man handeln könnte. »Lass uns noch was trinken, ich habe das Gefühl, wieder nüchtern zu werden und das gefällt mir nicht«, grinst Aaron dem Italiener zu.

Über Funk. »Alle zuhören, wir stürmen bei drei das Lokal, drei nehmen die Lokaltür vorn, vier die Hintertür, die anderen gleich hinterher. Dass mir ja keiner entwischt.« Eins, zwei, drei und los. Die Polizisten klingeln, stürmen das Lokal, schnell sind sie im Inneren. Einer der Beamten durchquert das Lokal, um die hintere Tür zu öffnen. Die Männer kreischen, sind kopflos, wehren sich mit Händen und Füßen.

Herbert nimmt seine Hände von den Tasten, seit Jahren hat er nicht mehr so gebrannt, es ist, als müsse er sich auskotzen, immer mehr will aus ihm heraus, doch nun muss sein Körper sich ausruhen. Der Aschenbecher wird geleert. Kurz nach Mitternacht. Er kann sich nicht dazu entscheiden, ins Bett zu gehen. Seine innere Unruhe nimmt immer weiter zu. *Was hat das zu bedeuten?* Er denkt an Aaron. *Wird es heute Nacht Razzien geben?* Sein Blick klebt am Telefon. Er fühlt sich wie ein Gefangener, der sich immer im Kreis bewegt. Alt fühlt er sich, allein, verlassen ohne den Mann an seiner Seite. Bilder flackern vor seinen Augen auf. Das Kennenlernen im KaDeWe. Der erste Sex mit diesem Gottschönen. Die Pension, die ihr Zuhause wurde. Der Kleinwagen. Herbert hält sich am Küchenstuhl fest, rutscht ab. Weinen. *Hochziehen?* Liegen bleiben.

»Keiner verlässt das Lokal! He, Sie? Kommen Sie unter dem Tisch hervor, sofort, oder ich mach Ihnen Beine!«

Aaron sieht keine andere Möglichkeit, als aus seinem Versteck hervorzukriechen. Der Polizist legt ihm unsanft Handschellen an.

»Ich hab genau gesehen, wie Sie an dem Itaker herumgegrapscht haben! Das ist verboten, schon mal davon gehört? Unter Hitler ...«

Niemand muss Aaron sagen, wie man unter Hitler mit seinesgleichen verfuhr.

Er wird in ein wartendes Auto geschoben. Auf der Wache werden seine Fingerabdrücke genommen, Fotos gemacht. Unbewegt lässt er alles über sich ergehen.

»Warum gibt es keine Kartei von Ihnen? Sie sind doch bestimmt schon länger so einer … so wird man doch nicht über Nacht.«

Aaron will glauben, dass er träumt, will aufwachen neben seinem schnarchenden Herbert.

»Darf ich telefonieren, ich brauche einen Anwalt, bitte?«

»Später, jetzt werde ich von Ihnen erst mal eine Karteikarte anlegen. Name? Adresse?«

Aaron sitzt in der Zelle. Kein Telefonat wurde ihm gestattet. Der Morgen graut, übermüdet schaut er zum vergitterten Fenster hinauf.

Herbert ist wach geworden, alle Glieder schmerzen. Er schaut sich um, tatsächlich ist er in der Küche eingeschlafen. Mit einem Sprung steht er aufrecht, stürmt die Treppe hinauf, stößt die Schlafzimmertür auf. Unbenutzte Betten. Er fliegt die Stufen hinab, rennt zum Telefon. Die Hausglocke läutet. Herbert rennt zur Haustür.

Da steht Greta, klein, fällt ihm in die Arme und schreit: »Wie bei den Nazis … nichts hat sich geändert!«

»Komm rein …« Tonlos sein Mund. Seine schlimmsten Vorahnungen werden bestätigt. Sie stehen mitten im Wohnzimmer, unfähig, einen klaren Gedanken zu fassen.

»Tu was!«, schreit Greta und lässt sich in einen Sessel fallen. »Wie bei den Nazis!« Wirr wiederholt sie den Satz.

Herbert reicht ihr Weinbrandglas und Flasche. Einer wird nicht reichen.

»Hannelore, hier spricht Herbert.«

»Dass du dich meldest! Was ist?«, sie schöpft aus dem Vollen, »… willst du doch wieder mit uns zusammenarbeiten?«

»Hannelore, halt den Mund!« Herbert ist empört und aufgeregt. »Du musst mir helfen. Ich brauche einen guten

Anwalt.« Herbert macht eine Pause. Besänftigt seine Stimme. »Es ist so … Aaron ist in eine Razzia geraten. Sie halten ihn fest. Kannst du mir jemanden nennen?«

»Ich bin in zwanzig Minuten bei dir.«

Herbert hält den Hörer am Ohr, will nicht wahrhaben, dass am anderen Ende niemand mehr spricht.

Eine halbe Stunde später läutet es erneut an der Tür. Greta ist inzwischen sturzbetrunken und murmelt vor sich hin: »Ich habe nie Unterschiede gemacht, ich habe an alle vermietet.« Herbert öffnet.

»Hannelore, da bist du ja.« Ein Küsschen auf der Wange.

Neben ihr steht ein hochgewachsener Herr, sorgfältiger Scheitel, gut sitzender Anzug.

»Das ist Arnulf Bollmann, er ist ein Spitzenanwalt. Der hat schon die schlimmsten Finger vor dem Zuchthaus bewahrt.«

Die Männer begrüßen sich mit Handschlag. Herbert bittet die beiden hinein.

»Bitte berichten Sie, was Sie wissen. Ich muss Ihnen jedoch gleich den Wind aus den Segeln nehmen: Zaubern kann ich auch nicht … und heute, am Samstag, ist eh nichts mehr zu machen. Ich werde mir alles notieren und mich am Montag an die Arbeit machen.«

Herbert erzählt, was er weiß. Und schon ist der Anwalt wieder verschwunden.

»Ist er sehr teuer?«

»Lass das mal meine Sorge sein.«

Den ganzen Tag über rufen immer wieder Freunde an, die Nachricht geht wie ein Lauffeuer um. Einige kommen vorbei, um Mut zu machen. Am frühen Abend legt Herbert den Hörer neben das Telefon, stellt die Klingel aus, lässt alle Rollläden herunter, will niemanden mehr hören oder sehen. Bis auf Greta, die langsam wieder nüchtern wird. Die Stille im Haus ist grausam.

»Ich mach uns einen Kaffee«, krächzt Greta und ist schon in der Küche verschwunden. Sie ist laut bei dem, was sie tut. Herbert wird ihr, sobald die beiden den Kaffee ausgetrunken haben, ein Taxi rufen. Geschirr fällt zu Boden, das Radio wird angeschaltet. Herbert wird wütend, Greta wird ins Wohn-zimmer geschickt und er kümmert sich selbst um den Kaffee, dreht das rauschende Radio wieder aus.

Endlich Ruhe, endlich ein ruhiger Moment für seinen schmerzenden Kopf, seine schmerzenden Glieder. Herbert lässt sich mit seinem dampfenden Kaffee auf einen Küchen-stuhl sinken, wärmt seine Hände an der Tasse. Auf dem Tisch liegt die Samstagszeitung, die an diesem Tag bislang unbe-achtet geblieben ist. Herbert zieht das Blatt zu sich heran, blättert darin, um sich abzulenken, bis eine Überschrift ihm entgegenspringt. »Bundesverfassungsgericht lehnt Klage Ho-mosexueller gegen ihre Verurteilungen ab«.

Herbert hält sich am Kaffee fest und liest:

»Gleichgeschlechtliche Betätigung verstößt eindeutig gegen das Sittengesetz. Auch auf dem Gebiet des geschlechtlichen Lebens fordere die Gesellschaft die Einhaltung bestimmter Regeln. Verstöße hiergegen würden als unsittlich empfunden und missbilligt. Das sei keine neue Auffassung, vielmehr habe sich der Gesetzgeber in Deutschland stets zur Rechtfertigung der Strafbarkeit der gleichgeschlechtlichen Unzucht auf die sittlichen Anschauungen des Volkes berufen.

Zur Bestätigung zitieren die Bundesverfassungsrichter unter anderem aus den Motiven zu dem Entwurf eines Strafgesetz-buches für den Norddeutschen Bund von 1869:

›Das Rechtsbewusstsein im Volke beurteilt diese Handlun-gen nicht bloß als Laster, sondern als Verbrechen, und der Gesetzesgeber wird billig Bedenken tragen müssen, diesen Rechtsanschauungen entgegen Handlungen für straffrei zu erklären, die in der öffentlichen Meinung als strafwürdig gel-ten. Die Beurteilung solcher Personen, welche in dieser Weise gegen das Naturgesetz gesündigt, dem bürgerlichen Strafge-setze zu entziehen und dem Moralgesetze anheim zu geben, würde als ein gesetzgeberischer Missgriff getadelt werden.

An dieser sittlichen Wertung hat sich in der Folgezeit nichts geändert. So sagt die Begründung zu § :325 des Entwurfs von 1919

Der Forderung, die Unzucht zwischen Männern an sich straflos zu lassen, gibt der Entwurf ebenso wie die früheren Entwürfe nicht nach. Verfehlungen dieser Art erscheinen dem gesunden Empfinden des Volkes verwerflich und strafwürdig....‹

Mit dieser traditionsgesättigten Begründung verwarf der Erste Senat des Bundesverfassungsgerichts am 10. Mai 1957 die Verfassungsbeschwerde zweier homosexueller Männer gegen ihre Verurteilungen zu Freiheitsstrafen.«

Herbert schlägt die Zeitung zu. Die Kaffeetasse fliegt an die Wand, der Kaffee läuft an der Wand hinab. Die Scherben zerstreuen sich auf den Parkettboden. Mühsam steht er auf. Drei Schritte bis zur Bar. Die Weinbrandflasche zittert in seiner Hand, das Kristallglas wird bis zum Rand gefüllt. Das Glas wird an die Lippen geführt, einem Ertrinkenden gleich lässt er den Weinbrand in seiner Kehle hinunterlaufen. Gierig trinkt er, Weinbrand läuft am Glas hinab, tropft auf die polierte Musiktruhe. Er schenkt sich nach, mit geschlossenen Augen trinkt er das bis zum Rand gefüllte Glas leer. Unscharfe Bilder wabern in dem Glas. Der Weinbrand gibt eine Szene wieder, steigt in seinen Kopf. Und plötzlich tanzen Lichter, Leuchtketten und Glasscheiben, er wird in eine andere Welt hinein katapultiert. Vitrinen aus Nussbaum, gold umrandete Spiegel und große Kugellampen. Hochwertig glänzender Teppich, schluckt jedes Geräusch. Wände mit goldenen Tapeten und zartgliedrigen Mustern. Die Herrenabteilung des KaDeWe. Gestreifte Anzüge, weiße Hemden, karierte Krawatten, schwarze Hüte, außerdem Budapester Schuhe in den Regalen. Er hält eine Schiebermütze in den Händen, einen dunkelroten Schal hat er lässig um den Hals gewickelt. Der Kragen seiner schweren Jacke ist aufgestellt. Wo soll er als Erstes schauen? Die Hemden, die Anzüge, seine Tante gibt die Richtung vor, er wünscht sich, weit weg zu sein. Und dann der Stoß. Ein junger Mann fällt auf ihn zu, mit ihm zusammen. Er ist aus den Gedanken gerissen und erschreckt sich. Nur für Sekunden treffen sich ihre Blicke. Für Herbert eine Ewigkeit. Der Raum um ihn herum verliert an Bedeutung, nur der Augenblick zählt. Der junge Mann ist verwirrt, scheint nach Worten zu suchen, will sich entschuldigen, sein Mund bleibt zu, er scheint schüchtern zu sein und unvorsichtig zugleich. Seine träumerischen hellbraunen Augen wecken Sehnsucht nach einer verdrängten Realität. Verlockend schön. Schweißperlen bilden sich auf seiner Stirn. Er schüttelt sich, will weitergehen. Ein, zwei, drei Schritte, dann dreht er sich um. Sie schauen sich lächelnd an. Vielversprechende Augen und Herbert fühlt es genau. In diesem Moment weiß er, dass es für ihn nur eine Art der Liebe geben kann, und zwar ausschließlich mit diesem wunderschönen Unbekannten, denn er ist: der Mann seiner Träume.

BERLIN-DAHLEM. ER HAT SICH EINEN FRAUENNAMEN AUSGESUCHT – SOMMER 1957

Der Tag ist grau, obgleich die Sonne scheint. Herbert wandert durch das viel zu große Haus. Drei Jahre, drei ganze Jahre ohne Aaron! *Wie kann ich diese lange Zeit aushalten?* Aaron schrie nicht, weinte nicht, als das Urteil verlesen wurde. Er nahm hin, was nicht zu ändern war. Seine Lippen bebten, die Augen füllten sich nur in den Winkeln mit Tränen. Aaron wurde abgeführt, ein letzter flüchtiger Blick. Herbert wollte das Gerichtsgebäude verlassen, taumelte vorwärts. Er fühlte nichts, sah nichts, stieß die Flügeltüren auf. Die unzähligen Reporter, hyänenartig wollten sie sich auf ihn werfen, als wäre er nur noch ein Kadaver, den man auseinanderreißen durfte, ohne Rücksicht auf Verluste. Fragen wie aus einem Maschinengewehr geschossen. Ausgeliefert, machtlos, seine Nerven drohten, mit ihm durchzugehen. Aarons Anwalt zog ihn zurück ins Gebäude. Sie verließen das Gericht fluchtartig, durch ein Labyrinth von Fluren. Er friert, dreht die Heizung auf und schwitzt.

Das Telefon klingelt unaufhörlich. Er nimmt ab, muss Schmähungen über sich ergehen lassen. Telegramme flattern ins Haus, werden unquittiert in den Briefkasten gesteckt, so erfährt er, dass Interviews abgesagt werden, auch die Lesereise wurde auf unbestimmte Zeit verschoben, Fernsehauftritte aus Pietätsgründen aus dem Programm genommen. Er ist zur Unperson geworden.

Herbert fühlt sich alt, er ist krank, isst, raucht und trinkt zu viel. Er hat keine Kraft mehr, weder für sich noch für Aaron. Stunden dehnen sich, werden nur langsam zu Tagen. Die erste Woche vergeht. Die zweite Woche vergeht auch. Die dritte Woche hinter sich lassen. Die Schreibmaschine. Ein Ausweg.

Sein Roman über das schwule Paar im Dritten Reich landet im Papierkorb. Wieder schreibt er, um sich über Wasser zu halten. Kriminalromane gehen immer, hat Hannelore gesagt. Natürlich unter Pseudonym. Er hat sich einen Frauennamen ausgesucht. Keine Interviews, keine Lesungen. Er wird »eine große Unbekannte« werden.

Aaron wartet, dass der Tag beginnt, wartet, dass er zur Arbeit geführt wird. Er klebt Tüten, zehn Stunden jeden Tag, Sonntag hat er frei, eine Stunde am Tag Hofgang, am Abend liest er, versucht, unauffällig zu sein, will nicht provozieren. Schnell hat die Runde gemacht, wer der neue Häftling ist. Seine Mitgefangenen rufen ihn nur »Perversling«. Er wird manches Mal in eine Ecke gedrückt, um sich einen Faustschlag einzufangen. Das erste Mal hat er noch Meldung gemacht, doch diese prallte am Justizbeamten ab, wurde nicht aufgenommen. Somit birgt jeder neue Tag ein Risiko in sich. Ein Mantra, lange vergessen, hält ihn am Leben. Aaron lacht auf, Lachen eines Verzweifelten wird zum Lachen eines Kämpfers. *Ich komm hier raus!*

Wochen werden zu Monaten. Herberts Briefe ersehnt er, diese bekommt er inkognito, Herbert tarnt sich als Frau, so kann Aaron die Liebesschwüre lesen, kann erkennen, dass er durchhalten soll, erfährt auch, wie Herbert ohne ihn durchhält. Sich über Wasser hält. Das Haus ist verkauft, das Personal gekündigt, wieder einmal liegt ihr Leben in Scherben. Und auch Aaron versucht, stark zu bleiben, die Demütigungen an sich abprallen zu lassen. Andere Gefangene steigen auf, können ihren Dienst in der Küche verrichten. Aaron jedoch bleibt diese *angebliche* Karriere versagt, egal, wie gut er sich führt. Hier kann er nur verlieren.

EPILOG

WANN HATTEN WIR WIRKLICH ZEIT FÜR UNS? – BERLIN 1960

»Rosenbaum! Mitkommen!«

Aaron wird in einen Umkleideraum geführt. Häftlingskleidung gegen seine vor drei Jahren abgelegte Kleidung ausgetauscht. Die Hose flattert ein wenig, das Hemd ist zu groß. Unwichtig. Er ist um Jahre gealtert, das gefärbte Haar lange schon silbernem gewichen. Der Spiegel an der Wand spricht Bände.

»Lass dich hier nicht mehr blicken! Auf so was wie dich können wir verzichten.«

Langsam öffnet sich die schwere Stahltür. Er lugt durch den größer werdenden Spalt. Da steht er. Herbert. Und wie gut er aussieht, ganz im Gegensatz zu ihm. Scham füllt ihn aus, er möchte im Boden versinken und will doch seinem Herbert in die Arme fallen, will auf ihn zu laufen. Nur ein Handschlag, der eine langersehnte Zärtlichkeit verspricht. *Hat er die Sehnsucht gespürt?* Er möchte ihn vor Wiedersehensfreude in den Arm nehmen. Nur ein Handschlag, zart, er will nicht zudrücken, nur halten. Nach drei Jahren dürfen sie sich nur die Hände in der Öffentlichkeit reichen.

Sie stehen sich gegenüber. Nasenspitze berührt beinahe Nasenspitze. Tränen laufen. Ohne Wörter.

»Komm mit«, flüstert Herbert und geht zum neu erstandenen Wagen. Er öffnet die Beifahrertür, sodass Aaron sich in den Wagen fallen lassen kann, um sich dann selbst schnell hinters Lenkrad zu setzen. Aaron staunt nicht schlecht, lächelt.

»Liebster …« Herbert holt tief Luft. »Du hörst mir jetzt zu, ohne mich zu unterbrechen.« Blaue und braune Augen schauen einander an. »Wir können sobald wie möglich in die Schweiz ziehen …«

»Was? Herbert, spinnst du? Ich bin gerade aus dem Gefängnis entlassen und du …«

»Ich sagte, unterbreche mich nicht! Aaron!« *Hab ich geschrien?*

Hat er mich gerade angeschrien? Aaron schaut auf Herberts
starren Blick.

»Ich habe in Bern eine Wohnung angemietet«, Herberts
Stimme ist weicher. »Dort ist Homosexualität nicht verboten.
Homosexuelle werden zwar registriert, aber immer noch bes-
ser als die Lage hier in Deutschland.« Seine Hand streichelt
Aarons zitternde Hand. Eine kleine, sanfte Berührung. »Ich
arbeite weiterhin für den Verlag und schreibe Kriminalromane!
Die verkaufen sich gut, so gut, sodass wir uns finanziell keine
Sorgen machen müssen …«

»Ich bin Berliner … Herbert! Was soll ich in der Schweiz?«
Aaron starrt hinaus. Grauer Asphalt. »Ich wollte immer nur in
dieser Stadt leben …« Aarons Stimme sucht nach einem Anker.
»Wir sollen in einem anderen Land Wurzeln schlagen? Wie
stellst du dir das vor?« Er verliert sich in unendlicher Traurigkeit.

Herbert startet den Wagen. Ohne ein Wort fährt er durch
Berlins Straßen. In einer Seitenstraße hält er den Wagen an. Er
nimmt Aarons Kopf zwischen seine Hände, hält diesen fest, ein
zaghafter Kuss folgt auf den Mund, so zart, wie man ein
scheues Reh küssen würde, um es nicht zu erschrecken.

»Liebster, ich weiß, dass das für dich sehr überraschend
kommt … aber es ist unsere einzige Möglichkeit.« Herbert
zündet sich und Aaron eine Zigarette an. Sie rauchen, in Gedanken versunken. Herbert räuspert sich. »Du glaubst doch
nicht, dass uns die Polizei und die Reporter hier in Ruhe lassen
werden?«

Aaron begehrt auf. »Ich habe alles verloren … alles.«

»Du hast mich …«

Aaron stößt die Tür auf, steigt aus dem Wagen. Tränen
laufen an seinen Wangen hinab.

Herbert folgt ihm, stellt sich hinter ihn, umarmt seinen
zartgliedrigen Körper. »Ich verstehe dich, Liebster, aber

wann ...«, zu laut und zu unbarmherzig ist seine Stimme, »... wann konnten wir unbehelligt in dieser Stadt leben?« Er dreht ihn zu sich. Die Augen bohren sich in den unsicheren Blick Aarons hinein. »Sag mir, wann hatten wir wirklich Zeit für uns? In Berlin!«

Aaron schaut seinen Liebsten an, dreht sich wieder weg. In der Ferne sieht er nur Grau. Tränen rollen. Das Schluchzen ist nicht zu unterdrücken. Herbert berührt Aarons Hinterkopf, dreht diesen sanft wieder zu sich.

Zwei ältere Gesichter nähern sich an. In solchen Momenten können nur die Augen die richtigen Wörter aussprechen. Mit jedem Blinzeln, mit jedem Augenschlag wissen sie, dass sie zusammen ein neues Leben beginnen werden.

»Ich liebe dich, Herbert.«

»Ich habe immer nur dich geliebt! Nur dich, Aaron.«

ENDE

ZITAT ALS NACHWORT

Der § 175 des deutschen Strafgesetzbuches (§ 175 StGB) existierte vom 1. Januar 1872 (Inkrafttreten des Reichsstrafgesetzbuches) bis zum 11. Juni 1994. Er stellte sexuelle Handlungen zwischen Personen männlichen Geschlechts unter Strafe. Bis 1969 bestrafte er auch die »widernatürliche Unzucht mit Tieren« (ab 1935 nach § 175b ausgelagert). Insgesamt wurden etwa 140.000 Männer nach den verschiedenen Fassungen des § 175 verurteilt. Am 1. September 1935 verschärften die Nationalsozialisten den § 175, unter anderem durch Anhebung der Höchststrafe von sechs Monaten auf fünf Jahre Gefängnis. Darüber hinaus wurde der Tatbestand von bei schlafähnlichen auf sämtliche »unzüchtigen« Handlungen ausgeweitet. Der neu eingefügte § 175a bestimmte für »erschwerte Fälle« zwischen einem und zehn Jahren Zuchthaus.

Im Volksmund wurden Homosexuelle gelegentlich als »175er« bezeichnet. Gleichzeitig nannte man den 17. Mai (17.5.) zahlenspielerisch den »Feiertag der Schwulen«. Heute finden anlässlich der Streichung der Homosexualität aus dem Diagnoseschlüssel für Krankheiten der WHO am 17. Mai 1990 am selben Tag Aktionen zum Internationalen Tag gegen Homophobie, Transphobie und Biphobie statt.
(WIKIPEDIA)

DANKSAGUNG

Ich möchte mich bei André bedanken,
er hat mich immer wieder bei meiner Recherche unterstützt,
außerdem bei Jul für seine Anregungen.

BIOGRAPHISCHES

Rupert van Gerven wurde 1964 in der Nähe von Münster/Westfalen geboren. Er lernte das Friseurhandwerk und arbeitet als Sozialarbeiter in einer Berliner Grundschule. Als Schauspieler hatte er zahlreiche Auftritte in freien Theatergruppen. Seine schriftstellerischen Aktivitäten beinhalten queere Thematik und seine Kurzgeschichten sind in vielen Anthologien erschienen. »Die Zeit ohne uns« ist sein Debütroman. Der Autor lebt in Berlin.

Foto des Autors von
© Foto: Kevin Hartwig